2024 年度河北民族师范学院学术著作
出版基金资助项目

《狐媚丛谈》及其狐故事研究

刘爱丽——著

齊鲁書社

·济南·

图书在版编目（CIP）数据

《狐媚丛谈》及其狐故事研究 / 刘爱丽著 . -- 济南：
齐鲁书社 , 2024.3
ISBN 978-7-5333-4848-9

Ⅰ . ①狐… Ⅱ . ①刘… Ⅲ . ①文言小说 – 小说研究 –
中国 – 明代 Ⅳ . ① I207.41

中国国家版本馆 CIP 数据核字 (2024) 第 042014 号

责任编辑：李军宏
封面设计：刘羽珂

《狐媚丛谈》及其狐故事研究
HUMEICONGTAN JI QI HU GUSHI YANJIU

刘爱丽　著

主管单位	山东出版传媒股份有限公司
出版发行	齐鲁书社
社　　址	济南市市中区舜耕路517号
邮　　编	250003
网　　址	www.qlss.com.cn
电子邮箱	qilupress@126.com
营销中心	（0531）82098521　82098519　82098517
印　　刷	日照日报印务中心
开　　本	880mm×1230mm　1/32
印　　张	10.75
插　　页	2
字　　数	260千
版　　次	2024年3月第1版
印　　次	2024年3月第1次印刷
标准书号	ISBN 978-7-5333-4848-9
定　　价	78.00元

序

　　刘爱丽《〈狐媚丛谈〉及其狐故事研究》一书，将由齐鲁书社出版，问序于我，考虑到其间的学术渊源，犹豫再三，最后还是应承了下来。刘爱丽在云南大学攻读硕士时，师从香港大学龚敏博士，而我与龚敏师出同门，此为学缘。2021 年，应文物出版社之约，我与刘爱丽合作校点出版了《狐媚丛谈》，可谓文缘。兼之本人对《狐媚丛谈》的研究进展，素怀超出平常的关注，故不揣谫陋，敢为之序。

　　《狐媚丛谈》是一部鲜为人知的文言小说汇编。自问世以来，它就静静地庋藏于赵用贤、祁承爜、黄虞稷、万斯同等人的藏书阁中，即使在专门研究"狐文化"的现代学者的视野中，也仅将其视为"狐仙"文类的叙事作品。刘爱丽以孤寂四百年的《狐媚丛谈》作为自己学位论文的研究对象，显示出勇于任事的进取精神与较为敏锐的学术洞察能力。

　　《狐媚丛谈》是一部极具特色的专题小说汇编，有其独到的研究价值。《狐媚丛谈》抽绎出明代万历以及前此的"狐精""狐妖"

"狐媚"小说汇编成书,是一部关于"狐"的小说总集。《狐媚丛谈》在编排方式上,以文本叙事时间为内在逻辑,构建了一部从三皇到明代万历时期的狐小说编年史。篇首的《说狐》从理论上描绘了狐的文化符号由图腾—瑞兽—狐神—狐媚—狐人的嬗变轨迹;而卷一到卷五的小说文本,则以具象和例证的方式,映射出多重历史语境下,狐媚文学及其周边叙事所承载的文化意涵,以及不同时空之下的民间叙述格局与文化内涵迁移。可以说,《狐媚丛谈》是一部以狐为载体、以狐为聚焦的狐媚文化史的民间书写。

《狐媚丛谈》梳理、汇编、刊刻了明代万历二十四年之前"狐小说"中的经典作品,绘制出一幅波澜壮阔、奇崛诡谲的狐小说发展图谱。白狐九尾、狐为阿紫、野狐戏人、狐作佛相、道士收狐、狐窃美妇、狐变美女、狐能福祸等唐宋狐媚小说纷至沓来,拓展了传统小说的文学边界,为文言小说注入了新的发展动能。书中的133篇作品,孕育出狐瑞观念、狐仙观念、狐媚观念,蕴涵了天狐母题、色诱母题、狐丹母题、古墓母题等可资挖掘和阐释的小说史课题,进而梳理出了一条从先秦小说经由唐宋而到《聊斋志异》的"狐文学形象"与"狐文化"的演化路径与实绩。

《狐媚丛谈》是万历时期蔚然成风的小说汇编时尚裹挟下的小说作品。杨尔曾凭借"草玄居"书肆主人的身份,以其敏捷的商业嗅觉,精心抉择狐媚主题的经典之作,为世俗大众和社会精英提供了诠释"狐媚"的问题与答案的双重使命,体现了独特的文心旨趣和高超的学术素养。这种小说经典化进程、精美的版画插图,以及"托物比类""明指显摘""希阔异闻""真幻成文"的选编理念,都为学界提供了较为充足的阐发个案。

刘爱丽充分认知到研究对象独到新奇的学术价值，专著论述体系以杨尔曾的生平事迹考索为立论基础。如此一来，既可以较为精细地论述《狐媚丛谈》刊刻的时代、地域、商业背景与内涵，以及"有意识地""明显受到其宗教信仰的指引"的创编、出版动机，也能明确得出"作为商人身份的书坊主，杨尔曾虽有着丰厚的文化造诣，但与众多书坊主一样，不可能彻底摆脱商业利润的巨大诱惑"的结论，出现了"内容任意增删、文字往往臆改、主题竟也可以更换等种种弊病"，辩证地论述了编创者身份、宗教信仰以及晚明时代赋予文本的印记。关于《狐媚丛谈》的狐媚专题属性，刘爱丽给出清晰的结论："在中国古代狐文学发展历程中，《狐媚丛谈》是唯一一部以狐为主题的文言小说总集。""《狐媚丛谈》就是一枝独一无二的奇葩，在中国狐文学发展史上具有举足轻重的地位。"而论证《狐媚丛谈》独特性的逻辑起点，则是在考察每则文本叙事时空的基础之上，归纳出小说文本"按照文中故事发生的时间先后来编纂成文，有利于体现出同一题材的狐内容在不同时代的发展特点，使人能够读到一部流动的'狐史'"的创编特点。在此基础上，论著将狐媚故事归类、命名为淫媚型狐、作祟型狐、预示型狐、佛道型狐四大叙事类型，依据文本内容，历时性解析每一叙事类型的叙事基本技术路径与表意象征方式，揭示了狐媚文学动态的、整体的发展趋势。在狐媚文化符号的辩证上，专著于描绘出狐文化由图腾—瑞兽—狐神—狐媚—狐人的嬗变轨迹之外，将论述重心放置于"狐人"与"人狐"的考辨，指出了小说文本的题外之旨，以及这一观念的文学影响。

文言小说篇幅短小、粗成梗概，且文本种类、文类属性、叙事语体、艺术特质等都没有确定不移的界定与分际。因此,文言小说,诸如创作主体、受众层面、雅俗风格、文本体式、审美体验等研究,都具有排他性的研究范式。从宏观层面而言,现行文言小说研究,大体可以分为历史—文化范式下的作家作品研究、小说类型或流派视阈下的研究、基于出版—传播流程的研究、人文数字化研究、非审美(文学)研究、跨文类研究等基本研究范式。而沉潜其间、与文言小说文人创作属性较为匹配并使之称得上人文科学的本质研究方法,则是实证研究,即基于作者生平、版本嬗变、成书时间、文献著录、源流影响等内容的可验证性研究。翻阅刘爱丽的这本专著,强烈的考据意识是其突出优点。全书主体内容由考据构成,涉及《狐媚丛谈》的著录情况、版本辨析、作者考证、文本来源、流播影响等各个层面。这些考据较为全面地还原了《狐媚丛谈》的历史原貌,达致了某种程度的历史真实,实现了"考镜源流、辨章学术"的学术目的。其中,作者用力至深的,是小说文本的原始来源与创编方式。刘爱丽对《狐媚丛谈》的133篇作品进行了严谨的追根溯源。全书除了4则暂时找不出来源外,其他文本则从《太平广记》选录85则,从《幽怪录》《大宋宣和遗事》《庚巳编》等30种文献选编44则。不惟如此,作者还对《狐媚丛谈》的编纂方式做了深度研究,并将编纂者对于文本的改造,总结出"照录及字词改动,增删、变换句子说法,节录与组合,主体重组,狗尾续貂,偷梁换柱等"多种编纂手法,在原始出处与编纂文本之间,洞察了两者之间的区隔,凸现了编纂者的创编思想与意义指向,体现了文献价值。目前所知,《狐媚丛谈》存世三个版本。本书附录的日本林罗山手抄本,是日本内阁文库藏本的过录本。

以此为底本,显示了《狐媚丛谈》文本个案的中日互鉴、中外交流的成果,也体现出刘爱丽的底本选择的视野。

刘爱丽云南大学硕士研究生毕业之后,又负笈京华,师从陶礼天教授攻读博士,现任教于河北民族师范学院。作为她的首部专著,本书也仅展示了其小说研究的成果。相信随着学术领域的不断拓展,以及时间积淀,她一定会写出更为辉煌的著作。

陈国军

2024 年 2 月 15 日于厦门

目　录

绪　论

一、研究内容及意义

"杨尔曾(约1575—?),浙江钱塘保安坊羊牙荡人。原名尔真,万历二十二年甲午(1594)改名尔曾,字圣鲁,号雉衡山人、卧游道人、雉衡逸史、六桥三竺主人等,知见有以堂号草玄居、夷白堂、武林人文聚、泰和堂等编撰刊行书籍多种。"①杨尔曾是一位作家兼书坊主,"明代参与小说创作的书坊主主要有熊大木、余邵鱼、余象斗、洪楩、杨尔曾、凌濛初、陆云龙、陆人龙、袁于令等人"②,杨尔曾为其中一个。明代的书坊主往往以不同堂号刊刻书籍③,据龚敏《明代出版家杨尔曾编撰刊刻考》一文,"杨尔曾亦存在以不同堂号刊行书

---

① 参见龚敏:《明代出版家杨尔曾编撰刊刻考》(收入《小说考索与文献钩沈》,济南:齐鲁书社,2010年9月第1版),第183~185页。

② 参见程国赋:《明代书坊与小说研究》(北京:中华书局,2008年10月版),第86页。

③ 如建阳书坊主余象斗,就曾以"双峰堂""三台馆"堂号刊行书籍。参见龚敏:《明代出版家杨尔曾编撰刊刻考》(收入《小说考索与文献钩沈》,济南:齐鲁书社,2010年9月第1版),第188页。

籍的情形"①,"目前知见杨尔曾以草玄居名号刊行了四种书籍,以夷白堂刊行了六种书籍,以武林人文聚刊行了《韩湘子全传》,以泰和堂刊行了十种书籍,合共有二十一种之多"②。《狐媚丛谈》便是杨尔曾以"草玄居"刊行的书籍之一。

《狐媚丛谈》是一部以"狐"为专题的小说总集,是明代小说汇编风气在万历时极度兴盛的产物。陈国军在《明代志怪传奇小说研究》中指出,"由嘉靖时期就蔚然成风的小说汇编风气,到了隆万时期有着一种愈演愈烈的发展趋势"③。陈大康也曰:"小说选集的成批出现,是万历朝小说领域中的新气象。"④《狐媚丛谈》是由书坊主刊刻而成的小说总集,反映了明代万历朝小说发展的"新气象",对于研究明代书坊主杨尔曾的小说刊刻与编撰活动以及明代小说总集的整体概况都意义深远。

《狐媚丛谈》对后来狐文学的创作和研究都产生了不可低估的影响。《狐媚丛谈》共收集了133条狐故事,以这些故事在文中发生时间的先后顺序依次编排,内容涉及了先秦两汉、魏晋南北朝、唐、宋、元、明各个时期的狐故事,具有明显的时代烙印,因此从纵的方面来说,《狐媚丛谈》本身就是一部狐文学的发展历史。

---

① 参见龚敏:《明代出版家杨尔曾编撰刊刻考》(收入《小说考索与文献钩沈》,济南:齐鲁书社,2010年9月第1版),第188页。

② 参见龚敏:《明代出版家杨尔曾编撰刊刻考》(收入《小说考索与文献钩沈》,济南:齐鲁书社,2010年9月第1版),第207~208页。

③ 参见陈国军:《明代志怪传奇小说研究》(天津:天津古籍出版社,2006年1月第1版),第363页。

④ 参见陈大康:《明代小说史》(北京:人民文学出版社,2007年4月第1版),第449页。

从横向方面来看,《狐媚丛谈》的狐故事极为丰富,虽不是面面俱到,将先秦到明代的狐故事都收罗殆尽,但其中具有典型意义的作品基本已囊括进来。典型的作品如六朝产生的"阿紫原型"、唐代的"狐妓原型"与"任氏原型"等。《灵孝呼阿紫》故事来源于《太平广记》卷四四七《陈羡》,最早见于《搜神记》,该故事被称作"阿紫原型","阿紫原型在以后得到极大发展,以致在女狐中形成'阿紫一派'";《狐变为娼》来源于《太平广记》卷四五〇《薛迥》,最早见于《广异记》,该故事被认为"第一例狐妓故事,标志着狐妓原型";任氏(《狐称任氏》)为人性化的情狐,是唐代"一种全新的雌狐妖——淫邪之性消泯而易之以善美之性,其代表就是著名的狐妖任氏"。① 其狐故事的丰富性、时代性、典型性特征无疑为将来研究狐文学的学者提供了便利,从这一意义上来说,《狐媚丛谈》又是一部不折不扣的有关狐的百科全书,是狐文学研究过程中不可或缺的重要资料。

二、研究综述

目前,除了陈国军与龚敏在《〈狐媚丛谈〉的编者、版本与成书时间考略》②一文对《狐媚丛谈》进行了较为全面的研究外,学界尚未出现对《狐媚丛谈》研究的专文。综合来看,目前学界对《狐

---

① 参见李剑国:《中国狐文化》(北京:人民文学出版社,2002 年 6 月第 1 版),第 74、107、110 页。

② 陈国军、龚敏:《〈狐媚丛谈〉的编者、版本与成书时间考略》(《世界文学评论》,2011 年第 1 期),第 307~309 页。

媚丛谈》的关注主要表现在如下四个方面：

(一)《狐媚丛谈》"已佚"说

宁稼雨在1996年出版的《中国文言小说总目提要》说《狐媚丛谈》："原书已佚。未见佚文。"①宁稼雨的《狐媚丛谈》"已佚"说由1998年出版、刘叶秋等主编的《中国古典小说大辞典》②所采纳。接着,宁稼雨等在2005年出版的《中国古代小说总目提要》③一书中,将其在《中国文言小说总目提要》撰写的相关文字做了简单的顺序调整和个别的文字改动,仍然断言该书"已佚",而全然不知《狐媚丛谈》的上海图书馆本与台湾天一出版社影印日本藏本。另外,宁稼雨等在以上三书中把"墨屎子"误作"墨床子",且误以为是《狐媚丛谈》的作者,可见多年以来,宁稼雨等对《狐媚丛谈》仍然欠缺适当的关注。④

(二)与《狐媚丛谈》"无缘一见"者

山民在《狐狸信仰之谜》书中流露出与《狐媚丛谈》"至今无

---

① 参见宁稼雨:《中国文言小说总目提要·明代志怪类·狐媚丛谈》(济南:齐鲁书社,1996年版),第227页。

② 参见刘叶秋等主编:《中国古典小说大辞典》(石家庄:河北人民出版社,1998年7月版),第467页。

③ 参见朱一玄、宁稼雨、陈桂生编著:《中国古代小说总目提要·文言部分·狐媚丛谈》(北京:人民文学出版社,2005年12月版),第343页。

④ 宁稼雨等对《狐媚丛谈》缺乏关注,最先由龚敏提出:"宁氏对于《狐媚丛谈》一书仍欠缺适当的关注。"另外,龚敏还指出《狐媚丛谈》的作者为"凭虚子"而非"墨屎子"。详见龚敏:《明代出版家杨尔曾编撰刊刻考》(收入《小说考索与文献钩沈》,济南:齐鲁书社,2010年9月第1版),第190页。

缘一见"的惋惜之情。① 黄建国在《明清文言小说狐意象解读》文中的感慨与山民相同："明代据说有墨床子撰五卷本的狐仙故事集《狐媚丛谈》,笔者无缘一见。"②其中,山民、黄建国与宁稼雨等一样,亦将"墨尿子"误写作"墨床子"。

(三)在行文中涉及《狐媚丛谈》的内容

1. 马兴国《〈平妖传〉在日本的流传及影响》

马兴国早在 1988 年《〈平妖传〉在日本的流传及影响》一文中就提到内阁文库中"林罗山手写的《狐媚丛谈》"③。在此,马兴国虽是简单提及,但意义极为重大。《狐媚丛谈》有三种版本:上海图书馆本、日本内阁文库本与林罗山手抄本。马兴国的贡献在于为人们寻找藏在日本内阁文库的林罗山手抄本提供了线索,这对于完善《狐媚丛谈》的版本,以及推动《狐媚丛谈》研究的深入,具有重要价值。

2. 李剑国《中国狐文化》

李剑国先生在《中国狐文化》中有两处涉及《狐媚丛谈》的内容。

---

① 山民曰:"明代的笔记体志怪小说沿宋元的衰颓之势继续下滑,进入历史上的最低点,其中狐仙传说就更少得可怜了。据说有墨床子撰的《狐媚丛谈》,为五卷本的狐仙故事集,内容如何,至今无缘一见"。详见山民:《狐狸信仰之谜》(北京:学苑出版社,1994 年 10 月第 1 版),第 165 页。

② 参见黄建国:《明清文言小说狐意象解读》[《西北大学学报(哲学社会科学版)》,2005 年第 3 期],第 143 页。

③ 参见马兴国:《〈平妖传〉在日本的流传及影响》(《日本研究》,1988 年第 4 期),第 74 页。

其一,李剑国认为《狐媚丛谈》对于明代狐文化的贡献便是"狐仙"概念的提出与狐仙理论的初步建立。①《狐仙》来源于唐代牛僧孺《玄怪录》卷四《华山客》,但"唐人并未提出狐仙概念,只是初步提出狐修炼成仙的思想。'狐仙'一语的出现乃在《狐媚丛谈》"②,其意义在于揭示出狐通过修炼能够实现由妖向仙的转化。

其二,《中国狐文化》还引用了《狐媚丛谈》卷五《狐丹》文,认为明人将狐的内丹称作"狐丹"应是来源于此。③ 明代是道教极为兴盛的时代,狐仙与狐丹概念的提出正是道教修炼成仙理论以及内外丹理论影响渗透下的产物。李剑国先生紧紧抓住明代道教发展特点且很好地阐释了受其影响下的狐文化,这是李先生的独具慧眼之处,然而,李剑国先生认为"狐丹"概念的出现在《狐媚丛谈》,又有些微不足。

事实上,除了《狐媚丛谈》中的《狐丹》,《西樵野纪》卷九与《祝子志怪录》卷五也分别有一篇《狐丹》。三篇《狐丹》叙述的故事内容相同,但也存在一些差异。《西樵野纪》卷九《狐丹》讲述了"某"一日在晚归途中遇见一位口中衔灯的女子,且与该女子野合。如是者数日。"某"把这件事告诉了颇有智慧的他人(此人在

---

① 参见李剑国:《中国狐文化》(北京:人民文学出版社,2002 年 6 月第 1 版),第 156 页。

② 参见李剑国:《中国狐文化》(北京:人民文学出版社,2002 年 6 月第 1 版),第 165 页。

③ 参见李剑国:《中国狐文化》(北京:人民文学出版社,2002 年 6 月第 1 版),第 167 页。

文中仍被称为"某"），他人教给"某"一个办法，让他在与女子交往的过程中夺灯且吞之，结果"某"如其教，在与女子交合时夺灯且吞咽下去，女子失去灯之后，说出自己是为采补而来的狐，灯其实是狐丹等，大恸而死。而《祝子志怪录》与《狐媚丛谈》中的《狐丹》讲述的是赵氏两个兄弟，哥哥叫"才之"，弟弟叫"令之"。有一天晚上，"才之"在归途中遇见一位口中衔灯的女子，且与该女子野合。后来被"令之"发现，在"才之"离开之后，"令之"暗中也与女子野合。后来，"令之"把这件事告诉了"所知"。"所知"教"令之"夺灯且下咽的方法，"令之"如其教，在与女子交合的过程中夺走灯，但还来不及下咽便被女子发现且前来抢夺，结果灯在二者抢夺的过程中掉在了水里。女子失灯后告诉"令之"，自己是为修炼而来的狐，灯其实是狐丹等，大恸而死。（注：《祝子志怪录》与《狐媚丛谈》的故事情节、故事中的人物完全相同，两者仅是些微文字上的不同而已。）综合《西樵野纪》《祝子志怪录》《狐媚丛谈》中的《狐丹》来看，相同的地方为：三者都有人与口中衔一灯的狐女野合，而后透露给他人，他人教以夺灯，结果人如其教，在与狐女野合时夺灯，狐女失灯（狐丹）后而丧命化形的故事。不同的地方：第一，人物及其称呼不同。《祝子志怪录》《狐媚丛谈》中的《狐丹》除了狐女外有三个人物，且都有名姓，两兄弟分别是"才之"与"令之"，以及具有谋略的"所知"；但《西樵野纪》除了狐女外，只有两个人物，且都没有名姓，男主人公称作"某"，替主人公出谋划策的智者亦称为"某"。第二，情节不同。《祝子志怪录》《狐媚丛谈》的《狐丹》是两兄弟交相与狐女野合，事后弟弟"令之"将事情经过告诉智者"所知"；而《西樵野纪》仅为"某"一人与狐女野合,事后告诉智者"某"。另外,《祝子志怪录》《狐媚丛谈》中的《狐丹》说"令之"没有吞咽下狐丹,狐丹在狐女与"令之"争夺的过程中掉在水里;而《西樵野纪》却说"某"夺得狐丹且吞咽之。第三,故事结尾不同。《祝子志怪录》《狐媚丛谈》两兄弟"亦无他异",而《西樵野纪》中的"某"却"独得高寿令终"。

那么,哪篇《狐丹》才是最早的源头呢?据侯甸《西樵野纪》"嘉靖庚子(1540)"①的自序,显然远远早于成书于"万历二十二年到万历三十五年间(1594—1607)"②的《狐媚丛谈》。然而,《祝子志怪录》与《西樵野纪》之间的关系如何呢?从时间上来说,祝允明稍长于侯甸,侯甸在《西樵野纪》中作的序中称"余少尝从侍枝山(祝允明)、南濠(都穆)二先生门下"③。但是,《西樵野纪》毕竟是侯甸自己的创作,有侯甸"嘉靖庚子(1540)"的自序;而《祝子志怪录》是由祝允明的曾孙祝世廉纂辑而成,刻于万历四十年(1612)。以此为依据,学者一般认为《西樵野纪》较《祝子志怪录》更加可信,而《祝子志怪录》与《西樵野纪》之所以有内容相同的篇目,是因为《祝子志怪录》抄袭了《西樵野纪》。如程毅中在《读稗散札》文中提到侯甸《西樵野纪》卷五有一篇《桂花著异》,

---

① 参见[明]侯甸:《西樵野纪》,顾廷龙主编,《续修四库全书》编纂委员会编:《续修四库全书·子部·小说家类》第 1266 册(上海:上海古籍出版社,2002 年版),第 727 页。

② 陈国军、龚敏:《〈狐媚丛谈〉的编者、版本与成书时间考略》(《世界文学评论》,2011 年第 1 期),第 309 页。

③ 参见[明]侯甸:《西樵野纪》,顾廷龙主编,《续修四库全书》编纂委员会编:《续修四库全书·子部·小说家类》第 1266 册(上海:上海古籍出版社,2002 年版),第 727 页。

而祝允明的《祝子志怪录》卷一有一篇《柏妖》，"故事与《西樵野纪》完全相同，主人公也是石亨和于谦，只是桂花变成了柏树，桂芳华改为柏永华。二者本为一事"。至于谁抄袭了谁的，程毅中认为侯甸的《西樵野纪》是侯甸自己编定的，有嘉靖庚子(十九年，1540)自序。而《祝子志怪录》则是出自祝允明的曾孙祝世廉之手，刻于万历间，"似乎不如《西樵野纪》可信。而且《艳异编》(四十五卷本之卷四十)也引作《桂花著异》"。① 薛洪勣在《【稀见珍本】明清传奇小说集》中介绍《西樵野纪》的相关情况时也说："按，祝允明(1460—1526)撰有《语怪编》四篇四十卷，今仅存第四篇一卷，很少流传。明末钱允治家藏有《枝山志怪》五卷，又名《祝子志怪录》，乃后人纂辑而成。其中有些作品与本书基本相同，而与祝氏文笔不类，当是后人据本书修改辑入，非祝氏原书所有。"②

如此说来，《狐丹》很有可能最先记载于明侯甸的《西樵野纪》卷九，而《祝子志怪录》中的《狐丹》盖是以《西樵野纪》为蓝本且经过一番修改编辑而成的。而《狐媚丛谈》中的《狐丹》故事内容与《祝子志怪录》全同，盖又是抄袭《祝子志怪录》文而来的。三篇《狐丹》，李剑国先生独独注意到《狐媚丛谈》的《狐丹》，充分说明了《狐媚丛谈》作为以狐为主的专题故事总集较一般志怪小

---

① 详见程毅中：《读稗散札》，袁行霈主编，北京大学中国传统文化研究中心：《国学研究》第三卷(北京：北京大学出版社，1995 年版)，第 193～194 页。

② 详见薛洪勣、王汝梅主编：《【稀见珍本】明清传奇小说集》(长春：吉林文史出版社，2007 年版)，第 151 页。

说集更易传播。另外,李剑国先生所认为的明人将狐的内丹称作"狐丹"来源于《狐媚丛谈》中《狐丹》的看法,被万晴川所承袭,他在《中国古代小说与方术文化》一书中指出:"狐狸炼成的内丹,明人称为狐丹。"①他所举的例子亦是《狐媚丛谈》卷五的《狐丹》,同样没有注意到产生时间更早的《西樵野纪》中的《狐丹》。

3. 王岗《作为圣传的小说,以编刊艺文传道》

王岗在《作为圣传的小说,以编刊艺文传道》一文中,主要从杨尔曾的生平活动以及编纂刊刻的作品来谈杨尔曾的道教思想。其中,涉及《狐媚丛谈》的三点内容:其一,杨尔曾以"墨床子(mēi chì zi)"为笔名编纂并刊刻了《狐媚丛谈》。② 其二,对《狐媚丛谈》给予极高的评价,王岗认为:"《狐媚丛谈》是中国文学史上唯一一部完全专注于狐狸精及其超自然能力的文言小说集。"其三,论述了《狐媚丛谈》极高的刊刻和版画质量,以及相应地分析了其质量高的原因。但王岗对《狐媚丛谈》的论述有优点也有不足。首先,王岗看到了《狐媚丛谈》在中国文学史上的独一无二性,它是完全属于狐狸、狐精、狐媚的,而古代还没有任何一部书籍像它这样如此纯粹地专注狐。其次,王岗注意到《狐媚丛谈》极高的版画价值,这就说明《狐媚丛谈》在中国版画史上也是占有一席之地的。然而,王岗对《狐媚丛谈》的作者的判断似乎有失公允。王岗

① 参见万晴川:《中国古代小说与方术文化》(北京:中国社会科学出版社,2005 年 8 月版),第 267 页。

② 参见王岗:《作为圣传的小说,以编刊艺文传道》(《"第一届道教仙道文化国际学术研讨会"会议论文集》,高雄:台湾中山大学中国文学系,2006年 11 月 10—12 日),第 368 页。

认为"墨尿子"即杨尔曾的笔名,杨尔曾正是以此笔名在草玄居刊刻了《狐媚丛谈》。王岗的说法因缺乏证据而显得理据不足,"尽管目前没有证据证明此书不是杨尔曾'编撰',然而,此书除了标举'草玄居'外,亦无任何证据可以证明是杨尔曾编撰"①。王岗贸然将《狐媚丛谈》的作者②归在"墨尿子"与杨尔曾的名下,这是其不足之处。另外,关于《狐媚丛谈》的编纂、刊刻原因,王岗认为杨尔曾是"报答许逊③"、出于"宗教使命"才编纂且刊刻了《狐媚丛谈》等书籍④;同时认为,《狐媚丛谈》之所以刊刻精良,也是因为其"具备宗教内容"⑤。毋容置疑,《狐媚丛谈》的内容的确具有道教色彩,"其中有相当篇幅与道教有关"⑥,如《道士收狐》《狐刚子》《狐授甄生口诀》《李自良夺狐天符》《三狐相殴》《狐仙》《狐

---

① 参见龚敏:《明代出版家杨尔曾编撰刊刻考》(收入《小说考索与文献钩沈》,济南:齐鲁书社,2010 年 9 月第 1 版),第 191 页。

② 《狐媚丛谈》的作者实际上为"凭虚子"。关于《狐媚丛谈》的作者问题,本书第一章将专门论述。

③ 许逊(239—374),字敬之,东晋时著名道士,后被净明道奉为教祖。更多关于许逊的奇异传闻,见于干春松:《神仙传》(北京:东方出版社,2005 年 1 月版),第 208~213 页。

④ 参见王岗:《作为圣传的小说,以编刊艺文传道》(《"第一届道教仙道文化国际学术研讨会"会议论文集》,高雄:台湾中山大学中国文学系,2006 年 11 月 10—12 日),第 368 页。

⑤ 参见王岗:《作为圣传的小说,以编刊艺文传道》(《"第一届道教仙道文化国际学术研讨会"会议论文集》,高雄:台湾中山大学中国文学系,2006 年 11 月 10—12 日),第 373 页。

⑥ 参见王岗:《作为圣传的小说,以编刊艺文传道》(《"第一届道教仙道文化国际学术研讨会"会议论文集》,高雄:台湾中山大学中国文学系,2006 年 11 月 10—12 日),第 373~374 页。

丹》,等等,然而王岗把《狐媚丛谈》的创作动机完全归结于此是不恰当的。《狐媚丛谈》搜罗内容广泛,涉及了林林总总有关狐的各种奇异传闻,比如狐有媚珠(《狐吐媚珠》)、狐有丹(《狐丹》)、狐爱美女(《狐负美女》)、狐喜喝酒(《狐善饮酒》)、狐善偷窃(《狐偷漆背金花镜》)、狐尾易露(《村民断狐尾》)、狐会飞(《狐能飞形》)、狐能幻化(《狐变妲己》)、狐可成仙(《狐仙》)、狐戴骷髅能变人(《狐戴髑髅变为妇人》)。凡此等等,其中虽然有相当篇幅与道教有关,但狐精媚人、狐作祟扰人、狐助人等篇幅同样为数不少,因此可以说,《狐媚丛谈》的内容庞杂不一,并不是纯粹为"道"而来,当然也就不能够说是出于"宗教使命"。从《狐媚丛谈·小引》透露的编纂信息来看,其似乎更倾向于教化意味,"是不独狐人,亦抑人狐矣",即要告知人们,世界上比狐更加可怕的是像狐一样凶险、狡诈之人。

4. 康笑菲《狐仙》

康笑菲在《狐仙》一书中沿袭了李剑国先生所认为的《狐媚丛谈》的《狐仙》使"狐仙"概念首度在明代出现,但其对"狐仙"的理解又与李剑国先生有所不同。李剑国先生认为的"狐仙"是受道教影响下的狐修炼成仙,而康笑菲所理解的"狐仙"是具有"艺妓(康笑菲此处使用'艺妓'一词似乎不妥,根据上下文推测,康笑菲应是想用一词来表达狐仙概念所具有的情色意涵,但误用了'艺妓'。'艺妓'一词来源于日本,中国没有'艺妓'的说法,关于艺妓的解释:'艺妓并非妓女。她们有自己的行规——"艺妓道"。所谓"艺妓道",一是该行业约定俗成的准则,二是艺妓遵循的道德规范。艺妓卖艺不卖身,是与娼妓的最大区别。'①) 和仙女的特质",既包括有狐修炼成仙的一面,又不排斥情色的内容,意义多重而复杂。② 康笑菲还提出《狐媚丛谈》从《太平广记》大量取材这一事实。③ 另外,她还对《狐媚丛谈》的命名问题发表了看法,认为《狐媚丛谈》的作者为了突出"狐媚"主题而把"早期资料中的故事都重新命名",以确保每个故事的篇名都有"狐"字。④ 在第二章的注释 60 中,康笑菲还简单提及了《狐媚丛谈》的作者墨庍子、《千顷堂书目》对该书的著录、内容编排、成书时间,以及流传等情况。⑤ 可以说,在以上提及的诸位学者中,以康笑菲对

---

　　① 详见王慧娟:《日本艺妓文化》(《世界文化》,2008 年第 2 期),第 46 页。另外,关于"艺伎",还有一些解释。"艺伎,在日语中叫做(geiko),意思是女艺人,象征着高贵和典雅,她们不同于妓女,她们赖以生存的是精湛的艺术,而不是身体。"详见董文玲:《日本的艺伎文化探微》(《东疆学刊》,2008 年第 25 卷第 1 期),第 43 页。"'艺伎'中带有一个'伎'字,这就让大家以为艺伎就是善于唱歌跳舞的妓女。这是一种误解,日本的艺伎,是卖艺但并不卖身的舞者。"详见尹平:《浅析艺伎一词的误解》(《科协论坛》,2007 年第 8 期),第 438 页。可见,"艺妓"一般指日本女艺人,与妓女的意思不同。在此,康笑菲用"艺妓"并不能表达出其想表达的情色内容,而置以妓女或是娼妓更为妥当一些。

　　② 参见康笑菲:《狐仙》(台北:博雅书屋有限公司,2009 年 12 月版),第 77~78 页。

　　③ 参见康笑菲:《狐仙》(台北:博雅书屋有限公司,2009 年 12 月版),第 81 页。

　　④ 参见康笑菲:《狐仙》(台北:博雅书屋有限公司,2009 年 12 月版),第 81 页。

　　⑤ 参见康笑菲:《狐仙》(台北:博雅书屋有限公司,2009 年 12 月版),第 250 页。

《狐媚丛谈》的关注面最广,且提出很多新颖而独特的观点,比如对"狐仙"多重概念的理解、《狐媚丛谈》与《太平广记》的关系、"狐媚"主题的命名方式等。但是,康笑菲的有些提法并不是很精准。比如,用"艺妓"来比喻"狐仙"所包含的情色内容,殊不知"艺妓"是与妓女迥然相异的两个词汇,它着重强调的是"艺",而非"妓"。又如,误以为《狐媚丛谈》的作者为墨厌子。另外,在《狐媚丛谈》的命名问题上,康笑菲也是有失偏颇的。她指出《狐媚丛谈》的命名方式突出了"狐媚"主题,是正确的。但是,她认为《狐媚丛谈》把"所有早期资料中的故事都重新命名,确保每个谈到这个主题的故事标题都有'狐'字"①,是有失公允的。因为《狐媚丛谈》并非每一标题都重新命名,有的就直接抄袭所参考的文本而来,比如《狐神》(《太平广记》卷四四七题"狐神")、《狐入李承嘉第》(《白孔六帖》卷九〇题"狐入李承嘉第")、《狐人立》(《白孔六帖》卷九〇题"狐人立")、《狐龙》(《太平广记》卷四五五题"狐龙")、《姜五郎二女子》(《夷坚志补》卷二二题"姜五郎二女子")、《诵经却狐》(《湖海新闻夷坚续志》后集卷二题"诵经却狐")、《西山狐》(《庚巳编》卷三题"西山狐")、《临江狐》(《庚巳编》卷二题"临江狐")、《谷亭狐》(《庚巳编》卷八题"谷亭狐")、《狐丹》(《祝子志怪录》卷五题"狐丹")、《狐精》(《西樵野纪》卷六题"狐精")。另外,也并非每个"标题都有'狐'字",比如《灵孝呼阿紫》《胡道洽死不见尸》《徐安妻骑故笼而飞》《姜五郎二女

---

① 参见康笑菲:《狐仙》(台北:博雅书屋有限公司,2009年12月版),第81页。

子》《胡媚娘》中就没有"狐"字。

(四)对《狐媚丛谈》全面关注

目前学界对《狐媚丛谈》进行全面关注者为龚敏和陈国军。龚敏在《明代出版家杨尔曾编撰刊刻考》一文,详细考证出杨尔曾以不同堂号编撰和刊刻的小说作品,其中以"草玄居"刊行的四部书中就有《狐媚丛谈》。龚敏在此文中简单介绍了《狐媚丛谈》的版本、著录、作者等情况。① 以此为基础,龚敏与陈国军进而在《〈狐媚丛谈〉的编者、版本与成书时间考略》一文中,专门从著录、作者、版本与成书时间四个方面进行了更加详细全面的考证与论述。比如关于《狐媚丛谈》著录情况,以往宁稼雨与康笑菲也有所涉及,但同时提到的都只是清代的《千顷堂书目》一种。② 龚敏在《明代出版家杨尔曾编撰刊刻考》一文中也仅是涉及了《中国文言小说总目提要》与《中国古代小说总目提要》两种。③ 但在

① 参见龚敏《明代出版家杨尔曾编撰刊刻考》"二、杨氏草玄居的编撰和刊刻"第二小节"凭虚子《狐媚丛谈》"(收入《小说考索与文献钩沈》,济南:齐鲁书社,2010 年 9 月第 1 版),第 189~191 页。

② 分别参见宁稼雨:《中国文言小说总目提要·明代志怪类·狐媚丛谈》(济南:齐鲁书社,1996 年版),第 227 页;刘叶秋等主编:《中国古典小说大辞典》(石家庄:河北人民出版社,1998 年 7 月版),第 467 页;朱一玄等编著:《中国古代小说总目提要·文言部分·狐媚丛谈》(北京:人民文学出版社,2005 年 12 月版),第 343 页;康笑菲:《狐仙》(台北:博雅书屋有限公司,2009 年 12 月版),第 250 页。

③ 参见龚敏《明代出版家杨尔曾编撰刊刻考》"二、杨氏草玄居的编撰和刊刻"第二小节"凭虚子《狐媚丛谈》"(收入《小说考索与文献钩沈》,济南:齐鲁书社,2010 年 9 月第 1 版),第 190 页。

《〈狐媚丛谈〉的编者、版本与成书时间考略》中，龚敏与陈国军有了明显的进展，他们全面搜集，广泛涉猎，著录书籍增加到七种，基本将明、清、近当代著录《狐媚丛谈》的诸书全部网尽，为目前学界介绍《狐媚丛谈》著录情况最为详尽者。

在版本方面，他们的建树同样不可低估。以往的文本或是只提及上海图书馆本①，或是日本内阁文库本②，或是林罗山手抄本③，且较为零散，并没有集中记录《狐媚丛谈》所有版本的情形。这样，分散各处的记载很容易让人只知其一，不知其二。而龚敏与陈国军能够根据零碎的讯息，寻找到蛛丝马迹，从而深入寻求并综合分散在各处的资料，最终考证出《狐媚丛谈》的三种版本。至此，《狐媚丛谈》的版本趋于完备，龚敏与陈国军的贡献不可谓不是一种突破与创举。

另外，关于《狐媚丛谈》的作者问题。见诸《明代出版家杨尔曾编撰刊刻考》文以前的论述主要有两种提法，或曰"墨浪子"，或曰"凭虚子"，但都没有给出任何理由，不知缘何而说。而龚敏与陈国军却认真贯彻了"有一分证据说一分话"的原则。《狐媚丛

---

① 《浙江历代版刻书目》就只记录了《狐媚丛谈》的上海图书馆本。详见《浙江省出版志》编纂委员会办公室编：《浙江历代版刻书目》(杭州：浙江人民出版社，2008 年 12 月版)，第 115 页。

② 近代学者董康在《日本内阁藏小说戏曲书目》与《书舶庸谭》中曾提及日本内阁文库本。详见董康：《日本内阁藏小说戏曲书目》(《国学月刊》，1927 年第 4 期)，第 3 页；董康著，傅杰校点：《书舶庸谭》(沈阳：辽宁教育出版社，1998 年版)，第 13 页。

③ 参见马兴国：《〈平妖传〉在日本的流传及影响》(《日本研究》，1988年第 4 期)，第 73~74 页。

谈》"凭虚子"说,虽不是他们第一个提出①,却最先由他们解释清楚为何是"凭虚子"而不是"墨尿子"。他们指出,"墨尿子"为撰写《狐媚丛谈》"小引"之"墨尿子",且他在"小引"中分明提出了是"凭虚子丛而传之"②。这样,作者问题就明晰化了,当是"凭虚子"无疑。最后,不能不提及的是龚敏与陈国军在考证《狐媚丛谈》成书时间上的贡献,笔者认为这也是目前最具说服力、最精确的考证。《浙江历代版刻书目》提出《狐媚丛谈》是"万历三十年(1602)钱塘杨尔曾草玄居刊本"③,但没有给出任何理由。康笑菲在《狐仙》第二章的注释 60 中对《狐媚丛谈》的成书时间也做了考证,但她得出"本书成书的时间不早于正德年间,但也不在万历(一五七三——一六一九)末年之前"④的说法过于宽泛、笼统。而龚敏与陈国军根据《狐媚丛谈》"小说文本的源流和著录,以及其他小说对《狐媚丛谈》的引用等"⑤,从而得出"《狐媚丛谈》的成书时间当在万历二十二年到万历三十五年间(1594—1607)"。显

---

① 其实,杜信孚早在其 1983 年出版的《明代版刻综录》中便指出《狐媚丛谈》的作者为"凭虚子"。详见杜信孚:《明代版刻综录》第六册第五卷(扬州:广陵古籍刻印社,1983 年版),第 43 页。

② 参见龚敏:《明代出版家杨尔曾编撰刊刻考》(收入《小说考索与文献钩沈》,济南:齐鲁书社,2010 年 9 月第 1 版),第 190~191 页。

③《浙江省出版志》编纂委员会办公室编:《浙江历代版刻书目》(杭州:浙江人民出版社,2008 年 12 月版),第 115 页。

④ 参见康笑菲:《狐仙》(台北:博雅书屋有限公司,2009 年 12 月版),第 250 页。

⑤ 参见陈国军、龚敏:《〈狐媚丛谈〉的编者、版本与成书时间考略》(《世界文学评论》,2011 年第 1 期),第 308 页。

然,此种说法是目前最为可靠、最具信服力的说法。

综合以上对《狐媚丛谈》的关注情况,尽管目前学界对《狐媚丛谈》的著录情况、是否存佚,以及在行文过程中对《狐媚丛谈》的内容、篇名、作者等情况都有所涉及,但所占篇幅很少,研究也并不深入。以龚敏的《明代出版家杨尔曾编撰刊刻考》为标志,《狐媚丛谈》开始以独立的一个章节出现,《〈狐媚丛谈〉的编者、版本与成书时间考略》进而以专文形式对《狐媚丛谈》进行更加全面、详细的独立研究,成为后人研究《狐媚丛谈》的必备和基石。但从整体上看,《狐媚丛谈》的研究还存在未完善之处,如《狐媚丛谈》的故事来源、编创手法、内容特点,以及对后世狐文学的影响等方面仍是空白,有待进一步探讨和研究。

第一章 《狐媚丛谈》的基本情况

自明清到当代,对《狐媚丛谈》进行著录的书籍主要有《澹生堂书目》《千顷堂书目》《日本内阁藏小说戏曲书目》《书舶庸谭》等。关于《狐媚丛谈》的版本,则主要有上海图书馆本、日本内阁文库藏本与日人林罗山手抄本三种。至于《狐媚丛谈》的编纂者为谁,目前主要有"墨屎子"与"凭虚子"两种说法,而刊刻者,研究者皆认为是杨尔曾。本章以下内容是对《狐媚丛谈》基本情况的详细介绍,包括著录问题、版本情况、编纂者与刊刻者以及刊刻背景等。

一、《狐媚丛谈》的著录与版本

(一)《狐媚丛谈》著录情况

《狐媚丛谈》自成书以来,著录并不多。最早著录《狐媚丛谈》为明祁承爜(1563—1628)《澹生堂书目》:"《狐媚丛谈》,二卷,二册。"①之后,清代黄虞稷(1629—1691)在《千顷堂书目》卷一二曰:"墨床子《狐媚丛谈》五卷。"②近代学者董康(1864—1947)在《日本内阁藏小说戏曲书目》与《书舶庸谭》曰:"《狐媚丛谈》五卷。"③当代杜信孚分别在 1983 年《明代版刻综录》及 2000 年《著者别号书录考》记载:"凭虚子《狐媚丛谈》五卷。"④以上著录都相对简单,要么只著录书名和卷次,要么仅在书名和卷次的基础上多出作者一项。

开始以叙录方式较为详细地关注《狐媚丛谈》者为宁稼雨,他在 1996 年出版的《中国文言小说总目提要》著录《狐媚丛谈》云:

> 明代志怪小说集。墨床子(按:墨床子)撰。《千顷堂书目》小说类著录,一卷⑤。原书已佚。未见佚文。观书名当为

① 参见《澹生堂藏书目》卷七,冯惠民、李万健等选编:《明代书目题跋丛刊》影印会稽徐氏刊本(北京:书目文献出版社,1994 年版),第 997 页。

② 参见[清]黄虞稷撰,瞿凤起、潘景郑整理:《千顷堂书目 附索引》(上海:上海古籍出版社,2001 年 7 月版),第 346 页。

③ 参见董康:《日本内阁藏小说戏曲书目》(《国学月刊》,1927 年第 4 期),第 3 页;董康著,傅杰校点:《书舶庸谭》(沈阳:辽宁教育出版社,1998 年版),第 13 页。

④ 参见杜信孚:《明代版刻综录》第六册第五卷(扬州:广陵古籍刻印社,1983 年版),第 43 页;杜信孚、蔡鸿源:《著者别号书录考》(南京:江苏古籍出版社,2000 年 1 月版),第 75 页。

⑤ 黄虞稷在《千顷堂书目》卷一二曰:"墨床子《狐媚丛谈》五卷。"而宁稼雨在此记为"一卷",应该是误记。嗣后,由刘叶秋等主编的《中国古典小说大辞典》中,宁稼雨在"《狐媚丛谈》"条撰写的文字,以及由朱一玄、宁稼雨、陈桂生编著的《中国古代小说总目提要》"《狐媚丛谈》"条中,均改为"五卷"。

狐媚一类怪异故事。墨床子(按:墨床子)其人未详。①

接着,上述讯息被由 1998 年刘叶秋等主编的《中国古典小说大辞典》经过些微改动后收录。② 而后,宁稼雨等在 2005 年出版的《中国古代小说总目提要》基本沿袭了《中国古典小说大辞典》对《狐媚丛谈》的著录情况。③

另外,以叙录方式著录《狐媚丛谈》的还有 1997 年由辜美高等人撰写的《新加坡国立大学中文图书馆藏中国明清通俗小说书

---

① 参见宁稼雨:《中国文言小说总目提要·明代志怪类·狐媚丛谈》(济南:齐鲁书社,1996 年版),第 227 页。

②《中国古典小说大辞典》全文为:"明代志怪小说集,五卷。墨床子撰。见《千顷堂书目》子部小说类。已佚。以书名度之,当为狐媚一类怪异故事。墨床子未详其人。(宁稼雨)"参见刘叶秋等主编:《中国古典小说大辞典》(石家庄:河北人民出版社,1998 年版),第 467 页。可以看出,《中国古典小说大辞典》显然是在《中国文言小说总目提要》的基础上修改的。由《中国文言小说总目提要》的"一卷"改为"五卷",且更改了顺序,把《中国文言小说总目提要》的"《千顷堂书目》小说类著录"改为"见《千顷堂书目》子部小说类",在"小说类"之前增加了限定词"子部",去掉"著录",这些改动使得表述更加精练、准确,是值得肯定的。然而,《中国古典小说大辞典》也认为《狐媚丛谈》"已佚",这又是其不足之处。

③《中国古代小说总目提要》全文为:"志怪小说集,明墨床子撰,墨床子未详其人。其书五卷,见《千顷堂书目》子部小说类,已佚。以书名度之,当为狐媚一类怪异故事。"参见朱一玄、宁稼雨、陈桂生编著:《中国古代小说总目提要·文言部分·狐媚丛谈》(北京:人民文学出版社,2005 年 12 月版),第 343 页。可见宁稼雨在该书中仅将其在《中国古典小说大辞典》撰写的相关文字做了简单的顺序调整和个别的文字改动,如将《中国古典小说大辞典》的"明代志怪小说集"删减为"志怪小说集",将其文末的"墨床子未详其人"挪移到"明墨床子撰"的后面等。

目提要》,以及 2008 年《浙江省出版志》编纂委员会办公室编纂的《浙江历代版刻书目》。

《新加坡国立大学中文图书馆藏中国明清通俗小说书目提要》曰:

> 《狐媚丛谈》5 卷,不题撰人。88×20;310 页;图 29 幅。书前有《狐媚丛谈小引》,末署"墨屎子撰"。正文前有《说狐》一篇,版心镌"狐媚丛谈",下端或见"草玄居"三字。正文后附有图一幅及卷一第一页上半页。书影书末有两行文字,署"壬申七月十二日罗山子"。原缺卷二第二十五页。(据悉上海图书馆的藏本则不缺。)①

《浙江历代版刻书目》曰:

> 《狐媚丛谈》5 卷,题明凭虚子撰,万历三十年(1602)钱塘杨尔曾草玄居刊本,上图藏。②

综合以上著录的特点:从详略上来看,明祁承㸁、清黄虞稷、近代董康以及当代杜信孚的记载最为简单;《浙江历代版刻书目》记载较为详细,除了书名、作者、卷次外,还首次明确提出《狐媚丛

---

① 参见辜美高等:《新加坡国立大学中文图书馆藏中国明清通俗小说书目提要》,新加坡国立大学中文系汉学研究中心,1997 年。

② 参见《浙江省出版志》编纂委员会办公室编:《浙江历代版刻书目》(杭州:浙江人民出版社,2008 年 12 月版),第 115 页。

谈》的刊刻者为杨尔曾以及版本的所在地上海图书馆等;宁稼雨等的著录可以说是相当详细了,涉及《狐媚丛谈》的书名、作者、卷次、体例、《千顷堂书目》的著录情况以及推测了该书的内容等,但宁稼雨等误以为该书"已佚",以及将《千顷堂书目》记载的"五卷"误记为"一卷",把"墨屎子"误作"墨床子",说明宁稼雨等对《狐媚丛谈》的关注不多,且掌握的信息也不够精确。

从卷次上分析,如将《中国文言小说总目提要》的误记情况除外,则《狐媚丛谈》有"二卷""五卷"之别。惟明祁承爜《澹生堂书目》题为"二卷,二册",清代乃至当代的著录全部为"五卷",是祁承爜误记了吗? 从祁承爜与杨尔曾所处的时代与地域上来看,祁承爜生于 1563 年,卒于 1628 年,杨尔曾约生于 1575 年①,卒年不详②,杨尔曾比祁承爜小约 12 岁,年龄差距不是很大;祁承爜是浙江绍兴人,杨尔曾是浙江杭州人。可见,地域、年代都很接近,祁承爜对杨尔曾以及所刻作品应是相当熟悉的,所以误记的情况似乎不可能。而由明代"二卷,二册"到清代乃至往后的"五卷",说明了祁承爜《澹生堂书目》所记载的"二卷"本很可能就是"草玄居"的原刊本,即在《澹生堂书目》成书之后,《狐媚丛谈》很有可

---

① 龚敏据杨尔曾《纪刻许真君净明宗教录事》的文字,考证出杨尔曾的生年约在万历三年乙亥(1575),详参龚敏:《明代出版家杨尔曾编撰刊刻考》(收入《小说考索与文献钩沈》,济南:齐鲁书社,2010 年 9 月第 1 版),第 194 页。

② 杨尔曾的卒年不详,王岗提出杨尔曾约卒于 1623 年,然未交代由来,详参王岗:《作为圣传的小说,以编刊艺文传道》(《"第一届道教仙道文化国际学术研讨会"会议论文集》,高雄:台湾中山大学中国文学系,2006 年 11 月 10—12 日),第 367 页。

能出现了增刊、补刊现象,因此出现了"五卷"本,这与后来龚敏考证出《狐媚丛谈》的三种版本(上海图书馆本、日本内阁文库藏本、日人林罗山手抄本)都是补刊本的情况相吻合。

(二)《狐媚丛谈》的版本

《狐媚丛谈》现存有三个版本,分别为上海图书馆本、日本内阁文库藏本与日人林罗山手抄本。

上海图书馆藏本总计狐故事 5 卷,其中第 1 卷 32 篇,第 2 卷 32 篇,第 3 卷 13 篇,第 4 卷 32 篇,第 5 卷 23 篇,加上正文前《说狐》1 篇,合计 133 篇。前面已经提及,《浙江历代版刻书目》记载有上海图书馆所藏的《狐媚丛谈》本的相关讯息,包括书名、卷数、作者、刊刻者等,但其中"万历三十年(1602)钱塘杨尔曾草玄居刊本"这句话的表述存在问题。首先,"万历三十年(1602)"的说法不知据何而来,因为现存《狐媚丛谈》的两种补刻本均无明确的编刻时间记载,陈国军与龚敏根据《狐媚丛谈》从其他书籍取材与被借鉴的情况,才考证出《狐媚丛谈》的大致成书时间。[①] 其次,认为上海图书馆所藏本为"杨尔曾草玄居刊本",即原刊本,同样缺乏事实根据。上海图书馆所藏本"版式与草玄居不同",应"系后来书商据杨氏草玄居本补刻而成"。[②]

日本内阁文库藏刻本收集狐故事合共 133 篇,第 1 卷 33 篇,

---

① 参见陈国军、龚敏:《〈狐媚丛谈〉的编者、版本与成书时间考略》(《世界文学评论》,2011 年第 1 期),第 309 页。

② 参见陈国军、龚敏:《〈狐媚丛谈〉的编者、版本与成书时间考略》(《世界文学评论》,2011 年第 1 期),第 307 页。

第2卷32篇,第3卷13篇,第4卷32篇,第5卷23篇。此版"目录版式和内容间有错置,文字亦漫患不清,正文内容亦多有散佚"①。因其版式与草玄居不同,亦是草玄居补刻本无疑。近代学者董康当年去日本记下的"《狐媚丛谈》五卷",应是此版的《狐媚丛谈》。盖正是根据董康的记载,人们才"知道史料的所在"②并找到此版的《狐媚丛谈》。到目前为止,它是惟一被影印出版的本子,台湾天一出版社《明清善本小说丛刊续编》在1990年据此影印出版《狐媚丛谈》。

日人林罗山手抄本亦藏在日本内阁文库,收集狐故事亦为133篇,即第1卷33篇,第2卷32篇,第3卷13篇,第4卷32篇,第5卷23篇。马兴国《〈平妖传〉在日本的流传及影响》文中曾简单涉及该版的情况:"现内阁文库尚藏有林罗山手写的《狐媚丛谈》,末尾题'壬申七月十二日,罗山子','壬申'即宽永九年(1632年)。"③马兴国在此只简单地提及日本内阁文库藏有林罗山手写本以及此本有林罗山亲笔落款这一事实,但没有交代落款的具体内容。林罗山落款的具体内容为:"《狐媚丛谈》全部五卷,藏在秘府。余因曝御书,就而偬写之,且加朱句讫。壬申七月十

---

① 参见陈国军、龚敏:《〈狐媚丛谈〉的编者、版本与成书时间考略》(《世界文学评论》,2011年第1期),第307页。

② 这是胡适在《书舶庸谭》序言里面对董康的评价,胡适说:"董先生是近几十年来搜罗民间文学最有功的人,他在这四卷书里记录了许多流传在日本的旧本小说,使将来研究中国文学史的人因此知道史料的所在。"参见董康著,傅杰校点:《书舶庸谭·序》(沈阳:辽宁教育出版社,1998年版)。

③ 参见马兴国:《〈平妖传〉在日本的流传及影响》(《日本研究》,1988年第4期),第73~74页。

二日 罗山子。"壬申七月十二日",即明崇祯五年(1632)七月十二日。由以上可知,此本为林罗山据内阁文库藏本抄写而来,《狐媚丛谈》早在明崇祯五年(1632)前就已经流传到日本,而林罗山又于1632年手抄全本,并于当年七月十二日完成。

综合《狐媚丛谈》的三种版本,尤以上海图书馆本为最早且最完善,"实可以善本视之"①。《狐媚丛谈》的三种版本都不是原草玄居刊本,而是后人在此基础上的补刊、增刊,可见《狐媚丛谈》在问世之后还是有一定的市场和阅读群的。而日本内阁文库藏本以及林罗山手抄本的发现,更说明了《狐媚丛谈》在海外的流传之快与影响之大。

二、《狐媚丛谈》的编纂者与刊刻者

(一)《狐媚丛谈》的编纂者

《狐媚丛谈》是由谁编纂的? 目前,学界主要有两种说法:一是墨屎子,一是凭虚子。详检诸书对《狐媚丛谈》的著录,有的不题作者名姓,有的题为墨屎子,有的题为凭虚子。另外,其他著述涉及《狐媚丛谈》作者情况的,也主要是墨屎子与凭虚子两种。现分别论述如下:

---

① 参见陈国军、龚敏:《〈狐媚丛谈〉的编者、版本与成书时间考略》(《世界文学评论》,2011年第1期),第308页。

1. 编纂者墨屎子

综合诸书对《狐媚丛谈》的著录来看,《千顷堂书目》《中国文言小说总目提要》《中国古典小说大辞典》《中国古代小说总目提要》等均认为墨屎子编纂了《狐媚丛谈》。另外,持此种观点的尚有李剑国①、康笑菲②、山民③、黄建国④等。王岗虽也认为《狐媚丛谈》的作者是墨屎子,但同时提出墨屎子就是杨尔曾,即杨尔曾以"墨屎子"为笔名编撰并刊刻了《狐媚丛谈》。⑤ 王岗在此没有提出任何让人信服的理由来,故墨屎子具体为谁,难成定论。

2. 编纂者凭虚子

诸如《明代版刻综录》《著者别号书录考》《浙江历代版刻书目》等对《狐媚丛谈》的著录都为"凭虚子",瞿冕良、龚敏与陈国军等也持同样的观点。由瞿冕良编著的《中国古籍版刻辞典》"草

---

① 李剑国先生在《中国狐文化》中提到"明末墨屎子《狐媚丛谈》",可见李剑国先生认为《狐媚丛谈》的作者是墨屎子。详见李剑国:《中国狐文化》(北京:人民文学出版社,2002 年 6 月第 1 版),第 165 页。

② 康笑菲在《狐仙》中直接指出"其名墨屎子的作者"。详见康笑菲:《狐仙》(台北:博雅书屋有限公司,2009 年 12 月版),第 81 页。

③ 山民在《狐狸信仰之谜》中说,"据说有墨床(按:屎)子撰的《狐媚丛谈》",可见山民也认为是墨屎子撰写了《狐媚丛谈》。详见山民:《狐狸信仰之谜》(北京:学苑出版社,1994 年 10 月第 1 版),第 165 页。

④ 黄建国与山民同,也是"据说":"明代据说有墨床(按:屎)子撰五卷本的狐仙故事集《狐媚丛谈》。"可见,他也默认《狐媚丛谈》的作者是墨屎子。详见黄建国:《明清文言小说狐意象解读》[《西北大学学报(哲学社会科学版)》,2005 年第 3 期],第 143 页。

⑤ 参见王岗:《作为圣传的小说,以编刊艺文传道》(《"第一届道教仙道文化国际学术研讨会"会议论文集》,高雄:台湾中山大学中国文学系,2006 年 11 月 10—12 日),第 368 页。

玄居"条有"题凭虚子《狐媚丛谈》5 卷"①。龚敏在《明代出版家杨尔曾编撰刊刻考》文中也指出《狐媚丛谈》的作者不应是"墨尿子",而是"凭虚子"。理由为:"墨尿子"仅仅是为《狐媚丛谈》写了"小引",且在"小引"中又说"(丛)而传之者"为"凭虚子"。②因此,《狐媚丛谈》的作者当是"凭虚子","殆非撰写《小引》之墨尿子"。③ 在龚敏与陈国军所撰的《〈狐媚丛谈〉的编者、版本与成书时间考略》中,他们再次重申了《狐媚丛谈》凭虚子编纂说。④

　　3.“墨尿子”“凭虚子”:寓言式人名

　　综合以上两种不同看法,笔者更倾向龚敏与陈国军的观点,将《狐媚丛谈》的作者定为凭虚子,但同时笔者认为凭虚子同墨尿子一样都是“子虚乌有”的人名。现分析如下:

　　“墨尿”最早见于《列子·力命》:“墨尿、单至、啴咺、憋愍,四人相与游于世。”张湛对“墨尿”的注释为:《方言》:墨尿,江淮之间谓之无赖;《广雅》云:墨音目,尿作欺。”⑤在此,“墨尿”有无赖

---

　　① 参见瞿冕良编著:《中国古籍版刻辞典》(济南:齐鲁书社,1999 年版),第 417 页。

　　② 参见凭虚子:《狐媚丛谈》,《明清善本小说丛刊续编》第四辑《灵怪·神仙妖魅》影印本。

　　③ 参见龚敏:《明代出版家杨尔曾编撰刊刻考》“二、杨氏草玄居的编撰和刊刻”第二小节“凭虚子《狐媚丛谈》”(收入《小说考索与文献钩沈》,济南:齐鲁书社,2010 年 9 月第 1 版),第 190 页。

　　④ 参见陈国军、龚敏:《〈狐媚丛谈〉的编者、版本与成书时间考略》(《世界文学评论》,2011 年第 1 期),第 307 页。

　　⑤ 参见[晋]张湛注:《列子》(上海:上海书店,1986 年 7 月版),第 73 页。

之徒的意思,是寓言式虚拟的人名,《狐媚丛谈》的"墨尿子"当来源于此。而"凭虚子"亦同,当也是虚拟而来,不是真实人物的名。"凭虚子"应是模拟司马相如《子虚赋》中的"子虚"而来,"凭虚子"与"子虚"一样具有虚假、不真实的意思,本身的意义便告诉人们,此人名是假托的。再看"墨尿子"编纂的《狐媚丛谈》"小引",其对话体例与庄子寓言式虚拟客主问答类似,文中的"拘方生"与"达观老人"正好扮演的是对立的正反两方。

且看"小引"对两者的论述。"拘方生"对"凭虚子"编纂《狐媚丛谈》持否定态度,他认为有关"狐媚"的一切记载都是假的,即"诸说凿空",不应编纂《狐媚丛谈》以"杜乱正之萌"。看来"拘方生"是墨守陈规之人,这与"拘方"在辞典中的意思相吻合,即拘泥、刻板之意。明唐顺之《〈右编〉序》曰:"奏议者,弈之谱也。师心者废谱,拘方者泥谱,其失均也。"①明李贽《史纲评要·宋纪·元丰七年》曰:"似缓,实非缓事,有不足苟、扬者,拘方之见也。"②均即此意。而"达观老人"与"拘方生"形成明显的对立,是分外开明、思想开放的一派,也即"达观"③在辞典中的解释。很明显,"拘方生"与"达观老人"都是取其字面意思,应是根据文意表达的需要虚拟而来。另外,从对话形式上来说,"达观老人"与"拘方生"的对话类似庄子寓言常见的对话模式,即"伪立客主,假相酬答"。

---

① 参见夏成淳编:《明六十家小品文精品》(上海:上海社会科学院出版社,1995 年版),第 118 页。

② 参见张建业主编:《李贽全集注·史纲评要注(四)》第 25 册(北京:社会科学文献出版社,2010 年 5 月版),第 153 页。

③ 达观:泛指开通,明白事理。《广雅》:达,通也。

从以上分析得出,不论是"墨屎子""凭虚子"还是"拘方生""达观老人",四者都是"子虚乌有"的寓言式人物,并不是真实人物的名姓。

(二)刊刻者杨尔曾

关于杨尔曾的生平等情况,最早予以关注的是著名学者郑振铎(1898—1958):"杨尔曾自号雉衡山人,所辑书不少,有《仙媛纪事》,《杨家府演义》及《韩湘子传》(按:《韩湘子全传》)等,殆为杭地书肆主人,或代书肆辑书者之一人。"[1]在此,郑振铎对杨尔曾的名号作了说明,并指出杨尔曾可能是杭州的"书肆主人"。但是郑振铎此处错误地把《杨家府演义》[2]归在杨尔曾的名下,将杨尔曾所编撰的作品《韩湘子传》(按:《韩湘子全传》)误以为是"所辑",都是不合理的。[3]

---

① 参见郑振铎:《劫中得书记·海内奇观》,《西谛书话》(上册)(北京:生活·读书·新知三联书店,1983 年版),第 327 页。

② 关于《杨家府演义》的作者,"有三种说法:一说为明万历间秦淮墨客,即纪振伦,字春华,其他生平无考。一说为嘉靖间书坊主人熊大木。一说为明代无名氏"。参见朱世滋主编:《中国古典长篇小说百部赏析》(北京:华夏出版社,1990 年 4 月版),第 130 页。

③ 其实,龚敏早在《明代出版家杨尔曾编撰刊刻考》中就指出郑振铎此段文字的优点与不足,他说:"郑氏于此对杨尔曾的名号作一清楚的说明,并谓杨氏'所辑书不少'。尽管,郑振铎此处误以《杨家府演义》乃杨尔曾编撰,并遗漏了《东西晋演义》等书,然而,却较早指出了杨尔曾可能是杭州的'书肆主人'或'代书肆辑书者之一人'。"详见龚敏:《明代出版家杨尔曾编撰刊刻考》"二、杨氏草玄居的编撰和刊刻"第二小节"凭虚子《狐媚丛谈》"(收入《小说考索与文献钩沈》,济南:齐鲁书社,2010 年 9 月第 1 版),第 185 页。

不仅是郑振铎,就是在目前,学术界对于杨尔曾的生平事迹等,仍然欠缺清晰的了解。比如《中国古典文学辞典》曰:"杨尔曾(生卒年不详)明小说家。字圣鲁,号雉衡山人,又号夷白主人,钱塘(今杭州)人。生平事迹不详。作《东西晋演义》,十二卷,五十回,《韩湘子全传》三十回。刊有《海内奇观》、《图绘宗彝》等。"①另,《历代藏书家辞典》②、《中国俗文学辞典》③、《中国文学大辞典》④等诸书虽都涉及杨尔曾生平等情况的介绍,但与《中国古典文学辞典》同,只言片语,并不详焉。

学术界对杨尔曾生平事迹考述最为详细的是龚敏,他曾在《〈东西晋演义〉与〈东西两晋志传〉关系考》中说:"杨尔曾是一个'仕路犹赊'的文人,而在他修订《东西晋演义》时已'颠毛种种',年岁应该不轻。从现存由杨尔曾编修的两部小说来看,他应该在万历、天启间从事编修小说的活动,当为明末人。"⑤接着,龚敏在《明代出版家杨尔曾编撰刊刻考》中对杨尔曾的生平事迹以及著

① 参见谷云义等编:《中国古典文学辞典》(长春:吉林教育出版社,1990年6月版),第300页。

② 参见梁战、郭群一编著:《历代藏书家辞典》(西安:陕西人民出版社,1991年10月版),第241~242页。

③ 参见王文宝等编:《中国俗文学辞典》(长春:吉林教育出版社,1990年版),第400页。

④ 详情参见钱仲联、傅璇琮、王运熙、章培恒、陈伯海、鲍克怡总主编:《中国文学大辞典(修订本)》(上海:上海辞书出版社,2000年9月版),第961页。

⑤ 详情参见龚敏:《〈东西晋演义〉与〈东西两晋志传〉关系考》(收入《小说考索与文献钩沉》,济南:齐鲁书社,2010年9月第1版),第25~26页。

述情况做了更为具体详细的考证。①

　　尽管杨尔曾的生平事迹在各种传记、方志等文献中记载不多，但是根据杨尔曾所编撰、刊刻的书籍，可以得知杨尔曾是一位活跃于明代万历三十年(1602)至天启三年(1623)的书坊主。与此同时，正如龚敏所指出的，杨尔曾也是一位"仕路犹赊"的文人。②

三、《狐媚丛谈》的刊刻背景

(一)刻书历史悠久

　　《狐媚丛谈》约成书于万历二十二年(1594)到万历三十五年(1607)，属于明代中后期。在此时期，江南③经济极为发达，与江

---

　　① 参见龚敏:《明代出版家杨尔曾编撰刊刻考》(收入《小说考索与文献钩沈》，济南:齐鲁书社，2010 年 9 月第 1 版)。

　　② 王岗说杨尔曾"连科举考试中最低一级的院试都未通过，也因此都不具有'生员'的资格"。参见王岗:《作为圣传的小说，以编刊艺文传道》(《"第一届道教仙道文化国际学术研讨会"会议论文集》，高雄:台湾中山大学中国文学系，2006 年 11 月 10—12 日)，第 375 页;另外，陈大康以陈邦瞻为杨尔曾《海内奇观》所作的序为依据，说"他(杨尔曾)文化层次也远较熊大木、余邵鱼等人为高"。陈大康:《明代小说史》(北京:人民文学出版社，2007 年 4 月第 1 版)，第 339 页。

　　③ 周芜推测"夷白堂是他(杨尔曾)在杭州主持的书坊，草玄居或为在苏州的分店"。详见周芜编著:《徽派版画史论集》(合肥:安徽人民出版社，1984 年 1 月版)，第 65 页。据周芜此说，草玄居应位居苏州，杨尔曾又为杭州书肆主人，苏州与杭州同属江南富庶之地。因此，笔者综合江南一带经济特点，并尽量突出苏州、杭州，以论述《狐媚丛谈》的刊刻背景。

南经济发展水平相适应,江南地区的刻书业也异常繁荣。故发达的经济与繁荣的刻书业为《狐媚丛谈》的刊刻成书奠定了丰厚的物质基础。

明代的刻书业主要集中在江南地区,而江南又以苏州、杭州、南京三大城市为刊刻中心。其中,苏州与杭州刻书历史悠久,早在明代之前,二者已大有名气。比如杭州刻书在宋代最为发达,处于全国刊刻业的领先地位,宋叶梦得《石林燕语》:"今天下印书,以杭州为上,蜀本次之,福建最下。"①宋时苏州刻书虽不及杭州兴盛,但"'苏杭间一苇可通',刻工可相互支援,所受影响较大"②,因此苏州的刻书业在当时也颇有名气。在明代中后期,苏州的印书刊刻业进入鼎盛时期。据胡应麟《少室山房笔丛》记载:"吴会、金陵擅名文献,刻本至多,巨帙类书,咸荟萃焉。海内商贾所资,二方十七,闽中十三,燕、越弗与也。"③仅苏州与南京便已占全国出售书籍总数的十分之七,由此可见苏州刻书数量不菲。胡应麟还说:"余所见当今刻本,苏常为上,金陵次之,杭又次之。近湖刻、歙刻骤精,遂与苏、常争价。"④这又说明苏州刻书质量一流。另外,苏州、杭州与南京、北京也是书籍的主要聚集地与消费地,

---

① 参见[宋]叶梦得撰,宇文绍奕考异,侯忠义点校:《石林燕语》(北京:中华书局,1984年版),第116页。

② 参见廖志豪等编著:《苏州史话》(南京:江苏人民出版社,1980年12月版),第114页。

③ 参见[明]胡应麟:《少室山房笔丛》(北京:中华书局,1958年10月版),第55~56页。

④ 参见[明]胡应麟:《少室山房笔丛》(北京:中华书局,1958年10月版),第59页。

"今海内书,凡聚之地有四,燕市也,金陵也,闿阖也,临安也"①。由此可见,明代中后期的苏杭不仅是刻书中心,同时也是全国有名的书籍销售地,这一切为《狐媚丛谈》等小说的刊刻与传播提供了得天独厚的地理条件与物质资源。

(二)杨尔曾的信仰与刻书

《狐媚丛谈》的刊刻成书与杨尔曾的宗教信仰关系密切,杨尔曾具有尚道的宗教思想,这首先从杨尔曾为自己取的两个号"雉衡山人"与"卧游道人"体现出来。"雉衡山人"蕴含着浓郁的道教意味,"对杨尔曾而言,雉衡山是座白鹤得遇仙人点化而悟道的圣山。这就可能是杨尔曾为何用'雉衡山人'作为其别号的原因"②。又何为"卧游道人"?所谓"卧游",是喜欢游历的意思,而"道人"则是尚道思想的直接流露。

杨尔曾所崇尚的道主要是净明道。提起净明道,杨尔曾与该道的祖师许逊有一段神秘的不解之缘。杨尔曾在"龆龀"之龄(八九岁时)"从先大夫官于楚。无何,移于颍"③。在颍居住的日子,杨尔曾在昼寝时梦见了许逊:

---

① 参见[明]胡应麟:《少室山房笔丛》(北京:中华书局,1958 年 10 月版),第 55 页。

② 参见王岗:《作为圣传的小说,以编刊艺文传道》(《"第一届道教仙道文化国际学术研讨会"会议论文集》,高雄:台湾中山大学中国文学系,2006年 11 月 10—12 日),第 367~368 页注文⑥。

③ 参见[明]杨尔曾校:《许真君净明宗教录》,北京大学图书馆藏明万历三十二年(1604)詹氏西清堂刊本。

……恍一羽士,魁梧奇伟,修髯长目,冠碧玉,衣紫霞。
□予起,曰:"曾乎,吾旌阳君也,鉴尔久矣,唯尔善而良,尔貌
而扬,□□骨格,阆苑遗芳,尔净尔明,尔□尔昌。"予斜瞩之,
光芒闪烁,无可仰视。俯首唯唯,俄然而觉。……①

在梦中,许逊"光芒闪烁",仙风道骨。他给予杨尔曾极高的
褒奖并寄予厚望,"尔净尔明,尔□尔昌"就是暗示杨尔曾适合并
应尊奉净明道。杨尔曾梦见许逊之后不久,又逢英山侯赠其父
《净明宗教全书》,这又使得杨尔曾有幸阅读《净明宗教全书》,并
由此对净明道的宗旨有了深刻的体悟。② 盖正是以上种种机缘巧
合,杨尔曾最终成为净明道忠实的信徒。

杨尔曾的尚道思想在其创作与刊刻书籍的过程中亦有所体
现,比如由他编纂且刊刻的《仙媛纪事》《净明宗教录》《海内奇
观》《韩湘子全传》,以及刊刻而成的《狐媚丛谈》都浸染着丰富的
道教思想。以《仙媛纪事》为例,整部书汇集了先秦至明代的 188
位女仙故事,显然该书是一部名副其实的道教女仙传集。另外,
杨尔曾为了报答许逊,信仰并传播净明道,编辑并刊刻了一部净
明道书集成——《净明宗教录》。《海内奇观》十卷内容虽以介绍
五岳、孔林、黄山、西湖、天台山、武夷山等名山大泽为主,但在卷

---

① 参见[明]杨尔曾校:《许真君净明宗教录》,北京大学图书馆藏明万
历三十二年(1604)詹氏西清堂刊本。
② 在杨尔曾梦见许逊之后不久,"越□而英山侯以《净明宗教全书》惠
贶先大夫,予因是得以卒业……"详见[明]杨尔曾校:《许真君净明宗教
录》,北京大学图书馆藏明万历三十二年(1604)詹氏西清堂刊本。

一〇后的附录,杨尔曾特地加入"十大洞天""三十六洞天""七十二福地""海上仙山"等属于道教仙境范畴的洞天福地。《韩湘子全传》则是以宣扬道教思想为主的道教小说,主要叙述了韩湘子通过自我修炼得道成仙并度化韩愈的故事。无独有偶,《狐媚丛谈》也是一部与道教密切相关的书籍,书中很多狐故事都与道教有关,包括道人制服狐妖,道书与狐书,内外丹理论与狐丹、采补说等。

由此可见,杨尔曾刊刻书籍的过程中明显受到其宗教信仰的指引,其刻书行为与宗教信仰相一致。显见,《狐媚丛谈》的刊刻是杨尔曾有意识的行为。

第二章　《狐媚丛谈》的来源与改编

　　《狐媚丛谈》的故事文本并不是作者原创,是汇编先秦至明代的狐故事而来。因此,其中的每一篇狐故事都各自有来源、有所本。通过追根溯源,发现《狐媚丛谈》的取材范围广泛,涉及的书籍包括《太平广记》《新唐书》《庚巳编》《说听》《百家公案》《幽怪录》等29种。其中,尤以《太平广记》与明代江浙文人的作品为最主要的来源。《狐媚丛谈》的编纂者从《太平广记》等书籍选材的过程中,并不是完全依循所本素材,也不是对所选内容进行简单的排列组合,而是有意识地参与到编纂当中。综合而言,《狐媚丛谈》的编纂者对所选文本进行了照录及字词改动,增删、变换句子说法,节录与组合,主体重组,狗尾续貂,偷梁换柱等多种编纂手法。下面首先从《狐媚丛谈》的文本来源说起。

一、《狐媚丛谈》的来源

(一)《狐媚丛谈》与《太平广记》

　　据统计,《狐媚丛谈》(5卷133篇)有84篇狐故事出自《太平广记》,占《狐媚丛谈》狐故事总数的十分之六还多。而在这 84 篇中,又有 81 篇出自《太平广记》狐故事最为集中的 9 卷[卷四四七(狐一)至卷四五五(狐九),计 83 篇]。另外 3 篇,《栾巴斩狐》选自《太平广记》卷一一《栾巴》,《王贾杀狐》与《东阳令女被狐魅》都来源于《太平广记》卷三二《王贾》。可见,《太平广记》狐故事最为集中的 9 卷,也是《狐媚丛谈》最为重要的素材来源,二者之间的关系非同一般。而《太平广记》9 卷狐故事在《狐媚丛谈》正文 5 卷中的分布情况如何呢? 为了更好地说明问题,以下将二者的对应情况以表格的形式罗列出来,如下所示:

表一

《狐媚丛谈》 (卷一)①	《太平广记》 (卷四四七至卷四四八)
1.《青狐代舜浚井》	1.《说狐》(卷四四七首)
2.《白狐九尾》	2.《瑞应》
3.《狐变妲己》	3.《周文王》
4.《周文王得青狐》(选自 3.《周文王》)	4.《汉广川王》
5.《汉广川王戟伤白狐》(选自 4.《汉广川王》)	5.《陈羡》
6.《郅伯夷杀狐》	6.《管辂》
7.《灵孝呼阿紫》(选自 5.《陈羡》)	7.《习凿齿》
8.《管辂击狐》(选自 6.《管辂》)	8.《陈斐》
9.《乐广杀狐》	9.《孙岩》

① 注:卷一至卷四,没有标明素材出处的,都不是从《太平广记》中取材,如《狐媚丛谈》卷一《青狐代舜浚井》《白狐九尾》《狐变妲己》等。

（续表）

《狐媚丛谈》 （卷一）	《太平广记》 （卷四四七至卷四四八）
10.《老狐带绛缯香囊》（选自 7.《习凿齿》）	10.《夏侯藻》
11.《华表照狐》	11.《胡道洽》
12.《狐字伯裘》（选自 8.《陈斐》）	12.《北齐后主》
13.《狐截孙岩发》（选自 9.《孙岩》）	13.《宋大贤》
14.《狐当门嗥叫》（选自 10.《夏侯藻》）	14.《长孙无忌》
15.《胡道洽死不见尸》（选自 11.《胡道洽》）	15.《狐神》
16.《武平狐媚》（选自 12.《北齐后主》）	16.《张简》
17.《宋大贤杀狐》（选自 13.《宋大贤》）	17.《僧服礼》
18.《崔参军治狐》（选自 14.《长孙无忌》）	18.《上官翼》
19.《狐神》（选自 15.《狐神》）	19.《大安和尚》（卷四四七末）
20.《野狐戏张简》（选自 16.《张简》）	1.《李项生》（卷四四八首）
21.《狐化为弥勒佛》（选自 17.《僧服礼》）	2.《王义方》
22.《上官翼毒狐》（选自 18.《上官翼》）	3.《何让之》
23.《狐称圣菩萨》（选自 19.《大安和尚》）	4.《沈东美》
24.《狐出被中》（选自 1.《李项生》）	5.《杨伯成》
25.《王义方使野狐》（选自 2.《王义方》）	6.《叶法善》
26.《何让之得狐朱字文书》（选自 3.《何让之》）	7.《刘甲》
27.《狐化为婢》（选自 4.《沈东美》）	

（续表）

《狐媚丛谈》（卷一）	《太平广记》（卷四四七至卷四四八）
28.《狐化婆罗门》（选自 6.《叶法善》）	
29.《道士收狐》（选自 5.《杨伯成》）	
30.《狐窃美妇》（选自 7.《刘甲》）	
31.《栾巴斩狐》（选自《太平广记》卷一一《栾巴》）	
32.《狐称高侍郎》（选自《太平广记》卷四五四《张立本》）	
33.《刘元鼎逐狐为戏》（选自《太平广记》卷四五四《刘元鼎》）	

表二

《狐媚丛谈》（卷二）	《太平广记》（卷四四八至卷四五一）
1.《李参军娶狐》（选自 8.《李参军》）	8.《李参军》（卷四四八末）
2.《狐与黄撅为妖》（选自 1.《郑宏之》）	1.《郑宏之》（卷四四九首）
3.《罗公远缚狐》（选自 2.《汧阳令》）	2.《汧阳令》
4.《狐戏焦炼师》（选自 4.《焦炼师》）	3.《李元恭》
5.《狐居竹中》（选自 3.《李元恭》）	4.《焦炼师》
6.《小狐破大狐婚》（选自 5.《李氏》）	5.《李氏》
7.《焚鹊巢断狐》（选自 6.《韦明府》）	6.《韦明府》
8.《狐化佛戏僧》（选自 2.《唐参军》）	7.《林景玄》

（续表）

《狐媚丛谈》 （卷二）	《太平广记》 （卷四四八至卷四五一）
9.《狐知死日》（选自 7.《林景玄》）	8.《谢混之》（卷四四九末）
10.《狐向台告县令》（选自 8.《谢混之》）	1.《王苞》（卷四五〇首）
11.《叶静能治狐》（选自 1.《王苞》）	2.《唐参军》
12.《田氏老竖错认妇人为狐》（选自 3.《田氏子》）	3.《田氏子》
13.《徐安妻骑故笼而飞》（选自 4.《徐安》）	4.《徐安》
14.《狐截人发》（选自 5.《靳守贞》）	5.《靳守贞》
15.《赤肉野狐》（选自 6.《严谏》）	6.《严谏》
16.《韦参军治狐》（选自 7.《韦参军》）	7.《韦参军》
17.《杨氏二女嫁狐》（选自 8.《杨氏女》）	8.《杨氏女》
18.《狐变为娼》（选自 9.《薛迥》）	9.《薛迥》
19.《狐语灵座中》（选自 10.《辛替否》）	10.《辛替否》
20.《狐化菩萨通女有妊》（选自 11.《代州民》）	11.《代州民》
21.《村民断狐尾》（选自 12.《祁县民》）	12.《祁县民》
22.《张例杀狐》（选自 13.《张例》）	13.《张例》（卷四五〇末）

（续表）

《狐媚丛谈》（卷二）	《太平广记》（卷四四八至卷四五一）
23.《狐赠纸衣》（选自1.《冯玠》）	1.《冯玠》（卷四五一首）
24.《狐偷漆背金花镜》（选自2.《贺兰进明》）	2.《贺兰进明》
25.《狐变小儿》（选自3.《崔昌》）	3.《崔昌》
26.《狐刚子》（选自4.《长孙甲》）	4.《长孙甲》
27.《取睢阳野狐犬》（选自5.《王老》）	5.《王老》
28.《狐吐媚珠》（选自6.《刘众爱》）	6.《刘众爱》
29.《狐授甄生口诀》（选自10.《孙甄生》）	7.《王黯》
30.《王黯为狐婿》（选自7.《王黯》）	8.《袁嘉祚》
31.《垣县老狐》（选自8.《袁嘉祚》）	9.《李林甫》
32.《玄狐》（选自9.《李林甫》）	10.《孙甄生》
	11.《王璿》

表三

《狐媚丛谈》（卷三）	《太平广记》（卷四五一至卷四五三）
1.《狐死见形》（选自12.《李麏》）	12.《李麏》
2.《白狐捣练石》（选自13.《李揆》）	13.《李揆》

（续表）

《狐媚丛谈》（卷三）	《太平广记》（卷四五一至卷四五三）
3.《狐戴髑髅变为妇人》（选自15.《僧晏通》）	14.《宋溥》
4.《狐称任氏》（选自1.《任氏》）	15.《僧晏通》（卷四五一末）
5.《狐仙》	1.《任氏》（卷四五二首）
6.《鬼骑狐》（选自14.《宋溥》）	2.《李苌》（卷四五二末）
7.《狐善饮酒》（选自2.《李苌》）	1.《王生》（卷四五三首）
8.《狐戏王生》（选自1.《王生》）	2.《李自良》
9.《狐为老人》（选自14.《宋溥》）	3.《李令绪》
10.《狐负美姬》	4.《裴少尹》（卷四五三末）
11.《李自良夺狐天符》（选自2.《李自良》）	
12.《牝狐为李令绪阿姑》（选自3.《李令绪》）	
13.《三狐相殴》（选自4.《裴少尹》）	

表四

《狐媚丛谈》（卷四）	《太平广记》（卷四五四至卷四五五）
1.《王知古赘狐被逐》（选自1.《张直方》）	1.《张简栖》（卷四五四首）
2.《狐变为奴》（选自2.《张谨》）	2.《薛夔》
3.《民妇杀狐》（选自6.《民妇》）	3.《计真》

（续表）

《狐媚丛谈》 （卷四）	《太平广记》 （卷四五四至卷四五五）
4.《狐醉被杀》（选自 7.《尹瑗》）	4.《刘元鼎》
5.《老狐娶妇》（选自 3.《昝规》）	5.《张立本》（《狐媚丛谈》卷一《狐称高侍郎》选自《张立本》）
6.《白毳老狐》	6.《姚坤》
7.《狐鸣于旁》	7.《尹瑗》
8.《狐入李承嘉第》	8.《韦氏子》（卷四五四末）
9.《狐人立》	1.《张直方》（卷四五五首）
10.《白狐七尾》	2.《张谨》
11.《夜狐狸鸣》	3.《昝规》
12.《王瑨娶狐》（选自《太平广记》卷四五一《王瑨》）	4.《狐龙》
13.《狐能飞形》（选自 6.《姚坤》）	5.《沧渚民》
14.《狐化髑髅为酒厄》（选自 8.《韦氏子》）	6.《民妇》（卷四五五末）
15.《狐龙》（选自 4.《狐龙》）	
16.《唐文选牒城隍诛狐》	
17.《狐媚汪氏》	
18.《狐生九子》（选自 3.《计真》）	
19.《狐出勤政楼》	
20.《狐夺册子》（选自 1.《张简栖》）	
21.《狐跨猎犬奔走》（选自 2.《薛夔》）	

《狐媚丛谈》 （卷四）	《太平广记》 （卷四五四至卷四五五）
22.《包恢沉狐》	
23.《林中书杀狐》	
24.《狐升御座》	
25.《王贾杀狐》（选自《太平广记》卷三二《王贾》）	
26.《道人飞剑斩狐》	
27.《东阳令女被狐魅》（选自《太平广记》卷三二《王贾》）	
28.《法官除妖狐》	
29.《狐死塔下》	
30.《王嗣宗杀狐》	
31.《顾㻌杀狐得簿书》	
32.《犬啮老狐》（选自 5.《沧渚民》）	

　　综合以上 4 个表格,可以发现《太平广记》9 卷狐故事 80 条集中分布在《狐媚丛谈》的前 4 卷中,卷一到卷三从《太平广记》所选的篇目较多,卷四从《太平广记》选材相对较少,卷五没有从《太平广记》中取材。具体分析如下:

　　首先,以《狐媚丛谈》的卷一(表一)为例,33 篇中有 27 篇来自《太平广记》。其中,从《太平广记》卷四四七中的 19 篇选录 17 篇,卷四四八的 8 篇选录 7 篇。另外,从《太平广记》卷一一选录 1 篇,卷四五四选录 2 篇。如表一所示,在此部分,仅有《太平广记》

卷四四七的《说狐》与《瑞应》两篇没有被《狐媚丛谈》卷一收录，但这两篇其实也受到了应有的重视，早已被作者安放在《狐媚丛谈》的序言《说狐》①中。

再看选录与编排顺序。《狐媚丛谈》卷一的前3篇不是来自《太平广记》，一直到第4篇《周文王得青狐》才开始从《太平广记》中选材。《周文王得青狐》选自《太平广记》卷四四七的第3篇《周文王》，第5篇《汉广川王戟伤白狐》选自《太平广记》卷四四七的第4篇《汉广川王》，第6篇《郅伯夷杀狐》素材来源不是《太平广记》。接着，《狐媚丛谈》的编纂者相继从《太平广记》卷四四七的第5篇《陈羡》与第6篇《管辂》选录了两篇，是为《狐媚丛谈》卷一的第7篇《灵孝呼阿紫》与第8篇《管辂击狐》。9—11篇中，除了第10篇《老狐带绛缯香囊》选自《太平广记》卷四四七的第7篇《习凿齿》外，第9篇《乐广杀狐》与第11篇《华表照狐》

---

① 《狐媚丛谈》文前有《说狐》一篇，有一段文字为："狐，神兽也。五十岁能变化为妇人，百岁为美女、为神巫；或为丈夫，与女人交接，能知千里外事，善蛊魅，使人迷惑失智。千岁即与天通，为天狐。"而《太平广记》的《说狐》文则为："狐五十岁能变化为妇人，百岁为美女、为神巫；或为丈夫，与女人交接，能知千里外事，善蛊魅，使人迷惑失智。千岁即与天通，为天狐。"可见，《狐媚丛谈》的《说狐》文字仅仅较《太平广记》的《说狐》在"狐"与"五十岁"之间多出"神兽也"三字，除此全同，因此可见是参考《太平广记》的《说狐》而来。另外，《狐媚丛谈》的《说狐》篇中尚有另一段"九尾狐者，状赤色、四足、九尾，出青丘之国，音如婴儿。食者，令人不逢妖邪之气、蛊毒之类"的文字，与《太平广记》的《瑞应》也相当接近。以上两段文字在《狐媚丛谈》的《说狐》中前后顺序相邻，这又与《太平广记》中《说狐》在《瑞应》之前排列的前后位置相对应。这就进一步说明，《狐媚丛谈》中《说狐》的上述两段文字是选录《太平广记》卷四四七的《说狐》与《瑞应》而来。

的素材来源都不是《太平广记》。且看 4—11 篇的选材,《狐媚丛谈》在向《太平广记》取材的过程中,显然是按照文本在《太平广记》中的前后顺序依次选录编排,而且在这依次选录的过程中,插入了 3 篇非《太平广记》的素材。

《狐媚丛谈》余下的第 12—33 篇,题材均来源于《太平广记》,且依次选录的迹象更加明显。如第 12 篇《狐字伯裘》选自《太平广记》卷四四七的第 8 篇《陈斐》,第 13 篇《狐截孙岩发》选自《太平广记》卷四四七的第 9 篇《孙岩》,第 14 篇《狐当门嗥叫》选自《太平广记》卷四四七的第 10 篇《夏侯藻》……且看其中的选材规律,不仅题材全部来源于《太平广记》,且依次选录、顺序编排的迹象十分明显。不难得出,《狐媚丛谈》的狐故事大多是顺序从《太平广记》选录而来。

总结《狐媚丛谈》卷一的选材规律,从《太平广记》卷四四七的第 3 篇《周文王》到卷四四八的第 7 篇《刘甲》,《狐媚丛谈》的编纂者顺序选录了 24 篇。在此过程中,除了插入 3 篇非《太平广记》来源的文本素材,以及《道士收狐》与《狐化婆罗门》前后调换位置①,《狐媚丛谈》所选故事的编排前后顺序和文本与在《太平广记》中的顺序和文本基本一致。

---

① 除《狐化婆罗门》与《道士收狐》外,《狐媚丛谈》的排列顺序和材料来源与在《太平广记》中的顺序前后位置是一致的。比如《太平广记》中,《周文王》在《汉广川王》之前,所对应的《狐媚丛谈》中,《周文王得青狐》就在《汉广川王戟伤白狐》之前。而在《太平广记》中的《杨伯成》在《叶法善》之前,如按对应顺序的一致性,《杨伯成》对应的《道士收狐》就应在《叶法善》对应的《狐化婆罗门》之前,但在《狐媚丛谈》中的位置恰好相反,因此说是交换了位置。

　　《狐媚丛谈》卷二(表二)32 篇,是 4 卷中从《太平广记》选材最多的。其来源为:《太平广记》卷四四八的末 1 篇,卷四四九的 8篇,卷四五○的 13 篇,以及卷四五一的前 10 篇。在此部分,《太平广记》仅有卷四五一的第 11 篇《王璿》没有被选录,但该篇没有被遗漏,《狐媚丛谈》的编纂者将其安放在了《狐媚丛谈》的卷四,即为第 12 篇《王璿娶狐》。《狐媚丛谈》卷二从第 1 篇开始就从《太平广记》中取材,如第 1 篇《李参军娶狐》出自《太平广记》卷四四八的第 8 篇《李参军》,第 2 篇《狐与黄撅为妖》出自《太平广记》卷四四九的第 1 篇《郑宏之》,第 3 篇《罗公远缚狐》出自《太平广记》卷四四九的第 2 篇《沂阳令》。前 3 篇均是顺序选录,依次编排,直到第 4 篇与第 5 篇才稍微交换了一下位置,即第 4 篇《狐戏焦炼师》选自《太平广记》卷四四九的第 4 篇《焦炼师》,而第 5 篇《狐居竹中》却选自《太平广记》卷四四九的第 3 篇《李元恭》。事实上,这种前后位置的交换调整在此卷中尚有两次,如第8 篇《狐化佛戏僧》选自《太平广记》卷四五○的第 2 篇《唐参军》,第 9 篇《狐知死日》选自《太平广记》卷四四九的第 7 篇《林景玄》。另,第 29 篇《狐授甄生口诀》选自《太平广记》卷四五一的第 10 篇《孙甄生》,第 30 篇《王黯为狐婿》却选自《太平广记》卷四五一的第 7 篇《王黯》。仅此 3 处,余外都是顺序选录,依次编排,文本的前后顺序与在《太平广记》的前后顺序惊人地一致,顺序从《太平广记》中选材的迹象非常明显。

　　卷三篇目在 4 卷中最少,仅 13 篇,除第 5 篇《狐仙》与第 10篇《狐负美女》外,其余 11 篇都来自《太平广记》。在此部分,《太平广记》卷四五一的末 4 篇,卷四五二的 2 篇,卷四五三的 4 篇,共计 10 篇被一网打尽,且仍体现了顺序选录、依次编排的原则。只不过作者在依次选录的过程中,两次插入非《太平广记》来源的文本材料,且进行了两次前后顺序的调换。更加值得一提的是,卷三中出现了两条材料来源于同一个文本的现象,即卷三的《鬼骑狐》与《狐为老人》两篇均出自《太平广记》卷四五一的《宋溥》。

卷四的 32 篇,有 15 篇来自《太平广记》。其中,从卷四五四的 8 篇选录了 6 篇,将卷四五五的 6 篇照单全收,另外选录了《太平广记》卷四五一的《王璿》篇,是为第 12 篇《王璿娶狐》,从《太平广记》卷三二《王贾》选录 2 篇,分别为第 25 篇《王贾杀狐》与第 27 篇《东阳令女被狐魅》。《太平广记》的卷四五四至卷四五五共 14 篇,而被《狐媚丛谈》卷四选录了 12 篇,没被收录的 2 篇是卷四五四的第 4 篇《刘元鼎》与第 5 篇《张立本》。事实上,《张立本》《刘元鼎》已被《狐媚丛谈》卷一收录,分别为卷一的第 32 篇《狐称高侍郎》与第 33 篇《刘元鼎逐狐为戏》。《太平广记》9 卷计 83 篇狐故事全部被《狐媚丛谈》收入囊中,其中在前 4 卷选录了 81 篇,另有 2 篇《说狐》与《瑞应》分布在《狐媚丛谈》序言《说狐》中。由此可见,《太平广记》是《狐媚丛谈》最主要的文本来源。

其次,在篇目编排顺序上,除了卷四情况特殊,没有按照《太平广记》的编排顺序相应辑选题材,其他 3 卷基本是依次顺序选录。只不过在顺序选录过程中,或是偶尔插入非《太平广记》的文本,或是偶尔打乱编排顺序,可以看出《狐媚丛谈》的编纂者故作狡狯,以掩盖其从《太平广记》大量取材的事实。另外,《狐媚丛谈》在从《太平广记》选材时,这种顺序选录不仅仅体现在单一卷内,更是从卷四四七到卷四五五一直贯穿始末,即卷四四七已经选录完毕,接着就从卷四四八选录,然后是卷四四九,一直到《太平广记》的卷四五五。如《狐媚丛谈》卷一从《太平广记》卷四四八中的8条顺序选录了前7条,最后1条是《李参军》,没有被卷一收录,但接着被安放在了卷二的开头,是为卷二的第1篇《李参军娶狐》。

另外,《狐媚丛谈》的编纂者对所选《太平广记》卷四四七至卷四五五的内容分配方面,既保持了连续性,又遵循了对齐的原则。比如,《狐媚丛谈》的前3卷从《太平广记》卷四四七至卷四五三的内容中选录,卷四又以《太平广记》卷四五四与卷四五五的内容为主。由此可见,《狐媚丛谈》的编纂者在编排上显然是经过一番思考的。

最后,《狐媚丛谈》每卷中篇目数量的分配也受到了《太平广记》篇幅大小的影响。如《狐媚丛谈》最少的是卷三,仅13篇(第1卷33篇,第2卷32篇,第4卷32篇),不及其他篇目数的二分之一。在这13篇中,10篇来源于《太平广记》,包括卷四五一15篇中的末4篇,卷四五二的2篇,卷四五三的4篇。综合分析《太平广记》这9卷(卷四四七至卷四五五)狐故事分布的特点,卷四四七篇目最多,为19篇,而篇目文字都偏少,比如《说狐》《瑞应》《周文王》《汉广川王》等,最少者《周文王》仅仅26个字。而卷四五二的篇目最少,仅2篇,次之卷四五三,4篇。卷四五二篇幅少是受到《任氏》的影响,光《任氏》一篇就洋洋3600多字,是9卷狐故事中最为宏大的一篇;而卷四五三的篇幅也偏长,特别是《李令绪》一文,接近1700字。正是因为诸如此类大篇幅的存在,影响了《太平广记》卷四五二与卷四五三篇目的数量。不难看出:如果篇幅长,篇数自然就少;篇幅短,篇数自然就多。《狐媚丛谈》卷三正是受到此种规律的影响,既然从《太平广记》中具有大篇幅且篇目数量少的卷四五二(2 篇)与卷四五三(4 篇)取材,与之相应,《狐媚丛谈》卷三的篇目数自然就不多。

那么,《狐媚丛谈》为何从《太平广记》中大量取材呢?笔者认为,这主要与《太平广记》在明代的流传情况密切相关。

嘉靖年间《太平广记》谈恺本的问世,为《狐媚丛谈》的编纂提供了再好不过的契机。很多学者认为《太平广记》在北宋修成后,流传不多,"言者以《广记》非后学所急,收板藏太清楼。于是《御览》盛传,而《广记》之传鲜矣"①。鲁迅《中国小说史略》也持同样的观点:"后以言者谓非后学所急,乃收板贮太清楼,故宋人反多未见。"②钱锺书也说:"遽测宋末《广记》广传,犹未许在。"③程毅中亦认为:"《太平广记》编成之后,于太平兴国六年(981)曾奉诏雕板印行,但流传不广。"④然而,牛景丽通过综合分析北宋文献对《太平广记》的记载情况,得出"尽管由于该书'非后学所急'而被贮之太清楼,但并没有被长期禁锢,至迟到神宗、哲宗时期,《太平广记》已在文人士大夫阶层流传开来""而到北宋末年《太

---

① 参见[明]谈恺:《〈太平广记表〉按语》,[宋]李昉等编:《太平广记》(北京:中华书局,1986 年版),第 2 页。

② 参见鲁迅:《中国小说史略》(北京:人民文学出版社,1973 年版),第78 页。

③ 参见钱锺书:《管锥编》第二册(北京:中华书局,1979 年 8 月版),第641 页。

④ 参见程毅中:《〈太平广记〉的几种版本》,《古籍整理浅谈》(北京:北京燕山出版社,2001 年版),第 141 页。

平广记》的传播已不限于文人阶层,开始向社会的更大范围传播"①的结论。南宋金元时期,《太平广记》的流传也越来越广,较北宋有了更远的传播。至于《太平广记》在明代的流传情况,牛景丽通过研究发现:"自明代以来,直到嘉靖皇帝的最后一年(1566)的近二百年历史阶段里,《太平广记》的传播似乎不能与宋、元相提并论。"②牛景丽是根据诸书对《太平广记》的记载情况而全面考证得出的结论,因此比以上说法更加详实可靠,具有说服力。可以推知,《太平广记》虽曾有过被贮藏太清楼的经历,但时间较为短暂,大约在宋神宗、宋哲宗时期已在士大夫间广为流传。而在明初一直到谈恺本问世之前,却迎来了"近二百年"的漫长沉寂期。这种沉寂随着谈恺本的问世而被彻底打破。明嘉靖四十五年(1566),无锡谈恺重新刻板印行《太平广记》,致使《太平广记》再度得到广泛流传,并成为明人小说选本取之不尽的资料库,明人纷纷从中取材据以辑刻小说集、丛书的现象屡见不鲜。鲁迅先生说:"迨嘉靖间,唐人小说乃复出,书估往往刺取《太平广记》中文,杂以他书,刻为丛集,真伪错杂,而颇盛行。文人虽素与小说无缘者,亦每为异人侠客童奴以至虎狗虫蚁作传,置之集中。盖传奇风韵,明末实弥漫天下,至易代不改也。"③李剑国在《唐五代

---

① 参见牛景丽:《〈太平广记〉的传播与影响》(天津:南开大学出版社,2008 年 9 月版),第 47 页。

② 参见牛景丽:《〈太平广记〉的传播与影响》(天津:南开大学出版社,2008 年 9 月版),第 63~64 页。

③ 参见鲁迅:《中国小说史略》(北京:人民文学出版社,1973 年版),第 178 页。

志怪传奇叙录》中也说:"谈恺梓行《广记》,说海稗山,人皆可取,若《虞初志》、《艳异编》、陶珽《说郛》、《合刻三志》、《五朝小说》、《绿窗女史》、《剪灯丛话》之属,遂纷纭而出。"①

《太平广记》在嘉靖间的重刻,也极大地引发了明人对狐精故事的兴趣,他们开始"从早期和当日的文学作品,特别是从嘉靖四十五年(一五六六)再印、成书于十世纪、记载大量狐精故事的《太平广记》中获悉狐精的故事"②。《狐媚丛谈》的编纂成书便与嘉靖间谈恺本的问世有着密切的关系,"该书乃专门为狐精而写,内容方面大量依赖早期的文学作品,尤其是《太平广记》"③。

(二)《狐媚丛谈》与江浙明人小说

《狐媚丛谈》的选材,除了 4 则(《青狐代舜浚井》《道人飞剑斩狐》《狐死塔下》《萧达甫杀狐》)找不出来源外,另从《太平广记》选录 84 则,其他文献小说选录 44 则,其分布为:《新唐书》3则,《庚巳编》3 则,《说听》4 则,《百家公案》3 则,《幽怪录》2 则,《夷坚志补》2 则,《白孔六帖》2 则,《古今事文类聚》2 则,《湖海新闻夷坚续志》2 则,《吴越春秋》《春秋列国志传》《风俗通义》《搜神后记》《宋史》《行营杂录》《大忠集》《大宋宣和遗事》《铁围

---

① 参见李剑国:《唐五代志怪传奇叙录》(天津:南开大学出版社,1993年 12 月版),第 1159 页。

② 参见康笑菲:《狐仙》(台北:博雅书屋有限公司,2009 年 12 月版),第 81 页。

③ 参见康笑菲:《狐仙》(台北:博雅书屋有限公司,2009 年 12 月版),第 81 页。

山丛谈》《侯鲭录》《晋录》《虞初志》《蓬窗类纪》《岐海琐谈》《昼永编》《耳谈》《剪灯馀话》《祝子志怪录》《石田翁客座新闻》《语怪》《西樵野纪》各 1 则。①

分析《狐媚丛谈》的选材特点，只有《太平广记》提供的素材比较集中，其余都相对零散，最多一书中选取 3 则，少则仅录 1 则，再次说明《太平广记》对于《狐媚丛谈》意义非凡。但《狐媚丛谈》的取材并非宥于一朝一代，而是广泛猎取，兼顾各朝，内容涉及汉、晋、唐、宋、元、明的类书、笔记、史书、通俗小说等 30 多种书籍。其中，尤以明代居多(14 种)，占总数近一半。可见，明代有关狐故事的文学作品也是《狐媚丛谈》主要的取材来源。

值得一提的是，《狐媚丛谈》所涉及的明代小说作者，除了《春秋列国志传》的余邵鱼(生卒年不详)是福建建阳人，《耳谈》的王同轨(生卒年不详)是湖北黄冈人，《剪灯馀话》的李昌祺(1376—1452)是江西吉安人外，其他都是江苏、浙江人士，其中尤以江苏人为多。② 而杨尔曾本人也是浙江杭州人，他作为杭州的书肆主人，由于地域、时代的接近性，当然对当时江浙一带的文学创作了然于心。这样，江浙一带的文学作品无疑就成为《狐媚丛谈》丰富而便利的素材来源。而江浙人的作品在江浙一带广泛流传、江浙

---

① 《狐媚丛谈》的详细出处，可参见本书"附录"部分。

② 作者为江苏籍贯的有：《虞初志》的作者陆采、《庚巳编》的作者陆粲、《艳异编》的作者王世贞、《蓬窗类纪》的作者黄暐、《说听》的作者陆廷枝、《祝子志怪录》《语怪》的作者祝允明、《石田翁客座新闻》的作者沈周、《西樵野纪》的作者侯甸；作者为浙江籍贯的有：《岐海琐谈》的作者姜准、《昼永编》的作者宋岳、《百家公案》的作者安遇时。

人刊刻江浙人的作品这一现象的出现,说明了文学作品的创作与流传具有鲜明的地域性①特点。

另外,从文学创作的类型上来分析,除《春秋列国志传》是历史演义小说、《百家公案》属于公案小说外,其他都可归结为志怪传奇一类,如何解释此种现象呢? 笔者认为,这主要与《狐媚丛谈》成书前明代江浙等地区文人集团的兴起以及志怪传奇小说的兴盛密切相关。

据陈国军研究得出,在明朝弘正时期,传奇志怪小说的创作主要以江浙作者为众。他说:"弘正时期传奇志怪小说家,虽有福建的雷燮,山西的马中锡,南京的陈沂、姚宣等,但小说家的主体构成以江浙作者为众。其中,吴中,尤其是苏州文人,构成了这一时期志怪传奇小说创作的生力军。"②由此可见,弘正时期江浙志

---

① 《狐媚丛谈》的刊刻者为杭州书坊主杨尔曾,《狐媚丛谈》所收集的明代作品中绝大多数是江浙明人作品,说明江浙明人作品在江南一带广泛流传。而颇有意思的一个现象是,收集有大量江浙文人作品的《狐媚丛谈》在明清时的传播也主要在江浙一带。以明清时对《狐媚丛谈》著录的作者都是江浙人为证,如最早著录《狐媚丛谈》的是明人祁承爜(1563—1628),他在《澹生堂书目》中说:"《狐媚丛谈》,二卷,二册。"祁承爜是浙江绍兴人,而杨尔曾是浙江杭州人,在地域上非常接近。另外,清代对《狐媚丛谈》著录的是黄虞稷(1629—1691)的《千顷堂书目》:"墨屎子《狐媚丛谈》五卷。"黄虞稷是福建泉州人,但一直寓居在南京。在其父黄居中担任南京国子监丞一职时,举家移居到江苏南京。钱仪吉纂《碑传集》曰:"黄虞稷,字俞邰,泉州晋江人。父居中,明季为南京国子监丞,遂家江宁。"参见 [清] 钱仪吉纂:《碑传集》(北京:中华书局,1993 年 4 月版),第 1279 页。

② 参见陈国军:《明代志怪传奇小说研究》(天津:天津古籍出版社,2006年 1 月第 1 版),第 161 页。

怪小说创作的繁荣。这种繁荣景象的出现,与江浙文人荟萃的鼎盛局面不无关联。据统计,明代共录取进士24866人①,苏州府籍贯的进士就有1025人②,占全国总数约4.12%。与苏州相类,明代的浙江同样人才辈出,《浙江历代名人录》说:"明清时期,是浙江人才的鼎盛时期。时有'东南财赋地,江浙人文薮'之称。"③到了明代中叶,苏州文人鼎盛,且彼此之间的交往与创作日渐增多,形成了今人所谓的"吴中文人集团"④,该集团在弘正时期便形成一定的规模,袁宏道所谓"苏郡文物,甲于一时,至弘、正间,才艺代出,斌斌称极盛,词林当天下之五"⑤,便是吴中文人集团创作盛况的反映。其中,吴中文人集团的成员就包括为《狐媚丛谈》提供素材的祝允明与沈周⑥,《明史·文徵明传》称"吴中自吴宽、王鏊以文章领袖馆阁,一时名士沈周、祝允明辈与并驰骋,文风极盛。

---

① 参见范金民:《明清江南进士数量、地域分布及其特色分析》[《南京大学学报(哲学·人文科学·社会科学)》,1997年第2期],第172页。

② 参见范金民:《明清江南进士数量、地域分布及其特色分析》[《南京大学学报(哲学·人文科学·社会科学)》,1997年第2期],第174页。

③ 参见徐吉军、丁坚之:《浙江历代名人录》(杭州:杭州大学出版社,1994年版)第2页。

④ 关于"吴中文人集团",邸晓平在《简论明中叶吴中文人集团的形成》中定义为:"明中叶吴中文人集团,并不是一个古已有之的名称,它是今人用来称呼明朝中叶以吴宽、王鏊、沈周、文徵明等人为代表的吴中地区文人的联合群体。"详见邸晓平:《简论明中叶吴中文人集团的形成》[《北京科技大学学报(社会科学版)》,2005年第21卷第4期],第74页。

⑤ 参见[明]袁宏道:《袁宏道集笺校》(上海:上海古籍出版社,1981年7月版),第695页。

⑥《狐媚丛谈》从祝允明的《祝子志怪录》《语怪》、沈周的《石田翁客座新闻》中取材。

徵明及蔡羽、黄省曾、袁褒、皇甫冲兄弟稍后出。而徵明主风雅数十年,与之游者王宠、陆师道、陈道复、王谷祥、彭年、周天球、钱谷之属,亦皆以词翰名于世"①。可见,祝允明与沈周在该集团中的名气与影响之大。另外,吴中文人集团大都尚奇好异,喜读稗官小说。如陈继儒所说:"余犹记吾乡陆学士俨山、何待诏柘湖、徐明府长谷、张宪幕王屋皆富于著述,而又好藏稗官小说。与吴门文(徵明)、沈(周)、都(穆)、祝(允明)数先生往来。每相见,首问近得何书。各出箧秘,互相传写,丹铅涂乙,矻矻不去手。其架上芸裹缃袭,几及万签,而经史子集不与焉。"②祝允明尤其"好集异闻,而书为吴中第一。每客来谈,异则命之酒,或与之书。轻佻者欲得先生书,多撰为异闻以告。先生不知其伪,辄录之。今所撰《志怪》盖数百卷中,可信者十不能一。《野记》所书,大率类是矣"③。除了"《志怪》"(《祝子志怪录》)与"《野记》"(《九朝野记》),祝允明尚有《语怪》《枝山前闻》《祝子小言》《猥谈》等志怪类作品。其中,《狐媚丛谈》中的《狐为灵哥》就是从《语怪》中选录而来。

出以上可知,《狐媚丛谈》所选志怪传奇作品大多出自江浙作家之手的情形,一方面反映了明代中后期江浙文人群体鼎盛的文

---

① 参见[清] 张廷玉等:《明史》(北京:中华书局,1974 年 4 月版),第7363 页。

② 参见四库禁毁书丛刊编纂委员会编:《四库禁毁书丛刊·集部》第66册(北京:北京出版社,2000 年 1 月版),第 576 页。

③ 参见[明]朱孟震撰:《河上楮谈》,四库全书存目丛书编纂委员会编:《四库全书存目丛书·子部》第 104 册(济南:齐鲁书社 1995 年 9 月版),第597~598 页。

化背景,另一方面又揭示出苏浙地区文人的极大兴盛促进了明代志怪传奇小说的极大繁荣,而明代志怪传奇小说的繁荣又进一步推动了《狐媚丛谈》编纂成书。

综合分析《狐媚丛谈》的文本来源:从篇目数量来说,以《太平广记》为主;从所选书籍数量上来看,又以明人尤其是江浙一带文人创作为多,这种情形充分反映出《狐媚丛谈》具有就近取材的特点。究其原因,主要与刊刻者杨尔曾为杭州书肆主人的身份密切相关。作为杭州的书坊主,当然对杭州以及与之仅"一苇之隔"的苏州文人和他们的创作情况相当熟悉,这对于发现并挖掘志怪传奇中的狐故事来说,真可谓"近水楼台";另一方面,书坊主毕竟是以赢利为目的的商人,为了缩短时间,谋求利益的最大化而选择刊刻小说总集,在素材的择取过程中,也是图方便而大量从熟悉的小说作品中取材。从而重刻于明嘉靖四十五年(1566)的《太平广记》与江浙明人小说,就成为《狐媚丛谈》的首选。

二、《狐媚丛谈》的改编

(一)编纂手法

《狐媚丛谈》是以"狐媚"为主题的志怪小说总集,其收集了先秦至明代的狐故事133篇。《狐媚丛谈》的文本不是作者原创,每一篇都有所依托。将《狐媚丛谈》的狐故事与所依托的文本进行对比,就会发现:要么是一字不差地抄袭原文,要么是小范围地增删改动,要么是大规模地改编创新等。具体而言,《狐媚丛谈》

主要采用了照录及字词改动,增删、变换句子说法,节录与组合,主体重组,狗尾续貂,偷梁换柱 6 种编纂方法,兹列举如下:

1. 照录及字词改动

照录,即对所选素材照搬不误。经统计,《狐媚丛谈》照搬其他小说文本有 16 篇;在原文基础上仅做一字或一词改动的有 21 篇;改动字词达两个以上者情况颇多,在此没有做精确统计。综合分析《狐媚丛谈》对原素材字词改动的情形,主要有改正原文的错字以及使用不当的字词,或在原来文字的基础上使用其他字词等。这些改动都不是很大,基本保持了《狐媚丛谈》所选文本在原来小说作品中的原貌。

更正原文错字或改动不恰当字词的情况有很多,在此各举几例来说明。首先,更正错字。比如,《太平广记》卷四五〇《辛替否》文为"唐辛替否,母死之后,其灵座中,恒有灵语。不异乎素,家人敬事如生"①,《狐媚丛谈》卷二《狐语灵座中》将"不异乎素"改为"不异平素"。显然,根据文意可知,"乎"应为"平"的错字,"不异平素"(意思为与平时没有两样)更为妥当。另,《狐媚丛谈》卷五末 1 篇《狐精》系来源于《西樵野纪》卷六《狐精》。其中,《西樵野纪》文有"吴城合群惊惧"②,而《狐媚丛谈》改为"吴城合郡惊惧"。显而易见,"群"是"郡"的别字,《狐媚丛谈》的编纂者

---

① 参见[宋]李昉等编:《太平广记》(北京:中华书局,1961 年 9 月新 1 版),第 3682 页。

② 参见[明]侯甸:《西樵野纪》,续修四库全书编纂委员会编:《续修四库全书·子部·小说家类》第 1266 册(上海:上海古籍出版社,2002 年版),第 707 页。

发现该别字并予以纠正。《西樵野纪》文尚有一处"毛首金精"，《狐媚丛谈》改为"毛首金睛"，即毛毛的头与金光闪闪的眼。显然，此处"精"亦是"睛"的误用。其次，改动原文不恰当的字词。如《太平广记》卷四四七《夏侯藻》文为"一人不惧，啼哭勿休"①，而《狐媚丛谈》卷一《狐当门嗥叫》改为"一人不出，啼哭勿休"，这样的改动更为恰当。因为在文中，淳于智的意思是说，狐狸当门嗥叫，发出了屋子将要倒塌的讯息，因此让夏侯藻"拊心啼哭，令家人惊怪，大小毕出"，与"出"自然衔接的便是"一人不出，啼哭勿休"。而"一人不惧，啼哭勿休"在衔接上欠自然不说，从文意上来说也不够准确。它的意思是要让所有人害怕，否则就不要停止哭泣。据此而论，即使令每个人都害怕了，但不去付诸行动逃出快要倒塌的屋子，产生的结果还是被压死在里面；而只有令每一个人出去，家人才会得救。因此，"一人不出，啼哭勿休"更符合文意。

可以看出，《狐媚丛谈》的编纂者虽然有时会对原文进行改动，但不是毫无理由的，是对原文进行校勘、修订等完善工作。

另外，也有在原来文字的基础上使用其他字词的情况，分为更换后原来文意不变以及更换之后反而不如原文表达两种情况。文意不变者，比如《太平广记》卷四四七《孙岩》文为"甫临去"②，《狐媚丛谈》卷一《狐截孙岩发》改为"甫去"。显然，仅仅是多一

---

① 参见［宋］李昉等编：《太平广记》（北京：中华书局，1961 年 9 月新 1 版），第 3655 页。
② 参见［宋］李昉等编：《太平广记》（北京：中华书局，1961 年 9 月新 1 版），第 3655 页。

字与少一字的区别,表达的意思却相同。再如,《太平广记》卷四五五《狐龙》文为"狂风大起"①,《狐媚丛谈》卷四《狐龙》改为"狂风大作"。其实,不论是风大起,还是风大作,表达的效果都一样,即形象地描述了狂风骤然来临的情形。另外,也有改动之后使得表达效果不如原文的,如《太平广记》卷四四七《管辂》,该文有"自此里中无火灾"句,而《狐媚丛谈》卷一《管辂击狐》改为"自此里中无火"。根据文意,主要讲述的是狐放火导致了里中这个地方火灾的发生,直到狐被人除掉后该地才没有了火灾,而不是说狐被除掉后没有了火。毫无疑问,"火灾"较"火"来说更为妥当。又如《太平广记》卷四四九的《焦炼师》文为"道家弟子"②,《狐媚丛谈》卷二《狐戏焦炼师》改为"道家子弟"。毫无疑问,"弟子"要比"子弟"恰当得多,显然,《狐媚丛谈》的改动使得表达效果适得其反。

2. 对语句的增、删与改写

(1)增加语句。

《狐媚丛谈》为了增强文章的表达效果,会在所选文本的基础上适时增加语句。如《太平广记》卷四四七《大安和尚》有"和尚风神邈然"③,而《狐媚丛谈》卷一《狐称圣菩萨》修改成"女菩萨一

---

① 参见[宋]李昉等编:《太平广记》(北京:中华书局,1961 年 9 月新 1版),第 3718 页。

② 参见[宋]李昉等编:《太平广记》(北京:中华书局,1961 年 9 月新 1版),第 3672 页。

③ 参见[宋]李昉等编:《太平广记》(北京:中华书局,1961 年 9 月新 1版),第 3660 页。

见,和尚风神邈然",虽然较《大安和尚》仅多出"女菩萨一见"五字,却把原文第一人称叙事视角转化为第三人称"女菩萨"的叙事视角,这样就实现了由太后与大安和尚—大安和尚与女菩萨之间场景的自然过渡。比如,《大安和尚》这样描写大安和尚与太后以及女菩萨相见的场景:"其后大安和尚入宫,太后问:'见女菩萨未?'安曰:'菩萨何在?愿一见之。'敕令与之相见。和尚风神邈然。久之,大安曰:'汝善观心,试观我心安在?'答曰……"①很明显,以"和尚风神邈然"为分水岭,之前是大安和尚与太后的对话活动场景,之后转换为大安和尚与女菩萨的较量。"和尚风神邈然"因为是对大安和尚的描述,故对于前后文的衔接来说不够紧凑。而"女菩萨一见,和尚风神邈然"却不然,它明确告诉人们这是女菩萨眼中的大安和尚,不仅自然衔接了前面太后"敕令与之相见"的内容,而且还引出了女菩萨的登台亮相。这样就使得文章前后两个部分过渡自然,浑然一体。另外,在《狐媚丛谈》卷三《狐戏王生》中,也有增加句子的情况。如《太平广记》卷四五三《王生》篇有"母迎而问之,其母骇曰:'安得此理?'"②而《狐戏王生》改为:"母迎而问之,王生告以故。母曰:'安得此理?'"即将"其母骇曰"改为"母曰",并且在"母迎而问之"后增加"王生告以故"。分析《王生》文中由王生母亲的发问乃至听后的害怕(母迎而问之,其母骇曰),似乎多少有些突兀,因为是母亲发问之后接

---

① 参见[宋]李昉等编:《太平广记》(北京:中华书局,1961年9月新1版),第3660页。

② 参见[宋]李昉等编:《太平广记》(北京:中华书局,1961年9月新1版),第3700页。

着便惊骇了，而为何惊骇似乎不得而知。《狐戏王生》的修改却很好地回答了这个问题。该文在"母迎而问之"之后增加"王生告以故"，这样就清晰地告诉读者王生母亲是在王生回答了自己的问题后才惊骇的。毫无疑问，修改之后的语句有问有答，符合语言的逻辑习惯，且较原文表达更加清晰，衔接更加自然。再如《太平广记》卷一一《栾巴》文有"巴知其所在，上表请解郡守往捕，其鬼不出。巴谓太守，贤婿非人也，是老鬼诈为庙神。今走至此，故来取之，太守召之不出。"①而《栾巴斩狐》改为："巴知其所在，上表请解郡守往捕其鬼。巴到，诣太守，曰：'闻君有贤婿，愿见之。'鬼已知巴来，托病不出。巴谓太守曰：'令婿，非人也，是老狐，诈为庙神。今走至此，故来取之。'太守召之不出。"显然，《栾巴斩狐》较原文基础上多出一段对话，即"巴到，诣太守，曰：'闻君有贤婿，愿见之。'鬼已知巴来，托病不出"的文字。对比前后文的差异，在《栾巴》中，栾巴向太守的请示只有一次，他直接揭穿太守女婿非人的事实，并表明自己的到来是为了将此鬼（妖狐）捉拿归案。而《栾巴斩狐》却请示了两次：第一次，栾巴当太守面假意称赞妖狐为贤婿，且表达渴望一见的愿望，却不想被鬼（妖狐）识破，"托病不出"。栾巴第一次请示失败，便着手第二次的行动，这次栾巴坦言事实的真相并告知自己此来的目的。这样，栾巴再次得到了太守的积极配合。显然，两次请示，使用的是两种不同的策略，推动了故事情节的层层递进，步步深入，较原文只请示一次，情节更加

---

① 参见[宋]李昉等编：《太平广记》（北京：中华书局，1961年9月新1版），第76页。

曲折生动。在此,《狐媚丛谈》编纂者构思的巧妙与驾驭文字的能力,不能不令人叹服。

(2)删减语句。

为了更好地突出狐故事发展情节,《狐媚丛谈》的编纂者也会删减文中议论、说明、抒情等性质的文字,或删除与故事主题不相关的内容等。

比如《太平广记》卷四四七《陈羡》文有:

> ……后十余日,乃稍稍了癗,云:"狐始来时,于屋曲角、鸡栖间作好妇形,自称'阿紫',招我,如此非一,忽然便随去,即为妻,暮辄与共还其家,遇狗不觉,云乐无比也。"道士云:"此山魅,狐者先古之淫妇也,名曰阿紫,化为狐,故其怪多自称阿紫也。"(出《搜神记》)①

而《狐媚丛谈》卷一《灵孝呼阿紫》改为:

> ……后十余日,乃稍稍了癗,云:"狐始来时,于屋曲角、鸡栖间作好妇形,自称'阿紫',招我,如此非一,忽然便随去,即为妻,暮辄与共还其家,遇狗不觉,云乐无比也。'"

对比《灵孝呼阿紫》与《陈羡》,《灵孝呼阿紫》以"云乐无比

---

① 参见[宋]李昉等编:《太平广记》(北京:中华书局,1961 年 9 月新 1 版),第 3653 页。

也"作结,而《陈羡》在此之后尚有一段:"道士云:'此山魅,狐者先古之淫妇也,名曰阿紫,化为狐,故其怪多自称阿紫也。'"这段议论性的文字,《灵孝呼阿紫》省略了,仅保留了《陈羡》文的叙事部分,即灵孝神秘失踪以及被找回的前后经过。

再如,《太平广记》卷四五二《任氏》文在"遂殁而不返"后有:

> 嗟乎,异物之情也有人道焉。遇暴不失节,徇人以至死,虽今妇人有不如者矣。惜郑生非精人,徒悦其色而不征其情性。向使渊识之士,必能揉变化之理,察神人之际,著文章之美,传要妙之情,不止于赏玩风态而已,惜哉!建中二年,既济自左拾遗于金吴,将军裴冀、京兆少尹孙成、户部郎中崔需、左拾遗陆淳,皆適居东南,自秦徂吴,水陆同道。时前拾遗朱放,因旅游而随焉。浮颍涉淮,方舟沿流,昼燕夜话,各征其异说。众君子闻任氏之事,共深叹骇。因请既济传之,以志异云。沈既济撰。①

这段文字在《任氏》文的末尾,抒情色彩很浓;而《狐媚丛谈》卷三《狐称任氏》以"遂殁而不返"作结,将该段文字删除。很明显,《狐称任氏》与《灵孝呼阿紫》一样,都在原文基础上保留了叙事性内容,而将文末议论、抒情性的文字删除。这样就揭示出《狐媚丛谈》的一个编纂特点,即注重叙事内容而忽略议论、抒情、说

---

① 参见[宋]李昉等编:《太平广记》(北京:中华书局,1961年9月新1版),第3697页。

明等理论性的阐释。

这一特点在《狐媚丛谈》卷四《民妇杀狐》《犬啮老狐》对原文的修改中进一步得到了验证。《太平广记》卷四五五《民妇》文有："《世说》云'狐能魅人',恐不虚矣。乡民有居近山林,民妇尝独出于林中。"①而《民妇杀狐》直接以"乡民有居近山林"叙事开头,删除了前面对《世说》引述的议论文字。《犬啮老狐》对于《沧渚民》的删修更能说明问题,《犬啮老狐》文为:

> 晋天福甲辰岁,公安县沧渚村民辛家犬,逐一妇人,登木而坠,为犬啮死,乃老狐也,尾长七八尺。则止首之妖,江南不谓无也,但稀有耳。

而《太平广记》卷四五五《沧渚民》文曰:

> 江南无野狐,江北无鹧鸪,旧说也。晋天福甲辰岁,公安县沧渚村民辛家犬,逐一妇人,登木而坠,为犬啮死,乃老狐也,尾长七八尺。则正首之妖,江南不谓无也,但稀有耳。蜀中彭汉邛蜀绝无,唯山郡往往而有,里人号为野犬。更有黄腰,尾长头黑,腰间焦黄,或于村落鸣,则有不祥事。(出《北梦琐言》)②

---

① 参见[宋]李昉等编:《太平广记》(北京:中华书局,1961年9月新1版),第3719页。

② 参见[宋]李昉等编:《太平广记》(北京:中华书局,1961年9月新1版),第3718~3719页。

很明显,《犬啮老狐》在《沧渚民》的基础上掐头去尾,直接以叙事性文字开头,其在《沧渚民》基础上删除了"江南无野狐,江北无鹠鸲,旧说也"以及"蜀中彭汉邛蜀绝无"之后的内容,而删除部分都是说明、议论性的文字。当然,《犬啮老狐》本身也含有议论性的文字:"则止首之妖,江南不谓无也,但稀有耳。"笔者猜测此句极有可能是《狐媚丛谈》的编纂者疏忽所致,不小心附带而来的结果。但无论如何,《犬啮老狐》以记叙性文字为主,议论语句极少,而且该文在《沧渚民》的基础上删除了大量诸如江南、江北以及蜀中等地有关狐情况的说明、议论等文字。因此,《犬啮老狐》仍是《狐媚丛谈》在选录过程中注重故事性而忽略理论阐释特点的反映。

另外,《狐媚丛谈》的编纂者也会删除与故事主题无关的内容。比如《太平广记》卷四五四《张立本》文有:"唐丞相牛僧孺在中书,草场官张立本有一女。"①而《狐媚丛谈》改为"唐草场官张立本有女",删除了"丞相牛僧孺在中书"。因为该文是讲张立本女被狐魅事,与牛僧孺无丝毫关系,因此予以删除。又如《狐媚丛谈》卷一《栾巴斩狐》以《太平广记》卷一一《栾巴》为蓝本,而《栾巴》文有"壁外人见化成一虎,人并惊,虎径还功曹舍,人往视虎,虎乃巴成也"②即"栾巴化虎"事,而《栾巴斩狐》却无。除此之外,《栾巴》还记述了栾巴以酒救火、神秘失踪等各种奇闻异事,而《栾

---

① 参见[宋]李昉等编:《太平广记》(北京:中华书局,1961年9月新1版),第3709页。

② 参见[宋]李昉等编:《太平广记》(北京:中华书局,1961年9月新1版),第75页。

巴斩狐》却将这些内容一并删除。删除的理由很简单:《栾巴》是为栾巴列传,栾巴自然是故事的主角;而《狐媚丛谈》却以狐为主题,因此较人物栾巴更为重要的是其中的狐故事,所以不论栾巴化虎、以酒救火等内容如何传奇,也抵不过"狐媚"的巨大诱惑。一言以蔽之,既然要凸出狐的核心地位,那么与狐无关的内容自然不在选录的范围之内。

最后,对故事情节影响不大的内容也是《狐媚丛谈》的编纂者予以删除的对象。比如,《剪灯馀话》卷三《胡媚娘传》在"乃举笔书檄,付帅持去"与"俄而黑云渰墨,白雨翻盆,霹雳一声,媚娘已震死阛阓矣"之间,有尹澹然道士所书檄文的具体内容:"其文曰:上清杀伐雷府分司,照得:二气始判,而天高地下,自此奠其仪;三才已分,而物化人生,亦各从其类……九尾尽诛,万劫不赦。耀州衙速令清净,新郑驿永绝根苗。长闭鬼门之关,一准酆都之律。布告庙社,咸使风闻。"①而《狐媚丛谈》卷五《胡媚娘》却将该段内容予以删除。分析其删减的原因,盖是出于对故事情节的注重而忽视枝叶性的内容。因为"乃举笔书檄,付帅持去"讲的是尹澹然道士将檄文写好并让人拿走,而其中写作檄文的过程与檄文的具体内容都略去不谈。《胡媚娘传》对檄文具体内容的交代,更多是对"乃举笔书檄,付帅持去"的补充和完善。如此说来,檄文的具体内容就相当于"举笔书檄,付帅持去"主干上的枝节,是为了衬托主干而存在的,而对整个"狐媚"故事的情节发展而言,却多少

① 参见 [明]李昌祺:《剪灯馀话》(与《剪灯新话》《觅灯因话》合刊)(上海:上海古籍出版社,1981 年 11 月新 1 版),第 227~228 页。

有点无关紧要。因此,《狐媚丛谈》在选录的过程中毫不吝惜地将此段文字删除。

(3)改动语句、变换说法。

《狐媚丛谈》的编纂者出于增强表达或是其他目的的需要,有时会改动语句、变换说法,而即使小小的改动,也不失为精彩之笔。比如《太平广记》卷四五四《姚坤》文有"坤告曰:'但于中饵黄精一月,身轻如神,自能飞出,窍所不碍。'"①《狐媚丛谈》卷四《狐能飞形》改为:"坤告曰:'某无为,但于中有黄精饵之,渐觉身轻浮飏,其中如处寥廓,虽欲安居,不能禁止。偶尔升腾,窍所不碍。特黄精之妙如此,他无所知。'"显然,改动后的文字更加生动、精彩,"身轻浮飏""如处寥廓"等文字,细腻传神地描绘出身无所依、自由升腾的感觉,令人如临其境。而《姚坤》原文较为短小精悍,达不到此种效果。又如,《太平广记》卷四五四《张立本》文有"立本与僧法舟为友,至其宅,遂示其诗"②,而《狐媚丛谈》卷一《狐称高侍郎》却改为:"立本与僧法舟为友,舟至其宅,本出诗示之。"且看《张立本》文在"至其宅"与"示其诗"前没有主语,这样就不知道究竟是立本去法舟家里,还是法舟来找立本;同理,"示其诗"者也不知为谁,很容易造成理解混乱。而《狐称高侍郎》在原文"至其宅"前加上主语"舟",以及将"遂示其诗"做了些微改动后又加上主语"本",这就清晰地告诉读者,是法舟到立本

---

① 参见[宋]李昉等编:《太平广记》(北京:中华书局,1961 年 9 月新 1 版),第 3710~3711 页。

② 参见[宋]李昉等编:《太平广记》(北京:中华书局,1961 年 9 月新 1 版),第 3710 页。

的家里,且立本拿出诗来给法舟看。显而易见,虽是小小的改动,却较原文的表达更加清晰明了。

另外,也有改动之后使得语句更加简洁的。如《太平广记》卷一一《栾巴》文:"栾巴者,蜀郡成都人也。"①而《栾巴斩狐》却改为"栾巴,成都人也"。再如《太平广记》卷四五一《宋溥》文为"有谈众者亦云"②,《狐为老人》则改为"谈众者"等。显然,以上两例后者较前者更加简练。

当然,不是所有的改动都尽善尽美,也有在改动之后表达效果与原文相差无几的。比如,《太平广记》卷四五四《计真》有"为之敛,葬之,制皆如人礼"③,《狐媚丛谈》卷四《狐生九子》文改为"为之殡殓,丧葬之制,一如人礼";另外,《计真》末句为"而终无恶心"④,《狐生九子》则改为"而真亦无恙"。这些改动就看不出明显优越于原文的地方。《狐媚丛谈》卷五《谷亭狐》较原文的改动亦是如此。《庚巳编》的《谷亭狐》文有"乃自起煎姜汤与饮"⑤,而《狐媚丛谈》的《谷亭狐》则为"乃起爇薪煎汤饮之";《庚巳编》

① 参见[宋]李昉等编:《太平广记》(北京:中华书局,1961 年 9 月新 1版),第 75 页。
② 参见[宋]李昉等编:《太平广记》(北京:中华书局,1961 年 9 月新 1版),第 3691 页。
③ 参见[宋]李昉等编:《太平广记》(北京:中华书局,1961 年 9 月新 1版),第 3709 页。
④ 参见[宋]李昉等编:《太平广记》(北京:中华书局,1961 年 9 月新 1版),第 3709 页。
⑤ 参见[明]陆粲、顾起元撰,谭棣华、陈稼禾点校:《庚巳编 客座赘语》(北京:中华书局,1987 年 4 月版),第 90 页。

文为"视积雪中乃有兽迹数十"①,而《狐媚丛谈》则为"视积雪中无人迹,惟兽踪数十"。显然,改动之后与原文的表达差异不大,也不知《狐媚丛谈》的编纂者缘何而改,盖仅仅是为了换个说法,将他作混作己作罢!

3. 节录与组合

(1)节录。

《狐媚丛谈》在取材时,也会从所选小说文本中节录一部分文字,然后另起题名,自成一文。如《新唐书·李密传》:

> 李密,字玄邃,一字法主,其先辽东襄平人。曾祖弼,魏司徒,赐姓徒何氏,入周为太师、魏国公。祖曜,邢国公。父宽,隋上柱国、蒲山郡公。遂家长安。②
>
> ……
>
> 初,密建号登坛,疾风鼓其衣,几仆。及即位,狐鸣于旁,恶之。及将败,巩数有回风发于地,激砂砾上属天,白日为晦;屯营群鼠相衔尾西北度洛,经月不绝。③
>
> ……

---

① 参见[明]陆粲、顾起元撰,谭棣华、陈稼禾点校:《庚巳编 客座赘语》(北京:中华书局,1987年4月版),第90页。

② 参见[宋]欧阳修、宋祁:《新唐书》(北京:中华书局,1975年2月第1版),第3677页。

③ 参见[宋]欧阳修、宋祁:《新唐书》(北京:中华书局,1975年2月第1版),第3685页。

而《狐媚丛谈》卷四《狐鸣于旁》为：

> 李密建号登坛，疾风鼓其衣，几仆。及即位，狐鸣于旁，恶之。及将败，数日回风发于地，激砂砾上属天，白日为晦。屯营群鼠相衔走西北度洛，经月不绝。

显然，《狐鸣于旁》是从《新唐书·李密传》众多段落（共28段）中节录而来的，题名亦据文中字句"狐鸣于旁"而来。可以看出，在节录的过程中，《狐鸣于旁》在《李密传》的基础上做了些微改动，但仅是删减、变换了几个字词而已。如将《李密传》开头的"初"字去掉，将"密"改为"李密"，"有"置换为"日"，"衔尾"改为"衔走"等，这些改动都极为简单，于原意丝毫无损益。另外，从《新唐书》长篇巨帙中节录狐内容且独立成篇的尚有《夜狐狸鸣》，其文来源于《新唐书·沙陀传》一小段中的部分文字。① 与《狐鸣于旁》略有不同的是，该篇完全照搬《沙陀传》而来，即在节录的过程中不做任何字词上的修改。

以上同属一个文本对应一个狐故事的情况。除此，也有从同

---

① 《夜狐狸鸣》文在《新唐书·沙陀传》中所对应的段落为："全忠夺邢、磁、洺三州，茂贞度克用沮桡，无能出师，乃与韩建谩好，致书言帝暴露累年，请共治宫室迎天子。初，**长安自石门之奔，宫殿焚圮。及岐人再逆，火闾里皆尽。宫城昏夜，狐狸鸣啼，无人迹**。帝幸华西溪，望旧京必泫然流涕，左右凄塞不得语……"（详见［宋］欧阳修、宋祁：《新唐书》，北京：中华书局，1975年2月第1版，第6163页。）《狐媚丛谈》卷四《夜狐狸鸣》文则为："**长安自石门之奔，宫殿焚圮。及岐人再逆，火闾里皆尽。宫城昏夜，狐狸鸣啼，无人迹**。"此与《沙陀传》加黑部分文字完全同，显然是从该部分节录而来。

一文本中分别节录两个狐故事且在《狐媚丛谈》中各自独立成篇的,如《鬼骑狐》与《狐为老人》便同出于《太平广记》的《宋溥》文。

《狐媚丛谈》卷三《鬼骑狐》:

> 宋溥者,唐大历中为长城尉。自言幼时,与其党暝扱野狐,数夜不获。后因月夕,复为其事。见一鬼戴笠骑狐,唱《独盘子》。至扱所,狐欲入扱,鬼乃以手搭狐颊,因而复回,如是数四。其后夕,溥复下扱伺之,鬼又乘狐,两小鬼引前,往来扱所,溥等无所获而止。

同卷《狐为老人》:

> 谈众者幼时下扱,匿身树上,忽见一老人扶杖至己所止树下,仰问:"树上是何人物?"众时尚幼,甚惶惧,其兄因怒骂云:"老野狐,何敢如此!"下树逐之,狐遂变走。

《太平广记》卷四五一《宋溥》文:

> 宋溥者,唐大历中为长城尉。自言幼时,与其党暝扱野狐,数夜不获。后因月夕,复为其事。见一鬼戴笠骑狐,唱《独盘子》。至扱所,狐欲入扱,鬼乃以手搭狐颊,因而复回,如是数四。其后夕,溥复下扱伺之,鬼又乘狐,两小鬼引前,往来扱所,溥等无所获而止。有谈众者亦云,幼时下扱,忽见一老人扶杖至己所止树下,仰问树上是何人物。众时尚小,

甚惶惧,其兄因怒骂云:"老野狐,何敢如此!"下树逐之,狐遂变走。(出《广异记》)①

　　显然,若将《鬼骑狐》与《狐为老人》合并,便与《太平广记》卷四五一《宋溥》相差无几。分析《鬼骑狐》《狐为老人》与《宋溥》的关系,《鬼骑狐》实质上是《宋溥》文开头"宋溥者"至"溥等无所获而止"的内容,两者对应部分的文字完全吻合,这就进一步证明《鬼骑狐》是从《宋溥》文节录而来。另,《狐为老人》来源于《宋溥》"有谈众者亦云"一直到文末的部分。《狐为老人》与该部分文字相比稍微有些差异,如《宋溥》文为"有谈众者亦云",《狐为老人》则改为"谈众者",这些改动是符合实际情况的。理由为:《宋溥》共讲了两个狐故事,即"鬼骑狐"与"狐变为老人",显然,当一个故事结束,必然要衔接过渡到下一个故事,"有谈众者亦云"便起到了这样的桥梁作用;而《狐为老人》却不同,它讲述的内容是一个独立的故事,因此具有承接关系的"有谈众者亦云"便在该文中失去了作用,而以"谈众者"直接陈述更为恰当。另外,《狐为老人》较《宋溥》文在"幼时下扳"与"忽见一老人扶杖至己所止树下"之间增加了"匿身树上",这就交代清楚了"谈众者"的具体位置,且与后文老人"仰问:'树上是何人物?'"相照应。总之,《鬼骑狐》与《狐为老人》分别从《太平广记》卷四五一《宋溥》文节录而来,只不过此种节录是直接将《宋溥》文一分为二,并稍作个别文字调整,最后再分别重新题名而已。

―――――――――

　　① 参见[宋]欧阳修、宋祁:《新唐书》(北京:中华书局,1975年2月第1版),第3690~3691页。

与《鬼骑狐》与《狐为老人》成文情况相类的是《王贾杀狐》与《东阳令女被狐魅》，二者同样是由《王贾》节录而来。《王贾》描述了王贾的各种神异事件，包括其预知休咎、识破并制服妖狐作怪、治愈东阳令女狐魅病等故事内容。《狐媚丛谈》则紧紧围绕"狐故事"主题，很好地贯彻了有狐则录、没狐则弃的原则，将妖狐冒充王贾之姨作怪的故事辑选出来，题名为《王贾杀狐》；另外，还选录了王贾治愈东阳令女狐魅病一事，题名为《东阳令女被狐魅》。其他与"狐媚"无关的内容则弃置不顾，不予选录。同样，二者从原文节录出来之后也进行了文字修改。

（2）组合。

《狐媚丛谈》的编纂有时采用了组合的方法。所谓组合，是以节录为依托，即先从原文中将分散在各处的狐故事选录出来，然后再将这些文字重新组合成文。

比如《宋史·包恢传》开头为"包恢字宏父"，而后有"升秘阁修撰，知隆兴府兼江西转运。沈妖妓于水，化为狐，人皆神之"。[①]将两者组合起来为：

> 包恢字宏父……升秘阁修撰，知隆兴府兼江西转运。沈妖妓于水，化为狐，人皆神之。

且看《狐媚丛谈》卷四《包恢沉狐》：

---

① 参见［元］脱脱等：《宋史·包恢传》（北京：中华书局，1977 年 11 月版），第 12591~12592 页。

> 包恢,字宏父,为宋秘阁修撰,知隆兴府兼江西转运。沉妖妓于水,化为狐,人皆神之。

两相比照,《宋史·包恢传》组合起来的文字与《包恢沉狐》文字,仅是几个字词不同而已。如前者为"沈",而《包恢沉狐》改为"沉";前者为"升",而《包恢沉狐》改为"为宋",其他则完全吻合。因此,《包恢沉狐》当是组合《宋史·包恢传》两处文字,且在此基础上改变个别文字而来。

《狐媚丛谈》卷一《狐变妲己》也是从《春秋列国志传》卷一①选录出与妲己及狐相关的文字整合而成的。为了更好地说明这个问题,以下用表格形式把两者之间相对应的文字罗列出来:

《狐变妲己》	《春秋列国志传》卷一
1. 冀侯苏护有女,名妲己,年十七岁,姿色绝世,绣工音乐,无不通晓。	1. 其女名妲己,年方十七,姿色冠世,绣工音乐,无不该备。(第17页)
2. 纣命取入掖庭,苏送妲己至恩州馆驿安歇。本驿首领告曰:"此驿幽僻,淫邪所聚之地,往来游宦被魅者多。贤侯不宜安寝于内。"……即发车马起程,然不知妲己早被狐狸所魅耳。	2. 行不数月,至故恩州馆驿安歇。本驿首领禀曰:"此驿幽僻,淫邪所聚之地,往来游宦被迷者多。贤侯不宜安寝于内。"……即发车马起程,不知妲己早被狐狸所魅。(第17~19页)

---

① 参见[明]陈继儒重校:《春秋列国志传》(上)卷一,《古本小说集成》编委会编:《古本小说集成》(上海:上海古籍出版社,1994年11月版),第13~162页。

（续表）

《狐变妲己》	《春秋列国志传》卷一
3. 车马行至朝歌,先进表章……曰:"此女足赎前罪。"	3. 车驾行至朝歌,先进表章,延颈待罪……曰:"此女足赎前罪……"(第19页)
4. 遂宠幸异常,恣意淫乐,略无忌惮。或杀谏臣,或戮宫女,或斫人胫,或剖孕妇。妲己日伴游赏,夜则露其本相吸取死人精血,其貌益妍。	4. 纣王大喜,愈宠妲己,自是恣意任为,无所忌惮,或斩人胫,或剖孕妇。妲己日伴游赏,夜则露其本相吸此斩剖之血,以益花貌。(第103页)
5. 一日,纣宴群臣于琼林苑,忽见一狐隐于牡丹丛下,纣急令飞廉射之,飞廉曰:"但放金笼雕鸟足可逐之。"纣即令开笼放雕,狐被爪破面,遁匿沉香架,后不见踪迹。令武士掘而搜之,但见一大土窟,堆积骸骨无数,狐不见矣。	5. 一日纣宴群臣于琼林苑,忽见一狐隐于牡丹丛下,纣王急令飞廉射之,飞廉曰:"但放金笼雕鸟,足可逐之"。纣即令开笼放雕,狐被爪破面,遂遁匿沉香架后,不见踪迹。令武士掘而搜之,但见一大土穴,堆积骨骸,狐则不见矣。(第103页)
6. 纣宴罢入宫,见妲己两腮俱破,以花叶贴之,乃问其故,妲己笑曰:"早被白莺儿抓破耳。"纣亦信之,不知其在牡丹花下为雕儿所搏也。自是妲己之形,夜夜出入宫庭,宦官嫔御多有看见。	6. 却说纣王入宫,见妲己两腮俱破,以花叶贴之,乃问其故,妲己笑曰:"适早被白莺儿抓破耳。"纣亦信之,然不知在牡丹花下为雕鸟所搏也。自是妲己之形,夜夜出入宫庭,宦官嫔御多有看见。(第104页)
7. 城中谣言不止,司空商荣切谏,忤旨,出为庶人。	7. 城中谣嚷,司空商容闻知,一日乃进一本……商容即解下官诰,谢罪出为庶人。(第104~105页)

《狐变妲己》	《春秋列国志传》卷一
8.后武王伐纣,纣自焚而死。	8.纣王知大事已去,不能保身,乃举火烧焚宫室,自登鹿台,身衣宝玉,投入火中而死。（第158页）
9.妲己在摘星楼欲化形远遁,被殷郊抱住,缚至太公帐前。	9.妲己见殷郊忿然奔至,抱头敛膝,正欲投下摘星楼。殷郊大喝一声,抡起神斧一劈,金光灿烂,冷风逼人,殷郊知其为怪,按下神斧,将妲己揪向太公帐下。（第159页）
10.太公临场数罪,命斩之。行刑者悦其花貌,不忍下手,太公大怒,斩行刑者,凡三易皆然。太公曰："妲己乃妖狐也,不现其形,终足惑人。"乃以照魔镜照之,现其本形,殷郊手起斧落,斩为两段。	10.于是武王太公及文武群臣请于法场,数妲己、费仲之罪,令刽子手先斩妲己。妲己颜容精媚,刽子不忍斩之,太公命斩刽子,换过斩官,其次斩官亦爱其仪容,不忍杀之。太公又命斩其刽子,如是者三次。刽子俱不忍杀妲己,而自受戮。太公曰："吾闻妲己乃妖类,必得其形,然后方可除之。"令左右悬起照魔宝镜以鉴之,妲己乃露出本相,却是九尾金毛之狐狸,咆哮于场上,太公命曰:"谁人速代我除之?"殷郊跳出,大喊一声,手起斧落,断其狐狸以为三截。（第160页）

如上表所示,将《狐变妲己》割裂成 10 个部分,发现每一个部分在《春秋列国志传》卷一中都能找到相对应的内容,尽管这些内容在《春秋列国志传》中较为分散。比较两者 1~6 部分,虽有文字上的出入,但总体来看,两者之间的差异不是很大;7~10 部分,两者讲述的虽是同一事实,但《狐变妲己》简略而《春秋列国志传》详细,可能是受到篇幅的制约,《狐变妲己》在《春秋列国志传》的基础上进行了"瘦身运动"。总之,《狐变妲己》应是整合《春秋列国志传》卷一中与妲己和狐有关的文字而来的。① 只不过,高明的编纂者不是进行简单的排列组合:首先是寻章摘句,找出妲己与狐相关的文字;其次排列组合;最后修改润饰。即经过一系列修改字词、简化缩写等工作而最终成文。

4. 提取主体,进行重组

为了突出狐的主体地位,《狐媚丛谈》的编纂者也会在原文的基础上将与狐有关的情节、人物提取出来进行重新组合,而将一切与之无关的内容或忽略或淡化,经过一番加工、处理,使得所选故事从原文关系中完全脱离出来,独立成篇。

《狐媚丛谈》卷五《张明遇狐》与《施桂芳赘狐》便属此种情况。《张明遇狐》来源于《百家公案》第三回《访察除妖狐之怪》②,

---

① 《春秋列国志传》卷一篇幅很长,从"苏妲己驿堂被魅"一直到"太公灭纣兴周",即商纣王在妲己迷惑下导致商王朝衰落以至于灭亡的全过程;而《狐变妲己》只是节录出其中涉及妲己与狐有关的文字,在此基础上经过一番整合与修改而最终成文。

② 参见[明]安遇时编集,石雷校点:《百家公案》,(北京:群众出版社,1999 年版),第 7~8 页。

讲的是妖狐化作美人迷惑张明,后被包公识破身份斩杀的故事。在《张明遇狐》中,仅保留了妖狐化作美人迷惑张明,包公断案等整个大背景做了虚化处理。对照《张明遇狐》与《访察除妖狐之怪》:《张明遇狐》删除了《访察除妖狐之怪》开头总结全文内容的诗歌及入话部分;另外,在"咸称其得贤内助"后,《访察除妖狐之怪》有三段包公断案事宜等内容,《张明遇狐》略去不谈,并以"后遇府尹正直无私,美人自往伏罪而死,化为一狐,众始骇异"代替。可以看出,《访察除妖狐之怪》中包公的主体地位特别突出,而在《张明遇狐》中却变成一位不知名姓的"府尹"。《狐媚丛谈》的编纂者这样处理,是为了将妖狐故事从包公断案整个故事背景中脱离出来,告诉人们这只是关于妖狐迷惑张明的故事,而与包公没有多大关联。因为它是独立于原文之外的,所以关于包公的断案事宜像虚化了的背景一样淡去,而狐故事的主体地位分外突出。这种虚化背景的处理,在《施桂芳赘狐》的成文过程中达到极致。

《施桂芳赘狐》来源于《百家公案》第六十五回《决狐精而开何达》。[①]《决狐精而开何达》讲述了两表兄弟何隆与何达因财产纠纷而致仇,何达为寻"避身之计"与施桂芳去东京游玩,不料施桂芳被东京古寺的狐精媚惑而失踪,何隆趁机诬告何达谋害桂芳,以致何达下狱,后包拯访察,救出桂芳,一洗何达冤情。《施桂芳赘狐》主要讲的是何达与施桂芳在东京古寺游玩,桂芳被狐精迷惑而失踪,后被何达寻回得救。很明显,《施桂芳赘狐》主要取

---

① 参见[明]安遇时编集,石雷校点:《百家公案》,(北京:群众出版社,1999 年版),第 226~230 页。

材于《决狐精而开何达》中施桂芳被狐精媚惑失踪的故事情节,但两者又有些微不同。《决狐精而开何达》以何达、施桂芳、何隆、包公为主要人物,这些人物处在错综复杂的关系网中,施桂芳是何达姑妈之子,何隆与何达为表兄弟,也是仇人,何达被何隆诬告,他的冤情又由包公访察而雪白。而在《施桂芳赘狐》中,主要人物是施桂芳与何达,而且是何达救出了被狐精媚惑的施桂芳。在文中,人们看不到何隆的影子,甚至是最为重要的人物包公也看不见。另外,原文中的恩怨情仇、断案雪冤等错综复杂的关系与情节也不复存在。可见,《施桂芳赘狐》虽然是据《决狐精而开何达》中一部分故事内容改编而来,但似乎又与原文的人物、情节等没有多少关系。换言之,该文的人物、事件已经从原先错综复杂的关系网中脱离出来。例如,《决狐精而开何达》是说包公等人找到并救出了被狐精媚惑的施桂芳,而在《施桂芳赘狐》中却改为是何达做了上述事情。事实上,这样的改动与《决狐精而开何达》的故事情节不相吻合。因为该文在描述施桂芳被狐精迷惑不久,何达便因何隆诬陷而被关押狱中,自身性命尚且难保,怎么可能出来解救施桂芳?其实,《施桂芳赘狐》完全没有考虑何达在原文中所扮演的角色,该篇中的何达是作者塑造出的一个全新的何达,他与何隆没有多大关联,也并不曾被诬陷下狱,他的存在只是故事中的主人公施桂芳失踪以致被狐媚惑前后全过程的见证者而已。也就是说,在《施桂芳赘狐》中,施桂芳赘狐的前后经过也是独立于《决狐精而开何达》情节之外的。在原文中,施桂芳被狐精媚惑失踪的情节仅是何达被诬陷下狱的缘由;而在《施桂芳赘狐》中,《狐媚丛谈》的编纂者已经把它当作一个独立的整体,即一个全新的有关施桂芳赘狐前后经过的故事。它从原文中何隆与何达两兄弟的恩怨情仇,何隆诬告何达导致其下狱,以及包拯访察得以真相大白等错综复杂的关系网中脱离出来,故施桂芳赘狐的主题因为少了诸多关系的牵涉而分外突出。

5. 狗尾续貂

狗尾续貂,即原文内容本来与狐无关,却被作者胡乱窜改,在文末刻意安上一条"狐狸"尾巴。以《狐媚丛谈》卷五《九尾野狐》的成文来说明。《九尾野狐》出自《侯鲭录》卷八,《侯鲭录》文为:

> 钱唐一官妓,性善媚惑,人号曰"九尾野狐"。东坡先生适是邦,阙守权摄。九尾野狐者,一日下状解籍,遂判云:"五日京兆,判断自由;九尾野狐,从良任便。"①

《狐媚丛谈》中《九尾野狐》文为:

> 钱塘一官妓,性善媚惑,人号曰"九尾野狐"。东坡先生在杭,权摄守事。九尾野狐者,一日下状解籍,遂判云:"五日京兆,判断自由;九尾野狐,从良任便。"得状下堂,化为狐而去。

分析《九尾野狐》对《侯鲭录》的修改,比如将《侯鲭录》中的

---

① [宋]赵德麟:《侯鲭录》,《景印文渊阁四库全书》第 1037 册(台北:台湾商务印书馆,2008 年版),第 411 页。

"适是邦"改为"在杭",以及将"阙守权摄"改为"权摄守事",这些改动都不是很大,也丝毫不影响文意。但值得一提的是,《九尾野狐》在《侯鲭录》的基础上多出"得状下堂,化为狐而去"的结尾。这样一改,颇为"石破天惊",使一个普通的妓女从良的故事转变成妓女化狐之千古奇闻。人能变狐,实在让人难以置信。检阅记载类似故事的其他书籍,并无妓女化狐之说。且看如下《增补武林旧事》《西湖游览志馀》《诗话总龟后集》《渔隐丛话前集》中苏子瞻判妓女从良故事的相关轶事:

> 苏子瞻通判钱唐,尝权领郡事,新太守将至,营妓陈状,以年老乞出籍从良。公即判曰:"五日京兆,判状不难;九尾野狐,从良任便。"(《渔隐丛话前集》①、《诗话总龟后集》②)
>
> 苏子瞻通判杭州,权领郡事,新太守将至(矣),有营妓投牒,乞从良。子瞻判曰:"五日京兆,判状不难;九尾野狐,从良任便。"(《增补武林旧事》③、《西湖游览志馀》④。注:《西湖游览志馀》文为"新太守将至矣",除外与《增补武林旧事》义同)

---

① [宋]胡仔:《渔隐丛话前集》,《景印文渊阁四库全书》第1480册(台北:台湾商务印书馆,2008年版),第383页。

② [宋]阮阅编著:《诗话总龟后集》(北京:人民文学出版社,1987年版),第297页。

③ [宋]周密撰,[明]朱廷焕补:《增补武林旧事》,《景印文渊阁四库全书》第590册(台北:台湾商务印书馆,2008年版),第418~419页。

④ [明]田汝成:《西湖游览志馀》(上海:上海古籍出版社,1958年版),第303页。

苏东坡在杭权领郡事,新太守将至矣,有营妓投牒乞从良,东坡判曰:"五日京兆,判状不难,九尾野狐,从良甚便。"(《山堂肆考》①)

据上述材料显示,包括《侯鲭录》在内所记载的所有苏子瞻判妓女从良一类故事,都只是说苏子瞻判一位号称"九尾野狐"的妓女"从良任(甚)便",而并不是《九尾野狐》所谓的"得状下堂,化为狐而去"。显然,"化狐"的结尾是《狐媚丛谈》的编纂者有意加上去的。

那么,为何要加上这样的结尾呢? 笔者认为:首先,《狐媚丛谈》的编纂者极有可能是受到了文中"九尾野狐"的启发。这样与狐有关的称谓,很容易让人把妓女与狐联系在一起。其次,也离不开妓女化狐一类故事的启发与影响。在明代之前,妓女化狐的题材早为人们所乐道,如《太平广记》卷四五〇《薛迥》:

唐河东薛迥与其徒十人于东都狎娼妇,留连数夕,各赏钱十千。后一夕午夜,娼偶求去。迥留待曙,妇人躁扰,求去数四,抱钱出门。迥敕门者无出客,门者不为启锁。妇人持钱寻审,至水窦变成野狐,从窦中出去,其钱亦留。(出《广异记》)②

---

① [明]彭大翼:《山堂肆考》,《景印文渊阁四库全书》第 976 册(台北:台湾商务印书馆,2008 年版),第 241 页。
② [宋]李昉等编:《太平广记》(北京:中华书局,1986 年版),第 3682 页。

《薛迥》是妓女化狐类故事的雏形,李剑国先生认为它进一步深化了狐性淫的观念:"开了以狐喻妓的先例。"①《狐媚丛谈》的编纂者对此类妓女化狐的故事应该是了熟于心的。因为其将《薛迥》收录了进来,是为《狐媚丛谈》卷二的《狐变为娼》。不仅如此,《狐媚丛谈》卷四《包恢沉狐》记载的同样是此类妓女化狐的故事,文中的"沉妖妓于水,化为狐"与《九尾野狐》中的"得状下堂,化为狐而去",结尾何其神似。《狐媚丛谈》的编纂者收录了两篇妓女化狐的故事,本身就说明他对此类故事的熟谙。盖正是受妓女化狐故事的灵感激发,在《侯鲭录》中选录故事时,为了使其符合"狐媚"主题(如果内容仅仅判定妓女从良一类的故事,是根本不符合选录标准的),私自对其动了手脚,在文末添加了"化为狐而去"这一吸引人眼球的"狐狸尾巴"。

6. 偷梁换柱

《狐媚丛谈》卷五《天师诛狐》来源于《湖海新闻夷坚续志》中的《天师诛蛇》,仅看题目便令人匪夷所思,一个是狐,一个是蛇,两者是怎样搭上关系的呢? 且看《天师诛蛇》:

> 婺州东阳县有郭郎中家,依山而居,山石险峻,树林深密,常有大蛇为妖,人所不能治。郭有一女年十六岁,容貌甚丽,忽寻不见。父母疑为崇所惑,朝夕思慕不已。遣人赍香信诣龙虎山,迎请观妙天师救治。师欲翌日起行,是夜梦祖

① 李剑国:《中国狐文化》(北京:人民文学出版社,2002 年版),第107 页。

师云:"汝毋往,吾将自治之。"忽一日,有道人到郭家,谒问之曰:"尔家中有何忧事?"郭以失女事对。道人曰:"我有道法,尔当遣人随我寻之。"遂遣人随去。至屋后山中,令其人闭目,谓闻喝声即开。及喝一声,开目见山中火发,焚一大**蛇**于中,女立于前。询之,乃此**蛇**为魅,其怪遂绝。道人乃给符与女服,获安如故。①

而《天师诛狐》文为:

> 婺州曹阳县郭郎中,家依山而居,山石险峻,树木深密,常有**狐**为妖,人不能治。郭有一女,年十六岁,容貌甚丽,忽寻不见。父母疑为祟所惑,朝夕思慕不已。遣人赍信香诣龙虎山,迎请观妙天师救治。欲翌日启行,夜梦祖师云:"汝毋往,吾将自治之。"忽一日,有道人到郭家,问之曰:"尔家有何忧事?"郭以失女事对。道人曰:"我有道法,尔当遣人随我寻之。"遂遣人随去。至屋后山中,令其人闭目,谓闻喝声即开。及喝一声,开目见山中火发,焚一大**狐**于中,女立于前。询之,乃此**狐**为魅,其怪即绝。道人乃给符与女服,获安如故。

两相对比可见,《天师诛狐》将《天师诛蛇》中有蛇的地方全

---

① 参见[宋]无名氏撰,金心点校:《湖海新闻夷坚续志》(此书与[金]元好问撰,常振国点校《续夷坚志》合刊,北京:中华书局,1986年5月第1版),第162~163页。

部替换为狐,因此,狐与蛇是两者最大的不同。而在文字方面,两者差异不是很大:《天师诛蛇》为"东阳县有",《天师诛狐》改为"曹阳县";将前者的"树林深密"改为"树木深密","人所不能治"改为"人不能治"等。这些都是细微之处,丝毫不影响文中故事走向,而将蛇置换为狐这一改头换面的做法却直接导致了故事类型的不同。那么,《狐媚丛谈》的编纂者缘何而改呢?这主要与《天师诛蛇》的故事内容及情节有关。该文讲述的是蛇性嗜淫且喜欢掠夺妇女,而这些特征狐妖同样具备,这就为作者偷换主题提供了可趁之机。且看《天师诛蛇》,其大意是蛇妖为祟,魅惑郭家女,最后蛇被天师用火烧死,郭家女得救。而蛇妖喜欢掠夺妇女的癖好同样见于妖狐的身上,狐魅性淫且喜抢夺良家妇女是早已出名了的,如以下几则故事:

> 吴郡顾旃,猎至一岗,忽闻人语声云:"咄!咄!今年衰。"乃与众寻觅,岗顶有一井,是古时冢,见一老狐蹲冢中,前有一卷簿书,老狐对书屈指,有所计校。放犬咋杀之,取视,口中无复齿,头毛皆白。簿书悉是奸爱人女名,已经奸者,朱钩头。所疏名有百数,旃女正在簿次。(《搜神后记·古冢老狐》)①

> 国步山有庙,有一亭,吕思与少妇投宿,失妇。思食逐觅,见大城,有厅事,一人纱帽冯几。左右竞来击之,思以刀

---

① 参见[南朝宋]陶潜撰,李剑国辑校:《新辑搜神后记》(北京:中华书局,2007 年版),第 535~536 页。

斫,计当杀百余人,余者乃便大走,向人尽成死狸。看向厅事,乃是古时大冢,冢上穿,下甚明,见一群女子在冢里;见其妇如失性人,因抱出冢口,又入抱取在先女子,有数十,中有通身已生毛者,亦有毛脚面成狸者。须臾,天晓,将妇还亭,亭长问之,具如此答。前后有失儿女者,零丁有数十。吏便敛此零丁至冢口,迎此群女,随家远近而报之,各迎取于此。后一二年,庙无复灵。御览五百九十八。①

唐开元中,彭城刘甲者为河北一县,将之官,途经山店,夜宿,人见甲妇美,白云:"此有灵祇,好偷美妇。前后至者,多为所取,宜慎防之。"甲与家人相励不寐,围绕其妇,乃以面粉涂妇身首。至五更后,甲喜曰:"鬼神所为,在夜中耳。今天将曙,其如我何!"因乃假寐。顷之间,失妇所在。甲以资帛顾村人,悉持棒,寻面而行。初从窗口中出,渐过墙东,有一古坟,坟上有大桑树,下小孔,面入其中,因发掘之。丈余,遇大树坎如连屋,有老狐,坐据玉案,前两行有美女十余辈,持声乐,皆前后所偷人家女子也。旁有小狐数百头,悉杀之。出《广异记》。(《太平广记》卷四四八《刘甲》)②

以上三则雄狐掠夺妇女的故事,以《古冢老狐》记载此类故事最早。文中的老妖狐年岁已经不轻,"口中无复齿,头毛皆白",然

---

① 参见鲁迅校录:《古小说钩沉·齐谐记》(济南:齐鲁书社,1997年版),第 141~142 页。

② 参见[宋]李昉等编:《太平广记》(北京:中华书局,1961 年 9 月新 1版),第 3666 页。

而淫性不改,专门以盗人妇女、施行有计划的奸淫为乐,不是顾旃发现并及时"放犬咋杀之",自己的女儿恐怕也难逃厄运。在《齐谐记》中,吕思的妻子被妖狐掠去,吕思去大冢寻找妻子,竟然发现有"一群女子在冢里",妖狐的淫荡贪婪之性令人为之咋舌。而《太平广记》卷四四八《刘甲》文,更是将妖狐喜欢掠夺妇女的性淫本质演绎到极致。尽管刘甲与家人"相励不寐,围绕其妇",连夜厮守,甚至将"面粉涂妇身首"作为伪装,然而五更后,其妻仍然被妖狐掠去,此妖孽之狐掠夺妇女的高超本领着实令人叹服。其实,不论是刘甲的妻子被妖狐掠去,还是《齐谐记》中的吕思丢失其妇,都是神不知鬼不觉的过程,《天师诛蛇》中的郭郎中女也是被蛇妖神秘掠去而不知所踪的。

上述的三则故事中,《古冢老狐》被《狐媚丛谈》卷四收录,命名为《顾旃杀狐得簿书》;而《刘甲》被《狐媚丛谈》卷一收录,且题名为《狐窃美妇》。《狐媚丛谈》既然收录此类故事,那么说明《狐媚丛谈》的编纂者对狐妖掠夺妇女的习性谙熟于心,不然怎么会连所取的题名都是狐掠夺美妇(《狐窃美妇》)呢?看来,正是作者对狐妖习性熟悉,而狐妖的这一习性恰好与《天师诛蛇》中的蛇妖作祟掠夺妇女并无二致,再加之《天师诛蛇》中用火焚蛇、用符治愈病人的手段等都是狐精魅人类故事常见的套路,才使得《狐媚丛谈》偷梁换柱、以狐代蛇罢。

与以狐代蛇相类,《狐媚丛谈》尚有一篇用狐来冒名顶替猴的,如《狐媚丛谈》卷五《狐为灵哥》便属于此种情形。《狐为灵哥》据《语怪》中《灵哥》改编而来,《灵哥》展示了灵哥预测祸福、无所不知的神异特性。至于何为灵哥,根据文中灵哥自己的讲述,"而二物者,似一猴一鹿,己则猴也"①,可见此文所描述的具有特异功能的灵哥是猴。另外,文末有这样的提法,"人以是益疑为猴狐之类云"②,可以得知猴狐属于同类,都可能是灵哥。或许正是这一提法促进了《狐为灵哥》的创作。从题目上看,《狐媚丛谈》的编纂者认为灵哥不是别的,正是狐,因此,在原题"灵哥"前加上限定语"狐",将《灵哥》改为《狐为灵哥》,另外将《灵哥》文中的"猴狐之类"或是"猴"全部改为"狐"。如《灵哥》文"己则猴也",《狐媚丛谈》改为"己则狐也";《灵哥》文末"人以是益疑为猴狐之类云",《狐媚丛谈》改为"人以是益疑为狐云"。可见,同把蛇改为狐一样,蛇狐之类以及猴狐之类的共性成为作者任意窜改的突破口。

(二)编纂思想

1. 以"狐"为主题的思想

《狐媚丛谈》以狐为主题,首先体现在命名方式上,陈国军、龚敏最先指出:"《狐媚丛谈》故事的命名方式,与它多所借鉴的《太平广记》、《夷坚志》、《湖海新闻夷坚续志》等书籍以人名命篇的方式不同,《狐媚丛谈》的命名方式更多地体现出'狐'在小说中的地位与功用,凸出'狐'在小说中的核心地位,这点是《狐媚丛

---

① 详情请参见[明]祝允明:《语怪》,四库全书存目丛书编纂委员会编:《四库全书存目丛书·子部》第 125 册(济南:齐鲁书社,1995 年 9 月版),第 597 页。

② 详情请参见[明]祝允明:《语怪》,四库全书存目丛书编纂委员会编:《四库全书存目丛书·子部》第 125 册(济南:齐鲁书社,1995 年 9 月版),第 598 页。

谈》小说编者的创举。"①陈国军、龚敏的提法不无道理,且看《狐媚丛谈》的题名,绝大多数都有"狐"字②,"狐媚"主题分外突出。

另外,《狐媚丛谈》在对素材进行选录、加工的过程中,也极大地体现了"狐"的主体地位。比如删除与狐无关的内容,通过节录、组合等手段突出与狐有关的内容,尤其是从长篇巨帙中把有关狐的故事节录出来,并另立题名。在原来的文本中,狐只是作为多数故事之一存在,并不惹眼,但是被节录出来自成一篇后,狐就宛如独处一片天地的风景,特别惹人注目。对原素材进行虚化背景的加工,更加突出了以狐为核心的思想。因为作为素材来源的狐故事是夹杂在错综复杂的叙事网络中的,涉及各种不同的人物和事件。比如《决狐精而开何达》(《施桂芳赘狐》的文本来源),文中虽有施桂芳赘狐的内容,但牵涉何隆与何达之间复杂的恩怨情仇、包拯破案等种种事情,而且关于狐的文字较为分散,但在《施桂芳赘狐》文中,与狐无关的所有内容像背景一样被隐没,而作为主题的狐精迷惑施桂芳的前因后果却分外明晰。这是作者的高明所在,去除了与狐无关的枝枝蔓蔓,突出了狐的核心地位,使狐在原来错综复杂的关系网络中脱颖而出。

2. 对故事性的追求

《狐媚丛谈》的 5 卷文本内容具有注重故事性而忽略说明、议

---

① 参见陈国军、龚敏:《〈狐媚丛谈〉的编者、版本与成书时间考略》(《世界文学评论》,2011 年第 1 期),第 308 页。

② 在已知《狐媚丛谈》的 5 卷 133 个题名中,除了《灵孝呼阿紫》《胡道治死不见尸》《徐安妻骑故笼而飞》《姜五郎二女子》《胡媚娘》5 个题名中没有"狐"字外,其余 128 个题名都有"狐"字。

论、抒情等的特点。如前所述,《狐媚丛谈》卷一《灵孝呼阿紫》、《狐媚丛谈》卷三《狐称任氏》等在成文过程中,都曾将原文中说明、议论等性质的文字删除,而专门保留了叙述性的故事内容。这一编纂特点,充分说明了《狐媚丛谈》对叙述性的注重与对故事性的追求。尽管如此,《狐媚丛谈》并不缺乏理论阐释之类的文字。如《狐媚丛谈》正文前具有杂谈性质的《说狐》一篇,其内容便大多以阐释、说理性的文字为主。① 如此说来,《狐媚丛谈》的作者有意将理论性的文字放在《说狐》篇中,而将具有故事情节的狐故事编排置放在正文 5 卷,可见在编排方面的独特。

3. 模糊文章出处的思想

《狐媚丛谈》的编纂者有意模糊文章出处,主要体现在三个方面:其一,《狐媚丛谈》虽每一篇都有参考的文本(即从其他小说取

①《狐媚丛谈》的《说狐》主要是对与狐有关的各种资料的汇集,无统一的主题,具有杂谈的性质,其文字以说明、议论等为主。如:“狐,妖兽,鬼所乘也,其状锐口而大尾。”“《埤雅》曰:‘狐,神兽也,鬼所乘之。有三德:其色中和;小前大后;死则丘首。’”“旧说:‘江南无野狐,江北无鹠鸹。’”“《世说》云:‘狐能魅人。’”如此等等,都是对狐的介绍、说明。这就体现出《狐媚丛谈》作者的编纂思想,将阐释性文字放在《说狐》篇中,正文 5 卷却以具有故事情节的内容为主。事实上,《狐媚丛谈》对《太平广记》当中的 9 卷(卷四四七-卷四五五)计 83 篇狐故事进行选录与编排,也体现了这一特点。在编排中,《太平广记》的《说狐》与《瑞应》被放在了《狐媚丛谈》的《说狐》部分,而其余 81 篇却分布在《狐媚丛谈》的 4 卷正文。原因便是《说狐》(《说狐》文:“狐,神兽也。五十岁能变化为妇人,百岁为美女、为神巫;或为丈夫,与女人交接,能知千里外事,善蛊魅,使人迷惑失智。千岁即与天通,为天狐。”)与《瑞应》(《瑞应》文:“九尾狐者,神兽也。其状赤色四足九尾,出青丘之国,音如婴儿。食者,令人不逢妖邪之气及蛊毒之类。”)是说明介绍性质的文字,而除外的 81 篇都是具有故事情节的内容。

材),但其编纂者在辑选编排时,并无交代作品来源。其二,在文本方面,《狐媚丛谈》正文 5 卷 133 条中,除了 16 条是照搬原来文本外,其他或多或少都做过改动,少则一字一词,多则几乎彻头彻尾,使得改动之后的文本与原作大相径庭。很明显,《狐媚丛谈》的编纂者是通过对文字的加工、润饰而模糊文章来源。其三,在条目顺序安排上有意模糊文章来源。前面已经提到,《狐媚丛谈》从《太平广记》中大量选材,虽然能够发现有顺序选录的迹象,但也包括在顺序选录的过程中,要么插入非《太平广记》的材料以遮人耳目,要么打乱选录顺序,以迷惑读者。以《王贾杀狐》与《东阳令女被狐魅》在《狐媚丛谈》中的位置来说明。前面已经分析过,两篇同出一源,即从《太平广记》卷三二的《王贾》文节录而来,既然两者的关系如此紧密,按照定向思维,两者在《狐媚丛谈》中的位置也应是相邻的,但出乎意料的是,在编排布局上,《王贾杀狐》与《东阳令女被狐魅》中间被《道人飞剑斩狐》隔开。《狐媚丛谈》的《鬼骑狐》与《狐为老人》也与此类似,两者亦是从《太平广记》的《宋溥》文节录而来,按说在《狐媚丛谈》文中的位置理应也是相邻的,但两者之间又隔着《狐善饮酒》与《狐戏王生》两篇。可见,《狐媚丛谈》的编纂者是有意而为之,并不想让读者明白事实的真相,即《王贾杀狐》与《东阳令女被狐魅》(还有《鬼骑狐》与《狐为老人》)其实是出自《太平广记》的同一篇目。《狐媚丛谈》编纂者这样做的目的,盖是增强文章的陌生效应,以使读者找不到篇目的来源出处。

4. 明人恶习的反映

《狐媚丛谈》不题篇目出处,内容随意增删,文字任意窜改,虽然不乏出于纠正谬误之动机,这是值得肯定的地方,但更多是作者态度不严谨之处,是明人恶习的反映。明人好窜改古书是出了名的,顾炎武在《日知录》中就说:"万历间,人多好改窜古书,人心之邪,风气之变,自此而始。"①《四库全书总目》也说:"盖明人好窜改古书,以就己意,动辄失其本来,万历以后,刻版皆然。"②李剑国先生也曾指出明人的这一恶习,他说:"酷嗜说部,此明世之风。妄人盗名,书贾求利,伪作出矣。"③《狐媚丛谈》为了使入选作品凸出"狐媚"主题而不惜大肆增删、改写、节录、组合,乃至于偷梁换柱、更换主题等种种率性而为的做法,都是明人窜改古书这种恶习的体现。

5. 追求商业利润的思想

《狐媚丛谈》在编纂时体现出的任意窜改古书的行为,同时也是作为商人的书坊主最大限度地追求商业利润思想的反映。书坊主急功近利,为了降低刻书成本而粗造乱刻,明人田汝成对此现象早有揭示:"杭人作事苟简,重利而轻名,但顾眼底,百工皆然,而刻书尤甚。"④谢肇淛也直言不讳地批判了急功近利的书坊刻书:"大凡书刻,急于射利者,必不能精,益不能捐重价故耳。近

---

① 参见[清]顾炎武著,周苏平、陈国庆点注:《日知录》(兰州:甘肃民族出版社,1997年版),第832页。

② 参见[清]永瑢等:《四库全书总目》(北京:中华书局,2003年8月版),第850页。

③ 参见李剑国:《唐五代志怪传奇叙录》附卷《伪书辨证·弁言》(天津:南开大学出版社,1993年12月第1版),第1159页。

④ 参见[明]田汝成:《西湖游览志馀》(上海:上海古籍出版社,1958年11月版),第441页。

来吴兴、金陵，骎骎蹈此病矣。"①《狐媚丛谈》为杭州书肆主人杨尔曾刊刻，作为商人身份的书坊主，杨尔曾虽有着丰厚的文化造诣，但与众多书坊主一样，不可能彻底摆脱商业利润的巨大诱惑。正如陈大康在《明代小说史》中指出的："诚然，这些人的文化层次一般要高于其他行业的商人，与士人的交往也较为密切，但是尽管如此，他们毕竟还是商人，较文雅的谈吐并没有改变他们唯利是图的本性。"②正是因为书坊主旨在谋利的思想，刻书编校工作也很不认真，因此才会导致内容任意增删、文字往往臆改、主题竟也可以更换等种种弊病的出现。

---

① 参见［明］谢肇淛：《五杂组》卷一三（北京：中华书局，1959 年 3 月版），第 381 页。

② 参见陈大康：《明代小说史》（北京：人民文学出版社，2007 年 4 月第 1 版），第 156 页。

第三章 《狐媚丛谈》的命名与内容

"狐媚"一词有淫媚、狐狸精等多重含义,这些含义多具有贬义色彩。而具体到《狐媚丛谈》中的"狐媚",却变成了中性词。换句话说,《狐媚丛谈》中的"狐媚"是在继承"狐媚"一词贬义内涵的基础上又有所拓展,不仅包含狐以淫媚惑人、作祟扰人等内容,而且不乏祥瑞色彩、深明大义等具有善美之性的"狐媚"。具体而言,《狐媚丛谈》中的"狐媚"主要以淫媚型狐、作祟型狐、预示型狐、佛道型狐为主。

一、《狐媚丛谈》中的"狐媚"

狐具有性淫的特点,因此被称为"淫媚之兽"。南朝梁顾野王在《玉篇·犬部》用"媚兽"释"狐"字①,朱熹《诗集传》注《诗经·卫风·有狐》曰"狐者,妖媚之兽"②;与此相类,陈鼎《烈狐传》也

---

① 参见胡吉宣:《玉篇校释》(上海:上海古籍出版社,1989 年 9 月第 1 版),第 4578 页。

② 参见[宋]朱熹:《诗集传》(上海:上海古籍出版社,1980 年 2 月新 1 版),第 40 页。

说:"狐,淫兽也,以淫媚人,死于狐者不知其几矣。"①狐以性淫来媚惑人的特点被称为"狐媚",如许慎《说文解字》对"媚"的解释为:"媚,说(悦)也。"②即以美色惑人。罗愿《尔雅翼》曰:"说者以为先古淫妇所化,善为魅惑人,故称狐媚。"③古淫妇,即指中国最早的淫妇阿紫。《搜神记·阿紫》引用《名山记》曰:"狐者,先古之淫妇也,其名曰'阿紫',化而为狐,故其怪多自称'阿紫'也。"④狐既然由淫妇阿紫所化,越发可见其淫媚本质。而恰又是因为狐所具有的淫媚特性,人们便常常直接以"狐媚"代狐。如《北齐书·后主纪》:"是月,邺都、并州并有狐媚,多截人发。"⑤《洛阳伽蓝记》:"当时有妇人着彩衣者,人皆指为狐魅。"⑥唐段成式《酉阳杂俎续集·支诺皋上》:"崔生疑其狐媚,以枕投门阖警之。"⑦凡此等等。由狐的淫媚特性进一步引申而去,"狐媚"也常

① 参见[清]陈鼎:《烈狐传》,[清]张潮辑:《虞初新志》(上海:文学古籍刊行社,1954 年版),第 156 页。

② 参见[东汉]许慎:《说文解字》(南京:江苏古籍出版社,2001 年 12 月版),第 260 页。

③ 参见[宋]罗愿撰,[元]洪焱祖音释:《尔雅翼》(北京:中华书局,1985 年版),第 237 页。

④ 参见[晋]干宝撰,李剑国辑校:《新辑搜神记》(北京:中华书局,2007 年版),第 311 页。

⑤ 参见[唐]李百药:《北齐书》(北京:中华书局,1972 年 11 月版),第 106 页。

⑥ 参见[北魏]杨衒之著,杨勇校笺:《洛阳伽蓝记校笺》(北京:中华书局,2006 年版),第 178 页。

⑦ 参见[唐]段成式撰,许逸民注评:《酉阳杂俎》(北京:学苑出版社,2001 年版),第 283 页。

用来形容淫荡、谄媚的女子。如最先被称为"狐媚"的女人是武则天。骆宾王《讨武盟檄》中有两句："掩袖工谗,狐媚偏能惑主。"①把武则天比作狐。清代李汝珍以此为典故,写成小说《镜花缘》,把武则天说成是心月狐下凡②,进一步发展了武则天"狐媚"说。清代洪昇在《长生殿·觅魂》中把武则天说成是红颜祸水的"狐媚":"有一个牝鸡野雉把刘宗煽,有一个蛾眉狐媚把唐宗变。"③当然,"狐媚"也是常用来骂人的话,与"狐狸精"差不多,如:"良娣骂曰:'武氏狐媚,翻覆至此!我后为猫,使武氏为鼠,吾当扼其喉以报。'"④《红楼梦》第二十回李嬷嬷拄着拐棍骂袭人:"一心只想装狐媚子哄宝玉。"⑤《红楼梦》第六十二回晴雯用手指戳在芳官额上戏骂道:"你就是个狐媚子! 什么空儿,跑了去吃饭! 两个人怎么就约下了? 也不告诉我们一声儿。"⑥不仅是女子被指称为"狐媚",该词同样也被用来形容男子。比如《晋书·石勒载记下》中,石勒曰:"大丈夫行事当礌礌落落,如日月皎然,终不能如

---

① 参见[后晋]刘昫等:《旧唐书》(北京:中华书局,1975 年版),第 2490~2491 页。

② 李汝珍在《镜花缘》第三回中说武则天"按天星心月狐临凡",详见[清]李汝珍著,张友鹤校注:《镜花缘》(北京:人民文学出版社,1955 年版),第 13 页。

③ 参见[清]洪昇:《长生殿》(济南:齐鲁书社,2004 年版),第 156 页。

④ 参见[宋]欧阳修、宋祁:《新唐书》(北京:中华书局,1975 年 2 月第 1 版),第 3474 页。

⑤ 参见[清]曹雪芹、[清]高鹗著,黄渡人校点:《红楼梦》(济南:齐鲁书社,2007 年版),第 130 页。

⑥ 参见[清]曹雪芹、[清]高鹗著,黄渡人校点:《红楼梦》(济南:齐鲁书社,2007 年版),第 448 页。

曹孟德 、司马仲达父子,欺他孤儿寡妇,狐媚以取天下也。"①在此"狐媚"是指男子采用虚伪、欺骗性的手段来达到目的。另外,男子蛊惑女子也称作"狐媚",如明朱有燉《香囊怨》第四折:"我的个女儿,被你狐媚的他想你死了,我不问你要烧埋钱还好哩,你又来讨我女儿的骨殖。"②"狐媚"有时也被用来指称精神病。《中文大辞典》第 21 册对"狐媚"的解释为:"为狐所迷。实为一种精神病也。与狐附同。"③李剑国先生亦说:"被狐所媚而患疾,称作'狐魅疾',大都表现为'狂疾',即精神病。"④古时不少医书都记载有狐媚病的相关内容,如明代的《针灸大成》便提到治疗"狐魅神邪迷附癫狂"的针灸处方。⑤《本草纲目·狐》:"【集解】……《山海经》云:青丘之山,有鼎曰狐魅之状,见人或叉手有礼,或祇揖无度,或静处独语,或裸形见人也。"⑥这是对狐媚病症状的描

---

① 参见[唐]房玄龄等:《晋书》(北京:中华书局,1974 年 11 月第 1 版),第 2749 页。

② 参见[明]朱有燉:《香囊怨》,[明]沈泰编:《四库家藏·盛明杂剧1》(济南:山东画报出版社,2004 年 1 月版),第 343 页。

③ 参见中义大辞典编纂委员会编:《中文大辞典》(台北:台湾中国文化大学印行,1974 年 8 月),第 177 页。

④ 参见李剑国:《中国狐文化》(北京:人民文学出版社,2002 年 6 月第 1 版),第 95 页。

⑤《针灸大成》所提到的"狐魅神邪迷附癫狂"针灸处方的具体内容为:以两手、两足大拇指,用绳缚定,艾炷着四处尽灸,一处灸不到,其疾不愈,灸三壮(即鬼眼穴)。小儿胎痫,奶痫、惊痫,亦依此法灸二壮,炷如小麦大。详见[明]杨继洲著,刘从明等点校:《针灸大成》(北京:中医古籍出版社,1998 年版),第 423 页。

⑥ 参见[明]李时珍:《本草纲目》(北京:人民卫生出版社,1977 年 5 月版),第 2878 页。

述,同时李时珍还提供了治疗狐媚的多种方法,如狐的"五脏及肠肚,气味苦,微寒,有毒。主治蛊毒寒热……生食,治狐魅"①;在"鹰"条下,有"鹰肉食之,去野狐邪魅"②,在"腽肭脐"条下,也有主治"鬼气尸疰……鬼魅狐魅"③。清代《万应经验良方》中也记有治愈狐媚病的药方:"真红桐油二两,每日或晚间在要到之时前早为搽下部即愈。"④

综上所述,不论是狐所具有的淫媚特性称为狐媚,还是以狐来喻人,抑或是作为精神病的代称等,人们传统以来所理解的"狐媚"大都暗含着贬义的色彩。

《狐媚丛谈》中的"狐媚"内涵较为宽泛:一方面,它是对传统"狐媚"的继承,比如主要继承了狐精以色害人的特点等;但另一方面,又有所拓展。且看《狐媚丛谈》文中的狐内容,虽不乏以性淫来蛊惑人的狐媚、作祟扰人、戏人、害人的狐媚,但更多的是善良多情、博学智慧、乐于助人等惹人喜爱的狐媚。

以下,笔者就从"淫媚型狐""作祟型狐""预示型狐""佛道型狐"等几个主要方面,结合具体文本,来分析并解读《狐媚丛谈》中突出的"狐媚"特点。

----

① 参见[明]李时珍:《本草纲目》(北京:人民卫生出版社,1977年5月版),第2878页。

② 参见[明]李时珍:《本草纲目》(北京:人民卫生出版社,1977年5月版),第211页。

③ 参见[明]李时珍:《本草纲目》(北京:人民卫生出版社,1977年5月版),第212页。

④ 参见杜杰慧等点校:《万应经验良方》(北京:北京科学技术出版社,1991年3月版),第54页。

(一)淫媚型狐

此类狐是传统观念中以淫媚惑人的一类,正如康笑菲在《狐仙》中所说:"六朝隋唐之间,'狐魅'和'狐媚'两词经常被交互用以指涉那些具有蛊惑本质的狐精和美丽女子在性方面的威胁。"①山民在《狐狸信仰之谜》第三章第七节"狐媚"中也说:"几千年来,狐狸精成了'淫妇'的代名词。并且不仅雌狐媚惑男人,而且雄狐也奸辱妇女。他们以美色迷惑纠缠异性,采精补气,造成人的病弱乃至死亡。"②以上都是对淫媚型狐特点的形象概括。据统计,《狐媚丛谈》此类狐故事有 35 篇,占全篇总数四分之一还多。不仅如此,狐媚或狐魅在《狐媚丛谈》中的出现率也极高,如《狐媚丛谈》篇名中有"媚"(或"魅")的:《武平狐媚》《狐吐媚珠》《狐媚汪氏》《东阳令女被狐魅》《胡媚娘》5 篇。文中出现"狐媚"(或"狐魅")的:"人指为狐魅"(《狐截孙岩发》),"察之,乃狐媚"(《武平狐媚》),"忽遇狐媚"(《崔参军治狐》),"伊祈熟肉辟狐魅"(《杨氏二女嫁狐》),"唐冯玠者,患狐魅疾"(《狐赠纸衣》)等。再综合《说狐》中作者对狐媚的解释"善为媚惑人,故称狐媚",毫无疑问,《狐媚丛谈》的编纂者具有刻意突出狐以淫媚蛊惑人的主题倾向。

《狐媚丛谈》中淫媚型狐主要分为两种:雄狐魅女与雌狐魅男,如下表所示:

---

① 参见康笑菲:《狐仙》(台北:博雅书屋有限公司,2009 年 12 月版),第 39 页。

② 参见山民:《狐狸信仰之谜》(北京:学苑出版社,1994 年 10 月第 1 版),第 60 页。

	题名	狐媚主题
雄狐魅女	《崔参军治狐》	狐魅美人
	《道士收狐》	狐魅杨伯成女
	《狐窃美妇》	狐窃妇、淫魅妇女
	《栾巴斩狐》	狐魅太守女
	《狐称高侍郎》	狐魅张立本女
	《罗公远缚狐》	狐魅沔阳令女
	《狐居竹中》	狐魅崔氏
	《小狐破大狐婚》	狐魅李氏女
	《焚鹊巢断狐》	狐魅韦氏女
	《徐安妻骑故笼而飞》	狐魅徐安妻
	《韦参军治狐》	狐魅太夫人
	《狐化菩萨通女有妊》	狐魅代州民女
	《狐媚汪氏》	狐魅汪氏
	《东阳令女被狐魅》	狐魅东阳令女
雌狐魅男	《狐变妲己》	狐魅商纣王
	《灵孝呼阿紫》	狐魅灵孝
	《上官翼毒狐》	狐魅上官翼子
	《狐出被中》	狐魅项生
	《叶静能治狐》	狐魅王苞
	《张例杀狐》	狐魅张例
	《狐赠纸衣》	狐魅冯玠
	《王黯为狐婿》	狐魅王黯
	《狐戴髑髅变为妇人》	狐魅易定军人
	《狐化髑髅为酒厄》	狐魅韦氏子

（续表）

	题名	狐媚主题
雌狐魅男	《道人飞剑斩狐》	狐魅士人
	《法官除妖狐》	狐魅公喜
	《张明遇狐》	狐魅张明
	《施桂芳赘狐》	狐魅施桂芳
	《插花岭妖狐》	狐魅陈焕、刘德
	《姜五郎二女子》	狐魅姜五郎
	《狐称千一姐》	狐魅周生
	《骊山狐》	狐魅朝士
	《大别山狐》	狐魅蒋生
	《胡媚娘》	狐魅萧裕
	《谷亭狐》	狐魅兵士

李剑国先生在《中国狐文化》中指出："狐妖的性蛊惑出现了两种结果，一是仅仅被淫污，二是致病甚至死亡。"①事实上，以上淫媚型狐妖对人类造成的危害同样大致有"被淫污""死亡""致病"三种情形。

"被淫污"最为典型的有《狐窃美妇》《栾巴斩狐》《狐化菩萨通女有妊》《狐媚汪氏》4 篇。前面已经提及，《狐窃美妇》中的老妖狐是采取暗中偷盗美貌妇女以供自己享受声色之乐的。文中这样描述："前两行有美女十余辈，悉持声乐，皆前后所偷人家女子也。"但是文中并没有交代被掠夺而来的妇女被狐淫媚之后的

① 参见李剑国：《中国狐文化》（北京：人民文学出版社，2002 年 6 月第 1 版），第 96 页。

精神状态,只是说"旁有小狐数百头",盖是妇女被狐奸污后与狐所生的后代。如此说来,《狐窃美妇》中的妇女只是被淫污而已,并没有得病、羸弱或者死亡。《栾巴斩狐》与《狐窃美妇》被强行奸淫的情形有所不同,文中太守是被由狐所化的饱学书生蒙蔽,且主动"以女妻之",在栾巴敕杀狐、"狐狸头堕地"之时,太守女与狐所生的儿子在"化为狐狸"后亦被栾巴除去。太守女与狐产下狐儿并被除掉的结局,本身便是对两者结合的讽刺和否定。另外,太守女在毫不知情的情况下与妖狐结合,而且文中同样没有交代太守女得病、羸弱或者更严重的结果。也就是说,太守女是被妖狐欺骗蒙蔽后所导致的所嫁非人,同样属于被妖狐淫污的情况。《狐化菩萨通女有妊》姑且不论文章内容如何,光从题目上来看便可获得私通、淫污的讯息。在该文中,妖狐竟然化作菩萨来魅惑欺凌一对力量单薄的母女。文中这样描述:"唐代州民有一女,其兄远戍不在,母与女独居。"这就为妖狐化作菩萨侵入其家提供了可乘之机。妖狐在代州民家定居且"与女私通,有娠",是其仗势凌弱的表现,而在母女相依为命、势单力孤的情况下,代州民女自然难以摆脱被妖狐淫污的命运。《狐媚汪氏》中的汪氏因为姿色出众而为妖狐所扰,尽管家人想尽一切办法驱除,但无奈妖狐作祟更甚,气焰越发嚣张,"翁无可奈何",只得"使妇归宁"。显然,汪氏是属于被妖狐淫污的情况,亦并无性命之忧,而她的公公却难逃被魅死的结局:"他日闲坐,见物若有尾者,从身旁跳跃而去,谛视,一狐也。翁不久死,怪亦遂绝。"

与徐翁被妖狐魅死的结局相类,在淫媚型狐类故事中,《狐变妲己》《插花岭妖狐》《狐出被中》3篇同样造成了人的死亡。尤其是《狐变妲己》,将祸国殃民的狐精妲己形象演绎到了极致,其中的九尾狐妖"尽吸妲己精血,绝其魂魄",以无比残忍的手段将真妲己魅死,而自己却幻化成妲己的模样,进行罪不可赦的勾当,她"或杀谏臣,或戮宫女,或斫人胫,或剖孕妇",直至葬送了商纣王朝。《插花岭妖狐》中的翠云亦是心如毒蝎,花容月貌下藏不住如狼似虎的凶残本质,"翠云将焕迷死。次日,又往刘富二家,引其子刘德入室,染迷而死"。而《狐出被中》属于狐魅病死亡一类故事,文中这样描述:

> 唐垂拱初,谯国公李崇义男项生染病,其妻及女于侧侍疾。忽有一狐,从项生被中走出,俄失其所在。数日,项生亡。

显然,项生所染的病不是其他,正是狐魅病,不然就不会有狐"从项生被中走出",可恶的狐魅病要了项生的命,这是该病对人产生的最严重的后果。而在绝大多数情况下,此病的"症候是神志迷惑,喜怒不能自制"[1];但如果不加治愈,"发展下去便会病重身亡"[2]。很不幸,项生便是其中死于非命者。事实上,《狐媚丛谈》患狐魅病而死的故事并不多见,而在此类其他故事中,绝大多数篇幅都停留在狐以淫媚惑人而使人"致病"的层面,即以神智不

---

① 参见李剑国:《中国狐文化》(北京:人民文学出版社,2002年6月第1版),第95~96页。

② 参见李剑国:《中国狐文化》(北京:人民文学出版社,2002年6月第1版),第96页。

清、昏狂妄语的发病情形为主,如下所示:

> 众人方知为狐所魅,精神如睡中云。(《道士收狐》)

> 唐草场官张立本有女,为妖物所魅。其妖来时,女即浓妆盛服,于闺中如与人语笑,其去,即狂呼号泣不已。久,每自称高侍郎。(《狐称高侍郎》)

> 其狐寻至后房,自称女婿,女便悲泣,昏狂妄语。(《焚鹊巢断狐》)

> 安颇讶之,其妻至日将夕,即饰妆静处,至二更,乃失所在……(《徐安妻骑故笼而飞》)

> 唐始丰令张例疾患魅,时有发动,家人不能制也。(《张例杀狐》)

> 黯随至江夏,为狐所媚,不欲渡江,发狂大叫,恒欲赴水。(《王黯为狐婿》)

以上都是对狐魅病发病状况的描写。刘斧在《西池春游》中有相关记载,他在篇末中说他幼年时曾亲见田家妇为狐所魅:“余幼年时,见田家妇为物所惑,妆饰言笑自若,夜则不与夫共榻,独卧,若切切与人语,禁其梳饰,则欲自尽,悲泣不止。”①看来,大哭大闹、疯言疯语、喜欢静处饰妆等与精神病相差无几是狐魅病人共同的症状。然而,人缘何得此病呢?《焚鹊巢断狐》回答了这个

----

① 参见[宋]刘斧撰辑:《青琐高议》(上海:上海古籍出版社,1983年版),第211页。

问题："经一年,其子有病,父母令问崔郎,答云:'八叔房小妹,今颇成人。叔父令事高门,其所以病者,小妹入室故也。'"原来韦氏子得狐魅病是因为狐小妹入室媚惑人的缘故。更直白地说,该病是由狐作祟附身而引起,因此在患者身上,似乎总能够找到狐狸的影子。这就无怪乎《狐出被中》生病的项生被子里会突然跑出一只狐狸,李元恭的外孙女崔氏在得此魅疾之后,竟然还能看到风流偶傥的少年胡郎。且看《狐居竹中》文:

> 唐吏部侍郎李元恭,其外孙女崔氏,容色殊丽,年十五六,忽得魅疾。久之,狐遂见形为少年,自称胡郎。累求术士不能去。……

而《张例杀狐》中,张例在发病的时候被其子撞击后,竟坠下一只老牝狐:

> 唐始丰令张例疾患魅,时有发动,家人不能制也。恒舒右臂上作咒,云:"狐娘健子。"其子密持铁杵,候例疾发,即自后撞之,坠一老牝狐,焚于四通之衢,自尔便愈也。

与此相类,在《韦参军治狐》中,当韦参军为太夫人治病时,也看到"有老白野狐自床而下,徐行至县桥,然后不见"。作祟之狐现形并逃去后,太夫人得以康复,这就证明狐蛊惑人是导致狐魅病发作的根源。然而,患此病者又缘何会神智不清、昏狂妄语呢?《三狐相殴》中的道士解释为"此子精魄,已为妖魅所击"。这就是说，人的精魄已经被妖魅夺去，因此从某种程度上来说，该人不仅思想失控，发狂时的一切举动也都是在妖狐的掌控之中。因此，《狐称高侍郎》中，张立本女不曾读书，有朝一日却突然吟诗一首。这样的举动令张立本吃惊不已，他向僧人法舟请教："某女少不曾读书，不知因何而能？"事实上，与其说是张立本女在吟诗，不如说是妖狐在吟诗。因为妖狐附在张立本女身上，所以她发病时的一举一动、所作所为，无不是妖狐作祟行为的体现。后"舟乃与立本两粒丹，令其女服之。不旬日，而疾愈"。在此文中，丹治愈了张立本女的狐魅病，与《张例杀狐》中的"撞击法"（"自后撞之，坠一老牝狐"）以及《韦参军治狐》中的柳枝洒水法（"以柳枝洒水于身上"）治愈狐魅病的方法明显不同。另外，也有用狐灰来治愈狐魅病的，如《王黯为狐婿》文：

> ……令入堂中，悉施床席，置黯于屋西北隅，家人数十持更迭守。已于堂外，别施一床，持弓矢以候狐。至三夕，忽云："诸人得饱睡。我已中狐，明当取之。"众以为狂，而未之信。及明，见窗中有血，众随血去，入大坑中，草下见一牝狐垂死。黯妻烧狐为灰，服之至尽，自尔得平复。……

用"焚鹊巢"的方法同样能治愈狐魅病，如《焚鹊巢断狐》：

> ……父母日夕拜请，诒云："尔若能愈儿疾，女实不敢复论。"久之，乃云："疾愈易得，但恐负心耳。"母频为设盟誓。异日，崔乃于怀出一文字，令母效书，及取鹊巢，于儿房前烧

之,兼持鹊头自卫,当得免疾。韦氏行其术,数日,子愈。女
亦效为之,雄狐亦去。……

《小狐破大狐婚》一文更是讲了三种避免被狐蛊惑的方法:第
一招"掐无名指第一节以禳之",果然大狐魅女不成;后大狐与天
曹通,小狐又教以用"药裹如松花"且"布车后"的方法,结果又成
功了;第三招,"狐乃令取东引桃枝,以朱书枝上",结果"狐遂不
至",李氏女的狐魅病被彻底治愈。

当然,治愈狐魅病的方法不只限于以上几种。事实上,围绕
狐魅故事主题,《狐媚丛谈》中介绍了多种多样治愈狐媚病的方
法,笔者不再一一赘述。在此,笔者想提及的是狐使人"致病"的
第二种情况,即表现为羸弱、消瘦等不同的症状,这又是与狐魅病
令人神智不清、发狂等症候不同的地方。

比如,《法官除妖狐》中的公喜被狐精蛊惑之后"形体黄瘦",
《施桂芳赘狐》中的桂芳"赘狐"之后"口吐恶涎数升,数月方愈",
《大别山狐》中的蒋生被狐蛊惑之后"渐无精采,茶饭减进",《胡
媚娘》中的萧裕"面色萎黄,身体消瘦,所为颠倒,举止仓皇"等,各
种症候虽然表现不一,但致病的原因大同小异,即妖气侵入所致。
比如《叶静能治狐》中的王苞与由妖狐所变的妇人"情好甚笃",
却被道士叶静能嗅到了沾染在身上的"野狐气",即阴气、妖气,
"静能谓曰:'汝身何得有野狐气?'"与此相类,《道人飞剑斩狐》
中的士人在与一妇人欢会之后,同样被一位明眼道人一语点破玄
机:"试毕将归,遇道人于市,谓曰:'邪气入腹,不治将深。'"《狐
称千一姐》中的周生娶妖狐千一姐为妾,也是被如道人状的行客

觉察到浓重的妖气:"有行客如道人状,过门而言:'此家妖气甚浓,吾当为去之。'"

事实上,不论是邪气还是妖气,都是阴气,凡是妖魅精怪之属都受此阴气,而人却属于阳气,阳气为阴气所夺,人当然会日渐羸弱,精神衰微。正如晚唐《裴铏传奇·孙恪》中张闲云处士对被猿精蛊惑的孙恪所说:"夫人禀阳精,妖受阴气,魂掩魄尽,人则长生,魄掩魂销,人则立死。故鬼怪无形而全阴也,仙人无影而全阳也。阴阳之盛衰,魂魄之交战,在体而微有失位,莫不表白于气色。向观弟神采,阴夺阳位,邪干正腑,真精已耗,识用渐隳,津液倾输,根蒂荡动,骨将化土,颜非渥丹,必为怪异所铄,何坚隐而不剖其由也?"①同样,在《西池春游》中,当生被狐女蛊惑,孙道士亦惊奇地发现"生面异乎常人",孙曰:"凡人之相,皆本二仪之正气,高厚之覆载。今子之形,正为邪夺,阳为阴侵,体之微弱,唇根浮黑,面青而不荣,形衰而靡壮,君必为妖孽所惑。子若隐默不觉乎非,必至于死也……"②

看来,大凡被狐妖蛊惑的男子,身上都会带着阴气,而阴气侵入使人阳气受损以致体衰力竭,如果任其发展下去,同样会造成人的死亡。《湖海新闻夷坚续志》中的《狐恋亡人》便叙述了陈承务被狐蛊惑而死的故事:"陈喜与合,情意稠密,莫知其为人鬼也。

---

① 参见[唐]裴铏著,周楞伽辑注:《裴铏传奇》(上海:上海古籍出版社,1980年10月第1版),第2页。

② 参见[宋]刘斧撰辑:《青琐高议》(上海:上海古籍出版社,1983年版),第209页。

朝暮往来,面色黄瘁,感疾而卒。"①

(二)作祟型狐

《狐狸信仰之谜》第三章第二节将狐"作祟害人"划分为
"截发""纵火""恶作剧"三种类型。与之相类,《狐媚丛谈》
中的"作祟型狐"在此基础上仅多出了"凶宅型狐②"一项,如
下表所示:

	题名	狐媚主题
截发型	《狐截孙岩发》	狐截发
	《狐截人发》	狐截发
纵火型	《管辂击狐》	狐放火
恶作剧	《野狐戏张简》	狐戏张简
	《王义方使野狐》	狐扰王义方
	《狐化为婢》	狐化亡婢作怪扰人
	《赤肉野狐》	狐化严谏亡叔作怪扰人
	《狐语灵座中》	狐化辛替否亡母作怪扰人
	《林中书杀狐》	狐化林中书亡妻作怪扰人
	《王贾杀狐》	狐化王贾亡姨作怪扰人
	《唐文选牒城隍诛狐》	狐作祟扰唐文选

---

① 参见[宋]无名氏撰,金心点校:《湖海新闻夷坚续志》(北京:中华书
局,1986年5月第1版),第249页。

② 凶宅型狐故事都是妖狐作祟引起的。只不过较一般作祟型狐不
同的是,狐妖是在固定的场所——凶宅作祟,且与淫媚型狐以获得美色
明显不同,因此笔者也将凶宅狐归在作祟型狐一类。

（续表）

	题名	狐媚主题
恶作剧	《萧达甫杀狐》	狐作祟扰民家萧达甫
	《狐精》	狐作祟扰吴城百姓
凶宅型	《郅伯夷杀狐》	狐在西门亭作祟
	《乐广杀狐》	狐在官舍作祟
	《狐字伯裘》	狐在酒泉郡作祟
	《宋大贤杀狐》	狐在南阳西郊亭作祟
	《狐与黄撅为妖》	狐在尉之廨宅作祟
	《垣县老狐》	狐在丞宅作祟
	《妖狐献帕》	狐在御史旧台作祟

1. 狐截发

截发，即剪发，也称作"髡"。《狐媚丛谈》妖狐截发型故事有《狐截孙岩发》《狐截人发》两篇。且看《狐截孙岩发》文：

后魏有挽歌者孙岩，娶妻三年，妻不脱衣而卧，岩私怪之。伺其睡，阴解其衣，有尾长三尺，似狐尾。岩惧而出之。甫去，将刀截岩发而走。邻人逐之，变为一狐，追之不得。其后，京邑被截发者一百三十人。初变为妇人，衣服净妆，行于道路。人见而悦之，近者被截发。当时妇人着彩衣者，人指为狐魅。

孙岩的妻子是由妖狐所化，出卖她身份的是"三尺"长的狐尾，这就说明了狐尾的顽固性，即李剑国先生所说的"在狐妖观念中狐尾最为难变"①。事实上,狐尾易露难变的特点在《狐媚丛谈》中多次提到,如《李参军娶狐》写李妻"身是人,而其尾不变";又如《村民断狐尾》中的白衣妇人"一狐尾在车之隙中,垂于车辕下";而《狐戏王生》中的狐妖亦是"一尾垂下床"。正是狐尾难以变回,孙岩的妻子暴露了作为妖类的身份。且看她与丈夫孙岩生活了三年却"不脱衣而卧",这当然是令人匪夷所思的。孙岩在好奇心的驱使下"阴解其衣",一切便真相大白;而孙岩妻也最终露出本相,截丈夫孙岩发后愤愤离去,丝毫不讲夫妻间的情意,盖是妖魅本质使然。在文中,孙岩不是唯一的受害者,在他之后,京邑相继被截发者达130人,这就揭示出截发是狐妖作祟扰人的惯用伎俩。狐妖截发作怪,引起了人们的不安与恐惧,文中这样描述:"当时妇人着彩衣者,人指为狐魅。"

《狐截人发》同样叙述的是令人望而生畏的妖魅截发故事:

> 霍邑,古吕州也,城池甚固。县令宅东北有城,面各百步,其高三丈,厚七八尺,名曰"囚周厉王城",则《左传》所称"万人不忍,流王于彘城",即霍邑也。王崩,因葬城之北。城既久远,则有魅狐居之,或官吏家,或百姓子女姿色者,夜中狐断其发,有如刀截。唐时,邑人靳守贞者,素善符咒,为县送徒至赵城,还至归金狗鼻,傍汾河山名,去县五里,见汾河西岸水滨,有女红裳,浣衣水次。守贞目之,女子忽尔乘空过

---

① 参见李剑国:《中国狐文化》(北京:人民文学出版社,2002年6月第1版),第68页。

河,遂缘岭蹑空,至守贞所。以手攀其笠,足踏其带,将取其发焉。守贞送徒,手犹持斧,因击女子坠,从而斫之,女子死,则为雌狐。守贞以狐至县,具列其由,县令不之信。守贞归,遂每夜有老父及媪,绕其居哭,从索其女,守贞不惧。月余,老父及媪骂而去,曰:"无状杀我女,吾犹有三女,终当困汝。"于是绝,而截发亦亡。

在此文中,狐妖较孙岩妻的截发技术更胜一筹,被截者"其发,有如刀截";另外,此狐妖还特别善于伪装,红裳翩翩然"浣衣水次",怎么也不像是凶神恶煞的作祟妖魅。然而,恰是这红裳女子,又恰似转眼之间,被截者便会神不知鬼不觉地丢掉满头乌发,守贞的经历便是证明。当他看到红裳浣衣女子时,女子正在河的对岸,但不想该女子有飞天的本领,一水之隔,瞬间便至,真有迅雷不及掩耳之势,若不是眼疾手快的守贞以斧将其击落,恐怕自己也乌发难保。《狐截孙岩发》与《狐截人发》中的妖狐都不曾伤害人的性命,仅仅是截取人的头发而已,却使人产生了巨大的恐惧,这是为什么呢?《列异传》在叙述了汝南北部惧武亭发生的狸精截发的故事后说:"旧说:狸髠千人,得为神也。"[1]妖魅截取人的头发怎么会成为神仙呢?原来,古人认为,头发是人的精华和灵魂之所在,妖类截取头发就等于摄取人的灵魂,甚至能够成仙。当然,作为灵魂之物的头发是不能随便伤害的,伤害了头发就等

---

① 参见[魏]曹丕等撰,郑学弢校注:《列异传等五种》(北京:文化艺术出版社,1988年12月版),第32页。

于伤害了人的灵魂;相反,保护头发,实质上是保护人的灵魂。如《云笈七签》曰:"凡梳头发及爪,皆埋之,勿投水火,正尔抛掷,一则敬父母之遗体,二则有鸟曰鵂鶹,夜入人家取其爪发,则伤魂。"①

2. 狐纵火

除了截发制造恐惧外,在中国,狐妖也被看作是纵火之兽。《狐媚丛谈》卷一《管辂击狐》便叙述了狐妖持火、造成火灾的故事:

> 魏管辂常夜见一小物,状如兽。手持火,向口吹之,将爇舍宇。辂命门生举刀奋击,断腰,视之,狐也。自此里中无火。

管辂杀死纵火妖狐的故事最早见于《管辂传》,《初学记·狐》引《管辂传》文:

> 夜有二小物如兽,手持火,以口吹之,书生举刀斫断腰,视之,狐也。自此无火灾。②

看来,狐妖纵火故事由来已久,由狐放火引申而去,后来便有

---

① 参见[宋]张君房辑:《云笈七签》(济南:齐鲁书社,1988 年 9 月版),第 266 页。

② 参见[唐]徐坚等:《初学记》(北京:中华书局,1962 年 1 月第 1 版),第 717 页。

了"狐夜击尾火出"的传闻。如《酉阳杂俎》曰:"旧说,野狐名紫狐,夜击尾火出,将为怪,必戴髑髅拜北斗。髑髅不坠,则化为人矣。"①《狐媚丛谈》的《说狐》也引此说法:"狐夜击尾火出,将为怪,必戴髑髅拜北斗。髑髅不坠,则化为人。"另外,《狐媚丛谈》卷一《何让之得狐朱字文书》也说狐"尾有火焰如流星";而《狐媚丛谈》卷五《狐丹》则说狐女口中衔灯火:"夜既阑,见一灯荧荧然由南而来,渐近,才之迫而察之,乃一女子也。暗中亦不详辨色,然殊觉有妖态,视其火,乃是衔一灯于口中耳。"与尾巴击火出以及口中衔火不同的是,有的狐全身都会发光放电,如《狐媚丛谈》卷一《狐字伯裘》中,狐从窗户飞出之时,"忽然有光赤如电",《临江狐》中的狐"睡时则有光旋绕身畔"。以上都是狐与火相关的内容,然而,狐与火是如何联系在一起的呢?山民认为"狐有一双夜晚可发光的眼睛,传说中亦常有因此而生的灯光或火光"②。

3.恶作剧

狐喜欢搞恶作剧,山民说:"制造恶作剧是传说中狐仙性格的另一重要特征。他们常常像一些顽劣不驯的孩子,好动,好闹,好无事生非。"③在《狐媚丛谈》中,狐妖搞恶作剧的手段大致包括以

---

① 参见[唐]段成式:《酉阳杂俎》(北京:中华书局,1985 年版),第119 页。

② 参见山民:《狐狸信仰之谜》(北京:学苑出版社,1994 年10 月第1版),第200 页。

③ 参见山民:《狐狸信仰之谜》(北京:学苑出版社,1994 年10 月第1版),第45 页。

抛砖掷瓦等方式作祟扰人、采用变形术捉弄人以及用爪无故伤人3种。

狐妖搞恶作剧的第一种方式常常表现为抛砖掷瓦、毁坏人东西等。如《王义方使野狐》篇，叙述王义方本想役使野狐，却为野狐作祟戏扰的故事：

> 唐前御史王义方黜莱州司户参军，去官，归魏州，以讲授为业。时乡人郭无为颇有术，教义方使野狐。义方虽能呼得之，不伏使，却被群狐竞来恼，每掷瓦瓮以击。义方或正诵读，即裂碎其书，闻空中有声云："有何神术，而欲使我乎？"义方竟不能禁止，无何而卒。

在该篇中，群狐是用"掷瓦瓮"（抛瓮掷瓦）以及"裂碎其书"（毁坏东西）的方式来作祟扰乱义方的，它们作祟的目的纯粹是报复。因为野狐并无任何害人之举，而义方却无故役使之，结果得罪了野狐，"被群狐竞来恼"，义方"不能禁止""无何而卒"。义方死去的结局告诉人们，当狐并没有触犯人的利益时，人也不应该去伤害狐，否则便会咎由自取。如《阅微草堂笔记》卷一〇《如是我闻（四）》叙述的也是这样一个人无故招惹狐结果被狐报复的故事。文中梁公的仆役看到数犬（事实上是狐）在破屋址上跳踉时，便"戏以砖掷之"，结果仆役很快便遭到了狐报，他们被狐魅惑，在毫无知觉的情况下以"裸体相搏，捶击甚苦"。梁公"将往陈诉"，以替仆役讨回公道，却被姚安公、李公劝阻。其中，姚安公的话直中要害，他说："狐自游戏，何预于人？无故击之，曲不在彼。祖曲而攻直,于理不顺。"①显然,此话同样适用于评价王义方无故役使野狐的行为。另外,也有狐以恶作剧的形式作祟害人而被人或其他力量制服除掉的。如《萧达甫杀狐》:

> 吉州虎溪萧达甫,为子娶妇二年矣。咸淳乙丑春,夜二更余,阍者闻叩门声,问其姓名,曰:"王二来小娘处,取少物色。"阍者入告,子妇思此人死数年,心稍恐,遂告以:"我家无此人。"阍者出,则门无此人矣。次日,檐前砖石乱下,语言乱杂,细如婴儿,皆不可辨,日益以甚,一家什物损坏迨尽,但不伤人。遍求法官,治之无效,遂将玄帝像挂于厅上,惟厅上仅静,他处纷扰无时暂息。子妇尝自厨中奔入室闭门,妇人视之,仆地死矣,逾时方醒。自后愈甚,遂以为常。达甫告之,曰:"不信汝有城砖抛来。"须臾,抛下城砖于达甫之前,视之,所出窑砖尚热。再告之曰:"不信汝有食物抛来。"须臾,抛下羊蹄一只,视之再,有维扬税务印。其变幻不可晓如此。展转至夏,达甫尝昼寝,梦一白须老,告曰:"厨中有物,急击勿失!"达甫惊觉,呼其子同视之,厨中器用狼藉,一狐卧于灶,亟捕之,走由窗中出,达甫拿其一足,其子出,外缚之,钉于柱,问曰:"每日抛下砖石,非汝也耶?"狐唯唯作声,莫可晓。复以足作抛石之状,遂烹以油。……

---

① 参见 [清] 纪昀:《阅微草堂笔记》(上海:上海古籍出版社,2010 年 12 月第 1 版),第 158 页。

扰乱萧达甫家的狐妖不仅抛砖掷瓦,同时还抛食物。狐妖的恣意妄为使得"檐前砖石乱下",并且在人的挑衅下,该狐妖一会儿"抛下城砖于达甫之前",一会儿又"抛下羊蹄一只",当然也肆意毁坏东西,"一家什物损坏迨尽"。狐妖的胡作非为使得萧达甫一家人心惶惶,尤其是萧达甫子妇曾被吓得半死。当然,邪恶最终被正义打败,萧达甫梦中在一"白须老"的帮助下,终于将妖狐制服,"遂烹以油"。

《唐文选牒城隍诛狐》亦是正义战胜作祟狐妖的故事。在该篇中,妖狐虽没有抛砖掷瓦,却"扰民家,征索酒食,少缓,立致污秽",把民家弄得污秽不堪,狼藉遍地,唐文选实在看不下去,他斥责狐妖:"妖诚无状,必不敢近我。"谁知唐文选的正义行为却招来妖狐的报复:"狐已在舍,呼文选云:'若言吾畏汝,今欲相扰矣。'自是留其家,为患益甚,文选无如之何。"妖狐还化形为两人,并扬言将唐文选祸害至死:"夜见两人立女墙间,长可二尺,着褐衣,蒲履布袜,相与携手语曰:'叵耐唐文选! 吾辈自求食,何关彼事?而敢妄言。今必挠乱其家,令其至死乃已。'"在此,狐妖化为人形采用的是幻化变形的手段,即狐妖"可以变成人形或妖魔鬼怪之形",或将"周围的物体变形"。① 狐妖千变万化,能将自身变成各色人物,如《阅微草堂笔记·槐西杂志》中的狐:

　　来必换一形,忽男忽女,忽老忽少,忽丑忽好,忽僧忽道,

---

　　① 参见山民:《狐狸信仰之谜》(北京:学苑出版社,1994 年 10 月第 1版),第 78~79 页。

忽鬼忽神,忽今衣冠忽古衣冠,岁馀无一重复者。①

狐妖善于变形且以此手段恶搞的故事类型在《狐媚丛谈》中多有体现。在妖狐变形扰人一类故事中,除了《野狐戏张简》是妖狐变作世间人外,其他都是变形为鬼魂一类,如有变形为亡婢的(《狐化为婢》),有变形为亡叔的(《赤肉野狐》),有变形为亡母的(《狐语灵座中》),有变形为亡妻的(《林中书杀狐》),也有变形为亡姨的(《王贾杀狐》)。除了《狐化为婢》中妖狐所化的婢女身份低微,目的仅是向主人讨要食物外,其他几例都是一家之主(或是男主人或是女主人)。他们生前地位显赫,家中一切事务大都由自己来处置。这一切被妖狐所掌握,因此竭力模仿已故亡人平生的言语行为,且凭借他们生前的身份与地位或是安然享受家人的"敬事",或是任意发布施令、作威作福。如《赤肉野狐》中的妖狐在严谏从叔亡十余日之后便命令"叔家悉去服","因述其言语处置,状有如平生";《狐语灵座中》中的妖狐"恒有灵语,不异平素,家人敬事如生";《林中书杀狐》中的妖狐"时见形,饮食言语如平生状,仍决责奴婢甚苦";《王贾杀狐》中的妖狐"常于灵帐发言,处置家事。儿女童妾,不敢为非。每索饮食衣服,有不应求,即加笞骂"。以上的狐妖除了《狐化为婢》中的狐以"青衣婢女"的面貌向主人讨食,以及《林中书杀狐》中的林中书亡妻"时见形"外,其他自始至终都没有露面,即只闻其声而不睹其形。如《赤肉野

① 参见[清]纪昀:《阅微草堂笔记》(上海:上海古籍出版社,2010年12月第1版),第256页。

狐》仅仅以"言语处置",《狐语灵座中》使用的同样是"灵语",《王贾杀狐》起初也是在"灵帐发言",后来虽经过王贾的再三恳请,但最终还是不肯露面,仅仅伸出一只手来,文中这样描述:

> 醉后,贾因请曰:"姨既神异,何不令贾一见!"姨曰:"幽明道殊,何要相见?"贾曰:"姨不能全出,请露面。不然,呈一手一足,令贾见之。如不相示,亦终不去。"魅既被邀苦至,因见左手于几,宛然又姨之手也。诸子又号泣。

狐妖作祟时只闻其声不睹其形的方法是隐形法。所谓隐形法,即狐"来往无形,出入无迹"[①],"能与人语,而终不见其形"[②]。有关狐会隐形最早的记载见于《搜神记》中刘伯祖家的狸神,此狐只作人语,始终隐形不露面,后来因为吃羊肝吃醉了才现出狐狸本形。[③] 那么,妖狐作祟为何要冒充亡灵呢? 其实是原始宗教信仰中人死为神观念的体现。《狐化为婢》中狐妖变成亡婢便是以神的身份来向主人讨食的:"吾死为神。今忆主母,故来相见。但吾饿,请一餐可乎?"人们敬奉鬼神,虔诚地供以饮食、祭品,从这一层面上说,与其说狐妖变成亡灵,不如说变成人们心中的神。

---

① 参见[清]纪昀:《阅微草堂笔记》(上海:上海古籍出版社,2010 年 12 月第 1 版),第 161 页。

② 参见[清]纪昀:《阅微草堂笔记》(上海:上海古籍出版社,2010 年 12 月第 1 版),第 279 页。

③ 参见[晋]干宝撰,李剑国辑校:《新辑搜神记》(北京:中华书局,2007 年版),第 305~306 页。

由妖而到神,地位陡然转换,而且还能享受被供奉敬事的优厚待遇,这当然是狐子狐孙们所乐此不疲的。

在狐妖采用幻形术搞恶作剧一类故事中,危害最大的莫过于《野狐戏张简》中的狐妖。此篇叙述狐妖变形为张简的妹妹戏扰之,结果致使张简将亲妹妹误作妖狐杀死。类似的悲剧很早便有,如《搜神记》中便有一篇,讲述吴兴一家人,两个儿子在田里劳作,狐妖变作他们的父亲来打骂他们,后来真父亲怕儿子又被狐妖所扰而来田里看望儿子时,却被当作妖狐杀死,而妖狐又冒充他们的父亲入住其家,结果被天师识破真相,化出原形。① 此类故事是狐妖恶搞制造的最严重的后果,但毕竟为数不多。因为妖狐作祟类故事中,大多数仍是以抛砖掷瓦、毁坏人衣服、弄脏食物等作祟扰人为主。当然,也有狐精会以爪伤人,如《狐媚丛谈》卷五《狐精》文:

> 正德始元,喧言狐精至,吴城合郡惊惧,人皆鸣金击鼓夜以御之。余初意为妄。夏夕,邻家楼间坠下一物,毛首金睛,张牙奋爪,若有搏噬之状。时有方士杨弘本宿此楼,遂步斗罢,语咒喷水,此物化作飞虫而去,其声薨薨,过数家,彼邻又肆叫号,处女为利爪损其胸矣。以是知形变无常,穷室益甚。逾秋末,向西南骚扰而去,自是灭迹。

---

① 参见 [晋] 干宝撰,李剑国辑校:《新辑搜神记》(北京:中华书局,2007年版),第 307 页。

在此文中,狐精"毛首金睛,张牙奋爪",且以爪抓伤处女之胸。范濂《云间据目抄》卷三《记祥异》也说狐"遇之者如寐魇,有爪伤人"①。引起人们极度恐慌与不安的狐精竟然像猫一样以爪伤人,这实质上突出了狐精的动物本性。狐的这种动物本性就如《西游记》中的孙悟空一样,纵然七十二变之本领多么神通广大,但难免会露出猴子特有的红屁股。

4. 凶宅型②狐

凶宅型狐是指发生在亭中或是住宅中狐妖作祟扰人的一类故事,该故事基本具备三个要素:住宅(或亭)、宿客(人)以及作祟之狐。其中,人在住宅中停留歇息,由于狐妖的侵袭、骚扰,人、狐之间便有了关联,围绕人与狐展开的反复较量,演绎出一个个惊心动魄的传奇故事。凶宅型狐故事往往具有单一的结构模式,即故事总是在一个凶宅发生。这个凶宅先前常常有妖狐作祟,住进去的人无一例外都会死去,因此几乎没有人敢在此凶宅留宿过夜,然而,偏偏有胆大的人毫不畏惧地住了进来。当夜,他凭着勇气和智谋在凶宅里与狐怪进行了一番较量,最后将妖狐战败,以胜利告终。

在此类故事中,住宅(或亭)是固定不变的,仅是作为故事发生的固定场所存在。而宿客的特点往往也是成型的,即一般都以

---

① 参见〔明〕范濂:《云间据目抄》(上海:进步书局,1945 年版),第66 页。

② 《狐媚丛谈》此类故事有的发生在亭中,有的发生在民居住宅。由于亭和宅都属建筑物,在此笔者为了统一起见,一律将此故事类型归结为"凶宅型"。

自信、胆大、智慧、具有正义感的人为主。另外,狐在凶宅中作怪的手段也是较为单一的,不出截发、幻形扰人等司空见惯的伎俩。如《狐媚丛谈》卷一的《宋大贤杀狐》文:

> 隋南阳西郊有一亭,人不可止,止则有祸。邑人宋大贤以正道自处,尝宿亭楼,夜坐鼓琴,忽有鬼来登梯,与大贤语,眐目磋齿,形貌可恶,大贤鼓琴如故,鬼乃去,于市中取死人头来还,语大贤,曰:"宁可少睡耶?"因以死人头投大贤前。大贤曰:"甚佳。吾暮卧无枕,正欲得此。"鬼复去,良久乃还,曰:"宁可共手搏耶?"大贤曰:"善。"语未竟,在前,大贤便逆捉其腰。鬼但急言"死",大贤遂杀之。明日视之,乃是老狐也。自是,亭舍更无妖怪。

在该篇中,妖狐在亭中使用幻形法来作怪扰人。此妖狐为了恐吓宋大贤,一会儿变形为鬼,一会儿投来死人头,一会儿又与宋大贤手搏,真是煞费心思。但是,宋大贤并没有被妖狐的骚扰作怪行为所震慑,他沉着稳定,见怪不怪,终于将妖狐制服。

(三)预示型狐

预示型狐是指狐本身所具有吉凶两重意义以及由此引申而来的狐能够预示灾难或通报喜讯的特殊本领。在《狐媚丛谈》中,此类狐约有 16 篇,如下表所示:

题名	
祥瑞	《白狐九尾》
	《周文王得青狐》
	《白狐捣练石》
	《狐人立》
	《白狐七尾》
不祥	《武平狐媚》
	《玄狐》
	《狐鸣于旁》
	《狐人李承嘉第》
	《夜狐狸鸣》
	《狐出勤政楼》
	《狐升御座》
	《群狐对饮》
预知具体事情	《狐当门嗥叫》
	《狐知死日》
	《狐为灵哥》

　　狐具有祥与不祥两层意义,更形象的说法是它们同时扮演了喜鹊与乌鸦双重角色。所谓喜鹊,即意味着狐的到来就好比喜事临门,是要走好运的。如在《白狐九尾》中,九尾狐的出现便预示着大禹与涂山女一段美好姻缘的开始:

　　禹年三十未娶,行涂山,有白狐九尾,化为涂山氏女,名曰骄,造禹。涂山人歌曰:"绥绥白狐,九尾庞庞。成子家室,

乃都攸昌。"禹遂娶之,生子启,辛壬癸甲。启呱呱而泣,禹弗
子,惟荒度土功。九年于外,三过其门而不入。庶绩惟熙,涂
山氏之力也。

正如涂山人所唱的一样,九尾狐是为大禹"成子家室"而来,
且象征着国家的繁荣昌盛。九尾狐为何祥瑞呢?东汉班固在《白
虎通·封禅》中的解释为:"狐九尾何?狐死首丘,不忘本也,明安
不忘危也。必九尾者何?九妃得其所,子孙繁息也。于尾者何?
明后当盛也。"①毫无疑问,九尾狐从头至尾都是祥瑞的征兆,这样
便很容易与太平盛世联系在一起。比如《孝经援神契》曰"德至鸟
兽,则狐九尾"②;郭璞注《山海经·大荒东经》中"有青丘之国,有
狐九尾"曰"太平则出而为瑞也"③。王褒《四子讲德论》亦曰"昔
文王应九尾狐,而东夷归周"④。这都表明当君王有德、政治清明
之时,便会有祥瑞的征兆出现,而狐、麒麟、白鹿等通常被视为应
德而生的瑞应物。因此,大禹遇到九尾狐而成就了好的姻缘,周
文王得到青狐之后免去了"西伯之难"(《周文王得青狐》),而《白
狐七尾》也有"咸宁二年,有白狐七尾见汝南"的记载,凡此等等。
另外,在《狐媚丛谈·说狐》篇中也记载有此类应德而生的瑞应

----

① 参见[汉]班固等:《白虎通》(北京:中华书局,1985 年版),第 146 页。
② 参见安居香山、中村璋八辑:《纬书集成》(石家庄:河北人民出版社,
1994 年 12 月版),第 978 页。
③ 参见[晋]郭璞注:《山海经(外二十六种)》(上海:上海古籍出版社,
1991 年版),第 71 页。
④ 参见[清]李兆洛选辑:《骈体文钞》(上海:上海书店,1988 年 9 月
版),第 62 页。

型狐：

> 九尾狐，文王得之，东夷归焉。
>
> 《竹书》曰：柏抒子征于东海及三寿，得一狐九尾。
>
> 《春秋潜潭巴》：白狐至，国民利。

对于以上与太平盛世相关的瑞应型狐，李剑国先生认为是"狐的符命化"，"符瑞、符命之说是在天人感应学说基础上提出的一种唯心主义天命观，它认为帝王和国家的兴衰是同某种祥瑞事物的出没联系在一起的，天降祥瑞则预示着君王邦国的兴起和太平盛世的出现。它和降灾示警的灾异说相反相成，是正负对立的两个方面，植根于同一天命观念"。① 李先生的话不难理解，即太平盛世与社会衰落是两个正负对立的方面。当太平盛世之时，则出现与之相对应的祥瑞物；但当国家衰落、社会黑暗之际，就必然有不祥的兆头来"降灾示警"。狐便具备这样双重的作用，一方面作为太平盛世的祥瑞物出现，另一方面，当社会动荡不安、战争爆发之时，又从中扮演起乌鸦的角色，而亮起"降灾示警"的招牌。比如《武平狐媚》文：

> 北齐后主武平中，朔州府门无故有小儿脚迹，及拥土为城雉之状。察之，乃狐媚。是岁，安南起兵于北朔。

---

① 参见李剑国：《中国狐文化》（北京：人民文学出版社，2002 年 6 月第 1版），第 40 页。

"小儿脚迹"以及"拥土为城雉之状"都是极其怪异的现象，这一切竟然是"狐媚"所为，闻之令人匪夷所思。正所谓"天反时为灾，地反物为妖"①，这些怪异现象最终成为"安南起兵于北朔"的不祥征兆。

《狐出勤政楼》中"出于楼上"之狐，也与战争难脱干系：

乾元二年，诏百官上勤政楼，观兵赴陕州。有狐出于楼上，获之。

还有说狐登上皇帝御座的，如《狐升御座》与《群狐对饮》：

政和壬寅，有狐登崇政殿御座。卫士晨起，叱狐不动，呼众逐之，至西廊下不见。即日得旨，坏狐王庙，亦胡犯阙之先兆也。（《狐升御座》）

宣和，万岁山上有群狐杯酌对饮，敕拍之，皆散。有一狐自艮岳来，入宫禁，于御榻上坐，待御喧阗，倏然不见。（《群狐对饮》）

《狐升御座》完全照搬《大忠集》而来，《群狐对饮》则据《大宋宣和遗事》改编而来。且看《大宋宣和遗事》文：

---

① 参见［春秋］左丘明著，冀昀主编：《左传》（北京：线装书局，2007 年 5月版），第 226 页。

（宣和七年八月）是时,万岁山群狐于宫殿间陈设器皿对饮,遣兵士逐之,彷徨不去。九月,有狐自艮岳山直入中禁,据御榻而坐;殿帅遣殿司张山逐之,徘徊不去。徽宗心知其为不祥之征,而蔡攸曲为邪说,称艮岳有狐王求血食乃尔。遂下诏毁狐王庙。①

显然,《群狐对饮》是在《大宋宣和遗事》基础上经过缩写、删减、修改等手段改编而来。《群狐对饮》所参考《大宋宣和遗事》的部分应为"（宣和七年八月）是时"至"殿帅遣殿司张山逐之,徘徊不去",其他诸如徽宗的看法、蔡攸的邪说尤其是下诏毁狐王庙等内容都删除了。那么,历史上果真发生过狐登御座以及皇帝下诏毁狐王庙一事吗？据《宋史·五行志》载:

宣和七年秋,有狐由艮岳直入禁中,据御榻而坐,诏毁狐王庙。②

另外,《宋史·徽宗本纪》宣和七年九月也记有"有狐升御榻而坐"③。如此说来,狐登御榻以及下诏毁坏狐王庙,历史上确有

①参见［宋］佚名:《新刊大宋宣和遗事》(上海:中国古典文学出版社,1954年版),第80~81页。

②参见［元］脱脱等:《宋史》(北京:中华书局,1977年11月版),第1452页。

③参见［元］脱脱等:《宋史》(北京:中华书局,1977年11月版),第416页。

此事,大概时间为宣和七年秋。这与《大宋宣和遗事》以及《群狐对饮》狐据御榻而坐所记载的时间吻合。那么,如何理解狐升御榻这一现象呢?《狐升御座》中指出狐登御座是"胡犯阙之先兆",笔者认为这句话可以从两方面来理解:其一,"胡犯阙"是战争的爆发,而当灾异、战争等社会动乱之时,野狐的出现对这些现象起着预示警告作用,它们窜入宫禁,坐在皇帝的御座上,当然是不祥之兆;其二,按字面意思理解,"狐"即"胡"也,取其谐音,御座是皇帝的御用宝座,代表整个国家,狐登御座当然是"胡犯阙之先兆",预示后来钦宗靖康元年(1126)金兵攻陷北宋都城汴京。总之,不论从哪方面来理解,狐登御座显然是不祥的征兆。

狐不仅与国家大事联系紧密,同时还牵涉个人的荣辱兴衰,如《狐人立》叙述李揆一天晚上看到一巨狐,结果入朝便被拜为丞相:

> 李揆方盛暑夜寝于堂之前轩,而空其中堂,为昼日避暑之所。于一夜,忽有巨狐鸣噪于庭,乃狐人立跳跃,目光迸射,久之,逾垣而去。揆甚恶之。将晓,揆入朝,其日拜相。

下面这个故事的主角依然是李揆,他于某日看到一白狐在庭中捣练石上,结果很快升职为"礼部侍郎"。《白狐捣练石》文:

> 唐丞相李揆,乾元初为中书舍人。尝一日退朝,归见一白狐在庭中捣练石上,命侍僮逐之,已亡见矣。时有客于揆

门者,因话其事,客曰:"此祥符也,某敢贺。"至明日,果选礼部侍郎。

《狐人立》中的"巨狐鸣噪于庭"以及《白狐捣练石》的"狐在庭中捣练石上"都是祥瑞的象征,李揆的两次升职都以此为兆。而《玄狐》中的狐"坐于堂之前轩",却预示着李林甫的"籍没":

> 唐李林甫方居相位,尝退朝,坐于堂之前轩。见一玄狐,其质甚大,若牛马,而毛色黯黑有光,自堂中出,驰至庭,顾望左右。林甫命弧矢,将射之,未及,已亡见矣。自是凡数日,每昼坐,辄有一玄狐出焉。其岁林甫籍没。

当狐闯入李承嘉的宅第后(《狐入李承嘉第》),又引发了一系列异常现象:

> 神龙初,有群狐入御史大夫李承嘉第,其堂无故坏。又秉笔而管直裂,易之又裂。

在该文中,狐入李承嘉第除了使得"其堂无故坏"以及"秉笔而管直裂"的奇异现象外,似乎不曾对李承嘉造成任何实质性的影响。但结合《朝野佥载》对此事的记载,一切便真相大白:

> 神龙中,户部尚书李承嘉不识字,不解书。为御史大夫,兼洛州长史,名判司为狗,骂御史为驴,威振朝廷。西京造一

堂新成,坊人见野狐无数直入宅。须臾堂舍四裂,瓦木一聚,
判事笔管手中直裂,别取笔,复裂如初。数日,出为藤州员外
司马,卒。①

《狐入李承嘉第》所述的内容较为简略,在该文中,狐入李承
嘉第除了产生一些奇异的现象外,别无其他。结合《朝野佥载》对
李承嘉事迹的详细记载,才能更好地理解狐的出现对于李承嘉的
作用与意义。很明显,在《朝野佥载》中,狐入李承嘉第是不祥征
兆的反映,不仅随之产生了种种奇异的现象,而且预示了李承嘉
的贬职和死亡。

另外,狐不仅本身代表着祥瑞凶兆,它们也能主动预报具体
事情的发生,如《狐当门噪叫》文:

夏侯藻母病困,将诣淳于智卜。有一狐当门,向之噪叫。
藻愕惧,遂驰诣智。智曰:"祸甚急,君速归,在噪处,拊心啼哭。
令家人惊怪,大小毕出。一人不出,啼哭勿休,然其祸仅可救
也。"藻如之,母亦扶病而出。家人既集,堂屋五间,拉然而崩。

夏侯藻家的屋子将要倒塌,狐在夏侯藻门前噪叫,发出这一
危险情况的紧急通知,夏侯藻家人因此得救。在此,与上述狐的
出现仅是代表着祥瑞或是不祥的预兆不同,该狐是主动来预报具

---

① 参见[唐]张鷟:《朝野佥载》,《唐宋史料笔记丛刊》(北京:中华书局,
1985 年版),第 81~82 页。

体某一事情的。与此相类,《狐字伯裘》中的陈斐每当有难,狐都会主动来"事先以语斐"。文中这样描述:

> ……明日,夜有击户者,斐曰:"谁?"曰:"伯裘也。"曰:"来何为?"曰:"白事。北界有贼也。"斐验之,果然。每事先以语斐,无毫发之差,而咸曰"圣府君"。……

狐具有全知全能的本领,它们不仅能预示国家的祥瑞灾异,为他人言说休咎,且能预知自己的死期,最能说明此问题的为《狐知死日》:

> 唐林景玄者,京兆人,侨居雁门,以骑射畋猎为己任。郡守悦其能,因募为衙门将。尝与其徒十数辈驰健马,执弓矢兵杖,臂鹰牵犬,俱骋于田野间,得麋鹿狐兔甚多。由是郡守纵其所往,不使亲吏事。尝一日畋于郡城之高岗,忽起一兔榛莽中,景玄鞭马逐之,仅十里余,兔匿一墓穴。景玄下马,即命二吏守穴傍,自解鞍而憩。忽闻墓中有语者曰:"吾命,土也。克土者木,日次于乙,辰居卯,二木俱王,吾其死乎?"已而咨嗟者久之。又曰:"有自东而来者,吾将不免。"景玄闻其语,且异之。因视穴中,见一翁素衣,髯白而长,手执一轴书,前有死乌鹊甚多。景玄即问之,其人惊曰:"果然!祸我者且至矣。"即诟骂,景玄默而计之,曰:"此穴甚小,而翁居其中,岂非鬼乎? 不然,是盗而匿此。"即毁其穴,翁遂化为老狐,帖然伏地。景玄因射之而毙,视其所执之书,点画甚异,

似梵书而非梵字,用素缣为幅,仅数十尺,景玄焚之。

林景玄畋猎所遇之狐竟然能够推算自己的死期:"吾命,土也。克土者木,日次于乙,辰居卯,二木俱王,吾其死乎?"意思很明显,狐说自己属于土命,克土者为木,而林景玄姓氏中的"林"字恰好与狐所谓的"二木俱王"相吻合,狐的意思再清楚不过,是说自己将死在一位林氏之手。狐又推算"有自东而来者,吾将不免"。说曹操曹操便到,当林景玄出现在狐的面前时,狐猛然意识到克星的来临,"果然!祸我者且至矣"。的确如狐所言,林景玄正是致其于死地的"二木俱王"者,狐最终死在林景玄的箭下便是证明。另外,《胡道洽死不见尸》中的胡道洽也能"自审死日";《狐仙》中的狐女能够清楚地估算出自己的死期,"妾命后日当死于五坊箭下";还有《狐醉被杀》中的狐也对自己的死期了然于心,它说"且惧旦夕有不虞之祸"以及"某自今岁来,梦卜有穷尽之兆",就是说自己难逃一死。

(四)佛道型狐

佛道型狐即主要体现佛教或道教思想特点或倾向的一类狐故事。在《狐媚丛谈》中,此类狐同样为数不少,如下表所示:

	题名
	《狐化为弥勒佛》
狐与佛	《狐称圣菩萨》
	《狐化婆罗门》
	《狐化佛戏僧》

（续表）

题名	
狐与道	《狐戏焦炼师》
	《三狐相殴》
	《狐刚子》
	《狐仙》
	《狐龙》
	《何让之得狐朱字文书》
	《狐戏王生》
	《李自良夺狐天符》
	《狐夺册子》
	《狐授甄生口诀》
	《狐变为奴》
	《狐死塔下》
	《临江狐》
	《狐丹》

　　首先看狐与佛　类故事，如《狐化为弥勒佛》《狐称圣菩萨》《狐化婆罗门》，内容都是说狐假扮为佛或是菩萨等欺骗大众。且看《狐化为弥勒佛》文：

　　唐永徽中，太原有人自称弥勒佛。礼谒之者，见其形底于天，久之渐小，才五六尺，身如红莲花在叶中。谓人曰："汝等知佛有二身乎？其大者为正身。"礼敬倾邑。僧服礼者，博于内学，叹曰："正法之后，始入像法。像法之外，尚有末法。

末法之法,至于无法。像法处乎其间者,尚数千年矣。释迦教尽,然后大劫始坏。劫坏之后,弥勒方去兜率,下阎浮提。今释迦之教未亏,不知弥勒何遽下降?"因是虔诚作礼,如对弥勒之状。忽见足下是老狐,幡花旄盖,悉是冢墓之间纸钱耳。礼抚掌曰:"弥勒如此耶?"具言如状,遂下走,足之不及。

在该文中,狐变形为弥勒佛,玩弄法术,使得自身或大或小,大则"形底于天",小则"才五六尺"。在此,狐所采用的法术是化形法,纪昀对化形法的解释为:"狐能化形,故狐之通灵者,可往来于一隙之中,然特自化其形耳。"①狐采用化形法变大变小,却对大众说这是佛的二身,"其大者为正身"。妖狐的欺骗行为可谓荒谬之极,然而大众偏偏信以为真,"礼敬倾邑"。最后,在"博于内学"的僧服礼的怀疑、质问下,"弥勒"理屈词穷,不得不露出其狐狸本相。与此相类,也有狐假扮为菩萨而被人识破的。如《狐称圣菩萨》中讲述的便是由狐所变的圣菩萨神通广大,尤其善于观心,"人心所在,女必知之",该狐靠此小小的妖法,竟然得到女皇武则天的赏识,于"宫中敬事之"。后来大安和尚让女菩萨观其心,结果大安"置心于四果阿罗汉地,则不能知",在大安的质问下,"女词屈",化为狐而走。很明显,不论是《狐化为弥勒佛》还是《狐称圣菩萨》,两者结构模式基本相类,即叙述的都是妖狐化为佛或菩萨以妖术赢得人心,结果被具有真才实学的佛教人士揭

---

① 参见[清]纪昀:《阅微草堂笔记》(上海:上海古籍出版社,2010 年 12 月第 1 版),第 72 页。

穿虚假面孔,最后不得不露出原形。另外,也有妖狐变形为婆罗门来魅惑民众,后被道士制服的。比如《狐化婆罗门》中的老狐化为婆罗门来蛊惑大众向他顶礼膜拜,宰的妻子以及诸妇人便是其中的受害者。道士叶法善用符法治好了宰妻等人的狐魅病,但婆罗门一旦到来,宰妻等人便又发作,她们"争走出门,喧言:'佛又来矣。'"宰无奈,最后将婆罗门缚至叶师所,叶师让其现出原形,"魅乃弃袈裟于地,即老狐也",而"还其袈裟,复为婆罗门"。这样的描写意味深长,"狐"与婆罗门仅仅是一个袈裟的区别,这就揭示出虚伪的婆罗门只不过是一只披着袈裟的狐,无情的嘲讽意味尽在其中。另外,"胡"即"狐"也,这就进一步表明此文是用狐来指涉胡僧的。而由狐所化的婆罗门在道士叶法善面前竟然威严扫地,且被轻而易举地制服,很明显,该文具有宣扬道教而贬低佛教的思想意味。

妖狐由道士制服的例子在《狐媚丛谈》中还有很多,如《道士收狐》《罗公远缚狐》《叶静能治狐》《道人飞剑斩狐》《狐称千一姐》《胡媚娘》等文中都涉及道士制服作祟狐妖的情节。当然,也有僧人助人驱赶狐的,如《狐化佛戏僧》叙述的是唐参军为狐妖所扰,狐假扮成佛把前来除妖的僧人戏弄一番,让他破戒吃酒肉,僧人不能驱狐反而被捉弄,令人忍俊不禁:

> ……佛谓僧曰:"汝修道通达,亦何须久蔬食,而为法能食肉乎? 但问心能坚持否? 肉虽食之,可复无累。"乃令唐氏市肉,佛自设食,次以授僧及家人,悉食。食毕,忽见坛上是赵门福,举家叹恨,为其所误。门福笑曰:"无劳厌我,我不来

矣。"自尔不至也。

当然,道士也不是尽善尽美,如在《狐戏焦炼师》中的道士焦炼师便为妖狐所恼:

> 唐开元中,有焦炼师修道,聚徒甚众。有黄裙妇人称阿胡,就焦学道术。经三年,尽焦之术,而固辞,苦留之,阿胡云:"己是野狐,本来学术。今无术可[学],不得留。"焦因以术拘留之,胡随事酬答,焦不能及。于嵩顶设坛,启告老君,自言:"己虽不才,然是道家[子]弟,妖狐所侮,恐大道将隳。"言意恳切。坛四角忽有香烟出,俄成紫云,高数十丈,云中有老君见立。因礼拜,陈云:"正法已为妖狐所学,当更求法以除之。"老君乃于云中作法,有神王于云中以刀断狐腰,焦大欢庆,老君忽从云中下,变作黄裙妇人而去。

"聚徒甚众"的焦炼师竟然不如一妖狐,且遭到妖狐的再三戏辱。最具讽刺意味的是,当焦炼师因无法制服妖狐而启告老君"当更求法以除之"时,不料老君竟是由妖狐所变,真是令人徒唤奈何。在本文中,一个无知、无术、无能的道师形象跃然纸上。在《三狐相殴》中,声称为人驱魔降怪、治病延寿的道士在本质上与作祟害人的妖狐一样可恶。文中,江陵少尹裴君的儿子被狐蛊惑,先后有三个道士争着为他治病。三道士在裴君家不期而遇,不仅互相谩骂,指称对方为妖狐,而且还闭户厮打在一起。等到裴君开门一看,哪有什么道士,分明就是三只妖狐!文中这样描述:"开视,三狐皆仆地而喘,不能动矣。裴君尽鞭杀之。其子后旬月方愈。"看来,裴君的儿子之所以得病,便是这三只妖狐作祟使然。在该文中,妖狐化形为道士为人治病,其用意不言而喻,这是把道士比作狐的。

《狐刚子》中的狐刚子以狐祖师爷的身份来替作祟子孙赎罪,且批判了道士的随意杀生行为:

> 唐坊州中部县令长孙甲者,其家笃信佛道。异日斋次,举家见文殊菩萨,乘五色云,从日边下。须臾,至斋所檐际,凝然不动。合家礼敬恳至,久之乃下,其家前后供养数十日,唯其子心疑之。入京求道士为设禁,遂击杀狐。令家奉马一匹,钱五十千。后数十日,复有菩萨乘云来至,家人敬礼如故。其子复延道士禁咒如前。尽十余日,菩萨问道士:"法术如何?"答曰:"已尽。"菩萨云:"当决一顿。"因问道士:"汝读道经,知有狐刚子否?"答曰:"知之。"菩萨云:"狐刚子者,即我是也。我得仙来,已三万岁。汝为道士,当修清净,何事杀生?且我子孙,为汝所杀,宁宜活汝耶?"因杖道士一百,谓令曰:"子孙无状,至相劳扰,惭愧何言!当令君永无灾横,以此相报!"顾谓道士:"可即还他马及钱也。"言讫飞去。

在此文中,狐刚子具有双重的角色,一方面代表的是狐之长者,另一方面是较一般道士更为功深的得道成仙者。他与一般作祟扰人之狐不同,也与那些不修清净、任意杀生且以此来榨取民膏的道士不同,他代表着道的最高境界与良好修养,这或许与他

"得仙来,已三万岁"的狐仙身份不无关联。除此之外,《狐媚丛谈》涉及的得道成仙之狐还有《狐龙》《狐仙》《狐能飞形》《李自良夺狐天符》等。《狐龙》中的狐"禀西方之正气而生,胡白色,不与众游,不与近处。狐托于骊山下千余年,后偶合于雌龙。上天知之,遂命为龙,亦犹人间自凡而成圣耳"。而《狐仙》中的狐则是通过修炼实现了由妖向仙的转化。她"道业虽成,准例当死",是道教尸解蜕化之说。尸解是道教术语,指修仙者成仙之后,脱尸骸而去。《后汉书·王和平传》李贤等注云:"尸解者,言将登仙,假托为尸以解化也。"①显然,《狐仙》中的狐便是通过尸解法蜕去狐体,而得仙身。《狐能飞形》中的狐乃"狐之通天者",狐不仅自己会飞行,为搭救困于井中的姚坤,还把飞行的技法传授给他:

> ……如此数日夜,忽有人于井口召坤姓名,谓曰:"我狐也。感君活我子孙不少,故来教君。我狐之通天者。初穴于冢,因上窍,乃窥天汉星辰,有所慕焉,恨身不能奋飞,遂凝注神,忽然不觉飞出,蹑虚驾云,登天汉,见仙官而礼之。君但能澄神泯虑,注眄玄虚,如此精确,不三旬而自飞出。虽窍之至微,无所碍矣。"坤曰:"汝何据耶?"狐曰:"君不闻《西升经》云:'神能飞形,亦能移山。'君其努力!"言讫而去。坤信其说,依而行之。约一月,忽能跳出于砲孔中。……

---

① 参见[南朝宋]范晔撰,[唐]李贤等注:《后汉书》(北京:中华书局,1965年5月版),第2751页。

通天狐的概念来源于东晋郭璞的《玄中记》:"千岁即与天通,为天狐。"①李剑国先生指出,"天狐名系天曹成为狐神"②。很明显,通天狐仍然属于道教神仙体系的内容。在《狐媚丛谈》中,还有很多有关通天狐的记载,如:

> 崔云:"此已神通,击之无益,自取困耳。"(《崔参军治狐》)

> 宰迟明问于叶师,师曰:"此天狐也。能与天通,斥之则已,杀之不可。然此狐斋时必至,请与俱来。"(《狐化婆罗门》)

> 道士云:"天曹驱使此辈,不可杀之,然以君故,不可徒尔。"(《道士收狐》)

> 次及老狐,狐乃搏颊请曰:"吾已千岁,能与天通。杀予不祥,舍我何害?"(《狐与黄撅为妖》)

> 公远上白云:"此是天狐,不可得杀,宜流之东裔耳。'"(《罗公远缚狐》)

> 小狐曰:"后十余日,家兄当复来,宜慎之。此人与天曹已通,符禁之术,无可奈何。唯我能制之。待欲至时,当复至此。"(《小狐破大狐婚》)

> 门福骂云:"彼我虽是狐,我已千年。千年之狐,姓赵姓

---

① 参见[东晋]郭璞:《玄中记》,鲁迅校录:《古小说钩沉》(济南:齐鲁书社,1997年版),第239页。

② 参见李剑国:《中国狐文化》(北京:人民文学出版社,2002年6月第1版),第117~118页。

张,五百年狐,姓白姓康。……"(《狐化佛戏僧》)

　　狐乃言曰:"吾神能通天,预知休咎。愿置我,我能益于人。今此宅已安,舍我何害?"(《垣县老狐》)

　　综合以上所列通天狐,其特征可以概况为以下几点:第一,通天狐受天曹驱使,与仙官为伍,因此不可杀;第二,通天狐本领神通广大,一般情况下不易被一般道士的法术所制服;第三,通天狐能"预知休咎""能益于人"。当然,正如《狐能飞形》的题目所着重强调的一样,狐会飞也是通天狐的典型特征之一。《崔参军治狐》中的通天狐便是飞着离开:"狐乃飞去。"而《道士收狐》中的通天狐:"至柳林边,冉冉升天。"另外,袁枚《子不语·斧断狐尾》①中的狐仙不仅自己会飞,且人穿着狐的衣服竟然也具有飞行的本领。纪昀《阅微草堂笔记·滦阳续录》中的天狐"有大神术,能摄此人于千万里外"②。《李自良夺狐天符》中的得道之狐也具有飞腾升天的本领:

　　　　唐李自良少在两河间,落拓不事生业。好鹰鸟,常竭囊货,为鞲绁之用。马燧之镇太原也,募以能鹰犬从禽者,自良

————————

　　①《子不语》中叙述人与狐仙约为兄弟,有一天,人想去扬州观灯,狐便让人穿上自己的衣服与人一同飞往扬州。文中这样描述:"一日,丁谓吴曰:'我欲往扬州观灯,能否?'狐曰:'能。河间至扬,离二千里,弟衣我衣,闭目同行,便至矣。'从之,凭空而起,两耳闻风声,顷刻至扬。"详见[清]袁枚撰,申孟、甘林校点:《子不语》(上海:上海古籍出版社,1986年版),第112页。

　　②参见[清]纪昀:《阅微草堂笔记》(上海:上海古籍出版社,2010年12月第1版),第402页。

自诣军门自陈。自良质状骁健,燧一见悦之,置于左右。每呼鹰逐兽,未尝不惬心快意焉。数年之间,累职至牙门大将。因从禽,纵鹰逐一狐。狐挺入古圹中,鹰相随之,自良即下马,乘势跳入圹中。深三丈许,其间朗明如烛,见砖榻上有坏棺,复有一道士长尺余,执两纸文书立于棺上。自良因掣得文书,不复有他物矣,遂臂鹰而出。道士随呼曰:"幸留文书,当有厚报。"自良不应,乃视之,其字皆古篆,人莫之识。明旦,有一道士,仪状风雅,诣自良。自良曰:"仙师何所?"道士曰:"某非世人,以将军昨日逼夺天符也。此非将军所宜有。若见还,必有重报。"自良固不与。道士因屏左右曰:"将军,裨将耳,某能三年内,致本军政,无乃极所愿乎?"自良曰:"诚如此愿。亦未可信,如何?"道士乃超然奋身,上腾空中。俄有仙人绛节,玉童白鹤,徘徊空际以迎接之。须臾,复下,谓自良曰:"可不见乎? 此岂是妄言者耶?"自良遂再拜,持文书归。道士喜曰:"将军果有福祚。后年九月内,当如约矣。"……

李自良本来是追一逃入古圹之狐,等追到圹中,仅见"一道士长尺余,执两纸文书立于棺上"。"尺余"长的身高,明显就是狐变形为人之后的典型特征。《唐文选牒城隍诛狐》也说由狐所变的人"长可二尺"。在此,道人与狐的关系一目了然,道人分明就是狐,但此狐绝不是一般作祟之妖狐,而是超凡脱俗、能够自由飞升的狐仙。《李自良夺狐天符》中的道士为了讨回天符,承诺李自良三年内实现"致本军政"的愿望,李自良表示"亦未可信"之后,道士为取得李自良的信任,特意将自身的非凡本领展示一番:"道士乃超然奋身,上腾空中。俄有仙人绛节,玉童白鹤,徘徊空际以迎接之。"很明显,此狐乃会飞的狐神,他已经超凡脱俗,名列仙界。另外,在此文中还涉及狐书的概念。道士手中的"两纸文书"便是狐书,"其字皆古篆,人莫之识",这是大多数狐书共有的特点,如下所示:

> 景玄因射之而毙,视其所执之书,点画甚异,似梵书而非梵字,用素缣为幅,仅数十尺,景玄焚之。(《狐知死日》)

> 王生遽往,得其书,才一两纸,文字类梵书而莫究识,遂缄于书袋中而去。(《狐戏王生》)

> 其册子装束,一如人者,纸墨亦同,皆狐书,不可识。简栖犹录得头边三数行,以示人。(《狐夺册子》)

这些狐书类梵书而非梵字,且人基本不可晓解,这些特点与道士的符箓极为神似。道符同样具有诡怪难辨、人莫之识的特点。《道藏》中称符箓为"秘文""真文""天书""雷文天篆"等,晋葛洪《抱朴子·遐览》云:"郑君言,符出于老君,皆天文也。老君能通于神明,符皆神明所授。"①所谓"秘文""天书""天文"说的都是道符的神秘性,非世人所有且莫能识别。事实证明,很多情况下狐书的内容确实具有道符的性质。如《狐授甄生口诀》中,狐

---

① 参见[晋]葛洪:《抱朴子》(上海:上海古籍出版社,1990年10月版),第150页。

让孙甑生"写一本见还",且"以口诀相授",孙甑生"竟传其法,为世术士";《狐变为奴》中的狐声称:"此符法,我之书也。"《狐戏王生》中的狐直接将狐书称作"天书"等。另外,道士符箓具有驱魔降怪的作用,而狐书同样被狐使用以达到驱赶同类的目的。比如,《焚鹊巢断狐》中的狐"怀出一文字,令母效书",兼以焚烧鹊巢的方法,制服作祟的狐小妹。《狐善饮酒》中的狐善于书符且"符法甚备""衺依行,其怪遂绝",凡此等等。当然,并不是所有的狐书都是难以辨认的符箓,如《何让之得狐朱字文书》中的狐书"纸尽惨灰色,文字则不可晓解。略记可辨者,其一云:'正色鸿焘,神思化伐。穽施后承,光负玄设。''……在帝左右,道济忽诸。'题云《应天狐超异科策八道》,后文甚繁,难以详载"。狐所读之书竟然是《应天狐超异科策八道》,与人间的科举之书何其相似! 文中还这样描述:"俄见一美少年,若新官之状,跨白马,南驰疾去。适有西域胡僧贺云:"善哉! 常在天帝左右矣。"显然,这是一只中举得官之狐,"新官之状"与人类科举及第如出一辙,而胡僧的祝福表明此狐已登天科中仙举,荣升为天帝近臣。

不仅有狐书,也有狐丹,如《狐媚丛谈》卷五有《狐丹》。狐丹与道教内外丹理论紧密相关,正如李剑国先生所说:"狐丹虽称内丹,实又有外丹性质,这是明人根据道教内外丹理论为狐创造出来的特殊的丹。"①那么,如何理解狐丹所具有的内外丹性质呢? 说狐丹是内丹,是因为狐丹亦是狐通过修炼而成的,依据的是道

---

① 参见李剑国:《中国狐文化》(北京:人民文学出版社,2002年6月第1版),第168页。

教中的内丹修行法,如《狐丹》中的狐女便是"修行几百年"才成就此丹。内丹重在身体自身的修炼过程,如郝勤对内丹的定义为:"道教徒借用烧制外丹的经验、理论、术语等来炼养自我生命。他们以人体为丹房,以心肾为炉鼎,以人体精、气、神为药物,意念呼吸为火候,'假名借象',在人体内部'炼丹',以求长生不死,变形而仙。"①由此看来,内丹虽是据外丹理论而来,但内丹是抽象的,实指人体自身的修行练气的过程,且没有任何形体。而外丹却是经过炼制、加工而成且具有实在外形的丹:"'外丹'更常用的名字叫'金丹',因其是用黄金和铅汞等金石为原料烧炼而成,颜色似金,故名,亦称'金液还丹'、'金液大丹'、'还丹'、'大丹'。"②狐丹是经过狐修行而来,显然依据的是内丹理论,但狐丹又有实在的形体,如《狐丹》中的丹便如灯一样"荧荧然",这就又证明了狐丹具有如外丹一样的形体特征。且看《狐媚丛谈》中的《狐丹》:

> 齐女门外陆墓、吴塔之间,有赵氏兄弟居焉。伯曰才之,季曰令之,地颇幽僻。一日,才之自外归,薄暮暝色惨淡,才之少驻足道傍槐荫下,倏忽昏黑,才之方悔不疾行,因反不动,待人来偕去。夜既阑,见一灯荧荧然由南而来,渐近,才之迫而察之,乃一女子也。暗中亦不详辨色,然殊觉有妖态,

① 参见郝勤:《龙虎丹道——道教内丹术》(成都:四川人民出版社,1994年7月版),第7页。

② 参见杨玉辉:《道教人学研究》(北京:人民出版社,2004年12月版),第210页。

视其火，乃是衔一灯于口中耳。初意讶之，稍相接语，便已迷眩，女遂解衣野合焉。合既，复由此道迤逦而去。才之更怅怅而归。明晚，思之不置，遂瞒其弟及家人，待至晚候，径往，坐其地俟之。女果复来，合之，又别。如是者几一月，令之察焉，备得其状。袭兄而去，见兄复云云。兄既毕事，令之乃前劫其女，女初无拒意，便相从为淫。令之自后递互往合，虽皆迷，不知所谓，而神度皆无虞如故，或更觉强爽。一日，令之偶夸于所知，所知曰："子惑矣！人口中岂置火处耶？子今但夺其灯，偿得之，便强吞之可也。"弟方悟，曰："良是。"其夕仍去，则女已先在。令之遂与绸缪。初凡合时，女则吐灯阁在于地，事罢乃复入口。至是，令之伺间急取灯，便吞之。女见之，亟来夺之，令之不及下咽，急遽间失灯，坠于水，女乃怅然大恨："殊可惜矣！奈何！奈何！"令之问之，女曰："吾当以实告汝。吾非人，乃老牝狐也，修行几百年矣。吾丹已成，所欠者，阳人精血耳。今得二君合数十回，更得数如之，则吾立跻仙地，而二君亦且高寿令终。吾口中火，即丹也。今不幸失之，是吾缘未就，而更有祸矣。最可恨者，数百年工夫为可惜耳。然吾与君既尔云云，不得为无情，所望于君者，身后事耳。"言毕泪潸然下，遂僵死于地，果狐身也。二生念之，因相与浴而加衣，埋之坚爽之地。后不时往观之，念之不能忘。其后，亦无他异。事在成化间。

狐丹首先以灯火的形态出现，如"见一灯荧荧然由南而来""视其火，乃是衔一灯于口中耳""子惑矣！人口中岂置火处耶？

子今但夺其灯,傥得之,便强吞之可也"等,当狐女失灯之后,才道出了火即狐丹的实情,"吾口中火,即丹也"。文章这样安排,充分反映了狐丹似灯火的外形特征。另外,狐女通过与赵氏兄弟野合,以达到修炼成仙的目的,这是狐类故事中常见的采补说,如《平妖传》第三回"胡黜儿村里闹贞娘,赵大郎林中寻狐迹"对采补说的解释为:"大凡牝狐要哄诱男子,便变做个美貌妇人;牡狐要哄诱妇人,便变做个美貌男子。都是采他的阴精阳血,助成修炼之事。"①采补说同样来源于道教的"内丹派"理论,李剑国先生指出:"内丹派理论也是五花八门,其中有所谓阴阳派,专讲阴阳栽接采补之道,采人精气以成内丹。这种理论实际上是把房中术引入内丹学,或者是把内丹学引入房中术,向为正统道教内丹家所不齿,视为邪术。"②除了《狐丹》,《狐媚丛谈》涉及采补说的还有《狐死塔下》与《临江狐》。《狐死塔下》中的狐女冒充方氏来蛊惑王生,以采其精血。文中这样描述:

> 王生某者,读书山室中,往来必经方氏之门。方有女,年十七岁,姿色姝丽,善解诗赋。常倚门盼望,见王年少美容,每秋波偷送,彼此含情,而父母戒严,不能少通款曲。王亦思方不置,常形之梦寐。一日晚,怅怅无聊,步月中庭,吟哦良久,忽见一女从外来,近视之,则方也,喜跃不胜,拥致帏中,

---

① 参见[明]罗贯中、[明]冯梦龙:《平妖传》(上海:上海古籍出版社,1981年版)第11页。

② 参见李剑国:《中国狐文化》(北京:人民文学出版社,2002年6月第1版),第165页。

各叙衷曲,绸缪欢悦。事阑,已二鼓矣,女不觉浩然长叹。王问之,女曰:"噫,我死矣!我非方氏也,乃老狐耳,吸日精月华几百年所。仙道已成,第欠阳精耳。每于梦中取君之精,因不可得,不获已,化方氏来。今君战恋过度,妾亦漏泄,行将有子,怀十二月而生。我必死于峰巅塔下。此子,君之骨血,他日大有文名,佐圣主,理天下。可名之令狐氏,使不忘我。君念一宵之爱,幸殓我于塔下,我愿足矣。"涕泣而去。……

《狐死塔下》中的狐女虽是为采补而来,但于人无损害,不过最后"必死于峰巅塔下"。与此相类,《临江狐》中的狐女也是为采补而来,且声称并不害人:"吾非祸君者。此世界内如吾辈无虑千数,皆修仙道,吾事将就,特借君阳气一助耳。更几日数足,吾亦不复留此,于君无损也。"但不幸的是,此狐女因醉酒后向人泄露自身秘密而被人害死。以上 3 篇中的狐女都是为采补修道而来,虽没有对人造成太大的伤害,却累及自身,这就反映出人们对采补术的否定与批判,即如纪昀在《阅微草堂笔记》中借狐女之口所言:"所采多则戕人利己,不干冥谪,必有天刑。"①

二、对《狐媚丛谈》题材内容的评价

据统计,以上所述的淫媚型狐、作祟型狐、预示型狐以及佛道

---

① 参见[清]纪昀:《阅微草堂笔记》(上海:上海古籍出版社,2010 年 12月第 1 版),第 347 页。

型狐在《狐媚丛谈》中占绝大多数。除此之外,尚有一些特征不一的狐内容没有囊括进来。如有的狐重情重义,形成情狐、美狐一类,可以《狐称任氏》为代表,李剑国先生在《中国狐文化》中就认为任氏的出现代表着"淫邪之性消泯而易之以善美之性"①。另外,《狐生九子》中许真之狐妻李氏尽心尽力相夫教子,是典范的贤妻良母;而《王璿娶狐》中的新妇又格外注重礼节,谦卑恭逊,"人乐见之";《狐死见形》中的郑四娘形象尤其感人,即使在她死去之后,仍然牵挂着自己的孩子,她的鬼魂出现在丈夫李麿以及其新娶之妇面前,叮嘱他们一定要尽心抚育己之骨血。也有一些狐博学智慧,是典型的才狐一类。如《华表照狐》中的狐学贯百家,无不通晓,即使是像张华一样的饱学之士,也"无不应声屈滞"。《胡道洽死不见尸》中的胡道恰"好音乐、医术之事",可谓音乐家兼医学家。《狐醉被杀》《狐变小儿》中的狐都是热爱学习之狐,它们因仰慕人的学问而前来拜访;而《青狐代舜浚井》《牝狐为李令绪阿姑》等中的狐以乐于助人而著称;《狐负美女》中的狐又闪烁着智慧的光芒,凡此等等。《狐媚丛谈》还涉及有关狐的各种奇异传闻,如狐有媚珠(《狐吐媚珠》)、狐戴髑髅变人(《狐戴髑髅变为妇人》)、鬼骑狐(《鬼骑狐》)、狐畏狗(《犬啮老狐》)、狐不畏狗(《狐跨猎犬奔走》)、狐化为妓女(《狐变为娼》)等,不一而足。

综合分析《狐媚丛谈》故事内容的特点,有以下几点:

---

① 参见李剑国:《中国狐文化》(北京:人民文学出版社,2002 年 6 月第 1版),第 110 页。

首先,很大篇幅都以"淫媚型狐"为主,这就说明《狐媚丛谈》文如其名,有突出狐妖媚人的主题倾向。

其次,《狐媚丛谈》还涉及很多道教理论知识,如狐主要由道人来制服,狐仙与道教中的神仙,狐书与道书,狐丹、采补说与道教的内外丹理论等,这就表明《狐媚丛谈》的内容具有侧重于道教的思想特点。

再次,《狐媚丛谈》具有浓郁的道德说教意味。墨屎子在《狐媚丛谈·小引》中指出:"希阔异闻,亦无足怪,况于狐之媚人也。假人状而眩之。"意思是说,变形为人来媚惑人的狐亦即"狐之媚人",称为"狐人"。《狐媚丛谈》中确实有为数不少的"狐人",这类狐有的以淫媚惑人,有的作祟扰人,有的甚至致人于非命①,但综合而言,伤及人性命的狐为数不多,绝大多数以小打小闹的恶作剧为主。而且,《狐媚丛谈》尚有很多祥瑞、善美之性、博学聪慧、乐于助人等美好品性的"狐人"。

另外,与"狐人"形成鲜明对比,"人狐"反而更为残酷无情,《狐媚丛谈·小引》对"人狐"的定义为:"人之媚人也。"此类人"窃狐术而用之。势在外,以身为雌;势在内,以身为雄;势在纤微,又以身为阉阉。翕张卑,抗柔刚,乘捷而隐其迹"。显然,《狐媚丛谈》的编纂者对"人狐"可谓厌恶之极。在《狐媚丛谈》"人狐"一类中,表现尤为突出的是《张罗儿烹狐》中忘恩负义的张罗儿。在狐的帮助下,张罗儿家才变得富贵鼎盛,然而张罗儿出于

---

①《狐媚丛谈》中所选录的文本体现狐害人而造成人死亡的仅有5篇:《狐变妲己》《野狐戏张简》《狐出被中》《狐媚汪氏》《插花岭妖狐》。

一己私念,担心子孙后代因怠慢狐而引起狐的报复,结果"诱狐入瓶,闭置汤镬,内益薪燃之",以无比残忍的手段置狐于死地,如张罗儿一样的恶人,不是最为典型的"人狐"吗?这就反映出《狐媚丛谈》一个很重要的主题倾向,"是不独狐人,亦抑人狐矣。狐而人也,所可言也;人而狐也,不可言也。"即像狐一样的恶人,比狐还恐怖几分呢!

第四章 《狐媚丛谈》的地位、意义与影响

在中国古代狐文学发展历程中,《狐媚丛谈》是唯一一部以狐为主题的文言小说总集。作为一部狐故事总集,《狐媚丛谈》按照文中故事发生的时间先后来编纂成文,有利于体现出同一题材的狐内容在不同时代的发展特点,使人能够读到一部流动的"狐史";而对于散在各处的狐故事而言,《狐媚丛谈》具有集中编纂的意义,这样把分散在各处的狐内容集中在一起,为查找、研究狐文化的学者提供了极大的便利;对于原本已经亡佚却得益于《狐媚丛谈》的收集才流传下来的作品来说,《狐媚丛谈》对这些故事又具有极大的保存价值。另外,"狐人"与"人狐"首次出现在《狐媚丛谈》并影响了明清小说、笔记对该概念的理解与阐释,《狐媚丛谈》对《广艳异编》亦产生了重要的影响。

一、《狐媚丛谈》在中国古代狐文学史上的地位

《狐媚丛谈》搜集编纂了先秦至明以前的狐故事,正如王岗在

《作为圣传的小说,以编刊艺文传道》中指出:

> 《狐媚丛谈》是中国文学史上唯一一部完全专注于狐狸精及其超自然能力的文言小说集。①

那么,如何理解《狐媚丛谈》在中国狐文学发展史上的这种独一无二性呢?

在中国狐文学史上,内容与狐有关的文言小说或典籍文献可谓蔚为大观,但没有哪部是专门记载或收录狐故事的。比如最早的"志怪故事的专书"②之一《山海经》,其中所涉及的狐故事数量居先秦典籍文献之首,像《山海经》的《南山经》《西山经》《西次三经》《北山经》《东次二经》《中山经》《中次九经》《中次十一经》《海外西经》《海外东经》《大荒东经》《海内经》都有狐的记载③,但综合而言,这些与狐有关的故事在文中排列较为分散,而且《山海经》的内容为山经海怪奇异之物,狐怪在其中仅仅是极小的一部分。与此相类,诸如魏晋南北朝时期的《搜神记》,清代蒲松龄的《聊斋志异》与同时代纪昀的《阅微草堂笔记》等,在谈狐论鬼方面名气很大,其中的狐故事同样为数不少,据笔者统计,《搜神

---

① 参见王岗:《作为圣传的小说,以编刊艺文传道》(《"第一届道教仙道文化国际学术研讨会"会议论文集》,高雄:台湾中山大学中国文学系,2006年11月10—12日),第368页。

② 参见马清福主编,鲁洪生主撰:《秦汉神异·前言》(沈阳:辽宁大学出版社,1991年9月版),第6页。

③ 参见袁珂校注:《山海经校注》(上海:上海古籍出版社,1980年版)。

记》12 则①,《聊斋志异》82 篇②,《阅微草堂笔记》中"狐妖狐仙故事多达 200 多则"③,但颇为遗憾的是,这些书籍也不是专门为狐而著,狐同样仅是作为妖魅怪异中的一员罢了。另外,类书中同样有为数不少的狐故事,加之类书又具有分门别类的特点,因此,类书中的狐故事都较为集中。比如唐代类书《艺文类聚》中的狐内容就集中归在"兽部"④与"祥瑞部"⑤名下。成书于宋代的《太平广记》也有集中搜罗狐故事的性质,如前所述《太平广记》卷四四七至卷四五五(9 卷)"狐"部集中收录狐故事 83 篇,再加上卷四四二的 11 篇狸故事以及分散在其他部类的故事,《太平广记》的狐故事远远大于 94 篇。《太平广记》中的狐内容虽然称得上丰富多样,加之又"一类一类的分得很清楚,聚得很多"⑥,但一旦与《太平广记》500 卷的浩瀚内容相比,其中的狐故事充其量也只是九牛一毛。当代以来,开始出现像《狐媚丛谈》一样专门以搜

---

① 笔者系据李剑国先生《新辑搜神记》一书统计得出。

② 笔者参考的是汪玢玲所著的《鬼狐风情:〈聊斋志异〉与民俗文化》一书中的附录:《〈聊斋志异〉中狐故事篇目》,详见汪玢玲:《鬼狐风情:〈聊斋志异〉与民俗文化》(哈尔滨:黑龙江人民出版社,2003 年版),第 219~220 页。

③ 参见王颖:《乾隆文治与纪晓岚志怪创作》(郑州:中州古籍出版社,2008 年版),第 286 页。

④ 参见[唐]欧阳询:《艺文类聚》(上海:上海古籍出版社,1965 年 11 月版),第 1651~1652 页。

⑤ 参见[唐]欧阳询:《艺文类聚》(上海:上海古籍出版社,1965 年 11 月版),第 1715 页。

⑥ 参见鲁迅:《破〈唐人说荟〉》,《集外集拾遗补编》(北京:人民文学出版社,2006 年版),第 131 页。

集、编撰古代文学中的狐故事为主的书籍,如《历代狐仙传奇全书》①、《百狐传奇》②、《狐狸精的故事》③与《狐媚传奇》④等。正如《历代狐仙传奇全书》中所指出的一样,这些内容大致从"古代小说笔记中选出"⑤,"把文言译成白话"⑥,使得故事通俗易懂,适宜大众的阅读口味。

综上所述,在中国古代小说史上不曾有一部志怪笔记或文言小说总集是完全以"狐"为主题的。即使是历史上谈狐论鬼相当有名的书籍,其内容都不是专门以记载或收录狐故事为主;在各种类书中,狐内容虽然较为集中,但因为类书具有卷帙浩繁、内容庞杂的特点,狐在其中又常常被众多内容所隐没而显得并不惹眼;直到当代,出现了以狐为主题的传奇作品集,但这些书籍已经由晦涩难懂的文言文而转变为浅显易懂的白话文,成为适宜广大读者阅读的通俗读物。总之,在中国整个古代小说的发展历程中,不曾有一部志怪笔记专门以狐为主题。如此说来,《狐媚丛

---

① 参见麻国钧主编:《历代狐仙传奇全书》(北京:农村读物出版社,1990年10月版)。

② 参见吕昆、李平编译:《百狐传奇》(沈阳:辽宁人民出版社,1993年8月版)。

③ 参见李剑国主编:《狐狸精的故事》(天津:南开大学出版社,1994年版)。

④ 参见卢惠龙、何积全、谢德风主编:《中国传奇谱:狐媚传奇》(贵阳:贵州人民出版社,1996年11月版)。

⑤ 参见麻国钧主编:《历代狐仙传奇全书·前言》(北京:农村读物出版社,1990年10月版),第7页。

⑥ 参见吕昆、李平编译:《百狐传奇·前言》(沈阳:辽宁人民出版社,1993年8月版),第4页。

谈》就是一枝独一无二的奇葩,在中国狐文学发展史上具有举足轻重的地位。

二、《狐媚丛谈》的意义

(一)《狐媚丛谈》中的"狐史"

《狐媚丛谈》基本是按照所辑录的文本故事发生的时间为线索来进行篇目的编排。如《狐媚丛谈》卷一开头3篇的故事内容就有明显的时间标志,第1篇《青狐代舜浚井》叙述的是舜与青狐的故事,第2篇《白狐九尾》是大禹与九尾狐的故事,第3篇《狐变妲己》则是狐精妲己与商纣王的故事。显然,舜、禹、商纣时间上的前后界限相当分明。事实上,纵观《狐媚丛谈》的编排顺序,以《狐媚丛谈》卷一《崔参军治狐》为分界点,在这之前基本都是发生在唐以前的故事,而在《崔参军治狐》(含)之后以及卷五《诵经却狐》(含)之前又大致以发生在唐宋时期的"狐媚"故事为主,《诵经却狐》之后的《西山狐》叙述的是元代的狐故事,而在《西山狐》之后一直到文末叙述的狐故事则发生在明代。此类按故事发生的年代来辑录编排的方式在历代志怪小说的编纂体例中颇为常见,可以清晰地反映出相同题材的狐故事在不同时代发展流变的状况。

例如关于狐变人话题,在唐前有不少狐处在向人转变的过渡阶段。《老狐带绛缯香囊》中,老妖狐的喜好与人相类:"脚上带绛缯香囊。"香囊一般是人间女子所有,不知缘何而戴在老狐脚上。

狐像人一样佩戴香囊，说明此狐虽仍未摆脱狐形，但生活习性与兴趣爱好已经与人接近。而《狐字伯裘》中的伯裘虽是狐形，却能说人话："夜半后，有物来斐被上，便以被冒取之。物跳踉，訇訇作声，外人闻，持火入，欲杀之。鬼乃言曰：'我实无恶意。但府君能赦我，当深报君耳。'"《宋大贤杀狐》中的狐不仅能说话，且能幻形为"形貌可恶"的鬼，但文中不曾提及是否能幻化为人。另外，《郅伯夷杀狐》中的狐体现出朦朦胧胧的人影，"夜半时，有正黑者四五尺稍高，走至柱屋"，此狐虽然是如人状直立而行，直觉感官神似人形，但其本体形态仍是"略无衣毛"的赤肉老狐。而《汉广川王戟伤白狐》中的狐虽以人形出现，却发生在人的梦中：

> 汉广川王好发冢。发栾书冢，其棺柩、盟器悉毁烂无余，唯有一白狐，见人惊走。左右逐之不得，戟伤其足。是夕，王梦一丈夫，须眉尽白，来谓王曰："何故伤吾左足？"以杖叩王左足，王觉，肿痛，因生疮，至死不瘥。

汉广川王因戟伤白狐的足而遭到狐的报复，该狐变形为一丈夫以杖叩王左足。在该文中，虽然出现了白狐变形为人的情节，但因为这一切都发生在人的梦中而被涂上了几分梦幻的色彩，给人一种似梦非梦的不真实感。与此相类，《灵孝呼阿紫》中的狐也是变形为淫妇阿紫来蛊惑灵孝，但此情节主要由灵孝边回忆边讲述而来：

> ……羡使人扶以归，其形颇象狐矣，略不复与人相应，但

啼呼索"阿紫"。阿紫,雌狐字也。后十余日,乃稍稍了寤,云:"狐始来时,于屋曲角、鸡栖间作好妇形,自称'阿紫',招我,如此非一,忽然便随去,即为妻,暮辄与共还其家,遇狗不觉,云乐无比也。"

狐变形为人主要是由灵孝口中讲出,据灵孝描述,由狐变形而成的阿紫"形颇象狐","略不复与人相应"。显见,此狐女阿紫亦人亦狐,形象介于人与狐之间,并非完全意义上的人形。总之,以上诸例对狐是否能变形为人要么不作正面描述,要么对由狐所变之人的介绍模棱两可、含糊其辞,这就说明唐之前的狐类故事中,狐向人转变尚处在启蒙或是过渡的阶段。

在唐代,虽然仍不乏兽形狐的存在,但绝大多数的狐已经超越了过渡形态而直接变形为纯粹的人。更为难能可贵的是,唐代的狐故事还对狐如何变形为人做出了阐释。如《狐戴髑髅变为妇人》:

晋州长宁县有沙门晏通,修头陀法。将夜,则必就丛林乱冢寓宿焉。虽风雨露雪,其操不易;虽魑魅魍魉,其心不摇。月夜,栖于道边积骸之左,忽有妖狐踉跄而至,初不疑晏通在树影也。乃取髑髅安于其首,遂摇动之,傥振落者,即不再顾,因别选焉。不四五,遂得其一,岌然而缀。乃襄撷木叶、草花,障蔽形体,随其顾盼,即一衣服。须臾,化作妇人,绰约而去。乃于道右,以伺行人。……

此狐先是选择一个髑髅放在头上，然后摇动脑袋，若是掉下来则再换一个，仍然摇动，这样重复若干次，直到髑髅稳稳当当地安放在脑袋上不掉为止。明代也有关于狐戴髑髅的故事。如《狐媚丛谈》卷五《胡媚娘》："见一狐拾人髑髅戴之，向月拜。俄化为女子，年十六七，绝有姿容，哭新郑道上，且哭且行。"此篇中的狐不仅戴死人头盖骨，还向月礼拜。李剑国先生说，狐"拜月之说起于明世"①。明代有很多狐既戴髑髅又拜月的故事，如明人钱希言《狯园》卷一四《狐妖一》："老狐取髑髅戴其首，望月而拜，拜数百下毕，夜半后，便变为好妇形，或美少年状。"②《续金陵琐事》卷下《二狐化妓》也载有两狐"向刘公庙破棺中取两髑髅，加于顶拜月，即变为老幼两妓"③，凡此等等。看来，狐戴髑髅拜月是狐变人一类故事发展到明代的独有特征。总之，《狐媚丛谈》中的狐故事由唐之前狐向人的过渡转型期而到唐代的狐顶髑髅变形为人，进而在明代又增加了拜月的情节。这样，随时代的不同，同一题材的内容也在变化，从这个层面上来说，《狐媚丛谈》不失为一部有关狐变人的发展史。

这种狐史的流变还体现在由唐代类似精神病症状的"狐魅病"向明代"采补说"的过渡。如前所述，《狐媚丛谈》中有很多

① 参见李剑国：《中国狐文化》（北京：人民文学出版社，2002 年 6 月第 1 版），第 83 页。

② 参见［明］钱希言：《狯园》，四库全书存目丛书编纂委员会编：《四库全书存目丛书·子部》第 247 册（济南：齐鲁书社 1995 年 9 月版），第 715 页。

③ 参见［明］周晖：《续金陵琐事》（与《金陵琐事》《二续金陵琐事》合刊）（南京：南京出版社，2007 年版），第 254 页。

"狐魅病"的描述,如《狐出被中》《道士收狐》《狐称高侍郎》《焚鹊巢断狐》《徐安妻骑故笼而飞》《张例杀狐》《王黯为狐婿》等,这些唐代的狐内容所涉及的狐媚惑人之后的精神状态,无一不是发狂大叫、喜怒无常、胡言乱语、烦躁不安等。而到了宋代,则将狐蛊惑媚人称之为阴气的入侵,如《道人飞剑斩狐》中的士人被狐媚惑之后"邪气入腹,不治将深",这种妖气侵入的结果是使人致病羸弱,《法官除妖狐》中的公喜就是在被妖狐蛊惑之后"形体黄瘦"的。而在明代,被狐蛊惑之人又有了与以往不同的特点,且出现了狐的"采补说"。如《临江狐》中的狐自称"特借君阳气一助耳",《狐丹》中的狐亦自称大丹已成,"所欠者,阳人精血"。另外,关于狐报的题材也体现了流动变异的特点。在明代之前,狐的报复性极小,如有的狐家属被人杀害,狐以向人声讨的方式作为报复,《上官翼毒狐》:"此日昏后,闻远处有数人哭声,斯须渐近,遂入堂后,并皆称冤,号擗甚哀。"有的狐为了报复人而将人告上法庭,如《狐向台告县令》叙述谢混之因"杀狐狼甚众"而被狐子向台告县令,以替其父兄讨回公道。也有的狐以戏人扰人的手段作为报复人的方式,如《狐化佛戏僧》叙述赵门福与康三两狐拜谒唐参军,唐参军杀死了康三,赵门福以戏弄和骚扰的方式作为报复。文中这样描述:"门福骂云:'……奈何无道,杀我康三,必当修报于汝,终不令康氏子徒死也!'"嗣后,当"唐氏以桃汤沃洒门户,及悬符禁"时,却发现"门福在樱桃树上,采樱桃食之";唐参军请僧来驱逐之,狐又变形为佛以捉弄僧,令其破戒食肉。可见,门福的报复行动远远没有他声称的那样豪迈,只是小打小闹式的恶作剧而已。而明代《张罗儿烹狐》中的狐报却不再不温不火,而是以最强烈的手段向人报复,文末曰:"狐死之三日,其家失火,所蓄荡然。逾年,次子酗酒杀人,毙于狱。又明年,阖门疫死。人以为害狐之报云。"由明之前的狐报不强烈而到明代却异常凶猛,以及综上所述的同类型狐故事因时代不同而体现出的诸多流变,无不说明《狐媚丛谈》是一部流动的狐史。

(二)《狐媚丛谈》作为狐故事总集的意义

如前所述,《狐媚丛谈》具有广泛涉猎、取材多源的特点,如其所选的书籍涉及《吴越春秋》《风俗通义》《晋录》《新唐书》《宋史》等 30 多种,这些书籍包括汉、晋、唐、宋、元、明的类书、笔记、史书、通俗小说等。将不同朝代、不同书籍且分散在各处的狐故事选录出来汇编在一起,从这个层面上来说,《狐媚丛谈》对这些书籍的狐故事具有汇集保存价值,这就为"没有多少时间可读书而却爱好文学的人们"①提供了极大的便利,在一定程度上有利于狐文化的传播。以《狐媚丛谈》对《太平广记》的集中选录为例。众所周知,《太平广记》虽以丰富的狐内容著称,但其毕竟属于类书,其中的狐故事与其 500 卷的浩瀚内容相比,实乃沧海之一粟,寂寥无闻。而且《太平广记》因长篇巨帙、篇幅不菲而不便于携带、翻检,也不利于狐文化的传播。从这个层面来说,《狐媚丛谈》从《太平广记》中大量选材,这就为读者携带和查阅狐故事提供了极大的便利,"省却了读者不必要的翻检之劳,为读者节省了时间

---

① 参见朱光潜:《谈文学选本》,《朱光潜全集》(合肥:安徽教育出版社,1993 年 2 月版),第 217 页。

和金钱"①。另一方面,明代江浙文人的创作是《狐媚丛谈》的第
二大取材来源。《狐媚丛谈》将同一时代同一区域作家笔下的狐
故事选录出来集中编排②,反映的是别具一格且具有时代性及地
域性特色的狐文化。从这个层面来说,《狐媚丛谈》对于研究明代
江南作家笔下的狐故事同样意义重大。《狐媚丛谈》对于狐故事
文本也有极大的保存和研究价值。最能够说明此问题的是在文
中尚找不到出处的《青狐代舜浚井》《道人飞剑斩狐》《狐死塔下》
《萧达甫杀狐》4篇。在《狐媚丛谈》正文5卷内容中仅此4篇找
不到来源,分析其中原因,很可能有如下两种情形:其一,这些作
品属于作者的原创;其二,这些内容所在的书籍在流传的过程中
散佚了。情况似乎更倾向于后者,因为《狐媚丛谈·小引》明确指
出是"凭虚子汇而传之"。既然是"汇而传之",那么便排除了原
创的可能。也就是说,《青狐代舜浚井》《道人飞剑斩狐》《狐死塔
下》《萧达甫杀狐》4篇文本所在的书籍很可能在《狐媚丛谈》成书
后散佚了,而此4篇又赖《狐媚丛谈》的辑选得以保存。正所谓

---

　　① 参见任明华:《中国小说选本研究》(上海:华东师范大学博士学位论
文,2003年4月),第80页。
　　②《狐媚丛谈》所涉及的明代小说作品的作者,除了《春秋列国志传》的
余邵鱼是福建建阳人,《耳谈》的王同轨是湖北黄冈人,《剪灯馀话》的李昌
祺是江西吉安人外,其他都是江浙人。江苏籍贯作家的创作有:陆采的《虞
初志》、陆粲的《庚巳编》、王世贞的《艳异编》、黄暐的《蓬窗类纪》,陆廷枝的
《说听》、祝允明的《祝子志怪录》《语怪》、沈周的《石田翁客座新闻》、侯甸的
《西樵野纪》;属于浙江籍贯作家的创作有:姜准的《岐海琐谈》、宋岳的《昼
永编》、安遇时的《百家公案》。《狐媚丛谈》将这些明代江浙文人笔下的狐
故事收集起来,形成富有时代性、地域性的狐文化。

"选则存,不选则亡"①。《狐媚丛谈》对此4篇狐故事的存世流传,可谓功不可没。

三、《狐媚丛谈》的影响

(一)"狐人"与"人狐"概念的提出及影响

"是不独狐人,亦抑人狐矣。"②"狐人"即"狐之媚人"③,是指狐变形为人的形貌来迷惑人("假人状而眩之"④);而"人狐"即"人之媚人"⑤,这些人往往像狐一样使用不正之术以达到害人的目的("窃狐术而用之"⑥)。《狐媚丛谈·小引》不仅明确指出了"狐人"与"人狐"的概念,还对二者做了鲜明对比:"狐而人也,所可言也;人而狐也,不可言也。"⑦李剑国先生曾指出:"唐人并未提出狐仙概念,只是初步提出狐修炼成仙的思想。'狐仙'一语的出现乃在《狐媚丛谈》。"⑧事实上,不仅是"狐仙"一词,涉及人与

---

① 参见[清]沈荃:《莼阁诗藏序》,谢正光、佘汝丰编著:《清初人选清初诗汇考》(南京:南京大学出版社,1998年版),第140页。

②《狐媚丛谈·小引》。

③《狐媚丛谈·小引》。

④《狐媚丛谈·小引》。

⑤《狐媚丛谈·小引》。

⑥《狐媚丛谈·小引》。

⑦《狐媚丛谈·小引》。

⑧ 参见李剑国:《中国狐文化》(北京:人民文学出版社,2002年6月第1版),第165页。

狐关系的"狐人"①与"人狐"的概念,亦是由《狐媚丛谈》最早提出的。

在《狐媚丛谈》提出"狐人"与"人狐"之前,将人比作狐的现象屡见不鲜,如《诗经·齐风·南山》"南山崔崔,雄狐绥绥",朱熹对此的注解为"言南山有狐,以比襄公居高位而行邪行"②。在此,是将襄公比作狐。杨再思"为人巧佞邪媚,能得人主微旨"③,"时左补阙戴令言作《两脚野狐赋》以讥刺之"④,也是将杨再思与狐等同。明人董玘在《东游记异》中虚构了一个人误入狐穴见到群狐像人一样治理丧事,人们"咸与狐为礼"⑤,人们争相去吊丧老狐,竟是因为此老狐的背后有一只为其撑腰的"白额虎",喻意

---

① 历史上虽有"狐人"一词,但仅仅是作为地名而存在,与狐及人沾不上半点关系,因此完全不影响《狐媚丛谈》"狐人"独创说。作为地名的"狐人"出现在《左传·定公六年》:"郑于是乎伐冯、滑、胥靡、负黍、狐人、阙外。"详见[春秋]左丘明著,冀昀主编:《左传》(北京:线装书局,2007年5月版),第656页。《中国文化经典直解·左传直解》中同样引用了此则材料,且对"冯、滑、胥靡、负黍、狐人、阙外"的解释为"以上六地都是周城邑,在今洛阳市周边"。"狐人"即周城邑之一,属于今天的洛阳市周边地区。显然,此地名之"狐人"非彼"狐之媚人"之"狐人"。详见崔富章主编:《中国文化经典直解》(杭州:浙江文艺出版社,2002年版),第765页。

② 参见[宋]朱熹:《诗集传》(上海:上海古籍出版社,1980年2月新1版),第60页。

③ 参见[后晋]刘昫等:《旧唐书》(北京:中华书局,1975年版),第2918页。

④ 参见[后晋]刘昫等:《旧唐书》(北京:中华书局,1975年版),第2919页。

⑤ 参见[明]董玘:《东游记异》,张虎刚、林骅选译:《元明小说选译》,(上海:上海古籍出版社,1990年6月版),第174页。

不辨自明,旨在暗讽仗势作威作福的人与狐无异。

以上数例都是说品性不正之人实质上等同于狐,这类人可称之为"人狐",即如《狐媚丛谈》所指出的:"是不独狐人,亦抑人狐矣。狐而人也,所可言也;人而狐也,不可言也。"这段话的大意是说,不仅有变幻成人的狐称之为"狐人",也有像狐一样虚伪狡诈的人,亦即"人狐",而后者较前者更加可恶,令人耻于言说。显然,"狐人"与"人狐"较以往将人比狐的单向关系更推进一步,就在于它全面、形象地揭示出人与狐之间既对立又可以相互转换的双重关系。

"狐人"与"人狐"也影响了明清的小说和笔记,如冯梦龙增补的 40 回本《平妖传》第六回写武则天对圣姑姑说,"卿乃狐中之人,朕乃人中之狐"①。"狐中之人"与"人中之狐"显然是对"狐人"与"人狐"最好不过的诠释。而《九尾狐》中与此相关的论述则更加详实、具体:"照这样说起来,则狐几胜于人,人将不足以比狐。不知狐而人,则狐有人心,我不妨即称之为人;人而狐,则人有狐心,我亦不妨即比之为狐。"②将善美之狐说成是人且有"人心",将邪恶之人说成是狐且有"狐心",这话说得再精辟不过了。清和邦额《夜谭随录》卷一《崔秀才》文末也发出"人而不如狐也,良

---

① 关于《平妖传》,有罗贯中 20 回本与冯梦龙 40 回本(冯梦龙在罗本基础上的增补本,作于 1620 年)。在此,笔者引述的是 40 回本中冯梦龙增补进去的内容,原罗贯中 20 回本无。参见[明]罗贯中、[明]冯梦龙:《平妖传》(上海:上海古籍出版社,1981 年版),第 31 页。

② 参见[清]梦花馆主著,觉园、秦克标点:《九尾狐》(上海:上海古籍出版社,1997 年 7 月第 1 版),第 1 页。

可愧也"①的感慨。清纪昀的《阅微草堂笔记》也有对"狐人"与"人狐"的相关论述,如据《阅微草堂笔记》卷二《滦阳消夏录》记载:

> 有卖花老妇言:京师一宅近空圃,圃故多狐。有丽妇夜逾短垣,与邻家少年狎。惧事泄,初诡托姓名。欢昵渐洽,度不相弃,乃自冒为圃中狐女。少年悦其色,亦不疑拒。久之,忽妇家屋上掷瓦骂曰:"我居圃中久,小儿女戏抛砖石,惊动邻里,或有之,实无冶荡蛊惑事。汝奈何污我?"事乃泄。异哉!狐媚恒托于人,此妇乃托于狐。人善媚者比之狐,此狐乃贞于人。②

再如《阅微草堂笔记》卷一〇《如是我闻》云:

> 乾隆己未会试前,一举人过永光寺西街,见好女立门外;意颇悦之,托媒关说,以三百金纳为妾。因就寓其家,亦甚相得。迨出闱返舍,则破窗尘壁,阒无一人,污秽堆积,似废坏多年者。访问邻家,曰:"是宅久空,是家来往仅月余,一夕自去,莫知所往矣。"或曰:"狐也,小说中盖尝有是事。"或曰:"是以女为饵,窃资远遁,伪为狐状也。"夫狐而伪人,斯亦黠矣;人而伪狐,不更黠乎哉!余居京师五六十年,见类此者不

---

① 参见[清]和邦额著,王一工、方正耀点校:《夜谭随录》(上海:上海古籍出版社,1988 年 12 月版),第 7 页。

② 参见[清]纪昀:《阅微草堂笔记》(上海:上海古籍出版社,2010 年 12 月第 1 版),第 19 页。

胜数，此其一耳。①

以上所列举《阅微草堂笔记》中的两则故事，第一个故事中的"丽妇"是典型不过的"人中之狐"，与之相反，狐乃不失为"狐中之人"。该故事紧紧围绕"人善媚者比之狐，此狐乃贞于人"展开，故事的重心也在于阐释这一思想。以上两则故事当中都有人假扮狐的内容。

在第二个故事中，作者在文末议论说：

夫狐而伪人，斯亦黠矣；人而伪狐，不更黠乎哉！

这与《狐媚丛谈·小引》所言"狐而人也，所可言也；人而狐也，不可言也"何其神似！从中也可以看出，作者对人假扮成狐以此来骗人的行为充满了讽刺与否定。

事实上，在"人狐"观念影响下，清代此类人假扮狐的故事屡见不鲜，如清宋永岳在《志异续编》卷二《吴生》中，讲述的便是一丽女子"托为狐仙以骗生"②。该女子假装为下凡的"狐仙"并与人结缘，通过此手段来达到骗人财物的目的。清汤用中《翼駉稗编》卷六《假狐》中的人像狐一样"性嗜酒""啖鸡子"，且模仿狐"抛砖掷瓦"，也是为了骗取他人财物。《耳食录》二编卷三《姚子英》中的人则假扮为狐以满足己之淫欲，文中写道：

① 参见[清]纪昀：《阅微草堂笔记》（上海：上海古籍出版社，2010 年 12 月第 1 版），第 158 页。

② 参见[清]宋永岳：《志异续编》，《丛书集成三编·文学类·劝善小说、神异小说》（台北：新文丰出版公司，1997 年 3 月版），第 387 页。

闻侩有女,传父术,亦用以媚男子,托名于狐。①

(二)《狐媚丛谈》对《广艳异编》的影响

《广艳异编》成书于万历三十二年至万历三十五年(1604—1607)②,而《狐媚丛谈》成书于万历二十二年至万历二十四年(1594—1596)。《广艳异编》与《狐媚丛谈》二者的成书年代相距不远,因此,之后成书的《广艳异编》在收集狐故事时受到之前成书的《狐媚丛谈》的影响,也不足为奇。

有关《狐媚丛谈》对《广艳异编》的影响,陈国军与龚敏在《〈狐媚丛谈〉的编者、版本与成书时间考略》一文中有相关论述,他们主要从《狐媚丛谈》对《广艳异编》作品命名方式的影响③,以

---

① 参见[清]乐钧著,辛照校点:《耳食录》(济南:齐鲁书社,2004 年 1 月版),第 189 页。

② 参见陈国军、龚敏:《〈狐媚丛谈〉的编者、版本与成书时间考略》(《世界文学评论》,2011 年第 1 期),第 309 页。

③ 陈国军与龚敏指出:"从小说作品命名方式看,《广艳异编》当抄撮《狐媚丛谈》的相关内容。如《狐媚丛谈》卷 1《狐化婆罗门》,《太平广记》卷 448,原题'叶法善',《广艳异编》卷 30,题'婆罗门';《狐媚丛谈》卷 2《狐与黄撅为妖》,《太平广记》卷 449,原题'郑宏之',注出《纪闻》,《广艳异编》卷 23,题'黄撅神';《狐媚丛谈》卷 2《小狐破大狐婚》,《太平广记》卷 449,题'李氏',注出《广异记》,《广艳异编》卷 29,题'破狐婚';《狐媚丛谈》卷 3《狐仙》,出《幽怪录》卷 4,题'华山客',《类说》卷 11 节录,题为'冢狐学道成仙',《稗家粹编》卷 8,题'华山客',《广艳异编》卷 29,题'狐仙'等。"详见陈国军、龚敏:《〈狐媚丛谈〉的编者、版本与成书时间考略》(《世界文学评论》,2011 年第 1 期),第 308 页。

及两者相同的内容①做了阐释。根据他们的统计结果,《广艳异编》与《狐媚丛谈》相同的狐故事有 22 条。笔者以陈国军与龚敏的研究结果为基础,结合《广艳异编》的具体内容,将这 22 条一一罗列出来,如下表所示:

《广艳异编》②与《狐媚丛谈》相同条目关系对比

《狐媚丛谈》题名	《广艳异编》题名	文本来源
《狐与黄撅为妖》	《黄撅神》	《太平广记》
《狐负美女》	《丹飞先生传》	《狐媚丛谈》
《道士收狐》	《吴南鹤》	《狐媚丛谈》
《小狐破大狐婚》	《破婚狐》	《狐媚丛谈》
《狐仙》	《狐仙》	《狐媚丛谈》
《狐戏王生》	《王生》	《狐媚丛谈》
《牝狐为李令绪阿姑》	《李令绪》	《狐媚丛谈》
《三狐相殴》	《裴氏狐》	《狐媚丛谈》
《谷亭狐》	《谷亭狐》	《庚巳编》

---

① 至于《广艳异编》与《狐媚丛谈》相同的狐内容,陈国军与龚敏指出:"其中与《狐媚丛谈》相同者 22 条,即《上官翼毒狐》、《何让之得狐朱字文书》、《狐化婆罗门》、《道士收狐》、《狐与黄撅为妖》、《小狐破大狐婚》、《焚鹊巢断狐》、《狐变小儿》、《狐向台告县令》、《狐死见形》、《狐仙》、《狐戏王生》、《狐负美姬》、《李自良夺狐天符》、《牝狐为李令绪阿姑》、《三狐相殴》、《王知古赘狐被逐》、《狐死塔下》、《姜五郎二女子》、《大别山狐》、《临江狐》、《谷亭狐》等。"详见陈国军、龚敏:《〈狐媚丛谈〉的编者、版本与成书时间考略》(《世界文学评论》,2011 年第 1 期),第 308 页。

② 参见[明]吴大震辑:《广艳异编》,《续修四库全书》编纂委员会编:《续修四库全书·子部·小说家类》第 1267 册(上海:上海古籍出版社,2002 年版),第 430~480 页。

（续表）

《狐媚丛谈》题名	《广艳异编》题名	文本来源
《王知古赘狐被逐》	《王知古》	《狐媚丛谈》
《狐死见形》	《郑四娘》	《狐媚丛谈》
《大别山狐》	《蒋生》	《狐媚丛谈》
《徐安妻骑故笼而飞》	《徐安》	《太平广记》
《何让之得狐朱字文书》	《何让之》	《太平广记》
《狐死塔下》	《王生》	《狐媚丛谈》
《临江狐》	《陈崇古》	《狐媚丛谈》
《焚鹊巢断狐》	《韦明府》	《太平广记》
《狐向台告县令》	《谢混之》	《狐媚丛谈》
《李自良夺狐天符》	《李自良》	《狐媚丛谈》
《狐化婆罗门》	《婆罗门》	《狐媚丛谈》
《上官翼毒狐》	《上官翼》	《狐媚丛谈》
《狐变小儿》	《崔昌》	《狐媚丛谈》

如上所示，《广艳异编》中除了《黄撅神》《徐安》《何让之》《韦明府》来自《太平广记》、《谷亭狐》出自《庚巳编》外，其余17篇全部来源于《狐媚丛谈》，有的甚至完全照搬《狐媚丛谈》。如《广艳异编》卷三〇《崔昌》便与《狐媚丛谈》卷二《狐变小儿》完全相同；有的在《狐媚丛谈》的基础上略作个别字词改动，如《广艳异编》卷三〇《谢混之》与《狐媚丛谈》卷二《狐向台告县令》相比，仅是一字之别，卷二九《吴南鹤》《破婚狐》与《狐媚丛谈》卷一《道士收狐》、卷二《小狐破大狐婚》只有两个字词的出入；其余14篇内容与所借鉴的《狐媚丛谈》相比，总体差异也不是很大，仅是部分文

辞表述不同而已。且看《广艳异编》卷二九"兽部四"、卷三〇"兽部五",共收录狐故事 31 条,其中就有 17 条来自《狐媚丛谈》。从中可以看出《狐媚丛谈》对于《广艳异编》的意义非同寻常,具有极其重要的影响。

另外,《狐媚丛谈》对东亚文化圈的交流亦做出了巨大的贡献。如前所述,《狐媚丛谈》早在明崇祯五年(1632)前就已经流传到日本,日本内阁文库所藏日人林罗山《狐媚丛谈》手抄本,落款为"壬申七月十二日"便是证明。

附录一:《狐媚丛谈》小说出处一览表

	题名	初步拟定出处	拟定出处题名	原文与拟定出处文字对比情况	最终确定的出处
卷一（33篇）	1.青狐代舜浚井	无	无	无	无
	2.白狐九尾	《吴越春秋·越王无余外传第六》①载,《艺文类聚》②卷九九,《太平御览》③卷五七一并引	《艺文类聚》《太平御览》《吴越春秋》无题名	《太平御览》《艺文类聚》《吴越春秋·越王无余外传第六》较《狐媚丛谈》,都有文字增删、改动等迹象,其中《吴越春秋》改动较小	《吴越春秋》

---

① 参见[汉]赵晔撰,[元]徐天祜音注:《吴越春秋》(南京:江苏古籍出版社,1999年版),第96~97页。

② 参见[唐]欧阳询:《艺文类聚》(上海:上海古籍出版社,1965年11月版),第1715页。

③ 参见[宋]李昉等:《太平御览·乐部九》(北京:中华书局,1960年2月第1版),第2580页。

3.狐变妲己	《春秋列国志传》①	《春秋列国志传》无题名	《狐媚丛谈》基本能在《春秋列国志传》卷一中找到来源,应是从《春秋列国志传》卷一节录有关妲己的故事,进行整理并改编而成	《春秋列国志传》
4.周文王得青狐	《太平广记》卷四四七引《瑞应编》	《太平广记》题《周文王》	《狐媚丛谈》与《太平广记》文全同	《太平广记》
5.汉广川王戟伤白狐	《太平广记》卷四四七,《西京杂记》②卷六	《太平广记》题《汉广川王》,《西京杂记》无题名	《狐媚丛谈》与《太平广记》《西京杂记》比,文字更接近《太平广记》	《太平广记》
6.郅伯夷杀狐	《风俗通义》③卷九	《风俗通义》无题名	《狐媚丛谈》与《风俗通义》比,有个别文字出入	《风俗通义》

①参见《古本小说集成》编委会编,[明]陈继儒重校:《春秋列国志传》(上)(上海:上海古籍出版社,1994年11月版),第11~162页。

②参见[晋]葛洪:《西京杂记》(北京:中华书局,1985年1月版),第42页。

③参见[东汉]应劭撰,王利器校注:《风俗通义校注》,(北京:中华书局,1981年版),第425、427、428页。

7. 灵孝呼阿紫	《太平广记》卷四四七,注出《搜神记》①,《海录碎事》②卷二二上,《搜神记》卷十八引	《太平广记》题《陈羡》《新辑搜神记》题《阿紫》,《海录碎事》题《阿紫》	《狐媚丛谈》较《太平广记》《搜神记》《海录碎事》,文字更接近《太平广记》	《太平广记》
8. 管辂击狐	《太平广记》卷四四七,《古今事文类聚后集》③卷三七	《太平广记》题《管辂》,《古今事文类聚后集》题《狐手持火》	《狐媚丛谈》较《太平广记》《古今事文类聚后集》,文字更接近《太平广记》	《太平广记》
9. 乐广杀狐	《晋书》卷四三④,《异苑》⑤	《晋书》《异苑》无题名,	《狐媚丛谈》较《古今事文类聚后集》《异苑》	《古今事文类聚》

---

① 参见[晋]干宝撰,李剑国辑校:《新辑搜神记》(北京:中华书局,2007年版),第311页。

② 参见[宋]叶廷珪:《海录碎事》,《景印文渊阁四库全书·子部·类书类》第921册(台北:台湾商务印书馆,2008年版),第901页。

③ 参见[宋]祝穆:《新编古今事文类聚后集》(京都:日本京都中文出版社,1989年7月版),第1034页。

④ 参见[唐]房玄龄等:《晋书》(北京:中华书局,1974年11月第1版),第1245页。

⑤ 参见[南朝宋]刘敬叔撰,范宁校点:《异苑》(与[北齐]阳松玠撰,程毅中、程有庆辑校《谈薮》合刊)(北京:中华书局,1996年8月第1版),第74页。

	卷八,《古今事文类聚后集》卷三七	《古今事文类聚后集》题《官舍狸怪》①	《晋书》,文字都有出入,《狐媚丛谈》总体上更接近《古今事文类聚后集》	
10. 老狐带绛缯香囊	《太平广记》卷四四七,注出《渚宫故事》②,《太平御览》③卷九,出《续搜神记》④,亦见《幽明录》⑤	《太平广记》题《习凿齿》,《新辑搜神后记》题《绛绫香囊》,《渚宫旧事》《幽明录》《太平御览》无题名	《狐媚丛谈》较《太平广记》《渚宫旧事》《太平御览》《新辑搜神后记》《幽明录》,文字更接近《太平广记》	《太平广记》
11. 华表照狐	《太平广记》卷四四二,注出《集异记》⑥,	《太平广记》与《集异记》题《张华》,《古今事文类聚后集》	《狐媚丛谈》较《太平广记》《集异记》《搜神记》《古今事文类聚后集》《太平御览》	《虞初志》

① 参见[宋]祝穆:《新编古今事文类聚后集》(京都:日本京都中文出版社,1989 年 7 月版),第 1034 页。

② 参见[唐]余知古:《渚宫旧事》(北京:中华书局,1985 年版),第 53 页。

③ 参见[宋]李昉等:《太平御览·兽部二一》(北京:中华书局,1960 年 2 月第 1 版),第 4031 页。

④ 参见[南朝宋]陶潜撰,李剑国辑校:《新辑搜神后记》(北京:中华书局,2007 年版),第 535 页。

⑤ 参见[南朝宋]刘义庆撰,鲁迅校录:《幽明录》,鲁迅:《古小说钩沉》(济南:齐鲁书社,1997 年版),第 168 页。

⑥ 参见[唐]薛用弱:《集异记》(北京:中华书局,1980 年 12 月版),第 81~82 页。

		《太平御览》①卷九〇九,《古今事文类聚后集》②卷三七,注出《搜神记》③,《古今合璧事类备要》④别集卷七八,《韵府群玉》⑤卷三,《续齐谐记》⑥,《青琐高议》⑦别集卷五,《虞初志》⑧卷一等	题《妖狐听讲》,《虞初志》题《燕墓斑狸》,《青琐高议》题《张华相公用华表柱验狐精》,《新辑搜神记》题《斑狐书生》,《太平御览》《古今合璧事类备要》《续齐谐记》《韵府群玉》无题名	《古今合璧事类备要》《青琐高议》《续齐谐记》《韵府群玉》《虞初志》,都有文字差异,其中以《虞初志》更接近《狐媚丛谈》	

---

① 参见[宋]李昉等:《太平御览·兽部二一》(北京:中华书局,1960 年 2 月第 1 版),第 4031 页。

② 参见[宋]祝穆:《新编古今事文类聚后集》(京都:日本京都中文出版社,1989 年 7 月版),第 1033 页。

③ 参见[晋]干宝撰,李剑国辑校:《新辑搜神记》(北京:中华书局,2007 年版),第 315~316 页。

④ 参见[宋]谢维新编:《古今合璧事类备要》(二)别集,《景印文渊阁四库全书·子部·类书类》第 941 册(台北:台湾商务印书馆,2008 年版),第 370 页。

⑤ 参见[元]阴劲弦、[元]阴复春编:《韵府群玉》(上海:上海古籍出版社,1991 年 8 月版),第 81 页。

⑥ 参见[梁]吴均:《续齐谐记》,《景印文渊阁四库全书·子部·小说家类》第 1042 册(台北:台湾商务印书馆,2008 年版),第 555~556 页。

⑦ 参见[宋]刘斧撰辑:《青琐高议》(上海:上海古籍出版社,1983 年版),第 235 页。

⑧ 参见[明]陆采编:《虞初志》(上海:上海书店,1986 年 6 月第 1 版),第 3~4 页。

12.狐字伯裘	《太平广记》卷四四七,注出《搜神记》①,《法苑珠林》②卷五〇,《太平御览》③卷九〇九,《海录碎事》④卷九下并引	《太平广记》题《陈斐》,《新辑搜神后记》题《伯裘》,《海录碎事》题《圣府君》,《太平御览》《法苑珠林》无题名	《狐媚丛谈》较《太平御览》《搜神后记》《法苑珠林》《海录碎事》《太平广记》,都有文字出入,《太平广记》文更接近《狐媚丛谈》	《太平广记》
13.狐截孙岩发	《太平广记》卷四四七,注出《洛阳伽蓝记》⑤	《太平广记》题《孙岩》	《狐媚丛谈》较《太平广记》《洛阳伽蓝记》,文字更接近《太平广记》	《太平广记》

① 此处应为《搜神后记》,详情参见[南朝宋]陶潜撰,李剑国辑校:《新辑搜神后记》(北京:中华书局,2007年版),第531~535页。

② 参见[唐]沙门释道世:《法苑珠林》,(台北:台湾佛陀教育基金会,1994年9月),第680页。

③ 参见[宋]李昉等:《太平御览·兽部二一》(北京:中华书局,1960年2月第1版),第4030~4031页。

④ 参见[宋]叶廷珪:《海录碎事》,《景印文渊阁四库全书·子部·类书类》第921册(台北:台湾商务印书馆,2008年版),第472页。

⑤ 参见[北魏]杨衒之著,杨勇校笺:《洛阳伽蓝记校笺》(北京:中华书局,2005年2月第1版),第177~178页。

14.狐当门嗥叫	《太平广记》卷四四七,注出《搜神记》①,《太平御览》②卷八八五、《稗史汇编》③卷一五八并引,《晋书》卷九五④	《太平广记》《稗史汇编》题《夏侯藻》,《新辑搜神记》题《淳于智卜狐》,《太平御览》无题名	《狐媚丛谈》较《太平广记》《稗史汇编》《太平御览》《晋书》《搜神记》,以《太平广记》更接近《狐媚丛谈》	《太平广记》
15.胡道洽死不见尸	《太平广记》卷四四七,注出《异苑》⑤	《太平广记》题《胡道洽》,《异苑》无题名	《狐媚丛谈》较《太平广记》《异苑》,《太平广记》更接近《狐媚丛谈》	《太平广记》

---

① 参见[晋]丁宝撰,李剑国辑校:《新辑搜神记》(北京:中华书局,2007年版),第69页。

② 参见[宋]李昉等:《太平御览·妖异部一》(北京:中华书局,1960年2月第1版),第3931页。

③ 参见[明]王圻纂集:《稗史汇编》(北京:北京出版社,1993年版),第2444页。

④ 参见[唐]房玄龄等:《晋书》(北京:中华书局,1974年11月第1版),第2477~2478页。

⑤ 参见[南朝宋]刘敬叔撰,范宁校点:《异苑》(与[北齐]阳松玠撰,程毅中、程有庆辑校《谈薮》合刊)(北京:中华书局,1996年8月第1版),第83页。

16.武平狐媚	《太平广记》卷四四七，注出《谈薮》①	《太平广记》与《谈薮》题《北齐后主》	《狐媚丛谈》较《太平广记》《谈薮》，都为一字之别，但结合《太平广记》篇目编排顺序与《狐媚丛谈》的一致性，此文应来自《太平广记》	《太平广记》
17.宋大贤杀狐	《太平广记》卷四四七，注出《法苑珠林》，《法苑珠林》②卷三一引，注出《搜神记》③	《太平广记》题《宋大贤》，《新辑搜神记》题《宋大贤》，《法苑珠林》无题名	《太平广记》与《狐媚丛谈》同，《法苑珠林》《搜神记》与《狐媚丛谈》比，文字有差异	《太平广记》
18.崔参军治狐	《太平广记》卷四四七，注出《广异记》④	《太平广记》与《广异记》题《长孙无忌》	《狐媚丛谈》较《太平广记》《广异记》，《狐媚丛谈》文更接近《太平广记》	《太平广记》

① 参见[北齐]阳松玠撰，程毅中、程有庆辑校：《谈薮》（与[南朝宋]刘敬叔撰，范宁校点《异苑》合刊）(北京：中华书局，1996年8月第1版)，第48页。

② 参见[唐]沙门释道世：《法苑珠林》(台北：台湾佛陀教育基金会，1994年9月)，第441页。

③ 参见[晋]干宝撰，李剑国辑校：《新辑搜神记》(北京：中华书局，2007年版)，第313~314页。

④ 参见[唐]戴孚撰，方诗铭辑校：《广异记》（与[唐]唐临撰，方诗铭辑校《冥报记》合刊)(北京：中华书局，1992年3月第1版)，第195~196页。

19.狐神	《太平广记》卷四四七,注出《朝野佥载》①	《太平广记》题《狐神》,《朝野佥载》无题名	《狐媚丛谈》较《太平广记》《朝野佥载》,《狐媚丛谈》更接近《太平广记》	《太平广记》
20.野狐戏张简	《太平广记》卷四四七,注出《朝野佥载》②	《太平广记》题《张简》,《朝野佥载》无题名	《狐媚丛谈》与《太平广记》《朝野佥载》比,《狐媚丛谈》文更接近《太平广记》	《太平广记》
21.狐化为弥勒佛	《太平广记》卷四四七,注出《广异记》③	《太平广记》与《广异记》题《僧服礼》	《狐媚丛谈》与《太平广记》《广异记》比,文字更接近《太平广记》	《太平广记》
22.上官翼毒狐	《太平广记》卷四四七,注出《广异记》④	《太平广记》与《广异记》题《上官翼》	《狐媚丛谈》与《太平广记》《广异记》比,文字出入同,但结合《太平广记》与《狐媚丛谈》篇目编排顺序的一致性,《狐媚丛谈》文应是来自《太平广记》	《太平广记》

① 参见[唐]张鷟:《朝野佥载》,《唐宋史料笔记丛刊》(北京:中华书局,1979年10月版),第167页。

② 参见[唐]张鷟:《朝野佥载》,《唐宋史料笔记丛刊》(北京:中华书局,1979年10月版),第167页。

③ 参见[唐]戴孚撰,方诗铭辑校:《广异记》(与[唐]唐临撰,方诗铭辑校《冥报记》合刊)(北京:中华书局,1992年3月第1版),第196页。

④ 参见[唐]戴孚撰,方诗铭辑校:《广异记》(与[唐]唐临撰,方诗铭辑校《冥报记》合刊)(北京:中华书局,1992年3月第1版),第197页。

23. 狐称圣菩萨	《太平广记》卷四四七,注出《广异记》①	《太平广记》与《广异记》题《大安和尚》	《狐媚丛谈》与《太平广记》《广异记》比,文字出入同,但结合《太平广记》与《狐媚丛谈》篇目编排上的一致性,《狐媚丛谈》文应是来自《太平广记》	《太平广记》
24. 狐出被中	《太平广记》卷四四八,注出《五行记》	《太平广记》题《李项生》	《狐媚丛谈》与《太平广记》文同	《太平广记》
25. 王义方使野狐	《太平广记》卷四四八,注出《朝野金载》②	《太平广记》题《王义方》	《狐媚丛谈》与《朝野金载》比,有多处文字出入,与《太平广记》文同	《太平广记》
26. 何让之得狐朱字文书	《太平广记》卷四四八,注出《乾撰子》	《太平广记》题《何让之》	《狐媚丛谈》与《太平广记》比,仅是个别文字出入,此文应是来自《太平广记》	《太平广记》

① 参见[唐]戴孚撰,方诗铭辑校:《广异记》(与[唐]唐临撰,方诗铭辑校《冥报记》合刊)(北京:中华书局,1992年3月第1版),第198页。

② 参见[唐]张鷟:《朝野金载》,《唐宋史料笔记丛刊》(北京:中华书局,1979年10月版),第135页。

27.狐化为婢	《太平广记》卷四四八,注出《纪闻》	《太平广记》题《沈东美》	《狐媚丛谈》与《太平广记》比,文字全同	《太平广记》
28.狐化婆罗门	《太平广记》卷四四八,注出《纪闻》	《太平广记》题《叶法善》	《狐媚丛谈》与《太平广记》比,仅是个别文字出入,此文应是来自《太平广记》	《太平广记》
29.道士收狐	《太平广记》卷四四八,注出《广异记》①	《太平广记》与《广异记》题《杨伯成》	《狐媚丛谈》与《太平广记》《广异记》比,均有个别文字出入,结合《太平广记》与《狐媚丛谈》在篇目编排顺序上的一致性,此文应是来自《太平广记》	《太平广记》
30.狐窃美妇	《太平广记》卷四四八,注出《广异记》②	《太平广记》与《广异记》题《刘甲》	《狐媚丛谈》与《太平广记》《广异记》比,均有个别文字出入,结合《太平广记》与《狐媚丛谈》在篇目编排顺序的一致性,此文应是来自《太平广记》	《太平广记》

---

① 参见[唐]戴孚撰,方诗铭辑校:《广异记》(与[唐]唐临撰,方诗铭辑校《冥报记》合刊)(北京:中华书局,1992年3月第1版),第198~199页。

② 参见[唐]戴孚撰,方诗铭辑校:《广异记》(与[唐]唐临撰,方诗铭辑校《冥报记》合刊)(北京:中华书局,1992年3月第1版),第200页。

31. 栾巴斩狐	《太平广记》卷一一，注出《神仙传》①	《太平广记》与《神仙传》题《栾巴》	《狐媚丛谈》与《太平广记》《神仙传》相比，文字更接近《太平广记》	《太平广记》
32. 狐称高侍郎	《太平广记》卷四五四，注出《会昌解颐录》	《太平广记》题《张立本》	《狐媚丛谈》与《太平广记》比，文字有出入	《太平广记》
33. 刘元鼎逐狐为戏	《太平广记》卷四五四，注出《酉阳杂俎》	《太平广记》题《刘元鼎》	《狐媚丛谈》与《太平广记》比，文字有出入	《太平广记》
卷二（32篇） 1. 李参军娶狐	《太平广记》卷四四八，注出《广异记》②，《艳异编》③卷三三	《太平广记》《广异记》《艳异编》均题《李参军》	《狐媚丛谈》较《太平广记》与《艳异编》，文字接近《太平广记》	《太平广记》
2. 狐与黄撅为妖	《太平广记》卷四四九，注出《纪闻》	《太平广记》题《郑宏之》	《狐媚丛谈》与《太平广记》比，仅个别文字出入	《太平广记》

① 参见[晋]葛洪:《神仙传》(与[汉]刘向所撰《列仙传》合刊)(上海:上海古籍出版社,1990年9月第1版),第30页。

② 参见[唐]戴孚撰,方诗铭辑校:《广异记》(与[唐]唐临撰,方诗铭辑校《冥报记》合刊)(北京:中华书局,1992年3月第1版),第200页。

③ 参见[明]王弇州编辑,孙葆真等校点:《艳异编》(沈阳:春风文艺出版社,1988年11月版),第456~457页。

3. 罗公远缚狐	《太平广记》卷四四九,注出《广异记》①	《太平广记》与《广异记》题《汧阳令》	《狐媚丛谈》与《太平广记》《广异记》比,文字更接近《太平广记》	《太平广记》
4. 狐戏焦炼师	《太平广记》卷四四九,注出《广异记》②	《太平广记》与《广异记》题《焦炼师》	《狐媚丛谈》较《太平广记》《广异记》,文字更接近《太平广记》	《太平广记》
5. 狐居竹中	《太平广记》卷四四九,注出《广异记》③	《太平广记》与《广异记》题《李元恭》	《狐媚丛谈》较《太平广记》与《广异记》,仅一字之别,除外照录,结合《太平广记》与《狐媚丛谈》篇目编排顺序的一致性,此义应是来自《太平广记》	《太平广记》

---

① 参见[唐]戴孚撰,方诗铭辑校:《广异记》(与[唐]唐临撰,方诗铭辑校《冥报记》合刊)(北京:中华书局,1992 年 3 月第 1 版),第 202~203 页。

② 参见[唐]戴孚撰,方诗铭辑校:《广异记》(与[唐]唐临撰,方诗铭辑校《冥报记》合刊)(北京:中华书局,1992 年 3 月第 1 版),第 204~205 页。

③ 参见[唐]戴孚撰,方诗铭辑校:《广异记》(与[唐]唐临撰,方诗铭辑校《冥报记》合刊)(北京:中华书局,1992 年 3 月第 1 版),第 203~204 页。

6.小狐破大狐婚	《太平广记》卷四四九,注出《广异记》①	《太平广记》与《广异记》题《李氏》	《狐媚丛谈》较《太平广记》与《广异记》,都仅为个别文字出入,结合《太平广记》与《狐媚丛谈》篇目编排顺序的一致性,此文应是来自《太平广记》	《太平广记》
7.焚鹊巢断狐	《太平广记》卷四四九,注出《广异记》②	《太平广记》与《广异记》题《韦明府》	《狐媚丛谈》较《太平广记》与《广异记》,都仅为个别文字出入,结合《太平广记》与《狐媚丛谈》篇目编排顺序的一致性,此文应是来自《太平广记》	《太平广记》
8.狐化佛戏僧	《太平广记》卷四五〇,注出《广异记》③	《太平广记》与《广异记》题《唐参军》	《狐媚丛谈》较《太平广记》与《广异记》,都仅为个别文字出入,结合《太平广记》与《狐媚丛谈》篇目编排顺序的一致性,此文应是来自《太平广记》	《太平广记》

① 参见[唐]戴孚撰,方诗铭辑校:《广异记》(与[唐]唐临撰,方诗铭辑校《冥报记》合刊)(北京:中华书局,1992年3月第1版),第205~206页。

② 参见[唐]戴孚撰,方诗铭辑校:《广异记》(与[唐]唐临撰,方诗铭辑校《冥报记》合刊)(北京:中华书局,1992年3月第1版),第206~207页。

③ 参见[唐]戴孚撰,方诗铭辑校:《广异记》(与[唐]唐临撰,方诗铭辑校《冥报记》合刊)(北京:中华书局,1992年3月第1版),第208~209页。

9.狐知死日	《太平广记》卷四四九,注出《宣室志》①	《太平广记》题《林景玄》	《狐媚丛谈》与《太平广记》《宣室志》比,文字更接近《太平广记》	《太平广记》
10.狐向台告县令	《太平广记》卷四四九,注出《广异记》②	《太平广记》与《广异记》题《谢混之》	《狐媚丛谈》较《太平广记》与《广异记》,都仅为个别文字出入,结合《太平广记》与《狐媚丛谈》篇目编排顺序的一致性,此文应是来自《太平广记》	《太平广记》
11.叶静能治狐	《太平广记》卷四五〇,注出《广异记》③	《太平广记》与《广异记》题《王苞》	《狐媚丛谈》较《太平广记》与《广异记》,文字全同,结合《太平广记》与《狐媚丛谈》篇目编排顺序的一致性,此文应是来自《太平广记》	《太平广记》

① 参见[唐]张读撰,张永钦、侯志明点校:《宣室志》(北京:中华书局,1983年版),第108~109页。

② 参见[唐]戴孚撰,方诗铭辑校:《广异记》(与[唐]唐临撰,方诗铭辑校《冥报记》合刊)(北京:中华书局,1992年3月第1版),第207~208页。

③ 参见[唐]戴孚撰,方诗铭辑校:《广异记》(与[唐]唐临撰,方诗铭辑校《冥报记》合刊)(北京:中华书局,1992年3月第1版),第208页。

12. 田氏老竖错认妇人为狐	《太平广记》卷四五〇,注出《纪闻》	《太平广记》题《田氏子》	《狐媚丛谈》较《太平广记》,仅个别文字不同	《太平广记》
13. 徐安妻骑故笼而飞	《太平广记》卷四五〇,注出《集异记》①	《太平广记》与《集异记》题《徐安》	《狐媚丛谈》较《太平广记》与《集异记》,文字全同,结合《太平广记》与《狐媚丛谈》篇目编排顺序的一致性,此文应是来自《太平广记》	《太平广记》
14. 狐截人发	《太平广记》卷四五〇,注出《纪闻》	《太平广记》题《靳守贞》	《狐媚丛谈》与《太平广记》比,出入不大,此应是参考《太平广记》而来	《太平广记》
15. 赤肉野狐	《太平广记》卷四五〇,注出《广异记》②	《太平广记》与《广异记》题《严谏》	《狐媚丛谈》较《太平广记》与《广异记》,都仅为个别文字出入,结合《太平广记》与《狐媚丛谈》篇目编排顺序的一致性,此文应是来自《太平广记》	《太平广记》

① 参见[唐]薛用弱:《集异记》(北京:中华书局,1980 年 12 月版),第76 页。

② 参见[唐]戴孚撰,方诗铭辑校:《广异记》(与[唐]唐临撰,方诗铭辑校《冥报记》合刊)(北京:中华书局,1992 年 3 月第 1 版),第 210 页。

16. 韦参军治狐	《太平广记》卷四五〇,注出《广异记》①	《太平广记》与《广异记》题《韦参军》	《狐媚丛谈》较《太平广记》与《广异记》,都仅为个别文字出入,结合《太平广记》与《狐媚丛谈》篇目编排顺序的一致性,此文应是来自《太平广记》	《太平广记》
17. 杨氏二女嫁狐	《太平广记》卷四五〇,注出《广异记》②	《太平广记》与《广异记》题《杨氏女》	《狐媚丛谈》较《太平广记》与《广异记》,文字全同,结合《太平广记》与《狐媚丛谈》篇目编排顺序的一致性,此文应是来自《太平广记》	《太平广记》
18. 狐变为娼	《太平广记》卷四五〇,注出《广异记》②	《太平广记》与《广异记》题《薛迥》	《狐媚丛谈》较《太平广记》与《广异记》,文字全同,结合《太平广记》与《狐媚丛谈》篇目编排顺序的一致性,此文应是来自《太平广记》	《太平广记》

---

① 参见[唐]戴孚撰,方诗铭辑校:《广异记》(与[唐]唐临撰,方诗铭辑校《冥报记》合刊)(北京:中华书局,1992年3月第1版),第210~211页。

② 参见[唐]戴孚撰,方诗铭辑校:《广异记》(与[唐]唐临撰,方诗铭辑校《冥报记》合刊)(北京:中华书局,1992年3月第1版),第211页。

③ 参见[唐]戴孚撰,方诗铭辑校:《广异记》(与[唐]唐临撰,方诗铭辑校《冥报记》合刊)(北京:中华书局,1992年3月第1版),第211~212页。

19.狐语灵座中	《太平广记》卷四五〇,注出《广异记》①	《太平广记》与《广异记》题《辛替否》	《狐媚丛谈》较《太平广记》与《广异记》,都为一字之别,结合《太平广记》与《狐媚丛谈》篇目编排顺序的一致性,此文应是来自《太平广记》	《太平广记》
20.狐化菩萨通女有妊	《太平广记》卷四五〇,注出《广异记》②	《太平广记》与《广异记》题《代州民》	《狐媚丛谈》较《太平广记》与《广异记》,都仅为个别文字出入,结合《太平广记》与《狐媚丛谈》篇目编排顺序的一致性,此文应是来自《太平广记》	《太平广记》
21.村民断狐尾	《太平广记》卷四五〇,注出《宣室志》③	《太平广记》题《祁县民》,《宣室志》题《断狐尾》	《狐媚丛谈》与《太平广记》比,只有一字之别,与《宣室志》比,文字差异颇大	《太平广记》

① 参见[唐]戴孚撰,方诗铭辑校:《广异记》(与[唐]唐临撰,方诗铭辑校《冥报记》合刊)(北京:中华书局,1992年3月第1版),第212页。

② 参见[唐]戴孚撰,方诗铭辑校:《广异记》(与[唐]唐临撰,方诗铭辑校《冥报记》合刊)(北京:中华书局,1992年3月第1版),第212页。

③ 参见[唐]张读撰,张永钦、侯志明点校:《宣室志》(北京:中华书局,1983年版),第109页。

22. 张例杀狐	《太平广记》卷四五〇,不注出处	《太平广记》题《张例》	《狐媚丛谈》与《太平广记》文全同	《太平广记》
23. 狐赠纸衣	《太平广记》卷四五一,注出《广异记》①	《太平广记》与《广异记》题《冯玠》	《狐媚丛谈》较《太平广记》与《广异记》,文字全同,结合《太平广记》与《狐媚丛谈》篇目编排顺序的一致性,此文应是来自《太平广记》	《太平广记》
24. 狐偷漆背金花镜	《太平广记》卷四五一,注出《广异记》②,《岁时广记》③卷二三引	《太平广记》与《广异记》题《贺兰进明》,《岁时广记》题《绝妖怪》	《狐媚丛谈》与《太平广记》《岁时广记》《广异记》比,文字更接近《太平广记》	《太平广记》

———

① 参见[唐]戴孚撰,方诗铭辑校:《广异记》(与[唐]唐临撰,方诗铭辑校《冥报记》合刊)(北京:中华书局,1992 年 3 月第 1 版),第 212~213 页。

② 参见[唐]戴孚撰,方诗铭辑校:《广异记》(与[唐]唐临撰,方诗铭辑校《冥报记》合刊)(北京:中华书局,1992 年 3 月第 1 版),第 213 页。

③ 参见[宋]陈元靓编:《岁时广记》(北京:中华书局,1985 年版),第270 页。

25. 狐变小儿	《太平广记》卷四五一，注出《广异记》①	《太平广记》与《广异记》题《崔昌》	《狐媚丛谈》较《太平广记》《广异记》，仅一字之别，结合《太平广记》与《狐媚丛谈》篇目编排顺序的一致性，此文应是来自《太平广记》	《太平广记》
26. 狐刚子	《太平广记》卷四五一，注出《广异记》②	《太平广记》与《广异记》题《长孙甲》	《狐媚丛谈》较《太平广记》《广异记》，文字更接近《太平广记》	《太平广记》
27. 取睢阳野狐犬	《太平广记》卷四五一，注出《广异记》③	《太平广记》与《广异记》题《王老》	《狐媚丛谈》较《太平广记》《广异记》，都为一字之别，结合《太平广记》与《狐媚丛谈》篇目编排顺序的一致性，此文应是来自《太平广记》	《太平广记》

---

① 参见[唐]戴孚撰，方诗铭辑校：《广异记》(与[唐]唐临撰，方诗铭辑校《冥报记》合刊)(北京：中华书局，1992年3月第1版)，第214页。

② 参见[唐]戴孚撰，方诗铭辑校：《广异记》(与[唐]唐临撰，方诗铭辑校《冥报记》合刊)(北京：中华书局，1992年3月第1版)，第214~215页。

③ 参见[唐]戴孚撰，方诗铭辑校：《广异记》(与[唐]唐临撰，方诗铭辑校《冥报记》合刊)(北京：中华书局，1992年3月第1版)，第215页。

28. 狐吐媚珠	《太平广记》卷四五一,注出《广异记》①	《太平广记》与《广异记》题《刘众爱》	《狐媚丛谈》较《太平广记》与《广异记》,都仅为个别文字出入,结合《太平广记》与《狐媚丛谈》篇目编排顺序的一致性,此文应是来自《太平广记》	《太平广记》
29. 狐授甄生口诀	《太平广记》卷四五一,注出《广异记》②	《太平广记》与《广异记》题《孙甄生》	《狐媚丛谈》较《太平广记》《广异记》,都为一字之别,结合《太平广记》与《狐媚丛谈》篇目编排顺序的一致性,此文应是来自《太平广记》	《太平广记》
30. 王黯为狐婿	《太平广记》卷四五一,注出《广异记》③	《太平广记》与《广异记》题《王黯》	《狐媚丛谈》较《太平广记》与《广异记》,都仅为个别文字出入,结合《太平广记》与《狐媚丛谈》篇目编排顺序的一致性,此文应是来自《太平广记》	《太平广记》

---

① 参见[唐]戴孚撰,方诗铭辑校:《广异记》(与[唐]唐临撰,方诗铭辑校《冥报记》合刊)(北京:中华书局,1992年3月第1版),第215~216页。

② 参见[唐]戴孚撰,方诗铭辑校:《广异记》(与[唐]唐临撰,方诗铭辑校《冥报记》合刊)(北京:中华书局,1992年3月第1版),第217页。

③ 参见[唐]戴孚撰,方诗铭辑校:《广异记》(与[唐]唐临撰,方诗铭辑校《冥报记》合刊)(北京:中华书局,1992年3月第1版),第216~217页。

	31. 垣县老狐	《太平广记》卷四五一，注出《纪闻》	《太平广记》题《袁嘉祚》	《狐媚丛谈》文与《太平广记》比，仅为一字之别	《太平广记》
	32. 玄狐	《太平广记》卷四五一，注出《宣室志》①	《太平广记》题《李林甫》	《狐媚丛谈》文照录《太平广记》，而与《宣室志》文比，有出入	《太平广记》
卷三（13篇）	1. 狐死见形	《太平广记》卷四五一，注出《广异记》②	《太平广记》与《广异记》题《李廙》	《狐媚丛谈》较《太平广记》与《广异记》，都仅为个别文字出入，结合《太平广记》与《狐媚丛谈》篇目编排顺序的一致性，此文应是来自《太平广记》	《太平广记》
	2. 白狐捣练石	《太平广记》卷四五一，注出《宣室志》③	《太平广记》题《李揆》	《狐媚丛谈》较《太平广记》与《宣室志》，文字全同，结合《太平广记》与《狐媚丛谈》篇目编排顺序的一致性，此文应是来自《太平广记》	《太平广记》

① 参见［唐］张读撰，张永钦、侯志明点校：《宣室志》（北京：中华书局，1983 年版），第 132 页。

② 参见［唐］戴孚撰，方诗铭辑校：《广异记》（与［唐］唐临撰，方诗铭辑校《冥报记》合刊）（北京：中华书局，1992 年 3 月第 1 版），第 218~219 页。

③ 参见［唐］张读撰，张永钦、侯志明点校：《宣室志》（北京：中华书局，1983 年版），第 132 页。

3. 狐戴髑髅变为妇人	《太平广记》卷四五一,注出《集异记》①	《太平广记》与《集异记》题《僧晏通》	《狐媚丛谈》较《太平广记》与《集异记》,都仅为个别文字出入,结合《太平广记》与《狐媚丛谈》篇目编排顺序的一致性,此文应是来自《太平广记》	《太平广记》
4. 狐称任氏	《太平广记》卷四五二	太平广记》题《任氏》	《狐媚丛谈》较《太平广记》,文字有出入	《太平广记》
5. 狐仙	《幽怪录》,《类说》卷一一	《幽怪录》题《华山客》②,《类说》题《冢狐学道成仙》③	《狐媚丛谈》较《幽怪录》《类说》,文字更接近《幽怪录》	《幽怪录》
6. 鬼骑狐	《太平广记》卷四五一,注出《广异记》④	《太平广记》与《广异记》题《宋溥》	《狐媚丛谈》较《太平广记》《广异记》,都为一字之别,结合《太平广记》与《狐媚丛谈》篇目编排顺序的一致性,此文应是来自《太平广记》	《太平广记》

① 参见[唐]薛用弱:《集异记》(北京:中华书局,1980 年 12 月版),第 77 页。

② 参见[唐]牛僧孺、李复言:《玄怪录　续玄怪录》(北京:中华书局,1982 年 9 月版),第 108~110 页。

③ 参见[宋]曾慥辑:《类说》(一)(北京:文学古籍刊行社,1955 年版),第 769~770 页。

④ 参见[唐]戴孚撰,方诗铭辑校:《广异记》(与[唐]唐临撰,方诗铭辑校《冥报记》合刊)(北京:中华书局,1992 年 3 月第 1 版),第 220 页。

7. 狐善饮酒	《太平广记》卷四五二,注出《广异记》①	《太平广记》与《广异记》题《李苌》	《狐媚丛谈》较《太平广记》和《广异记》,更接近《太平广记》	《太平广记》
8. 狐戏王生	《太平广记》卷四五三,注出《灵怪录》	《太平广记》题《王生》	《狐媚丛谈》较《太平广记》,文字有出入,但结合《太平广记》与《狐媚丛谈》篇目编排顺序的一致性,此文应是来自《太平广记》	《太平广记》
9. 狐为老人	《太平广记》卷四五一,注出《广异记》②	《太平广记》与《广异记》题《宋溥》	《狐媚丛谈》较《太平广记》与《广异记》,都仅为个别文字出入,结合《太平广记》与《狐媚丛谈》篇目编排顺序的一致性,此文应是来自《太平广记》	《太平广记》

---

① 参见[唐]戴孚撰,方诗铭辑校:《广异记》(与[唐]唐临撰,方诗铭辑校《冥报记》合刊)(北京:中华书局,1992 年 3 月第 1 版),第 221 页。

② 参见[唐]戴孚撰,方诗铭辑校:《广异记》(与[唐]唐临撰,方诗铭辑校《冥报记》合刊)(北京:中华书局,1992 年 3 月第 1 版),第 220 页。

10.狐负美姬	《太平广记》卷四四一,注出《玄怪录》①,《类说》②卷一一	《太平广记》题《萧至忠》(误当为《萧志忠》),《玄怪录》题《萧志忠》,《类说》题《滕六降雪巽二起风》	《狐媚丛谈》较《太平广记》《玄怪录》及《类说》,文字更接近《玄怪录》	《幽怪录》
11.李自良夺狐天符	《太平广记》卷四五三,注出《河东记》	《太平广记》题《李自良》	《狐媚丛谈》较《太平广记》,文字有出入,结合《太平广记》与《狐媚丛谈》篇目编排顺序上的一致性,此文应是来自《太平广记》	《太平广记》
12.牝狐为李令绪阿姑	《太平广记》卷四五三,注出《腾听异志录》	《太平广记》题《李令绪》	《狐媚丛谈》较《太平广记》,文字有出入,结合《太平广记》与《狐媚丛谈》篇目编排顺序上的一致性,此文应是来自《太平广记》	《太平广记》

---

① 参见[唐]牛僧孺、李复言:《玄怪录　续玄怪录》(北京:中华书局,1982年9月版),第65~67页。

② 参见[宋]曾慥辑:《类说》(一)(北京:文学古籍刊行社,1955年版),第761页。

	13.三狐相殴	《太平广记》卷四五三,注出《宣室志》①	《太平广记》题《裴少尹》	《狐媚丛谈》与《宣室志》《太平广记》相比,文字更接近《太平广记》	《太平广记》
卷四(32篇)	1.王知古赘狐被逐	《太平广记》卷四五五,注出《三水小牍》②	《太平广记》题《张直方》,《三水小牍》题《王知古为狐招婿》	《狐媚丛谈》与《太平广记》《三水小牍》比,文字更接近《太平广记》	《太平广记》
	2.狐变为奴	《太平广记》卷四五五,注出《稽神录》③,《容斋四笔》④卷一○节引	《太平广记》题《张谨》,《稽神录》题《张谨》,《容斋四笔》题《过所》	《狐媚丛谈》与《容斋四笔》比,文字差异颇大。《狐媚丛谈》较《太平广记》《稽神录》,都为个别文字出入,结合《太平广记》与《狐媚丛谈》篇目编排顺序上的一致性,此文应是来自《太平广记》	《太平广记》

---

① 参见[唐]张读撰,张永钦、侯志明点校:《宣室志》(北京:中华书局,1983年版),第132~133页。

② 参见[唐]皇甫枚:《三水小牍》(北京:中华书局,1958年版),第12~17页。

③ 参见[宋]徐铉撰,白化文点校:《稽神录》(北京:中华书局,1996年版),第134~135页。

④ 参见[宋]洪迈:《容斋四笔》,《景印文渊阁四库全书·子部·杂家类》第851册(台北:台湾商务印书馆,2008年版),第737页。

3.民妇杀狐	《太平广记》卷四五五,注出《玉堂闲话》	《太平广记》题《民妇》	《狐媚丛谈》较《太平广记》,文字有出入,结合《太平广记》与《狐媚丛谈》篇目编排顺序上的一致性,此文应是来自《太平广记》	《太平广记》
4.狐醉被杀	《太平广记》卷四五四,注出《宣室志》①	《太平广记》题《尹瑗》	《狐媚丛谈》较《宣室志》《太平广记》,文字更接近《太平广记》	《太平广记》
5.老狐娶妇	《太平广记》卷四五五,注出《奇事记》	《太平广记》题《苔规》	《狐媚丛谈》较《太平广记》,文字有出入,结合《太平广记》与《狐媚丛谈》篇目编排顺序上的一致性,此文应是来自《太平广记》	《太平广记》
6.白氅老狐	《蓬窗类纪》②卷五	《蓬窗类纪》无题名	《狐媚丛谈》与《蓬窗类纪》比,文字有个别出入	《蓬窗类纪》

① 参见[唐]张读撰,张永钦、侯志明点校:《宣室志》(北京:中华书局,1983 年版),第 134 页。

② 参见[明]黄暐:《蓬窗类纪》,顾廷龙主编,《续修四库全书》编纂委员会编:《续修四库全书·子部·小说家类》第 1271 册(上海:上海古籍出版社,2002 年版),第 615 页。

7.狐鸣于旁	《新唐书》①卷八四	《新唐书》无题名	《狐媚丛谈》与所节录的《新唐书》比,仅有个别文字出入	《新唐书》
8.狐入李承嘉第	《新唐书》②卷三四,《白孔六帖》③卷九〇,《文献通考》④卷三〇七	《白孔六帖》题《狐入李承嘉第》,《文献通考》《新唐书》无题名	《狐媚丛谈》与《文献通考》《新唐书》《白孔六帖》比,文字更接近《白孔六帖》	《白孔六帖》
9.狐人立	《太平广记》卷一三七,《白孔六帖》⑤卷九〇,《山堂肆考》⑥卷二一九引	《太平广记》题《李揆》;《白孔六帖》题《狐人立》,《山堂肆考》题《噪庭》	《狐媚丛谈》较《太平广记》《白孔六帖》《山堂肆考》,文字更接近《白孔六帖》	《白孔六帖》

---

① 参见[宋]欧阳修、宋祁:《新唐书》(北京:中华书局,1975年2月第1版),第3685页。

② 参见[宋]欧阳修、宋祁:《新唐书》(北京:中华书局,1975年2月第一版),第883页。

③ 参见[唐]白居易原本,[宋]孔传续撰:《白孔六帖》(二),《景印文渊阁四库全书·子部·类书》第892册(台北:台湾商务印书馆,2008年版),第469页。

④ 参见[元]马端临:《文献通考》(北京:中华书局,1986年9月版),第2415页。

⑤ 参见[唐]白居易原本,[宋]孔传续撰:《白孔六帖》(二),《景印文渊阁四库全书·子部·类书》第892册(台北:台湾商务印书馆,2008年版),第470页。

⑥ 参见[明]彭大翼:《山堂肆考》(五),《景印文渊阁四库全书·子部·类书类》第978册(台北:台湾商务印书馆,2008年版),第374页。

10. 白狐七尾	《晋录》①	《晋录》无题名	《狐媚丛谈》与《晋录》比,仅一字之别	《晋录》
11. 夜狐狸鸣	《新唐书》②卷二一八	《新唐书》无题名	与所节录的《新唐书》文字比,全同	《新唐书》
12. 王璿娶狐	《太平广记》卷四五一,注出《广异记》③,《岁时广记》④卷二三,注出《广异记》	《太平广记》与《广异记》题《王璿》,《岁时广记》题《溺狐媚》	《狐媚丛谈》与《太平广记》《岁时广记》《广异记》比,文字更接近《太平广记》	《太平广记》
13. 狐能飞形	《太平广记》卷四五四,注出《传记》	《太平广记》与《裴铏传奇》⑤均题《姚坤》	《狐媚丛谈》较《太平广记》《裴铏传奇》,文字更接近《太平广记》	《太平广记》

① 参见[南朝宋]郭季产著,[清]黄奭辑,乔治忠校注:《晋录》,[清]汤球、黄奭辑,乔治忠校注:《众家编年体晋史》(天津:天津古籍出版社,1989年版),第420页。

② 参见[宋]欧阳修、宋祁:《新唐书》(北京:中华书局,1975年2月第1版),第6163页。

③ 参见[唐]戴孚撰,方诗铭辑校:《广异记》(与[唐]唐临撰,方诗铭辑校《冥报记》合刊)(北京:中华书局,1992年3月第1版),第218页。

④ 参见[宋]陈元靓编:《岁时广记》(北京:中华书局,1985年版),第270页。

⑤ 参见[唐]裴铏著,周楞伽辑注:《裴铏传奇》(上海:上海古籍出版社,1980年10月第1版),第86~87页。

14.狐化髑髅为酒卮	《太平广记》卷四五四,注出《宣室志》①	《太平广记》题《韦氏子》,《宣室志》题《韦氏子遇狐》	《狐媚丛谈》与《宣室志》《太平广记》比,文字更接近《太平广记》	《太平广记》
15.狐龙	《太平广记》卷四五五,注出《奇事记》	《太平广记》题《狐龙》	《狐媚丛谈》较《太平广记》,仅一字之别	《太平广记》
16.唐文选牒城隍诛狐	《说听》②卷四	《说听》无题名	《狐媚丛谈》与《说听》比,有个别文字不同	《说听》
17.狐媚汪氏	《说听》③卷四	《说听》无题名	《狐媚丛谈》与《说听》比,有个别文字不同	《说听》
18.狐生九子	《太平广记》卷四五四,出《宣室志》④	《太平广记》题《计真》,《宣室志》题《许贞狐婚》	《狐媚丛谈》与《宣室志》《太平广记》比,文字更接近《太平广记》	《太平广记》

---

① 参见[唐]张读撰,张永钦、侯志明点校:《宣室志》(北京:中华书局,1983年版),第138页。

② 参见[明]陆廷枝:《说听》,四库全书存目丛书编纂委员会编:《四库全书存目丛书·子部》第125册(济南:齐鲁书社,1995年9月版),第682~683页。

③ 参见[明]陆廷枝:《说听》,四库全书存目丛书编纂委员会编:《四库全书存目丛书·子部》第125册(济南:齐鲁书社,1995年9月版),第694~695页。

④ 参见[唐]张读撰,张永钦、侯志明点校:《宣室志》(北京:中华书局,1983年版),第135~137页。

19. 狐出勤政楼	《新唐书》①卷三五	《新唐书》无题名	《狐媚丛谈》与《新唐书》文全同	《新唐书》
20. 狐夺册子	《太平广记》卷四五四	《太平广记》题《张简栖》	《狐媚丛谈》与《太平广记》比,仅个别文字出入,结合《太平广记》与《狐媚丛谈》篇目编排顺序上的一致性,此文应是来自《太平广记》	《太平广记》
21. 狐跨猎犬奔走	《太平广记》卷四五四,注出《集异记》②	《太平广记》题《薛夔》	《狐媚丛谈》与《太平广记》《集异记》比,都为个别文字出入,结合《太平广记》与《狐媚丛谈》篇目编排顺序上的一致性,此文应是来自《太平广记》	《太平广记》
22. 包恢沉狐	《宋史》③卷四二一	《宋史》无题名	与从《宋史》节录的文字比,经过了整合并稍作文字改动	《宋史》

① 参见[宋]欧阳修、宋祁:《新唐书》(北京:中华书局,1975 年 2 月第 1 版),第 923 页。

② 参见[唐]薛用弱:《集异记》(北京:中华书局,1980 年 12 月版),第 77~78 页。

③ 参见[元]脱脱等:《宋史》(北京:中华书局,1977 年 11 月版),第 12591~12592 页。

23.林中书杀狐	《铁围山丛谈》①卷三	《铁围山丛谈》无题名	《狐媚丛谈》与《铁围山丛谈》比,仅个别文字不同	《铁围山丛谈》
24.狐升御座	《大忠集》	《大忠集新编》题《狐登御座》②	《狐媚丛谈》与《大忠集新编》比,文全同	《大忠集》
25.王贾杀狐	《太平广记》卷三二,注出《纪闻》	《太平广记》题《王贾》	《狐媚丛谈》是从《太平广记》选录,稍作个别文字改动,组合而成	《太平广记》
26.道人飞剑斩狐	无	无	无	无
27.东阳令女被狐魅	《太平广记》卷三二,注出《纪闻》	《太平广记》题《王贾》	《狐媚丛谈》是从《太平广记》选录并稍作文字改动而来	《太平广记》

---

① 参见[宋]蔡絛撰,冯惠民、沈锡麟点校:《铁围山丛谈》(北京:中华书局,1983 年 9 月第 1 版),第 54 页。

② 参见[南宋]江万里著,马楚坚辑校:《大忠集新编》(南昌:江西人民出版社,2008 年 11 月版),第 181 页。

28.法官除妖狐	《岐海琐谈》①卷一二,《湖海新闻夷坚续志》②后集卷二	《湖海新闻夷坚续志》题《狐精媚人》,《岐海琐谈》无题名	《狐媚丛谈》与《岐海琐谈》《湖海新闻夷坚续志》比,文字更接近《岐海琐谈》	《岐海琐谈》
29.狐死塔下	无	无	无	无
30.王嗣宗杀狐	《行营杂录》	《行营杂录》无题名	《狐媚丛谈》与《行营杂录》近似	《行营杂录》
31.顾旉杀狐得簿书	《搜神后记》	《搜神后记》题《古冢老狐》	《狐媚丛谈》与《搜神后记》文字接近	《搜神后记》
32.犬啮老狐	《太平广记》卷四五五,注出《北梦琐言》③、《南部新书》④	《太平广记》题《沧渚民》,《北梦琐言》与《南部新书》无题名	《狐媚丛谈》与《太平广记》《北梦琐言》《南部新书》比,文字更接近《太平广记》	《太平广记》

① 参见[明]姜准撰,蔡克骄点校:《岐海琐谈》(上海:上海社会科学院出版社,2002年版),第207页。

② 参见[宋]无名氏撰,金心点校:《湖海新闻夷坚续志》(北京:中华书局,1986年5月第1版),第250页。

③ 参见[宋]孙光宪著,林艾园校点:《北梦琐言》(上海:上海古籍出版社,1981年版),第171~172页。

④ 参见[宋]钱易:《南部新书》(北京:中华书局,1958年版),第89页。

卷五（23篇）	1.狐称玄丘校尉	《白孔六帖》①卷九七、《古今事文类聚后集》②卷三七、《天中记》③卷六〇、《山堂肆考》④卷二一九	《古今事文类聚后集》题《狐称校尉》、《白孔六帖》题《玄丘校尉》、《天中记》题《玄丘校尉》、《山堂肆考》题《玄丘尉》	《狐媚丛谈》与《古今事文类聚后集》文全同，与《白孔六帖》《天中记》《山堂肆考》比，文字均有出入	《古今事文类聚后集》
	2.张明遇狐	《百家公案》⑤第三回	《百家公案》题《访察除妖狐之怪》	《狐媚丛谈》与《百家公案》比，文辞差异颇大	《百家公案》
	3.施桂芳赘狐	《百家公案》⑥第六十五回	《百家公案》题《决狐精而开何达》	《狐媚丛谈》是对《百家公案》第六十五回《决狐精而开何达》的选录、删减和改编	《百家公案》

① 参见［唐］白居易原本，［宋］孔传续撰：《白孔六帖》（二），《景印文渊阁四库全书·子部·类书》第892册（台北：台湾商务印书馆，2008年版），第580页。

② 参见［宋］祝穆：《新编古今事文类聚后集》（京都：日本京都中文出版社，1989年7月版），第1034页。

③ 参见［明］陈耀文编：《天中记》（扬州：广陵书社，2007年版），第1998页。

④ 参见［明］彭大翼：《山堂肆考》（五），《景印文渊阁四库全书·子部·类书类》第978册（台北：台湾商务印书馆，2008年版），第372页。

⑤ 参见［明］安遇时编集，石雷校点：《百家公案》，（北京：群众出版社，1999年版），第7~8页。

⑥ 参见［明］安遇时编集，石雷校点：《百家公案》，（北京：群众出版社，1999年版），第226~230页。

4.插花岭妖狐	《百家公案》①第十三回	《百家公案》题《为众伸冤刺狐狸》	《狐媚丛谈》是对《百家公案》第十三回《为众伸冤刺狐狸》的选录、删减和改编	《百家公案》
5.九尾野狐	《增补武林旧事》②卷八、《侯鲭录》③卷八、《诗话总龟后集》④卷四八、《渔隐丛话前集》⑤卷六〇、《西湖游览志馀》⑥卷一六、《山堂肆考》⑦卷一一一	《增补武林旧事》《侯鲭录》《诗话总龟后集》《渔隐丛话前集》《西湖游览志馀》无题名,《山堂肆考》题《投牒从良》	《增补武林旧事》《诗话总龟后集》《渔隐丛话前集》《西湖游览志馀》《山堂肆考》《侯鲭录》与《狐媚丛谈》比,都无文末所述妓女化狐事。《狐媚丛谈》较为接近《侯鲭录》	《侯鲭录》

① 参见[明]安遇时编集,石雷校点:《百家公案》,(北京:群众出版社,1999年版),第40~42页。

② 参见[宋]周密撰,[明]朱廷焕补:《增补武林旧事》卷八,《景印文渊阁四库全书·史部·地理类》第590册(台北:台湾商务印书馆,2008年版),第418~419页。

③ 参见[宋]赵德麟:《侯鲭录》,《景印文渊阁四库全书·子部·小说家类》第1037册(台北:台湾商务印书馆,2008年版),第411页。

④ 参见[宋]阮阅编:《诗话总龟后集》(北京:人民文学出版社,1987年版),第297页。

⑤ 参见[宋]胡仔:《渔隐丛话前集》,《景印文渊阁四库全书·集部·诗文评类》第1480册(台北:台湾商务印书馆,2008年版),第383页。

⑥ 参见[明]田汝成辑撰:《西湖游览志馀》(上海:上海古籍出版社,1958年11月版),第303页。

⑦ 参见[明]彭大翼:《山堂肆考》(三),《景印文渊阁四库全书·子部·类书类》第976册(台北:台湾商务印书馆,2008年版),第241页。

6.姜五郎二女子	《夷坚志补》①卷二二	《夷坚志补》题《姜五郎二女子》	《狐媚丛谈》较《夷坚志补》,有多处文字不同	《夷坚志补》
7.狐称千一姐	《夷坚志补》②卷二二	《夷坚志补》题《王千一姐》	《狐媚丛谈》较《夷坚志补》,有多处文字不同	《夷坚志补》
8.天师诛狐	《湖海新闻夷坚续志》③后集卷一	《湖海新闻夷坚续志》题《天师诛蛇》	《湖海新闻夷坚续志》通篇讲蛇,而《狐媚丛谈》故事主体却为狐。另,两者除有个别文字出入外,内容、情节都相同	《湖海新闻夷坚续志》
9.萧达甫杀狐	无	无	无	无
10.群狐对饮	《新刊大宋宣和遗事》④	《新刊大宋宣和遗事》无题名	《狐媚丛谈》与《新刊大宋宣和遗事》比,文辞差异颇大	《大宋宣和遗事》

① 参见[宋]洪迈撰,何卓点校:《夷坚志》(北京:中华书局,1981 年 10 月版),第 1753~1754 页。

② 参见[宋]洪迈撰,何卓点校:《夷坚志》(北京:中华书局,1981 年 10 月版),第 1754~1755 页。

③ 参见[宋]无名氏撰,金心点校:《湖海新闻夷坚续志》(北京:中华书局,1986 年 5 月第 1 版),第 162~163 页。

④ 参见[宋]佚名:《新刊大宋宣和遗事》(上海:中国古典文学出版社,1954 年版),第 80~81 页。

11. 诵经却狐	《湖海新闻夷坚续志》①后集卷二	《湖海新闻夷坚续志》题《诵经却狐》	《狐媚丛谈》与《湖海新闻夷坚续志》比,仅个别文字出入	《湖海新闻夷坚续志》
12. 西山狐	《庚巳编》卷三②	《庚巳编》题《西山狐》	《狐媚丛谈》与《庚巳编》相比,文全同	《庚巳编》
13. 骊山狐	《昼永编》③下集	《昼永编》无题名	《狐媚丛谈》与《昼永编》比,仅有个别文字不同	《昼永编》
14. 大别山狐	《耳谈》④卷七	《耳谈》题《大别狐妖》	《狐媚丛谈》与《耳谈》比,文字有些微出入	《耳谈》
15. 胡媚娘	《剪灯馀话》⑤卷三	《剪灯馀话》题《胡媚娘传》	《狐媚丛谈》与《剪灯馀话》比,文字有些微出入,且删减了一段文字	《剪灯馀话》

① 参见[宋]无名氏撰,金心点校:《湖海新闻夷坚续志》(北京:中华书局,1986 年 5 月第 1 版),第 195~196 页。

② 参见[明]陆粲、顾起元撰,谭棣华、陈稼禾点校:《庚巳编　客座赘语》(北京:中华书局,1987 年 4 月版),第 27 页。

③ 参见[明]宋岳:《昼永编》,顾廷龙主编,《续修四库全书》编纂委员会编:《续修四库全书·子部·杂家类》第 1124 册(上海:上海古籍出版社,2002 年版),第 302 页。

④ 参见[明]王同轨撰,孙顺霖校注:《耳谈》(郑州:中州古籍出版社,1990 年 12 月版),第 167~168 页。

⑤ 参见[明]李昌祺:《剪灯馀话》(与《剪灯新话》《觅灯因话》合刊)(上海:上海古籍出版社,1981 年 11 月新 1 版),第 226~229 页。

16. 临江狐	《庚巳编》卷二①	《庚巳编》题《临江狐》	《狐媚丛谈》与《庚巳编》比,有个别文字出入	《庚巳编》
17. 谷亭狐	《庚巳编》卷八②	《庚巳编》题《谷亭狐》	《狐媚丛谈》与《庚巳编》比,有些微不同	《庚巳编》
18. 狐丹	《祝子志怪录》③卷五,《西樵野纪》④卷九	《西樵野纪》《祝子志怪录》题《狐丹》	《狐媚丛谈》与《西樵野纪》《祝子志怪录》比,文字更接近《祝子志怪录》	《祝子志怪录》
19. 妖狐献帕	《石田翁客座新闻》⑤卷七	《石田翁客座新闻》题《王御史斩妖狐》	《狐媚丛谈》与《石田翁客座新闻》比,有个别文字出入	《石田翁客座新闻》

① 参见[明]陆粲、顾起元撰,谭棣华、陈稼禾点校:《庚巳编　客座赘语》(北京:中华书局,1987年4月版),第24~25页。

② 参见[明]陆粲、顾起元撰,谭棣华、陈稼禾点校:《庚巳编　客座赘语》(北京:中华书局,1987年4月版),第90页。

③ 参见[明]祝允明:《祝子志怪录》,四库全书存目丛书编纂委员会编:《四库全书存目丛书·子部》第246册(济南:齐鲁书社,1995年9月版),第591~592页。

④ 参见[明]侯甸:《西樵野纪》,顾廷龙主编,《续修四库全书》编纂委员会编:《续修四库全书·子部·小说家类》第1266册(上海:上海古籍出版社,2002年版),第722页。

⑤ 参见[明]沈周:《石田翁客座新闻》,顾廷龙主编,《续修四库全书》编纂委员会编:《续修四库全书·子部·杂家类》第1167册(上海:上海古籍出版社,2002年版),第263~265页。

20.狐为灵哥	《语怪》①	《语怪》题《灵哥》	《狐媚丛谈》与《语怪》比,有个别文字出入	《语怪》
21.张罗儿烹狐	《说听》②卷三	《说听》无题名	《狐媚丛谈》与《说听》比,有个别文字出入	《说听》
22.狐能治病	《说听》卷三	《说听》无题名	《狐媚丛谈》与《说听》比,有个别文字出入	《说听》
23.狐精	《西樵野纪》③卷六	《西樵野纪》题《狐精》	《狐媚丛谈》与《西樵野纪》比,有个别文字出入	《西樵野纪》

---

① 参见祝允明:《语怪》,四库全书存目丛书编纂委员会编:《四库全书存目丛书·子部》第 125 册(济南:齐鲁书社,1995 年 9 月版),第 597 ~ 598 页。

② 参见[明]陆廷枝:《说听》,四库全书存目丛书编纂委员会编:《四库全书存目丛书·子部》第 125 册(济南:齐鲁书社,1995 年 9 月版),第 683 页。

③ 参见[明]侯甸:《西樵野纪》,顾廷龙主编,《续修四库全书》编纂委员会编:《续修四库全书·子部·小说家类》第 1266 册(上海:上海古籍出版社,2002 年版),第 707 页。

附录二:《狐媚丛谈》(日人林罗山手抄本)

狐媚丛谈目录

一卷

青狐代舜浚井

白狐九尾

狐变妲己

周文王得青狐

汉广川王戟伤白狐

郅伯夷杀狐

灵孝呼阿紫

管辂击狐

乐广杀狐

老狐带绛缯香囊

华表照狐

狐字伯裘

狐截孙岩发

狐当门嗥叫

胡道洽死不见尸

武平狐媚

宋大贤杀狐

崔参军治狐

狐神

野狐戏张简

狐化为弥勒佛

上官翼毒狐

狐称圣菩萨

狐出被中

王义方使野狐

何让之得狐朱字文书

狐化为婢

狐化婆罗门

道士收狐

狐窃美妇

栾巴斩狐

狐称高侍郎

刘元鼎逐狐为戏

二卷

李参军娶狐

狐与黄撅为妖

罗公远缚狐

狐戏焦炼师

狐居竹中

小狐破大狐婚

焚鹊巢断狐

狐化佛戏僧

狐知死日

狐向台告县令

叶静能治狐

田氏老竖错认妇人为狐

徐安妻骑故笼而飞

狐截人发

赤肉野狐

韦参军治狐

杨氏二女嫁狐

狐变为娼

狐语灵座中

狐化菩萨通女有妊

村民断狐尾

张例杀狐

狐赠纸衣

狐偷漆背金花镜

狐变小儿

狐刚子

取睢阳野狐犬

狐吐媚珠

狐授甄生口诀

王黯为狐婿

垣县老狐

玄狐

三卷

狐死见彤

白狐捣练石

狐戴髑髅变为妇人

狐称任氏

狐仙

鬼骑狐

狐善饮酒

狐戏王生

狐为老人

狐负美姬

李自良夺狐天符

牝狐为李令绪阿姑

三狐相殴

四卷

王知古赘狐被逐

狐变为奴

民妇杀狐

狐醉被杀

老狐娶妇

白毳老狐

狐鸣于旁

狐入李承嘉第

狐人立

白狐七尾

夜狐狸鸣

王璿娶狐

狐能飞形

狐化髑髅为酒卮

狐龙

唐文选牒城隍诛狐

狐媚汪氏

狐生九子

狐出勤政楼

狐夺册子

狐跨猎犬奔走

包恢沉狐

林中书杀狐

狐升御座

王贾杀狐

道人飞剑斩狐

东阳令女被狐魅

法官除妖狐

狐死塔下

王嗣宗杀狐

顾旃杀狐得簿书

犬啮老狐

五卷

狐称玄丘校尉

张明遇狐

施桂芳赘狐

插花岭妖狐

九尾野狐

姜五郎二女子

狐称千一姐

天师诛狐

萧达甫杀狐

狐媚丛谈目录终

说　狐

　　狐,妖兽,鬼所乘也,其状锐口而大尾。说者以为古先淫妇所化,其名曰"紫",其怪多自称"阿紫"。善为媚惑人,故称狐媚。闻为媚者,以小口器盛肉,置之狐所常处,狐见肉,欲之,爪不能入,徊往不舍,涎皆入器中,取以为媚药。盖妖祥之禽,故古有以篝火狐鸣以惑众者。狐色赤,《诗》曰"莫赤匪狐,莫黑匪乌",言其上下并为威虐,莫适择也。今狐所在,乌辄群而噪之,盖皆妖祥之禽之所占也。师旷以为东方有乌,文身朱足,憎乌而爱狐。然则狐可爱,乌可恶,今并为威虐,则莫适求憎爱之正矣。狐既淫媚之物,故诗人以比齐襄求妃偶于南山之上,绥绥然,其行,人皆恶之。诗人之义,寓物以显其人。雄狐者,君子之象也。春秋,秦穆公伐晋,筮之吉,曰:"获其雄狐。"释者曰:"夫狐蛊,必其君也。"

既而获晋惠公。诗人但言齐子之归，而说者知其为齐襄公而来，盖亦以此。狐性善疑，方河冰合时，狐听冰下，水无声乃行，人每则之，皆须狐之已行，乃渡。《易·未济》称"小狐汔济，濡其尾"，盖狐小尾大，则有"未济"之象，以之为戒。亦狐是执心不定者，故《春秋外传》曰："狐埋之，狐搰之，是以无成功。"既自埋藏，又自搰发，皆执心不定之貌。又汉敦煌郡杜林，以为古瓜州。颜师古曰："既《春秋》传'允性之戒居于瓜州者也'，今犹山大瓜长者，狐入瓜中食之，首尾不出。"《说文》云："狐有三德：其色中和；小前大后；死则丘首。"《管子》云："代出狐白之皮。狐应阴阳之变，六月而一见。"九尾狐，文王得之，东夷归焉。

《埤雅》曰："狐，神兽也，鬼所乘之。有三德：其色中和；小前大后；死则丘首。"狐性好疑，貀性好睡，又皆藏兽，故狐貉之厚以居，而蜡祭息民以狐裘也。《素问》曰："其主狐貉，变化不藏。"《终南》一章曰"锦衣狐裘"，二章曰"黻衣绣裳"。"锦衣狐裘"，言燕服也；"黻衣绣裳"，言祭服也。《尔雅》曰："衮，黻也。"衮衣，谓之黻衣，犹衮冕，谓之黻冕也。襄公能取周地，始为诸侯，受显服，故是诗卒章言衮衣。衮衣，即序所谓显服。旧说：狐有媚珠。又曰：狐礼北斗而灵，善变化。其为物妖淫，故诗又以刺恶，所谓"雄狐绥绥"，是也。雄狐，说者以为牡狐，非是，宜读如"狐不二雄"之雄。雄狐，君之象也。又曰"有狐绥绥，在彼淇梁""在彼淇厉""在彼淇侧"，言狐之为物，在山者也，今反在"淇梁""淇厉""淇侧"，则失其常居矣。虽失其常居，然犹不失其匹。卫之男女失时，丧其妃耦，则曾反狐之不若也。《易》曰："小狐汔济，濡其尾。"小者，材不足也；狐者，志不果也。材不足、志不果，是以几济而有濡尾之难。故《象》曰,不续终也,亦其尾重,善濡溺,故《易》正以为象。里语曰:"狐欲渡河,无如尾何?"是也。《礼》曰:"君衣狐白裘,锦衣以裼之。"不曰"白狐裘"而曰"衣狐白"者,盖天下无粹白狐,而有粹白之裘者,掇之众白也。故《传》曰:良裘"非一狐之腋"。颜师古曰:"狐白,谓狐腋下之皮,其毛纯白,集以为裘,轻柔难得,故贵也。"《管子》曰:"狐白应阴阳之变,六月而一见。"然则白狐,盖有之矣,非常有也。《说文》曰:"狐,从孤省。狐性疑,疑则不可以合类,故从孤省也。"犬性独,狐性孤,羊性群,鹿性丽。《说文》曰:"鹿之性,见食急,则必旅行。丽,旅行也。"《诗》曰:"儦儦俟俟,或群或友。"则以鹿性旅行,故趋则儦儦,行则俟俟也。《毛诗传》云:"兽三曰群,二曰友。"《类从》曰:"粲燕识戊巳,不衔泥;狐潜上冰,不越度阡陌。"又曰:"狐狼知虚实,虎豹识冲破。"盖狐即孤也。狐狼搏物,皆以虚击孤。狐从孤省,或以此故也,音胡,疑词也。

旧说:"江南无野狐,江北无鹠鸲。"

《世说》云:"狐能魅人。"

狐,神兽也。五十岁能变化为妇人,百岁为美女、为神巫;或为丈夫,与女人交接,能知千里外事,善蛊魅,使人迷惑失智。千岁即与天通,为天狐。

九尾狐者,状赤色、四足、九尾,出青丘之国,音如婴儿。食者,令人不逢妖邪之气、蛊毒之类。

狐夜击尾火出,将为怪,必戴髑髅拜北斗。髑髅不坠,则化为人。

道术中有"天狐别行法",言天狐九尾,金色,役于日月宫。有符有醮日,可以洞达阴阳。

蜀中彭汉邛蜀绝无狐,唯山郡往往而有,里人号为野犬。更有黄腰,尾长头黑,腰间焦黄,或于村落鸣,则有不祥事。

《易》曰:"田获三狐,得黄矢。"注云:"余三阴,即三狐之象也,亦为去邪媚而得中直之象。"

明少遐曰:"狐性多格,鼬性多豫。"

《竹书》曰:"柏抒子征于东海及三寿,得一狐九尾。"

《战国策》曰:"虎求百兽而食之,得狐。狐曰:'子无敢唉我!天帝令我长百兽,子若食我,是逆天帝之命。子以我为不信,我为子先行,子随我后,观百兽见其能无走乎?'虎以为然,随狐而行,百兽见,皆走。虎不知兽之畏己,反以为畏狐也。"

《广雅》曰:"一种面白而尾似牛,故名玉面狐狸,又名牛尾,专食百果。"

枭狐不神,天与之昏。

长庆中,举人歌曰:"欲入举场,先问苏张。苏张犹可,三杨杀我。"故辇下谓"三杨"为"通天狐"。

封德彝赞:"妖禽孽狐,当昼则伏。"

玄宗贵妃《杨氏传》:韩、虢每入谒,并驱道中。从监、侍姆百余骑,炬密如昼,靓妆盈里,不施帷障,时人谓之"雄狐"。

武后悦张昌宗,桓彦范劾,免。杨再思谓为有功,复官。天下自此贵彦范贱再思。戴令言赋《两脚狐》以讥之。

谚云:"狐向窟嗥不祥,以忘本也。"

《唐会要》:"赞普临阵奔北者,悬狐尾于首,以表其狐之性怯。"

《楚辞》曰"封狐千里",大狐,健走千里也。

《文选》云:"狐兔窟于殿傍。"

《春秋潜潭巴》:"白狐至,国民利。"

《北斗感仪》:"南海输以文狐。"

《说苑》:"臣未见稷狐见攻。"

骆宾王檄:"峨眉不肯让人,狐媚偏能惑主。"

《韩诗外传》:"狐,水神也。"

李华《鹗执狐记》:某尝目异鸟击丰狐于中野,双睛曜宿,六翮垂云,迅若电驰,厉若霜杀,吻决肝脑,爪刳肾肠,昂藏自雄,倏欻而逝。问名与耕者,对曰:"此黄金鹗,其何快哉!"因让之曰:"仁人秉心,哀矜不暇,何乐之有?"曰:"是狐也,为患大矣!震惊我族姻,挠乱我闾里,喜逃徐子之庐,不畏申生之矢。皇祇或者其恶贯盈,而以鹗诛之。予非斯禽之快也而谁为?"悲夫!位高疾偾,厚味腊毒,遵道敢盛,或罹诸殃,况假威为孽,能不速祸?在位者,当洒濯其心,祆除凶意,恶是务去,福其大来。不然,有甚于狐之害人,庸讵于鹗之能尔。

苏子美《猎狐篇》:老狐宅城隅,涵养体丰大。不知窟穴处,草木但掩蔼。秋食承露珠,夏饮灌园沠。暮夜出舍傍,鸡畜遭横害。晚登坤埙坞,呼吸召百怪。或为婴儿啼,或变艳妇态。不知几千年,出处颇安泰。古语比社鼠,盖亦有恃赖。邑中少年儿,耽猎若沈瘵。远郊尽雉兔,近水纤鳞介。养犬号青鹘,逐兽驰不再。勇闻比老狐,取必将自快。纵犬索幽邃,张人作疆界。兹时颇窘急,迸出赤电骇。群小助呼噪,奔驰数颠沛。所向不能入,有类狼失狈。钩牙咋巨颡,髓血相濡沫。喘叫遂死戾,争观若期会。何暇正首丘,腥臊满蒿艾。数穴相穿通,城堞几隳坏。久矣纵凶妖,一旦果祸败。皮为榻上藉,肉作盘中脍。观此为之吟,书以为警戒。

说狐终

狐媚丛谈卷一

青狐代舜浚井

虞舜,瞽子也,母曰握登。母死,瞽娶继室生象。帝尧厘降二女于沩汭,嫔于虞。父顽、母嚚、象傲,克谐以孝,烝烝乂,不格奸。瞽欲杀舜,偕象谋捐阶、焚廪,舜扶两笠下,得不死。瞽复使浚井,思以土掩之。舜与二女惶惶无计,庸入不生,庸逆不孝,号泣呼天。天帝悯之,降一青狐代舜浚井。狐为土掩,象遂自喜得二女也。遥闻琴声,心益娱悦,入宫登床,舜匿帷中,鼓琴自若,象赧面悲号,慰得生舜。舜怡怡然,不知己之生也,无时仇怨。

白狐九尾

禹年三十未娶,行涂山,有白狐九尾,化为涂山氏女,名曰骄,造禹。涂山人歌曰:"绥绥白狐,九尾庞庞。成子家室,乃都攸昌。"禹遂娶之,生子启,辛壬癸甲。启呱呱而泣,禹弗子,惟荒度土功。九年于外,三过其门而不入。庶绩惟熙,涂山氏之力也。

狐变妲己

冀侯苏护有女,名妲己,年十七岁,姿色绝世,绣工音乐,无不通晓。纣命取入掖庭,苏送妲己至恩州馆驿安歇。本驿首领告曰:"此驿幽僻,淫邪所聚之地,往来游宦被魅者多。贤侯不宜安寝于内。"护叱曰:"吾送后妃入朝,天子有诏在此,何魅之有!"即令妲己寝于正堂,数十婢妾各持短剑,卫榻之左右,燃烛焚香,亲封其户。户外又令壮士皆持利器互相替换,巡绰不息。将及夜半,忽有一阵怪风从户隙而入中堂,婢妾有不卧者,见一九尾狐狸,金毛粉面,游近榻前,其妾挥剑斩之,忽然灯烛俱灭,其妾先被魅死。狐狸尽吸妲己精血,绝其魂魄,脱其躯壳,而卧于帐中。殆及天明,护启户来问夜间动静,众妾告曰:"一夜寒风灭烛,邪气袭人,然窗扉户牖不动如故。"护怪之,令壮士巡搜驿内前后,果见一妾被魅死于后庭青草池边。护大惊,遂不少留,即发车马起程,然不知妲己早被狐狸所魅耳。车马行至朝歌,先进表章,纣览罢,宣妲己入朝,见其仪容妖艳,花貌绝群,不胜欢忻,曰:"此女足赎前罪。"遂宠幸异常,恣意淫乐,略无忌惮。或杀谏臣,或戮宫女,或斫人胫,或剖孕妇。妲己日伴游赏,夜则露其本相吸取死人精血,其貌益妍。一日,纣宴群臣于琼林苑,忽见一狐隐于牡丹丛下,纣急令飞廉射之,飞廉曰:"但放金笼雕鸟足可逐之。"纣即令开笼放雕,狐被爪破面,遁匿沉香架,后不见踪迹。令武士掘而搜之,但见一大土窟,堆积骸骨无数,狐不见矣。纣宴罢入宫,见妲己两腮俱破,以花叶贴之,乃问其故,妲己笑曰:"早被白莺儿抓破耳。"纣亦信之,不知其在牡丹花下为雕儿所搏也。自是妲己之形,夜夜出入宫庭,宦官嫔御多有看见。城中谣言不止,司空商荣切谏,忤旨,出为庶人。后武王伐纣,纣自焚而死。妲己在摘星楼欲化形远遁,被殷郊抱住,缚至太公帐前。太公临场数罪,命斩之。行刑者悦其花貌,不忍下手,太公大怒,斩行刑者,凡三易皆然。太公曰:"妲己乃妖狐也,不现其形,终足惑人。"乃以照魔镜照之,现其本形,殷郊手起斧落,斩为两段。

周文王得青狐

周文王拘羑里,散宜生诣涂山,得青狐以献纣,免西伯之难。

汉广川王戟伤白狐

汉广川王好发冢。发栾书冢,其棺柩、盟器悉毁烂无余,唯有一白狐,见人惊走。左右逐之不得,戟伤其足。是夕,王梦一丈夫,须眉尽白,来谓王曰:"何故伤吾左足?"以杖叩王左足,王觉,肿痛,因生疮,至死不瘥。

郅伯夷杀狐

汝南汝阳西门亭有鬼魅,宾客宿止,有死亡,其厉厌者,皆亡发失精。北部督邮西平郅伯夷年三十所,大有才决,长沙太守郅君章孙也。日晡时到亭,敕前导入,录事掾白:"今尚早,可至前亭。"曰:"欲作文书。"便留。吏卒惶怖,言当解去。传云:"督邮欲于楼上观望,亟扫除。"须臾便上,未冥,楼镫阶下复有火,敕:"我思道,不可见火,灭去。"吏知必有变,当用赴照,但藏置壶中耳。既冥,整服坐诵《六甲》《孝经》《易》本讫,卧有顷,更转东首,以挐巾结两足,帻冠之,密拔剑解带。夜半时,有正黑者,四五尺稍高,走至柱屋,因覆伯夷,持被掩足跣脱,几失再三,徐以剑带击魅脚,呼下火上,照视,老狐正赤,略无衣毛,持下烧杀。明旦,发楼屋,得所凭人发百余结,因从此绝。伯夷举孝廉,益阳长。

灵孝呼阿紫

后汉建安中,沛国郡陈羡,为西海都尉。其部曲王灵孝无故逃去,羡欲杀之。居无何,孝复逃走,羡久不见,囚其妇,其妇实对。羡曰:"是必魅将去,当求之。"因将步骑数十,领猎犬,周旋于城外求索,果见孝于空冢中。闻人犬声,怪避。羡使人扶以归,其形颇象狐矣,略不复与人相应,但啼呼索"阿紫"。阿紫,雌狐字也。后十余日,乃稍稍了寤,云:"狐始来时,于屋曲角、鸡栖间作好妇形,自称'阿紫',招我,如此非一,忽然便随去,即为妻,暮辄与共还其家,遇狗不觉,云乐无比也。"

管辂击狐

魏管辂常夜见一小物,状如兽。手持火,向口吹之,将爇舍宇。辂命门生举刀奋击,断腰,视之,狐也。自此里中无火。

乐广杀狐

乐广字彦辅,惠帝时为河南尹。官舍多妖怪,前尹皆不敢处正堂,广居之不疑。尝外户自闭,左右皆惊,广独自若,顾见墙有孔,使人掘墙,得狐狸,杀之,其怪遂绝。

老狐带绛缯香囊

晋习凿齿为桓温主簿,从温出猎。时大雪,于临江城西,见草雪下气出,觉有物,射之,应弦死。往取之,乃老雄狐,脚下带绛缯香囊。

华表照狐

张华为司空,于时燕昭王墓前,有一狐狸化为书生,欲诣张公,过问墓前华表,曰:"以我才貌,可得见司空耶?"华表曰:"子之妙解,无为不可。但张公制度,恐难笼络,出必遇辱,殆不得返。非但丧子千年之质,亦当深误老表。"狐不从,遂诣。华见其容止风流,雅重之。于是论及文章声实,华未尝胜;次复商略三史,探贯百氏,包十圣、洞三才,华无不应声屈滞,乃叹曰:"明公当尊贤容众,嘉善矜不能,奈何憎人学问?墨子兼爱,其若是耶。"言卒,便退。华已使人防,门不得出。既而又问华曰:"公门置兵甲阑锜,当是疑仆也。恐天下之人卷舌而不谈,智谋之士望门而不进,深为明公惜之。"华不答,而使人防御甚严。丰城人雷焕,博物士也,谓华曰:"闻魅鬼忌狗,所别,数百年物耳。千年老精,不复能别,惟千年枯木照之,则形见。昭王墓前华表已当千年。使人伐之。"至,闻华表言曰:"老狐不自知,果误我事!"于华表穴中,得青衣小儿,长二尺余。使还,未至洛阳,而变成枯木,遂燃以照之,书生乃是一狐狸。茂先叹曰:"此二物不值我,千年不复可得。"

狐字伯裘

酒泉郡,每太守到官,无几辄死。后有渤海陈斐见授此郡,忧愁不乐。将行,卜吉凶,日者曰:"远诸侯,放伯裘;能解此,则无忧。"斐不解此语。卜者曰:"君去,自当解之。"斐既到官,侍医有张侯,直医有王侯,卒有史侯、董侯。斐心悟曰:"此谓'诸侯'。"乃远之。即卧,思"放伯裘"之义,不知何谓。夜半后,有物来斐被上,便以被冒取之。物跳踉,訇訇作声,外人闻,持火入,欲杀之。鬼乃言曰:"我实无恶意。但府君能赦我,当深报君耳。"斐曰:"汝为何物,而忽干犯太守?"魅曰:"我千岁狐也,今字伯裘,有年矣。府君有急难,若呼我字,当自解。"斐乃喜曰:"真'放伯裘'之义也。"即便放之,忽然有光赤如电,从户出。明日,夜有击户者,斐曰:"谁?"曰:"伯裘也。"曰:"来何为?"曰:"白事。北界有贼也。"斐验之,果然。每事先以语斐,无毫发之差,而咸曰"圣府君"。月余,主簿李音私通斐侍婢,既而惧为伯裘所白,遂与诸侯谋杀斐。伺傍无人,便使诸侯入,格杀之。斐惶怖,大呼:"伯裘救我!"即有物如曳一匹绛,剨然作声,音、侯伏地失魂,乃缚取,考讯之。皆服,云:"斐未到官,音已惧失礼,与诸侯谋杀斐。会诸侯见斥,事不成。"斐即杀音等。伯裘乃谢曰:"未及白音奸情,乃为府君所召。虽效微力,犹用惭惶。"后月余,与斐辞曰:"今后当上天,不得复与府君相往来也。"遂去不见。

狐截孙岩发

后魏有挽歌者孙岩,取妻三年,妻不脱衣而卧,岩私怪之。伺其睡,阴解其衣,有尾长三尺,似狐尾。岩惧而出之。甫去,将刀截岩发而走。邻人逐之,变为一狐,追之不得。其后,京邑被截发者一百三十人。初变为妇人,衣服净妆,行于道路。人见而悦之,近者被截发。当时妇人着彩衣者,人指为狐魅。

狐当门嗥叫

夏侯藻母病困,将诣淳于智卜。有一狐当门,向之嗥叫。藻愕惧,遂驰诣智。智曰:"祸甚急,君速归,在嗥处,拊心啼哭。令家人惊怪,大小毕出。一人不出,啼哭勿休,然其祸仅可救也。"藻如之,母亦扶病而出。家人既集,堂屋五间,拉然而崩。

胡道洽死不见尸

胡道洽,自云广陵人,好音乐、医术之事。体有臊气,恒以名香自防,唯忌猛犬。自审死日,戒弟子曰:"气绝便殡,勿令狗见我尸也。"死于山阳,殓毕,觉棺空,即开看,不见尸体,时人以为狐也。

武平狐媚

北齐后主武平中,朔州府门无故有小儿脚迹,及拥土为城雉之状。察之,乃狐媚。是岁,安南起兵于北朔。

宋大贤杀狐

隋南阳西郊有一亭,人不可止,止则有祸。邑人宋大贤以正道自处,尝宿亭楼,夜坐鼓琴,忽有鬼来登梯,与大贤语,眝目磋齿,形貌可恶,大贤鼓琴如故,鬼乃去,于市中取死人头来还,语大贤,曰:"宁可少睡耶?"因以死人头投大贤前。大贤曰:"甚佳。吾暮卧无枕,正欲得此。"鬼复去,良久乃还,曰:"宁可共手搏耶?"大贤曰:"善。"语未竟,在前,大贤便逆捉其腰。鬼但急言"死",大贤遂杀之。明日视之,乃是老狐也。自是,亭舍更无妖怪。

崔参军治狐

唐太宗以美人赐赵国公长孙无忌,有殊宠。忽遇狐媚,其狐自称"王八",身长八尺余,恒在美人所。美人见无忌,辄持长刀斫刺。太宗闻其事,诏诸术士,前后数四,不能却。后术者言:"相州崔参军能愈此疾。"始崔在州,恒谓其僚云:"诏书见召,不日当至。"数日,敕至,崔便上道。王八泣谓美人曰:"崔参军不久将至,为之奈何?"其发后,止宿之处,辄具以白。及崔将达京师,狐便遁去。既至,敕诣无忌家,时太宗亦幸其第。崔设案几,坐书一符,太宗与无忌俱在其后。顷之,宅内井、灶、门、厕、十二辰等数十辈,或长或短,状貌奇怪,悉至庭下。崔问曰:"诸君等为贵官家神,职任不小,何故令媚狐入宅?"神等前白云:"是天狐,力不能制,非受赂也。"崔令捉狐。去少顷,复来,各着刀箭,云:"适已苦战,被伤,终不可得。"言毕散去。崔又书飞一符,天地忽尔昏暝,帝及无忌惧而入室。俄闻虚空有兵马声,须臾,见五人,各长数丈,来诣崔所。行列致敬,崔乃下阶,小屈膝。寻呼帝及无忌出拜庭中,诸神立视而已。崔云:"相公家有媚狐,敢烦执事取之。"诸神敬诺,遂各散去。帝问:"何神?"崔云:"五岳神也。"又闻兵马声,乃缠一狐坠砌下。无忌不胜愤恚,遂以长剑斫之。狐初不惊,崔云："此已神通,击之无益,自取困耳。"乃判云:"肆行奸私,神道所殛,量决五下。"狐便乞命。崔取东引桃枝决之,血流满地。无忌不以为快,但恨杖少。崔云:"五下是人间五百,殊非小刑。为天曹役使此辈,杀之不可。使敕自尔不得复至相公家。"狐乃飞去,美人疾遂愈。

狐神

唐初已来,百姓多事狐神。房中祭祀以乞恩,食饮与人同之,事者非一主。当时有谚云:"无狐魅,不成村。"

野狐戏张简

唐国子监助教张简,河南缑氏人也。曾为乡学讲《文选》,有野狐假简形,讲一纸书而去。须臾,简至,弟子怪问之。简异曰:"前来讲者,必野狐也。"讲罢归舍,见妹坐络丝,谓简曰:"适煮菜冷,兄来何迟?"简坐,久待不至,乃责其妹。妹曰:"元不见兄来,此必是野狐也,更见即杀之。"明日又来,见妹坐络丝,谓简曰:"鬼适魅向舍后。"简遂持棒,见真妹从厕上出来,遂击之。妹号叫曰:"是儿。"简不信,因击杀之。问络丝者,化为野狐而走。

狐化为弥勒佛

唐永徽中,太原有人自称弥勒佛。礼谒之者,见其形底于天,久之渐小,才五六尺,身如红莲花在叶中。谓人曰:"汝等知佛有二身乎?其大者为正身。"礼敬倾邑。僧服礼者,博于内学,叹曰:"正法之后,始入像法。像法之外,尚有末法。末法之法,至于无法。像法处乎其间者,尚数千年矣。释迦教尽,然后大劫始坏。劫坏之后,弥勒方去兜率,下阎浮提。今释迦之教未亏,不知弥勒何遽下降?"因是虔诚作礼,如对弥勒之状。忽见足下是老狐,幡花旄盖,悉是冢墓之间纸钱耳。礼抚掌曰:"弥勒如此耶?"具言如状,遂下走,足之不及。

上官翼毒狐

唐麟德时,上官翼为绛州司马。有子,年二十许,尝晓日独立门外。有女子年可十三四,姿容绝代,行过门前。此子悦之,便尔戏调,即求欢狎。因问其所止,将欲过之。女云:"我门户虽难,郎州佐之子,两相形迹,不愿人知。但能有心,得方便自来相就。"此子邀之,期朝夕。女初固辞,此子将欲便留之,然后渐见许。昏后,徙倚,俟如期果至。自是,每夜常来。经数日,而旧使老婢于牖中窥之,乃知是魅,以告翼。百方禁断,终不能制。魅来转数昼夜不去,儿每将食,魅必夺之杯碗。此魅已饱,儿不得食。翼常手自作啖,剖以贻儿,至手,魅已取去。翼颇有智数,因此密捣毒药,时秋晚,油麻新熟,翼令熬两叠,以 置毒药,先取好者作啖,偏与妻子,末乃与儿一啖。魅便接去。次以和药者作啖,与儿,魅亦将去。连与数啖,忽变作老狐。宛转而仆,擒获之,登令烧毁,讫,合家欢庆。此日昏后,闻远处有数人哭声,斯须渐近,遂入堂后,并皆称冤,号擗甚哀。中有一叟哭声,每云:"苦痛老狐,何乃为喉咙枉杀性命?"数十日间,朝夕来家,往往见有衣缞绖者。翼深忧之,后来渐稀,经久方绝,亦无害也。

狐称圣菩萨

唐则天在位,有女人自称圣菩萨。人心所在,女必知之。太后召入宫,前后所言皆验,宫中敬事之。数月,谓为真菩萨。其后,大安和尚入宫,太后问:"见女菩萨未?"安曰:"菩萨何在？愿一目之。"敕与之相见。女菩萨一见,和尚风神邈然。久之,大安曰:"汝善观心,试观我心安在?"答曰:"师心在塔头相轮边铃中。"寻复问之,曰:"在兜率天弥勒宫中听法。"第三问之,"在非非想天。"皆如其言,太后忻悦。大安因且置心于四果阿罗汉地,则不能知。大安呵曰:"我心始置阿罗汉之地,汝已不知。若置于菩萨诸佛之地,何由可料?"女词屈,变作牝狐,下阶而走,不知所适。

狐出被中

唐垂拱初,谯国公李崇义男项生染病,其妻及女于侧侍疾。忽有一狐,从项生被中走出,俄失其所在。数日,项生亡。

王义方使野狐

唐前御史王义方黜莱州司户参军,去官,归魏州,以讲授为业。时乡人郭无为颇有术,教义方使野狐。义方虽能呼得之,不伏使,却被群狐竞来恼,每掷瓦瓮以击。义方或正诵读,即裂碎其书,闻空中有声云:"有何神术,而欲使我乎?"义方竟不能禁止,无何而卒。

何让之得狐朱字文书

唐神龙中，庐江何让之赴洛。遇正巳日，将陟老君庙瞰洛中，游春冠盖。庙之东北二百余步，有太丘三四，时亦号后汉诸陵。故张孟阳《七哀诗》云："恭文遥相望，原陵郁膴膴。"原陵即光武陵。一陵上独有枯柏三四枝，其下磐石，可容数十人坐。见一翁，姿貌有异常辈，眉鬓皓然，着寶幪巾、襦袴，帻乌纱，抱膝南望，吟曰："野田荆棘春，闺阁绮罗新。出没头上日，生死眼前人。欲知我家在何处，北邙松柏正为邻。"俄有一贵戚，金翠车舆，女花之婢数十，联袂笑乐而出徽安门，抵榆林店。又睇中桥之南北，垂杨拂于天津，繁花明于上苑，紫禁绮陌，轧乱香尘。让之方叹栖迟，独行踽踽，已讶前吟翁非人。翁忽又吟曰："洛阳女儿多，无奈孤翁老去何？"让之遽欲前执，翁倏然跃入丘中，让之从焉。初入丘，曛黑不辨，其逐翁已复本形矣，遂见一狐跳出，尾有火焰如流星，让之却出玄堂之外。门东有一筵已空，让之见一几案，上有朱盏笔砚之类，有一帖文书，纸尽惨灰色，文字则不可晓解。略记可辨者，其一云："止色鸿焘，神思化伐。穹施后承，光负玄设。呕沦吐崩，垠倪散截。迷肠郗曲，霹零霆暳。雀毁龟冰，健驰御屈。拿尾研动，袾袾哲已。滔用秘功，以岭以穴。柂薪伐药，莽樧万茁。呕律则祥，佛伦惟萨。牡虚无有，颐咽蕊屑。肇素未来，晦明兴灭。"其二辞曰："五行七曜，成此闰余。上帝降灵，岁旦涒徐。蛇蜕其皮，吾亦神攎。九九六六，束身天除。何以充喉？吐纳太虚。何以蔽踝？霞袂云袽。哀两浮生，节比荒墟。吾复丽气，还形之初。在帝左右，道济忽诸。"题云《应天狐超异科策八道》，后文甚繁，难以详载。让之获此书帖,喜而怀之,遂跃出丘穴。后数日,水北同德寺僧志静来访让之,说云:"前者所获丘中文书,非郎君所用,留之不祥。其人近捷上界之科,可以祸福中国,郎君必能却归此,他亦酬谢不薄。其人谓志静曰:'吾已备三百缣,欲赎此书,如何?'"让之许诺。志静明日挈三百缣送让之,让之领讫,遂诳僧言:"其书已为往还所借,更一两日当征之,便可归本。"让之复为朋友所说,云:"此僧亦是妖魅,奈何,欲还之所纳绢,但讳之可也。"后志静来,让之悉讳,云:"殊无此事,兼不曾有文书。"志静无言而退。经月余,让之先有弟在东吴,别已逾年。一旦,其弟至焉。与让之话家私中外,其有道,长夜则兄弟联床。经五六日,忽问让之:"某闻此地多狐作怪,诚有之乎?"让之遂话其事,而夸云:"吾一月前,曾获野狐之书文一帖,今见存焉。"其弟固不信:"宁有是事?"让之至迟旦,揭箧,取此文书帖示弟。弟捧而惊叹,即掷于让之前,化为一狐矣。俄见一美少年,若新官之状,跨白马,南驰疾去。适有西域胡僧贺云:"善哉!常在天帝左右矣。"少年叹让之相诳,让之嗟异。未几,遂有敕,捕内库被人盗贡绢三百匹。寻踪至此,俄有吏掩至,直挈让之囊检焉,果获其缣。已费数十匹,执让之赴法,让之不能雪,卒死枯木。

狐化为婢

唐沈东美为员外郎(太子詹事伾期之子),家有青衣,死且数岁。忽还家,曰:"吾死为神。今忆主母,故来相见。但吾饿,请一餐可乎?"因命之坐,仍为具食,青衣醉饱而去。及暮,僮发草积下,得一狐大醉。须臾,狐乃吐其食,尽婢之食也,乃杀之。

狐化婆罗门

道士叶法善,括苍人。有道术,能符禁鬼神,唐中宗甚重之。开元初,供奉在内,位至金紫光禄大夫鸿胪卿。时有名族得江外一宰,将乘舟赴任,于东门外,亲朋盛筵以待之。宰令妻子与亲故车先往胥溪水滨。日暮,宰至舟旁,馔已陈设,而妻子不至。宰复至宅寻之,云:"去矣。"宰惊,不知所以。复出城问行人,人曰:"适食时,见一婆罗门僧执幡花前导,有数乘车随之,比出城门,车内妇人皆下从婆罗门,齐声称佛,因而北去矣。"宰遂寻车迹,至北郊墟,墓门有大冢,见其车马皆憩其旁。其妻与亲表妇二十余人,皆从一僧,合掌口称佛名。宰呼之,皆有怒色。宰前擒之,妇人遂骂曰:"吾正逐圣者,今在天堂。汝何人,乃敢此抑遏?"至于奴仆,与言皆不应,亦相与绕冢而行。宰因执胡僧,遂失。于是,缚其妻及诸妇人,皆喧叫。至第,竟夕号呼,不可与言。宰迟明问于叶师,师曰:"此天狐也。能与天通,斥之则已,杀之不可。然此狐斋时必至,请与俱来。"宰曰:"诺。"叶师仍与之符,令置所居门。既置符,妻及诸人皆寤,谓宰口:"吾昨见佛米,领诸圣众,将我等至天堂,其中乐不可言。佛执花前导,吾等方随后作法事,忽见汝至,吾故骂,不知乃是魅惑也。"斋时,婆罗门果至,叩门乞食,妻及诸妇人闻僧声,争走出门,喧言:"佛又来矣。"宰禁之不可,执胡僧,鞭之见血。面缚,舁之往叶师所。道遇洛阳令,僧大叫称冤。洛阳令反咎宰,宰具言其故,仍请与俱见叶师。洛阳令不信宰言,强与之去。渐至圣真观,僧神色惨沮不言,及门,即请命,及入院,叶师命解其缚,犹胡僧也。师曰:"速复汝形!"魅即哀请,师曰:"不可。"魅乃弃袈裟于地,即老狐也。师命鞭之百,还其袈裟,复为婆罗门。约令去千里之外,胡僧顶礼而去,出门遂亡。

道士收狐

杨伯成,唐开元初为京兆少尹。一日,有人诣门,通云"吴南鹤"。伯成见之,年三十余,身长七尺,容貌甚盛。引之升座,南鹤文辩无双,伯成接对不暇。久之,请屏左右,欲有密语,乃云:"闻君小娘子令淑愿事门下。"伯成甚愕,谓南鹤曰:"女因媒而嫁,且邂逅相识,君何得便尔?"南鹤大怒,呼伯成为老奴:"我索汝女,何敢有逆慢辞!"伯成不知所以。南鹤竟脱衣入内,直至女所,坐纸隔子中。久之,与女随而出。女言:"今嫁吴家,何因嗔责?"伯成知是狐魅,令家人十余辈击之,反被料理,多遇泥涂两耳者。伯成以此请假二十余日。敕问:"何以不见杨伯成?"皆言其家为狐恼。诏令学叶道士术者十余辈至其家,悉被泥耳及缚,无能屈状。伯成以为愧耻。及赐告,举家还庄。于庄上立吴郎院,家人窃骂,皆为料理,以此无敢言者。伯成暇日无事,自于田中看人刈麦,休息于树下。忽有道士形甚瘦悴,来伯成所,求浆水,伯成因尔设食。食毕,道士问:"君何故忧愁?"伯成惧南鹤,附耳说其事。道士笑曰:"身是天仙,正奉帝命追捉此等四五辈。"因求纸笔,杨伯成使小奴取之,然犹惧其知觉,戒令无喧。纸笔至,道士作三字,状如古篆,令小奴持至南鹤所,放前云:"尊师唤汝。"奴持书入房,见南鹤方与家婢相谴,奴以书授之。南鹤匍匐而行,至树下,道士呵曰:"老野狐敢作人形!"遂变为狐,异常病疥。道士云:"天曹驱使此辈,不可杀之,然以君故,不可徒尔。"以小杖决之一百,流血被地。伯成以珍宝赠馈,道士不受,驱狐前行,自后随之,行百余步,至柳林边,冉冉升天,久之遂灭。伯成喜甚,至于举家称庆。其女睡食顷,方起,惊云:"本在城中隔子里,何得至此?"众人方知为狐所魅,精神如睡中云。

狐窃美妇

唐开元中,彭城刘甲者为河北一县,将之官,途经山店,夜宿,人见甲妇美白,云:"此有灵祇,好偷美妇。前后至者,多为所取,宜慎防之。"甲与家人相励不寐,围绕其妇,仍以面粉涂妇身首。至五更后,甲喜曰:"鬼神所为,在夜中耳。今天将曙,其如我何!"乃假寐。顷之,失妇所在。甲以资帛顾村人,悉持棒,寻面而行。初从窗孔中出,渐过墙东,有一古坟,坟上有大桑树,下一小孔,面入其中,因发掘之。丈余,遇大树坎如连屋,老狐坐据玉案,前两行有美女十余辈,悉持声乐,皆前后所偷人家女子也。旁有小狐数百头,悉杀之。

栾巴斩狐

栾巴,成都人也。少而好道,不修俗事,时太守躬诣巴,请屈为功曹,待以师友之礼。巴到,太守曰:"闻功曹有道,可试见一奇乎?"巴曰:"唯。"即平坐,却入壁中去,冉冉如云气之状。须臾,失巴所在。后举孝廉,除郎中,迁豫章太守。庐山庙有神,能于帐中共外人语,饮酒空中投杯。人往乞福,能使江湖之中,分风举帆,行船相逢。巴至郡中,便失神所在。巴曰:"庙鬼诈为天官,损百姓日久,罪当治之。"巴遂以事付功曹,自行捕逊,云:"若不时讨,恐其复游行天下,所在血食,枉病良民。"责以重祷,乃下所在,推问山川社稷,求鬼踪迹。此鬼于是走至齐郡,化为书生,善谈五经,太守以女妻之。巴知其所在,上表请解郡守往捕其鬼。巴到,诣太守,曰:"闻君有贤婿,愿见之。"鬼已知巴来,托病不出。巴谓太守曰:"令婿,非人也,是老狐,诈为庙神。今走至此,故来取之。"太守召之不出。巴曰:"出之甚易。"请太守笔砚奏案乃作符,符成,长啸,空中忽有人将符去,亦不见人形,一座皆惊。符至,书生向妇泣曰:"去,必死矣。"须臾,书生自赍符来至庭下,见巴不敢前。巴叱曰:"老狐何不复尔形?"应声即变为狐狸,扣头乞活,巴敕杀之,皆见空中刀下,狐狸头堕地。太守女已生一儿,复化为狐狸,亦杀之。巴去,迁豫章守。郡多鬼,又多独足鬼,为百姓患。巴到后,更无此患,妖邪一时灭矣。

狐称高侍郎

唐草场官张立本有女,为妖物所魅。其妖来时,女即浓妆盛服,于闺中如与人语笑,其去,即狂呼号泣不已。久,每自称高侍郎。一日,忽吟诗云:"危冠广袖楚宫妆,独步闲庭逐夜凉。自把玉簪敲砌竹,清歌一曲月如霜。"立本乃随口抄之。立本与僧法舟为友,舟至其宅,本出诗示之,云:"某女少不曾读书,不知因何而能?"舟乃与立本两粒丹,令其女服之。不旬日,而疾愈。其女云:"宅后有竹丛,与高锴侍郎墓近,其中有野狐窟①穴,因被其魅。"

---

① 手抄本正文部分至此已结束,后面文字据上海图书馆藏本《狐媚丛谈》卷一《狐称高侍郎》而补。

服丹之后,不闻其疾再发矣。

刘元鼎逐狐为戏①

刘元鼎为蔡州使,蔡州新破,食场狐暴,刘遣吏生捕,日于球场纵犬逐之为乐,经手所杀百数。后获一疥狐,纵五六犬,皆不敢逐,狐亦不走。刘大异之,令访大将军家猎狗,及监军亦自跨巨犬至,皆弭环守之。狐良久才跳,直上设厅,穿台盘出厅后及城墙,俄失所在。刘自是不复命捕。

狐媚丛谈卷二

李参军娶狐

唐兖州李参军拜职赴任,途次新郑逆旅。遇老人读《汉书》,李因与交言,便及身事。老人问:"先婚阿谁?"李辞未婚,老人曰:"君名家子,当选姻好。今闻陶贞益为彼州都督,若逼以女妻君,君何以辞之?陶李为姻,深骇物听。仆虽庸叟,窃为足下羞之。今去此数里,有萧公,是吏部璿之族,门第亦高。见有数女,容色殊丽。"李闻而悦之,因求老人绍介于萧氏。其人便许之,去,久之方还,言:"萧公甚欢,敬以待客。"李与仆御偕行。既至,萧氏门馆

① 目录有《刘元鼎逐狐为戏》,但文字阙如,此据上海图书馆藏本《狐媚丛谈》卷一《刘元鼎逐狐为戏》而补。

清肃,甲第显焕,高槐修竹,蔓延连亘,绝世之胜境。初,二黄门持金倚床延坐。少时,萧出,着紫蜀衫,策鸠杖,两袍袴扶侧,雪鬓神凿,举动可观。李望敬之,再三陈谢。萧云:"老叟悬车之所,久绝人事,何期君子,迂道见过。"叙毕,寻荐珍膳,海陆交错,多有未名之物。食讫筵宴,老人云:"李参军向欲论亲,已蒙许诺。"萧便叙数十句语,深有士风。作书与县官,请卜人克日。须臾,卜人至:"公卜吉,正在此宵。"又作书与县官,借头花叙媚兼手力等,寻而皆至。其夕,亦有县官作候夹。欢乐之事,与世不殊。至入青庐,妇人又姝美,李氏愈悦。暨明,萧公乃言:"李郎赴任有期,不可久住。"便遣女子随去。宝钮辁车五乘,奴婢人马三十匹,其他服玩,不可胜数,见者谓是王妃公主之流,莫不健羡。李至任,积二年,奉使入洛,留妇在舍。婢等并狐,蛊冶炫惑丈夫,往来者多经过焉。异日,参军王颙曳狗将猎,李氏群婢见狗甚骇,咸入门。颙素疑其妖媚,是日心动,径牵狗入其宅,合家拘堂门,不敢喘息,狗亦掣挚号呼。李氏门妇言曰:"昨婢等梦为犬咋,今见而惧。王颙何事牵犬入人家?同僚一家,独不知为李参军之第乎?"颙意是狐,乃决意排窗放犬,咋杀群狐。惟李妻身是人,而其尾不变狐,嗟叹久之。时天寒,乃埋一处。经十余日,萧使君遂至,入门号哭,莫不惊骇。既而诣陶闻诉,言词确实,容服高贵,陶甚敬待,因收颙下狱。颙固执是狐,取前犬令咋。时萧、陶对食,犬在萧边,引犬头于膝上,以手抚之,然后与食,犬无搏噬之意。后数日,李氏亦还,号哭累日,歘然发怒,啮颙通身尽肿。萧谓李曰:"奴仆皆言死者悉是野狐,何期冤抑如是!当时即欲开瘗,恐李郎被眩惑,不见信。今宜开视,以明奸妄也。"命开视,悉是人形。李益悲恸,贞益以颙罪重,系锢深刻。颙私白云:"已令持十万,于东都取吠狐犬,往来可十余日。"贞益又以公钱百千益之,其犬竟至。会一日,萧谒陶,陶于正厅立待,萧入府,颜色沮丧,举动惶扰,有异于常。俄而,犬自外入,萧忽化作老狐,下阶趋走数步,为犬所获,从者皆死。贞益使验死者,悉是野狐,颙遂获免。

狐与黄撅为妖

唐定州刺史郑宏之解褐为尉,尉之廨宅,久无人居。屋宇颓毁,草蔓荒凉。宏之至官,剃草修屋,就居之。吏人固争,请宏之无入。宏之曰:"行正直,何惧妖鬼!吾性御妖,终不可移。"居二日,夜中,宏之独卧前堂,堂下明火,有贵人从百余骑,来至庭下。怒曰:"何人敢唐突居此!"命牵下。宏之不答,牵者至堂,不可近,宏之乃起。贵人命一长人,取宏之。长人升阶,循墙而走,吹灭诸灯。灯皆尽,唯宏之前一灯存焉。长人前欲灭之,宏之杖剑击长人,流血洒地,长人乃走。贵人渐来逼,宏之具衣冠,请与同坐。言谈通宵,情甚款洽。宏之知其无备,拔剑击之,贵人伤。左右扶之,遽云:"王今见损,如何?"乃引去。既而,宏之命役徒百人,寻其血,至北垣下,有小穴方寸,血入其中。宏之命掘之,入地一丈,得狐大小数十头,宏之尽执之,穴下又掘丈余,得大窟,有老狐,裸而无毛,据土床坐。诸狐侍之者十余头,尽拘之。老狐言曰:"无害予,予祐汝。"宏之命积薪堂下,火作,投诸狐,尽焚之。次及老狐,狐乃搏颊请曰:"吾已千岁,能与天通。杀予不祥,舍我何害?"宏之乃不杀,锁之庭槐。初夜,有诸神鬼自称山林川泽丛祠之神,来谒之,再拜言曰:"不知大王罹祸乃尔。虽欲脱王,而苦无计。"

老狐颔之。明夜，又诸社鬼朝之，亦如山神之言。后夜，有神自称黄撅，多将翼从，至狐所，言曰："大兄何忽如此。"因以手揽锁，锁为之绝，狐亦化为人，相与去，宏之走追之，不及矣。宏之以为黄撅之名，乃狗号也。"此中谁有狗名黄撅者乎？"既曙，乃召胥吏问之。吏曰："县仓有狗老矣，不知所至。以其无尾，故号为黄撅。岂此犬为妖乎？"宏之命取之，既至，锁系将就烹。犬人言曰："吾实黄撅神也，君勿害我。我常随君，君有善恶，皆预告，君岂不美欤？"宏之屏人与语，乃什之。犬化为人，与宏之言，夜久方去。宏之掌寇盗，忽有劫贼数十人入界，止逆旅，黄撅神来告，曰："某处有劫，将行盗，擒之可迁官。"宏之掩之果得，遂迁秩焉。后宏之累任将迁，神必预告。至如狭咎，常令回避，罔有不中，宏之大获其报。宏之自宁州刺史改宣州，神与宏之诀去，以是人谓宏之禄尽矣。宏之至州两岁，风疾去官。

罗公远缚狐

唐汧阳令，不得姓名，在官，忽云："欲出家。"念诵恳至。月余，有五色云生其舍，又见菩萨坐狮子上，呼令，叹嗟云："发心弘大，当得上果。宜坚固自保，无为退败耳。"因尔飞去。令因禅坐，闭门不食六七日，家以忧惧，恐以坚持损寿。会罗道士公远自蜀之京，途次陇上，令子请问其故。公远笑曰："此是天狐，亦易耳。"因与书数符，当愈。令子投符井中，遂开门，见父饿惫，逼令吞符，忽尔明晤，不复论修道事。后数载，罢官过家。家素郊居，平陆澶漫直千里。令暇日倚杖出门，遥见桑林下有贵人自南方来，前后十余骑，状如王者，令入门避之。骑寻至门，通云："刘成谒令！"令甚惊愕，初不甚相识，何以见诣。既见，升堂坐，谓令曰："蒙赐婚姻，敢不拜命。"初令在任，有室女年十岁，至是十六矣。令曰："未审相识，何尝有婚姻？"成云："不许我婚姻，事亦易耳。"以右手掣口而立，令宅须臾震动，井厕交流，百物飘荡。令不得已，许之。婚克期，翌日送礼成亲。成亲后，恒在宅。礼甚丰厚，资以饶益，家人不之嫌也。他日，令子诣京，求见公远。公远曰："此狐旧日无能，今已善符箓，吾所不能及，奈何？"令子恳请，公远奏请行。寻至所居，于令宅外十余步设坛，成策杖至坛所，骂老道士云："汝何为往来，靡所忌惮？"公远设法，成求与战。成坐令门，公远坐坛，乃以物击成，成仆于地，久之方起，亦以物击公远，公远亦仆，如成焉。如是往返数十。公远忽谓弟子云："彼击余殛，尔宜大哭，吾当以神法缚之。"及其击也，公远仆地，弟子大哭。成喜，不为之备，公远遂使神往击之。成大战恐，自言力竭，变成老狐。公远既起，以坐具扑狐，重之以大袋，乘驿还都。玄宗视之，以为欢笑。公远上白云："此是天狐，不可得杀，宜流之东裔耳。"书符流于新罗，狐持符飞去。今新罗有刘成神，人敬事之。

狐戏焦炼师

唐开元中，有焦炼师修道，聚徒甚多。有黄裙妇人称阿胡，就焦学道术。经三年，尽焦之术，而固辞，苦留之，阿胡云："己是野狐，本来学术。今无术可[学]，不得留。"焦因以术拘留之，胡随事酬答，焦不能及。于嵩顶设坛，启告老君，自言："己虽不才，然是道家[子]弟，妖狐所侮，恐大道将隳。"言意恳切。坛四角忽有香烟出，俄成紫云，高数十丈，云中有老君见立。因礼拜，陈云："正法已为妖狐所学,当更求法以除之。"老君乃于云中作法,有神王于云中以刀断狐腰,焦大欢庆,老君忽从云中下,变作黄裙妇人而去。

狐居竹中

唐吏部侍郎李元恭,其外孙女崔氏,容色殊丽,年十五六,忽得魅疾。久之,狐遂见形为少年,自称胡郎。累求术士不能去。元恭子博学多智,常问:"胡郎亦学否?"狐乃谈论,无所不至。多质疑于狐,颇狎乐。久之,谓崔氏曰:"人生不可不学。"乃引一老人授崔经史,前后三载,颇通诸家大义。又引一人教之书;涉一载,又以书著称。又云:"妇人何不会音声?箜篌、琵琶,此固凡乐,不如学琴。"复引一人至,云善弹琴,言姓胡,是隋时阳翟县博士。悉教诸曲,备尽其妙,及他名曲,不可胜纪。自云:"亦善《广陵散》。比屡见嵇中散,不使授人。"其于《乌夜啼》尤善,传其妙。李后问:"胡郎何以不迎妇归家?"狐甚喜,便拜谢云:"亦久怀之。所不敢者,以人微故尔。"是日遍拜家人,欢跃备至。李问:"胡郎,欲送女子,宅在何所?"狐云:"某舍门前有二大竹。"时李氏家有竹园,李因寻行所,见二大竹间有一小孔,意是狐窟,引水灌之。初得狐猫及他狐数十头,最后有一老狐,衣绿衫,从孔中出,是其素所着衫也。家人喜云:"胡郎出矣。"杀之,其怪遂绝。

小狐破大狐婚

唐开元中,有李氏者,早孤,归于舅氏。年十二,有狐媚之。其狐虽不见形,言语酬酢甚备。累月后,其狐复来,声音少异。家人笑曰:"此又别一野狐矣。"狐亦笑云:"汝何由得知?前来者是十四兄,已是弟。顷者,我欲取韦家女,造一红罗半臂,家兄无理盗去,令我亲事不遂,恒欲报之,今故来此。"李氏因相辞谢,求其禳理。狐云:"明日是十四兄王相之日,必当来此,大相恼乱,可令女掐无名指第一节以禳之。"言讫便去。大狐至,女方食。女依小狐言,掐指节,大狐以药颗如菩提子大六七枚,掷女饭碗中,累掷不中,惊叹甚至,言云:"会当入嵩岳学道,始得耳。"座中有老妇持其药者,惧复弃之。人问其故,曰:"野狐媚我。"狐慢骂云:"何物老妪,宁有人用此辈。"狐去之后,小狐复来,曰:"事理如何?言有验否?"家人皆辞谢。小狐曰:"后十余日,家兄当复来,宜慎之。此人与天曹已通,符禁之术,无可奈何,唯我能制之。待欲至时,当复至此。"将至其日,小狐又来,以药裹如松花,授女曰:"我兄明日必至。明早,可以车骑载女,出东北行,有骑相追者,宜以药布车后,则免其横。"李氏候明日,如小狐言,载女行五六里,甲骑追者甚众。且欲至,乃布药,追者见药,止不敢前。是暮,小狐又至,笑云:"得吾力否?再有一法,当得永免,我亦不复来矣。"李氏再拜固求,狐乃令取东引桃枝,以朱书枝上,作"齐州县乡里胡绰、胡邈""以符安大门及中门外钉之,必当永无怪矣"。狐遂不至,其女尚小,未及适人。后数载,竟失之也。

焚鹊巢断狐

唐开元中,有诣韦明府,自称崔参军,求娶。韦氏惊愕,知是妖媚,然犹以礼遣之。其狐寻至后房,自称女婿,女便悲泣,昏狂妄语。韦氏屡延术士,狐益慢言,不能却也。闻峨嵋有道士,能治邪魅,求出为蜀令,冀因其伎以禳之。既至,道士为立坛治之。少时,狐至坛,取道士悬大树上,缚之。韦氏来院中,问:"尊师何以在此?"胡云:"敢行禁术,适聊缚之。"韦氏自尔甘奉其女,无复觊望。家人谓曰:"若为女婿,可下钱二千贯为聘。"崔令于堂檐下布席,修贯穿钱,钱从檐上下,群婢穿之,正得二千贯。久之,乃许婚。令韦请假送礼,兼会诸亲。及至,车骑辉赫,侯从风流三十余人。至韦氏,送杂彩五十匹,红罗五十匹,他物称是,韦乃与女。经一年,其子有病,父母令问崔郎,答云:"八叔房小妹,今颇成人。叔父令事高门,其所以病者,小妹入室故也。"母极骂云:"死野狐魅,你公然魅我一女不足,更恼我儿。吾夫妇暮年,唯仰此子,与汝野狐为婿,绝吾继嗣耶?"崔无言,但欢笑。父母日夕拜请,诒云:"尔若能愈儿疾,女实不敢复论。"久之,乃云:"疾愈易得,但恐负心耳。"母颇为设盟誓。异日,崔乃怀出一文字,令母效书,及取鹊巢,于儿房前烧之,兼持鹊头自卫,当得免疾。韦氏行其术,数日,子愈。女亦效为之,雄狐亦去。骂云:"丈母果尔负约,知复何言。"遂去之。后五日,韦氏临轩坐,忽闻庭前臭不可奈,仍有旋风,自空而下,崔胡在焉。衣服破弊,流血淋漓,谓韦曰:"君夫人不义,作事太彰。天曹知此事,杖我几死。今长流沙碛,不复来矣。"韦极声呵之,曰:"穷老魅,何不速行,敢此逗遛耶?"胡云:"独不念我钱物恩耶?我坐偷用天府中钱,今无可还,受此荼毒,君何无情至此!"韦深感其言,数致辞谢徘徊,复为旋风而去。

狐化佛戏僧

唐洛阳思恭里,有唐参军者,立性修整,简于接对。有赵门福及康三者投刺谒,唐未出见之。问其来意,门福曰:"止求点心饭耳。"唐使门人辞,云:"不在。"二人径入至唐所。门福曰:"唐都官何云不在?惜一餐耳!"唐辞以门者不报,引出外厅,令家人供食。私诫奴,令置剑盘中,至则刺之。奴至,唐引剑刺门福,不中;次击康三,中之,犹跃入庭前池中。门福骂云:"彼我虽是狐,我已千年。千年之狐,姓赵姓张,五百年狐,姓白姓康。奈何无道,杀我康三,必当修报于汝,终不令康氏徒死也!"唐氏深谢之,令召康三,门福至池所,呼"康三",辄应曰:"唯。"然求之不可得,但余声存。门福既去,唐氏以桃汤沃洒门户,及悬符禁。自尔不至,谓其施行有验。久之,园中樱桃熟,唐氏夫妻暇日检行,忽见门福在樱桃树上,采樱桃食之。唐氏惊曰:"赵门福,汝敢复来耶?"门福笑曰:"君以桃物见欺,今聊复采食,君亦食之否?"乃频掷数颗以授唐。唐氏愈恐,乃广召僧结坛持咒,门福遂逾日不至。其僧持诵甚切,冀其有效,以为己功。后一日,晚霁之后,僧出楹前,忽见五色云自西来,径至唐氏堂,中有一佛,容色端严,谓僧曰:"汝为唐氏却野狐耶?"僧稽首,唐氏长幼虔礼甚至,喜见真佛,拜请降止。久之,方下,坐其坛上,奉事甚勤。佛谓僧曰:"汝修道通达,亦何须久蔬食,而为法能食肉乎?但问心能坚持否?肉虽食之,可复无累。"乃令唐氏市肉,佛自设食,次以授僧及家人,悉食。食毕,忽见坛上是赵门福,举家叹恨,为其所误。门福笑曰:"无劳厌我,我不来矣。"自尔不至也。

狐知死日

唐林景玄者,京兆人,侨居雁门,以骑射畋猎为己任。郡守悦其能,因募为衙门将。尝与其徒十数辈驰健马,执弓矢兵杖,臂鹰牵犬,俱骋于田野间,得麋鹿狐兔甚多。由是郡守纵其所往,不使亲吏事。尝一日畋于郡城之高岗,忽起一兔榛莽中,景玄鞭马逐之,仅十里余,兔匿一墓穴。景玄下马,即命二吏守穴傍,自解鞍而憩。闻墓中有语者曰:"吾命,土也。克土者木,日次于乙,辰居卯,二木俱王,吾其死乎?"已而咨嗟者久之。又曰:"有自东而来者,吾将不免。"景玄闻其语,且异之。因视穴中,见一翁素衣,髯白而长,手执一轴书,前有死乌鹊甚多。景玄即问之,其人惊曰:"果然!祸我者且至矣。"即诟骂,景玄默而计之,曰:"此穴甚小,而翁居其中,岂非鬼乎?不然,是盗而匿此。"即毁其穴,翁遂化为老狐,帖然伏地。景玄因射之而毙,视其所执之书,点画甚异,似梵书而非梵字,用素缣为幅,仅数十尺,景玄焚之。

狐向台告县令

唐开元中,东光县令谢混之,以严酷强暴为政河南著称。混之尝大猎于县东,杀狐狼甚众。其年冬,有二人诣台,讼混之杀其父兄,兼他赃物狼藉。中书令张九龄令御史张晓往按之,兼锁系告事者同往。晓素与混之相善,先疏其状,令自料理。混之遍问里正,皆云:"不识有此人。"混之以为诈己,各依状明其妄以待辨。晓将至沧州,先牒系混之于狱。混之令吏人铺设使院候晓。有里正从寺门前过,门外金刚有木室扃护甚固,闻金刚下有人语声,其扃以锁,非人所入。里正因逼前听之,闻其祝云:"县令无状,杀我父兄。今我二弟诣台所诉冤,使人将至,愿大神庇荫,令得理。"有顷,见孝子从隙中出。里正意其非人,前行寻之。其人见里正,惶惧入寺,至厕后失所在。归以告混之。混之惊愕,久之乃曰:"吾春首大杀狐狼,得无是耶?"及晓至,引讼者出,县人不之识。讼者言词忿争,理无所屈。混之未知其故。有识者劝令求猎犬,猎犬至,见讼者,且前搏逐,径跳上屋,化为二狐而去。

叶静能治狐

唐吴郡王苞者,少事道士叶静能,中罢为太学生,数岁在学。有妇人寓宿,苞与结欢,情好甚笃。静能在京,苞往省之,静能谓曰:"汝身何得有野狐气?"固答云:"无。"能曰:"有也。"苞因言得妇始末。能曰:"正是此老野狐。"临别,书一符与苞,令含,诫之曰:"至舍可吐其口,当自来此,为汝遣之,无忧也。"苞还至舍,如静能言。妇人变为老狐,衔符而走至静能所,拜谢。静能云:"放汝一生命,不宜更至于王家。"自此遂绝。

田氏老竖错认妇人为狐

唐牛肃有从舅,常过渑池,因至西北三十里,谒田氏子。去田氏庄十余里,经岚险,多枥林,传云:"中有魅狐,往来者,皆结侣乃敢过。"舅既至,田氏子命老竖往渑池市酒馔。天未明竖行,日暮不至,田氏子怪之。及至,竖一足又跛,问:"何故?"竖曰:"适至枥林,为一魅狐所绊,因蹶而仆,故伤焉。"问:"何以见魅?"竖曰:"适下坡时,狐变为妇人,遽来追我,我惊且走。狐又疾行,遂为所及,因倒且损。吾恐魅之为怪,强起击之,妇人口但哀祈,反谓我为狐,属云:'叩头野狐!叩头野狐!'吾以其不自知,因与痛手,故免其祸。"田氏子曰:"汝无击人,妄谓狐耶?"竖曰:"虽苦击之,终不改妇人状耳。"田氏子曰："汝必误损他人,且入户。"日入,见妇人体伤蓬首,过门而求饮,谓田氏子曰："吾适过栎林,逢一老狐变为人,吾不知是狐,前趋为伴,同过栎林,不知老狐却伤我如此。赖老狐去,余命得全。妾,北村人也,渴,故求饮。"田氏子恐其见老竖也,与之饮而遣之。

徐安妻骑故笼而飞

徐安者,下邳人也,好以渔猎为事。安妻王氏,貌甚美,人颇知之。开元五年秋,安游海州,王氏独居下邳。忽一日,有一少年状甚伟,顾王氏曰："可惜芳艳,虚度一生。"王氏闻而悦之,遂与结好,而来去无惮。安既还,妻见之,恩义殊隔。安颇讶之,其妻至日将夕,即饰妆静处,至二更,乃失所在,迨晓方回,亦不见其出入之处。他日,安潜伺之,其妻乃骑故笼,从窗而出,至晓复返。是夕闭妇于他室,乃诈为女子妆饰,袖短剑,骑故笼以待之。至二更,忽从窗而出,径入一山岭,乃至会所。帷幄华焕,酒馔罗列。座有三少年,安未下,三少年曰："王氏来何早乎?"安乃奋剑击之,三少年死于座。安复骑故笼,即不复飞矣。俟晓而返,视夜来所杀三少年,皆老狐也。安到舍,其妻是夕不复妆饰矣。

狐截人发

霍邑,古吕州也,城池甚固。县令宅东北有城,面各百步,其高三丈,厚七八尺,名曰"囚周厉王城",则《左传》所称"万人不忍,流王于彘城",即霍邑也。王崩,因葬城之北。城既久远,则有魅狐居之,或官吏家,或百姓子女姿色者,夜中狐断其发,有如刀截。唐时,邑人靳守贞者,素善符咒,为县送徒至赵城,还至归金狗鼻,傍汾河山名,去县五里,见汾河西岸水滨,有女红裳,浣衣水次。守贞目之,女子忽尔乘空过河,遂缘岭蹑空,至守贞所。以手攀其笠,足踏其带,将取其发焉。守贞送徒,手犹持斧,因击女子坠,从而斫之,女子死,则是雌狐。守贞以狐至县,具列其由,县令不之信。守贞归,遂每夜有老父及媪,绕其居哭,从索其女,守贞不惧。月余,老父及媪骂而去,曰:"无状杀我女,吾犹有三女,终当困汝。"于是绝,而截发亦亡。

赤肉野狐

唐洛阳尉严谏,从叔亡,谏往吊之。后十余日,家人悉去服,谏召家人问,答云:"亡者不许。"因述其言语处置状,有如平生。谏疑是野狐,恒欲料理。后至叔舍,灵便逆怒,约束子弟:"勿更令少府侄来,无益人家事,只解相疑耳。"亦谓谏曰:"五郎公事似忙,不宜数来也。"谏后忽将苍鹰、双鹘、皂雕、猎犬数十事,与他手力百余人,悉持器械,围绕其宅数重,遂入灵堂。忽见一赤肉野狐,仰行屋上,射击不能中。寻而开门跃出,不复见,自尔怪绝。

韦参军治狐

唐润州参军幼有隐德,虽兄弟不能知也。韦常谓其不慧,轻之。后忽谓兄曰:"财帛当以道,不可力求。"诸兄甚奇其言,问:"汝何长进如此?"对曰:"今昆明池中,大有珍宝,可共取之。"诸兄乃与偕行,至池所,以手酌水,水悉枯涸,见金宝甚多。谓兄曰:"可取之。"兄等愈入愈深,竟不能得,乃云:"此可见而不可得致者,有定分也。"诸兄叹美之。问曰:"素不出,何以得妙法?"笑而不言。久之,曰:"明年当得一官,无虑贫乏。"及选拜润州书佐,遂东之任。途经开封县,开封县令者,其母患狐媚,前后术士不能疗。有道士者善见鬼,谓令曰:"今比见诸队仗,有异人入境。若得此人,太夫人疾苦自愈。"令遣候之。后数日,白云:"至此县逆旅,宜自谒见。"令往见韦,具申礼请。笑曰:"此道士为君言耶?然以太夫人故,屈身于人,亦可悯矣。幸与君遇,其疾必愈。明日,自县桥至宅,可少止人,令百姓见之,我当至彼,为发遣。且宜还家洒扫、焚香相待。"令皆如言。明日至舍,见太夫人,问以疾苦,以柳枝洒水于身上。须臾,有老白野狐自床而下,徐行至县桥,然后不见。令有赠遗,韦皆不受。至官一年,谓其妻曰:"后月我当死。死后君嫁此州判司,当生三子。"皆如其言。

杨氏二女嫁狐

唐有杨氏者,二女并嫁胡家。小胡郎为主母所惜,大胡郎谓其婢曰:"小胡郎乃野狐尔,丈母乃不惜我,反惜野狐。"婢还白母,问:"何以知之?"答云:"宜取鹊头悬户上。小胡郎若来,令妻呼伊祈熟肉。再三言之,必当走也。"杨氏如言,小胡郎果走。故今相传云"伊祈熟肉辟狐魅",甚有验也。

狐变为娼[①]

唐河东薛迴与其徒十人于东都狎娼妇,留连数夕,各赏钱十

千。后一夕午夜,娼偶求去。迥留待曙,妇人躁扰,求去数四,抱钱出门。迥敕门者无出客,门者不为启锁。妇人持钱寻至水窦,变成野狐,从窦中出,其钱亦留。

狐语灵座中①

唐辛氏,母死之后,其灵座中恒有灵语,不异平素,家人敬事如生。辛氏表弟是术士,在京闻其事,因而来观。潜于辛宅后作法,入门,见一无毛牝狐,杀之,怪遂绝。

狐化菩萨通女有妊②

唐代州民有一女,其兄远戍不在,母与女独居。忽见菩萨乘云而至,谓母曰:"汝家甚善,吾欲居之,可速修理,当寻来也。"村人竞往。处置适毕,菩萨取五色云来下其室。村人供养甚众,仍敕众等不宜有言,恐四方信心,往来不止。村人以是相戒,不说其事。菩萨与女私通,有娠。经年,其兄还,菩萨不欲见男子,令母逐之,兄不得至。因倾财求道士。久之,有道士为作法,窃视菩萨是一老狐,乃持刀入,斫杀之。

村民断狐尾

唐祈县有村民,因辇地征蒭粟至太原府。及归,途中日暮,有

① 这一题名在目录中出现,但题名与文字在正文中皆阙如,据上海图书馆藏本《狐媚丛谈》卷二《狐语灵座中》而补。

② 此篇在目录中出现,但题目与加粗文本内容在正文中皆阙如,据上海图书馆藏本《狐媚丛谈》卷二《狐化菩萨通女有妊》而补。

一白衣妇人立路傍,谓村民曰:"妾今日都城而来,困且甚,愿寄载车中,可乎?"村民许之。乃升车,行未三四里,因脂辖,忽见一狐尾在车之隙中,垂于车辕下,村民即以镰断之。其妇人化为无尾狐,鸣嗥而去。

张例杀狐

唐始丰令张例疾患魅,时有发动,家人不能制也。恒舒右臂上作咒,云:"狐娘健子。"其子密持铁杵,候例疾发,即自后撞之,坠一老牝狐,焚于四通之衢,自尔便愈也。

狐赠纸衣

唐冯玠者,患狐魅疾。其父后得术士疗玠疾。魅忽啼泣,谓玠曰:"本图共终,今为术者所迫,不复得在。"流泪经日,方赠玠衣一袭,云:"善保爱之,聊为久念耳。"玠初得,惧家人见,悉卷书中。疾愈,入京应举,未得开视。及第后,方还开之,乃是纸焉。

狐偷漆背金花镜

唐贺兰进明为狐所婚。每到时节,狐新妇恒至京宅,名起居,兼持贺遗及问信。家人或有见者,状貌甚美。至五月五日,自进明已下,至其仆隶,皆有续命符,家人以为不祥,多焚其物。狐悲泣云:"此并真物,奈何焚之?"其后所得,遂以充用。后家人有就求漆背金花镜者,狐入人家偷镜,挂项缘墙而行,为主人家击杀,自尔怪绝。

狐变小儿

唐崔昌在东京庄读书,有小儿颜色殊异,来止庭中。久之,渐升阶,坐昌床头。昌不之顾,乃以手卷昌书。昌徐问:"汝何人?斯来何所欲?"小儿云:"本好读书,慕君学问尔。"昌不之却。常问文义,甚有理。经数月,日暮,忽扶一老人垂醉至昌所,小儿暂出,老人醉吐人之爪发等,昌甚恶之。昌素有所持利剑,因斩断头,成一老狐。顷之,小儿至,大怒云:"君何故无状,杀我家长?我岂不能杀君,但以旧恩故尔。"大骂出门,自尔乃绝。

狐刚子

唐坊州中部县令长孙甲者,其家笃信佛道。异日斋次,举家见文殊菩萨,乘五色云,从日边下。须臾,至斋所檐际,凝然不动。合家礼敬恳至,久之乃下,其家前后供养数十日,唯其子心疑之。入京求道士为设禁,遂击杀狐。令家奉马一匹,钱五十千。后数十日,复有菩萨乘云来至,家人敬礼如故。其子复延道士禁咒如前。尽十余日,菩萨问道士:"法术如何?"答曰:"已尽。"菩萨云:"当决一顿。"因问道士:"汝读道经,知有狐刚子否?"答曰:"知之。"菩萨云:"狐刚子者,即我是也。我得仙来,已三万岁。汝为道士,当修清净,何事杀生?且我子孙,为汝所杀,宁宜活汝耶?"因杖道士一百,谓令曰:"子孙无状,至相劳扰,惭愧何言!当令君永无灾横,以此相报!"顾谓道士:"可即还他马及钱也。"言讫飞去。

取睢阳野狐犬

唐睢阳郡宋王冢傍有老狐,每至衙日,邑中之狗,悉往朝之。狐坐冢上,狗列其下。东都王老有双犬能咋魅,前后杀魅甚多,宋人相率以财顾犬咋狐。王老牵犬往,犬乃径诣诸犬之下,伏而不动,大失众人之望。今世有不了其事者,相戏云:"取睢阳野狐犬。"

狐吐媚珠

唐刘全白说云:其乳母子众爱,少时,好夜中将网断道,取野猪及狐狸等。全白庄在岐下。后一夕,众爱于庄西下网,已伏网中,以伺其至。暗中闻物行声,觇一物,伏地窥网,因尔起立,变成绯裙妇人,行而违网。至爱前车侧,忽捉一鼠食。爱连呵之,妇人忙遽入网,乃棒之致毙,而人形不改。爱反疑惧,恐或是人,因和网没沤麻池中。夜还,与父母议,及明,举家欲潜遁去。爱云:"宁有妇人食生鼠?此必狐耳。"复往麻池视之,见妇人已活。因以大斧自腰后斫之,便成老狐。爱大喜,将还村中。有老僧见狐未死,劝令养之,云:"狐口中媚珠,若能得之,当为天下所爱。"以绳缚狐四足,又以大笼罩其上。养数日,狐能食。僧用小瓶口窄者,埋地中,令口与地齐,以两截猪肉,炙于瓶中。狐爱炙而不能得,但以口属瓶。候炙冷,复下两脔,狐涎沫久之,炙与瓶满,狐乃吐珠而死。状如棋子,通圆而洁。爱每带之,大为人所贵。

狐授甄生口诀

唐道士孙甄生,本以养鹰为业。后因放鹰入一窟,见狐数十枚读书,有一老狐当中坐,迭以传授。甄生直入,夺得其书而还。明日,有十余人持金帛诣门求赎,甄生不与。人云:"君得此,亦不能解用之。若写一本见还,当以口诀相授。"甄生竟传其法,为世术士。狐初与甄生约,不得示人,若违者,必当非命。天宝末,玄宗固执求之,甄生不与,竟而伏法。

王黯为狐婿

王黯者,结婚崔氏。唐天宝中,妻父士同为沔州刺史。黯随至江夏,为狐所媚,不欲渡江,发狂大叫,恒欲赴水。妻属惶惧,缚黯着床栿上。舟行半江,忽尔欣笑,至岸大喜,曰:"本谓诸女郎辈不随过江,今在州城上,复何虑也。"士同莅官,便求术士。左右言州人能射狐者,士同延至。令入堂中,悉施床席,置黯于屋西北隅,家人数十持更迭守。已于堂外,别施一床,持弓矢以候狐。至三夕,忽云:"诸人得饱睡。我已中狐,明当取之。"众以为狂,而未之信。及明,见窗中有血,众随血去,入大坑中,草下见一牝狐垂死。黯妻烧狐为灰,服之至尽,自尔得平复。后为原武县丞,在厅事,忽见老狐奴婢诣黯再拜,云:"是大家阿奶。往者娘子枉为雀家杀害,翁婆追念,未尝离口。今欲将小女更与王郎续亲,故令申意,兼取吉日成纳。"黯甚惧,辞以厚利,万计料理,遽出罗锦十余匹,于通衢焚之。老奴乃谓其妇云:"天下美丈夫亦复何数,安用王家老翁为女婿?"言讫不见。

垣县老狐

唐宁王傅袁嘉祚,年五十,应制授垣县县丞。门素凶,为者尽死。嘉祚到官,而丞宅数任无人居,屋宇摧残,荆棘充塞。嘉祚剪其荆棘,理其墙垣,坐厅事中。邑老吏人皆惧,劝出不可。既而,魅夜中为怪,嘉祚不动,伺其所入。明日掘之,得狐,狐老矣,兼子孙数十头,嘉祚尽烹之。次至老狐,狐乃言曰:"吾神能通天,预知休咎。愿置我,我能益于人。今此宅已安,舍我何害?"嘉祚前与之言,备告其官秩。又曰:"愿为耳目,长在左右。"乃免狐。后祚如言,秩满果迁。数年至御史,狐乃去。

玄狐

唐李林甫方居相位,尝退朝,坐于堂之前轩。见一玄狐,其质甚大,若牛马,而毛色黯黑有光,自堂中出,驰至庭,顾望左右。林甫命弧矢,将射之,未及,已亡见矣。自是凡数日,每昼坐,辄有一玄狐出焉。其岁林甫籍没。

狐媚丛谈卷三

狐死见形

东平尉李麘初得官,自东京之任,夜投故城。店中有故人卖胡饼为业,其妻姓郑,有美色。李目而悦之,因宿其舍,留连数日,乃以十五千转索郑妇。既到东平，宠遇甚至，性婉约，多媚黠风流，女工之事，罔不心了，于音声特究其妙。在东京三岁，有子一人。其后，李充租纲入京，与郑同还，至故城，大会乡里，饮宴十余日。李催发数四，郑固称疾不起，李亦怜而从之。又十余日，不获已，事理须去。行至郭门，忽言腹痛，下马便走，势疾如风。李与其仆数人极骋，追不能及，便入故城，转入易水村，足力少息，李不能舍，复逐之。垂及，因入小穴，极声呼之，寂无所应。恋结凄怆，言发泪下。会日暮，村人以草塞穴口，还店止宿。及明，又往呼之，无所见，乃以火燻。久之，村人为掘深数丈，见牝狐死穴中，衣服脱卸如蜕，脚上着锦袜。李叹息良久，方埋之，归店，取猎犬噬其子，子略不惊怕，便将入都，寄亲人家养之。输纳毕，复还东京，婚于萧氏。萧氏常呼李为"野狐婿"，李初无以答。一日晚，李与萧氏携手归房狎戏，复言其事，忽闻堂前有人声，李问："阿谁夜来？"答曰："君岂不识郑四娘耶？"李素所钟念者，一闻其言，遽欣然跃起，问："鬼乎？人乎？"答云："身是鬼也。"欲近之而不能。四娘因谓李："人神道殊，贤夫人何至数相谩骂？且所生之子，远寄人家，其人皆言狐生，不给衣食，岂不念乎？宜早为抚育，九泉无恨也。若夫人复云云相侮，又小儿不收，必将为君之患。"言毕不见，萧遂不复敢言其事。唐天宝末，子年十余，甚无恙。

白狐捣练石

唐丞相李揆，乾元初为中书舍人。尝一日退朝，归见一白狐在庭中捣练石上，命侍僮逐之，已亡见矣。时有客于揆门者，因话其事，客曰："此祥符也，某敢贺。"至明日，果选礼部侍郎。

狐戴髑髅变为妇人

晋州长宁县有沙门晏通,修头陀法。将夜,则必就丛林乱冢寓宿焉,虽风雨露雪,其操不易;虽魑魅魍魉,其心不摇。月夜,栖于道边积骸之左,忽有妖狐踉跄而至,初不疑晏通在树影也。乃取髑髅安于其首,遂摇动之,傥振落者,即不再顾,因别选焉。不四五,遂得其一,炭然而缀。乃褰撷木叶、草花,障蔽形体,随其顾盼,即一衣服。须臾,化作妇人,绰约而去。乃于道右,以伺行人。俄有促马南来者,妖狐遥闻,则恸哭于路。过者驻骑问之,遂对曰:“我歌人也,随夫入奏。今晓,夫为盗杀,掠去其财,伶俜孤远,思愿北归,无由致脱,傥能收采,当誓微躯以执婢役。”过者,易定军人也。即下马,熟视,悦其都冶,词意叮咛,便以后乘挈行焉。晏通遽出,谓曰:“此妖狐也。君何容易。”因以锡杖叩狐脑,髑髅应手即坠,遂复形而窜焉。

狐称任氏

任氏,女妖也。唐有韦使君者,名崟,第九,信安王李祎之外孙。少落拓,好饮酒,其从父妹婿曰郑六,不记其名。早习武艺,亦好酒色,贫无家,托身于妻族,与崟相得,游处不间。天宝九年六月,崟与郑子偕行于长安陌中,将会饮于新昌里。至宣平之南,郑子辞有故,请间去,继至饮所。崟乘白马而东,郑子乘驴而南,入升平之北门。偶值三妇人行于道中,中有白衣者,容色殊丽。郑子见之惊悦,策其驴,忽先之,忽后之,将挑之而未敢。白衣时时盼睐,意有所受。郑子戏之曰:“美艳若此而徒行,何也?”白衣笑曰:"有乘不解相假,不徒行何为?"郑子曰:"劣乘不足以代佳人之步。今辄以相奉,某得步从,足矣。"相视大笑。同行者更相眩诱,稍已狎昵,郑子随之东,至乐游园,已昏黑矣。见一宅,土垣车门,室宇甚严,白衣将入,顾曰:"愿少踟蹰。"而入。女奴从者一人,留于门屏间。问其姓第,郑子既告,亦问之,对曰:"姓任氏,第二十。"少顷,延入,郑子絷驴于门,置帽于鞍,始见妇人,年二十余,与之承迎,即任氏妇也。列烛置膳,举酒数觞,任氏更衣理妆而出,酣饮极欢,夜久而寝。其娇姿美质,歌笑态度,举措皆艳,殆非人世所有。将晓,任氏曰:"可去矣。兄弟某名系教坊,职属南衙,晨兴将出,不可淹留。"乃约后期而去。既行,及里门,门扃未发。门旁有胡人鬻饼之舍,方张灯炽炉,郑子憩其帘下,坐以候鼓。因与主人言,郑子指宿所以问之,曰:"自此东转有门第,谁氏之宅?"主人曰:"此隤墉弃地,无第宅也。"郑子曰:"适过之,曷以云无?"与之固争,主人适悟,乃曰:"吁!我知之矣。此中有一狐,多诱男子偶宿,尝三见矣。今子亦遇乎?"郑子赧而隐曰:"无之。"质明,复视其所,见土垣车门如故,窥其中,皆蓁荒及废圃耳。既归,见釜,釜责以失期。郑子不泄,以他事对。然想其艳冶,愿复一见之心,常存之不忘。经十许日,郑子游,入西市衣肆,瞥然见之,曩女奴从。郑子遽呼之,任氏侧身,周旋于稠人中以避焉。郑子连呼前迫,方背立,以扇障其后,曰:"公知矣,何相近焉。"郑子曰:"虽知之,何患?"对曰:"事可愧耻,难施面目。"郑子曰:"勤想如是,忍相弃乎?"对曰:"安敢弃也,惧公之见恶耳。"郑子发誓,词旨益切,任氏乃回眸去扇,光彩艳丽如初,谓郑子曰:"人间如某之比者非一,公自不识耳,无独怪也。"郑子请与之叙欢,对曰:"凡某之流，为人患忌者，非他，为其伤人耳。某则不然，若公未见恶，愿终己以奉巾帻。"郑子许之，与谋栖止。任氏曰："从此而东，大树出于栋间者，门巷幽静，可税以居。前时自宣平之南，乘白马而东者，非君妻之昆弟乎？其家多什器，可以假用。"是时鉴伯叔从役于西方，一院什器，皆贮藏之。郑子如言访其舍，而诣鉴假什器。问其所用，郑子曰："新获一丽人，已税得其舍，假具以备用。"鉴曰："观子之貌，必获诡陋，何丽之绝也。"鉴乃悉假帷帐榻席之具，使家僮之慧黠者，随以觇之。俄而奔走返命，气吁汗洽。鉴迎问："有之乎？"曰："有。"问："其容若何？"曰："奇怪也！天下未尝见之矣。"鉴姻族广茂，且夙从逸游，多识美丽。乃问曰："孰若某美？"僮曰："非其伦也！"鉴遍比其佳者四五人，皆曰："非其伦。"是时吴王之女有第六者，则鉴之内妹，秾艳如神仙，中表素推第一。鉴问曰："孰与吴王家第六女美？"又曰："非其伦也。"鉴抚手大骇曰："天下岂有斯人？"遽命汲水漂颈，巾首膏唇而往。既至，郑子适出。鉴入门，见小僮拥篲方扫，有一女奴在其门，他无所见。征于小僮，小僮笑曰："无之。"鉴周视其内，见红裳出于户下，迫而察焉，见任氏戢身匿于扇间。鉴拽出，就明而观之，殆不谬于所传矣。鉴爱之发狂，乃拥而凌之，不服。鉴以力制之，方急，则曰："服矣，请少回旋。"既缓，则捍御如初。如是者数四。鉴乃悉力急持之，任氏力竭，汗若濡雨。自度不免，乃纵体不复抗拒，而任氏惨变。鉴问曰："何色之不悦如是？"任氏长叹息曰："郑六之可哀也！"鉴曰："何谓？"对曰："郑生有六尺之躯，而不能庇一妇人，岂丈夫哉！且公少豪佚，多获佳丽，遇某之比者众矣。而郑生穷贱，其所称惬者，唯某而已。忍以有余之心，而夺人之不足乎？

哀其穷馁,不能自立,衣公之衣,食公之食,故为公所系耳。若糠糗可给,不当至是。"鉴豪俊有义烈,闻其言,遽置之,敛衽而谢曰:"不敢。"俄而郑子至,与鉴相视哈乐。自是,凡任氏之薪粒牲饩,皆鉴给焉。任氏时有经过,出入或车马舆步,不常所止。鉴日与之游,甚欢。每相狎昵,无所不至,唯不及乱而已。是以鉴爱之重之,无所吝惜,一食一饮,未尝忘焉。任氏知其爱己,因言以谢曰:"愧公之见爱甚矣。顾以陋质,不足以答厚意。且不能负郑生,故不得遂公欢。某,秦人也,生长秦城。家本伶伦,中表姻族,多为人宠媵,以是长安狭邪,悉与之通。或有姝丽,悦而不得者,为公致之可矣。愿持此以报德。"鉴曰:"幸甚!"鄽中有鬻衣之妇曰张十五娘者,肌体凝洁,鉴常悦者。因问任氏识之乎,对曰:"是某表姊妹,致之易耳。"旬余,果致之。数月厌罢。任氏曰:"市人易致,不足以展效。或有幽绝之难谋者,试言之,愿得尽智力焉。"鉴曰:"昨者寒食,与二三子游于千佛寺。见刁将军缅张乐于殿堂,有善吹笙者,年二八,双鬟垂耳,娇姿艳绝,当识之乎?"任氏曰:"此宠奴也,其母即妾之内姊也。求之可也。"鉴拜于席下。任氏许之,乃出入刁家。月余,鉴促问其计,任曰:"愿得双钗以为赂。"鉴依给焉。后二日,任氏与鉴方食,而缅使苍头控青骊以迓任氏。任氏闻召,笑谓鉴曰:"谐矣。"初,刁氏家宠奴以病,针饵莫减。其母与缅忧之方甚,将征诸巫。任氏密赂巫者,指其所居,使言从就为吉。及视疾,巫曰:"不利在家,宜出居东南某所,以取生气。"缅与其母详其地处,则任氏之第在焉。缅遂请居,任氏谬辞以偪狭,勤请而后许。乃辇服玩,并其母偕送于任氏。至则疾愈。未数日,任氏密引鉴以通之,经月乃孕。其母惧,遽归以就缅,自是遂绝。

他日，任氏谓郑子曰："公能致钱五六千乎？将为谋利。"郑子曰："可。"遂假求于人，获钱六千。任氏曰："有人鬻马于市者，马之股有疵，可买以居之。"郑子如市，果见一人牵马求售，眚在左股，郑子买以归。其妻昆弟见皆嗤之，曰："是弃物也，买将何为？"无何，任氏曰："马可鬻矣，当获三万。"郑子乃卖之。有酬二万，郑子不与，一市尽曰："彼何苦而贵买，此何爱而不鬻？"郑子乘之归。买者随至其门，累增其估，至二万五千也，又不与，曰："非三万不鬻。"其妻昆弟聚而诟之，郑子不获已，遂卖，卒不登三万。既而密伺买者，征其由，乃昭应县之御马疵股者，死三岁矣。斯吏不时除籍。官征其估，计钱六万，没其半以买之，所获尚多矣。若有马以备数，则三年刍粟之估，皆吏得之。且所偿盖寡，是以买耳。任氏又以衣服故弊，乞衣于鉴。鉴将买全彩与之，任氏不欲，曰："愿得成制者。"鉴召市人张大为买之，使见任氏，问所欲。张大见之，惊谓鉴曰："此必天人贵戚，为郎所窃耳，非人间所宜有者。愿速归之，无及于祸。"其容色之动人也如此。竟买衣之成者，而不自纫缝也，不晓其意。后岁余，郑子武调，授槐里府果毅尉，在金城县。时郑子方有妻室，虽昼游于外，而夜寝于内，方恨不得专其夕。将之官，邀与任氏俱去。任氏不欲往，曰："旬月同行，不足以为欢。请计日给粮饩，端居以迟归。"郑子恳请，任氏愈不可。郑子乃求鉴资助。鉴更加劝勉，且诘其故。任氏良久曰："有巫者言，某是岁不利西行，故不欲俱。"郑子甚惑也，不想其他，与鉴大笑曰："明智若此，而为妖惑，何哉？"固请之。任氏曰："傥巫者言可征，徒为公死，何益？"二子曰："岂有斯理乎？"恳请如初。任氏不得已，遂行。鉴以马借之，出祖于临皋，挥袂别去。信宿至马嵬。任氏乘马居其前，郑子乘驴居其后，女奴别乘，又在其后。是时西门圉人教猎狗于洛川，已旬日矣。适值于道，苍犬腾出于草间。郑子见任氏欻然坠于地，复本形而南驰。苍犬逐之，郑子随走叫呼，不能止。里余，为犬所获。郑子衔涕，出囊中钱，赎以瘗之，削木为记。乃睹其马，啮草于路隅，衣服悉委于鞍上，履袜犹悬于镫间，若蝉蜕然。惟首饰坠地，余无所见。女奴亦逝矣。旬余，郑子还城，崟见之喜，迎问曰："任子无恙乎？"郑子泫然对曰："殁矣！"崟闻之惊恸，相持于室，尽哀。徐问疾故，答曰："为犬所害。"崟曰："犬虽猛，安能害人？"答曰："非人。"崟骇问："非人者何？"郑子方述本末，崟惊讶叹息不能已。明日命驾，与郑子俱适马嵬，发瘗视之，长号而归。追思前事，惟衣不自制，与人颇异焉。其后郑子为总监使，家甚富，有枥马十余匹，年六十五，卒。大历中，沈既济居钟陵，尝与崟游，屡言其事，故最详悉。后崟为殿中侍御史，遂殁而不返。

狐仙

党超兀者，司州邰阳县人。元和二年，隐居华山罗敷水南。明年冬十二月十六日，夜近二更，天晴月朗，风景甚好，忽闻扣门之声。令童仆候之，云："一女子，年可十七八，容色绝代，异香满路。"超元邀之而入，与坐，言辞清辩，风韵甚高，固非人世之材。良久，曰："君识妾何人也？"超元曰："夫人非神仙，即必非寻常人也。"女曰："非也。"又曰："君知妾此来何欲？"超元曰："不以陋愚，特垂枕席之欢耳。"女笑曰："殊不然也。妾非神仙，乃南冢之妖狐也。学道多年，遂成仙业。今者业满愿足，须从凡例，祈君活之耳。枕席之娱，笑言之会，不置心中有年矣，乞不以此怀疑，若徇微情，愿以命托。"超元唯唯。又曰："妾命后日当死于五坊箭下。来晚猎徒有过者，宜备酒食以待之。彼必问其所须，即曰：'亲爱有疾，要一腊狐，能遂私诚，必有殊赠。'以此恳请，其人必从。赠礼所须，今便留献。"因出束素与党，曰："得妾之尸，请夜送旧穴。道成之日，奉报不轻。"乃拜泣而去。至明，乃鬻束素以市酒肉，为待宾之具。其夕，果有五坊猎骑十人来求宿，遂厚遇之。十人相谓曰："我猎徒也，宜为衣冠所恶。今党郎倾盖如此，何以报之？"因问所须，超元曰："亲戚有疾，医藉腊狐，其疾见困，非此不愈。"乃祈于诸人："幸得而见惠，愿奉五素为酒楼费。"十人许诺而去。南行百余步，有狐突走绕大冢者，作一围围之，一箭而毙。其徒喜曰："昨夜党人固求，今日果获。"乃持来与超元，奉之五素。既去，超元洗其血，卧于寝床，覆以衣衾。至夜分人寂，潜送穴中，以土封之。后七日夜半，复有扣门者，超元出视，乃前女子也，又延入。泣谢曰："道业虽成，准例当死，为人所食，无计复生。今蒙深恩，特全毙质，修理得活，以证此身。磨顶至踵，无以奉报。人尘已去，云驾有期，仙路遥遥，难期会面，请从此辞。药金五十斤，收充赠谢。此金每两值四十缗，非胡客勿示。"乃出其金，再拜而去，且曰："金乌未分，青云出于冢上者，妾去之候也。火宅之中，愁焰方炽，能思静理，少思俗心，亦可一念之间，暂臻凉地。勉之！勉之！"言讫而去。明晨专视，果有青云出于冢上，良久方散。人验其金，真奇宝也。即日携入市，市人只酬常价。后数年，忽有胡客来诣，曰："知君有异金，愿一观之。"超元出示，胡笑曰："此乃九天掖金，君何以致之？"于是每两酬四十缗，收之而去。后不知所在耳。

鬼骑狐

宋溥者,唐大历中为长城尉。自言幼时,与其党暝扱野狐,数夜不获。后因月夕,复为其事。见一鬼戴笠骑狐,唱《独盘子》。至扱所,狐欲入扱,鬼乃以手搭狐颊,因而复回,如是数四。其后夕,溥复下扱伺之,鬼又乘狐,两小鬼引前,往来扱所,溥等无所获而止。

狐善饮酒

唐天宝中,李苌为绛州司士,摄司户事。旧传此阙素凶,厅事若有小孔子出者,司户必死,天下共传"司户孔子"。苌自摄职,便处此厅十余日。儿年十余岁,如厕,有白裙妇人持其头将上墙,人救获免,忽不复见。苌大怒骂,空中以瓦掷中苌手。苌表弟崔为本州参军,是日至苌所,言:"此野狐耳,曲沃饶鹰犬,当大致之。"俄又掷粪于崔杯中。后数日,犬至,苌大猎,获狡狐数头,悬于檐上。夜中,闻檐上呼"李司士",云:"此是狐婆作祟,何以枉杀我娘?儿欲就司士一饮,明日可具觞相待。"苌云:"己正有酒,明早来。"及明,酒具而狐至。不见形影,具闻其言。苌因与交杯,至狐,其酒翕然而尽。狐累饮三斗许,苌唯饮二升。忽言云:"今日醉矣,恐失礼仪,司士可罢宴。狐婆不足忧,明当送法禳之。"翌日,苌将入衙门,忽闻檐上云:"领取法。"寻有一团纸落。苌便开视,中得一帖,令施灯心席,席后乃书符,符法甚备。苌依行,其怪遂绝。

狐戏王生

杭州有王生者,建中初,辞亲之上国。收拾旧业,将投一亲知,求一官耳。行至圃田,下道,寻访外家旧庄。日晚,柏林中见二野狐倚树如人立,手执一黄纸文书,相对言笑,旁若无人。生大叱之,不为变动。生乃取弹,因引满弹之,且中其执书者之目,二狐遗书而走。王生遽往,得其书,才一两纸,文字类梵书而莫究识,遂缄于书袋中而去。其夕,宿于前店,因话于主人。方讶其事,忽有一人携囊来宿,疾眼之甚,若不可忍,而语言分明。闻王之言曰:"大是奇事。如何得见其书?"王生方将出书,主人见患眼者一尾垂下床,因谓生曰:"此狐也。"王生遽收书于怀中,以手摸刀逐之,则化为狐而走。一更后,复有人扣门,王生心动曰:"此度更来,当以刀箭敌汝矣。"其人隔门曰:"尔若不还我文书,后无悔也!"自是更无消息。王生秘其书,缄縢甚密。行至都下,以求官伺谒之事,期方赊缓,即乃典贴旧业田园,卜居近坊,为生生之计。月余,有一僮自杭州而至,缞裳入门,手执凶讣。王生迎而问之,则生已丁家艰矣,数日,闻恸。生因视其书,则母之手字,云:"吾本家秦,不愿葬于外地。今江东田地物业,不可分毫破除。但都下之业,可一切处置,以资丧事。备具皆毕,然后自来迎节。"王生乃尽货田宅,不候善价,得其资备,涂刍之礼,无所欠少。既而复篮舁东下,以迎灵舆。及至扬州,遥见一船,上有数人,皆喜笑歌唱。渐近视之,则皆王生之家人也。意尚谓其家货之,今属他人矣。须臾,又有小弟妹褰帘而出,皆彩服笑语。惊怪之际,则其船上家人又惊呼曰:"郎君来矣,是何服饰之异也?"王生潜令人问,乃闻其母在。遽毁缑经,行拜而前。母迎而问之,王生告以故。母曰:"安得此理?"王生乃出母书,一张空纸耳。母又曰:"吾所以来此者,前月得汝书云,近得一官,令吾尽货江东之产,为入京之计。今无可归矣。"及母出王生所寄之书,又一空纸耳。王生遂发使入京,尽毁其凶丧之具。因鸠集余资,且往江东,所有十无一二,才得数间屋,至以庇风雨而已。有弟一人,别且数岁,一旦忽至,见其家道败落,因征其由。王生具话本末,又述妖狐事,曰:"但应以此为祸耳。"其弟惊嗟。因出妖狐之书以示之。其弟才执其书,退而置于怀中,曰:"今日还我天书。"言毕,乃化作一狐而去。

狐为老人

谈众者幼时下扳,匿身树上,忽见一老人扶杖至己所止树下,仰问:"树上是何人物?"众时尚幼,甚惶惧,其兄怒骂云:"老野狐,何敢如此!"下树逐之,遂变狐走。

狐负美姬

中书令萧志忠,景云元年为晋州刺史,将以腊日畋游,大事置罗。先一日,有薪者樵于霍山,暴疟不能归,因止岩穴之中,呻吟不寐。似闻谷窔有人声,初以为盗贼将至,则匍匐伏于枯木中。时山月甚明,有一人身长丈余,鼻有三角,体被豹鞟,目闪闪如电,向谷长笑。俄有虎、兕、鹿、豕、狐、兔、雉、雁骈匝百许步,长人即唱言曰:"余玄冥使者,奉北帝之命,明日腊日,萧使君当领畋猎。汝等若干合鹰死,若干合箭死。"言讫,群兽皆俯伏战惧,若请命者。有老虎洎老麋，皆屈膝向长人言曰："以某之命，即实以分。然萧使君仁者，非意欲害物，以行时令耳。若有少故则止。使者岂无术救余？"使者曰："非余欲杀汝辈，但以帝命宣示汝等刑名，即余使乎之事毕矣。自此任尔自为计。然余闻东谷严四善谋，尔等可就彼祈求。"群兽皆轮转欢叫。使者即东行，群兽毕从。时薪者病亦少间，随往觇之。既至东谷，有茅堂数间，黄冠一人，架悬虎皮，身熟寐，惊起，见使者曰："阔别既久，每多思望。今日至此，得无配群生腊日刑名乎？"使者曰："正如高明所问。然彼皆求生于四兄，四兄当为谋之。"老麋即屈膝哀请。黄冠曰："萧使君从仁心，恤其饥寒。若祈滕六降雪，巽二起风，即不复游猎矣。余昨得滕六书，已知丧偶。又闻索泉第五娘子为歌姬，以妒忌黜。若汝求得美女纳之，雪立降矣。又巽二好酒，汝若求得醇醪赂之，则风立生。"有一狐自称多媚："能取之河东县尉崔知之第三妹，美淑媚缓绥。绛州庐思由善醪酿，妻产，必有美酒。"言讫而去。诸兽皆有欢声。黄冠乃谓使者曰："忆含质仙都，岂忆千年为兽身，悒悒不得志耶。聊为《述怀》一章。"乃吟曰："昔为仙子今为虎，流落阴崖足风雨。更将斑毳被余身，千载空山万般苦。""含质遣谪已满，惟有十一日即归紫府矣。久居于此，将别不无恨恨，因题数行于壁，以使后人知仆曾居于此矣。"乃书北壁曰："下玄八千亿甲子，丹飞先生严含质，谪下中天被斑革。六十万甲子，血食洞饮，厕猿狖，下浊界，景云元祀升太一。"时薪者素晓书，因密记得之。少顷，老狐负美女至，才及笄岁，红袂拭目，残妆妖媚。又有一狐负美酒二瓶，香气苦烈。严四兄即以美女洎美酒瓶，各内一壶中，以朱书二符，取水噀之，壶即飞去。薪者惧为所觉，寻即回。未明,风雪暴至,竟日乃罢,而萧使君不复猎矣。

李自良夺狐天符

唐李自良少在两河间,落拓不事生业。好鹰鸟,常竭囊货,为鞲绁之用。马燧之镇太原也,募以能鹰犬从禽者,自良自诣军门自陈。自良质状骁健,燧一见悦之,置于左右。每呼鹰逐兽,未尝不惬心快意焉。数年之间,累职至牙门大将。因从禽,纵鹰逐一狐。狐挺入古圹中,鹰相随之,自良即下马,乘势跳入圹中。深三丈许,其间朗明如烛,见砖榻上有坏棺,复有一道士长尺余,执两纸文书立于棺上。自良因掣得文书,不复有他物矣,遂臂鹰而出。道士随呼曰:"幸留文书,当有厚报。"自良不应,乃视之,其字皆古篆,人莫之识。明旦,有一道士,仪状风雅,诣自良。自良曰:"仙师何所?"道士曰:"某非世人,以将军昨日逼夺天符也。此非将军所宜有。若见还,必有重报。"自良固不与。道士因屏左右曰:"将军,神将耳,其能三年内,致本军政,无乃极所愿乎?"自良曰:"诚如此愿。亦未可信,如何?"道士乃超然奋身,上腾空中。俄有仙人绛节,玉童白鹤,徘徊空际以迎接之。须臾,复下,谓自良曰:"可不见乎? 此岂是妄言者耶?"自良遂再拜,持文书归之。道士喜曰:"将军果有福祚。后年九月内,当如约矣。"于时贞元二年也。至四年秋,马燧入觐,太原耆旧有功大将,官秩崇高者,十余人从焉,自良职最卑。上问:"太原北门重镇,谁可代卿者?"燧昏然皆不省,唯记自良名氏,乃奏曰:"李自良可。"上曰:"太原将校当有耆旧功勋者,自良后辈,素无所闻,卿更思量。"燧仓卒不知所对。又曰:"以臣所见,非自良莫可。"如是者再三,上亦未之许。

燧出见诸将，愧汗洽背，私誓其心："后必荐其年德最高者。"明日复问："竟谁可代卿？"燧依前昏迷，唯记举自良。上曰："当俟议定于宰相耳。"他日宰相入对，上问："马燧之将孰贤？"宰相愕然，不能知其余，亦皆以自良对之。乃拜工部尚书，太原节度使。

牝狐为李令绪阿姑

李令绪即兵部侍郎李纾堂兄。其叔选授江夏县丞，令绪因往觐叔，及至坐久，门人报云："某小娘子使家人传语唤入。"见一婢甚有姿态，云："娘子参拜兄嫂。"且得令绪远到，丞妻亦传语云："娘子能来此看侄儿否？"又云："婢有何饮食，可致之。"婢去后，其叔谓令绪曰："汝知乎？吾与一狐知闻逾年矣。"须臾，使人赍大食器至。黄衫奴昇，并向来传语。婢同到，云："娘子续来。"俄顷间，乘四镮金饰舆，仆从二十余人至门，丞妻出迎。见一妇人，年可三十余，双梳云髻，光彩可鉴。婢等皆以罗绮，异香满宅。令绪避入，其妇升堂坐讫，谓丞妻曰："令绪既是子侄，何不出来？"令绪闻之遂出拜。谓曰："我侄真士人君子之风。"坐良久，谓令绪曰："观君甚长厚，心怀中应有急难于众人。"令绪亦知其故。谈话尽日辞去。后数来，每至皆有珍馔。经半年，令绪拟归东洛，其姑遂言："此度阿姑得令绪心矣。阿姑缘有厄，拟随令绪到东洛，可否？"令绪惊云："行李贫迫，要致车乘，计无所出。"又云："但许。阿姑家事假车乘，只将女子二人，并向来所使婢金花去。阿姑事，令绪应知，不必言也。但空一衣笼，令逐驮家人，每至关津店家，即略开笼，阿姑暂过歇了，开笼自然出行，岂不易乎？"令绪许诺。及发，开笼，见三四黑影入笼中，出入不失前约。至东都，将到宅，令绪云:"何处可安置?"金花云:"娘子要于仓中甚便。"令绪即扫洒仓,密为都置,惟逐驰奴知之,余家人莫有知者。每有所要,金花即自来取之,阿姑时时一见。后数月,云:"厄已过矣,拟去。"令绪问云:"欲往何处?"阿姑云:"胡璟除豫州刺史,缘二女成长,须有匹配,今与渠处置。"令绪明年合格,临欲选,家贫无计,乃往豫州。及入境,见榜云:"我单门孤立,亦无亲表,恐有擅托亲故,妄索供拟。即获时申报,必当科断。"往来商旅,皆传胡使君清白,于谒者绝矣。令绪以此惧,进退久之,不获已。乃潜入豫州,见有人参谒,亦无所得。令绪即投刺使君,实时引入,一见极喜,如故人,云:"虽未奉见,知公有急难,久停光仪,来何晚也!"即授馆,供给颇厚。一州云:"自使君到,未曾有如此。"每日入宅饮宴,但论时事,亦不言他。经月余,令绪告别,璟云:"即与处置路粮,充选之费。"便集县令曰:"璟自到州,不曾有亲故扰。李令绪天下俊秀,某平生永展。奉昨一见,知是丈夫,以此重之。诸公合见耳。今请赴选,各须与致粮食,无令轻鲜。"官吏素畏其威,自县令已下,赠绢无数十匹以下者。令绪获绢千匹,仍备行装,又留宴别。令绪因出载门,见别有一门,金花自内出,云:"娘子在山亭院要相见。"及入,阿姑已出,喜盈颜色。曰:"岂不能待嫁二女?"又云:"令绪买得柑子,不与阿姑,太悭也。"令绪惊云:"实买得,不敢特送。"笑云:"此戏言耳。君所买者不堪,阿姑自有上者。"与令绪将去,命取之,一一皆大如拳。既别,又唤令绪回,云:"时方艰难,所将绢帛行李,恐遇盗贼,为之奈何?"乃曰:"借与金花将去,但有事急,一念金花,即当无事。"令绪行数日,果遇盗五十余人,令绪恐惧坠马。忽思金花,便见精骑三百余人,自山而来,军容甚盛,所持器械,光可以鉴。杀贼略尽,金花命骑士却掣驰,仍处分兵马好去。欲至京,路店宿,其主人女病,云:"是妖魅。"令绪问主人曰:"是何疾?"答云:"似有妖魅,历诸医术,无能暂愈。"令绪云:"治却如何?"主人珍重辞谢,乞相救:"但得校损,报效不轻。"遂念金花,须臾便至,具陈其事。略见女之病,乃云:"易也。"遂结一坛,焚香为咒。俄顷,有一狐甚疥疠,缚至坛中。金花决之一百,流血遍地,遂逐之,其女便愈。及到京,金花辞令绪,令绪云:"远劳相送,无可赠别。"乃致酒馔。饮酬,谓曰:"既无形迹,亦有一言,得无难乎?"金花曰:"有事但言。"令绪云:"愿闻阿姑家事来由也。"对曰:"娘子本某太守女,其叔父昆弟,与令绪不远。嫁为苏氏妻,遇疾终。金花是从嫁,后数月亦卒,故得在娘子左右。天帝配娘子为天狼将军夫人,故有神通。金花亦承阿郎余荫。胡使君,阿郎亲子侄。昨所治店家女,其狐是阿郎门厕役使,此辈甚多,金花能制之。"云:"锐骑救难者,是天兵。金花要唤,不论多少。"令绪谢之,云:"此何时当再会?"金花云:"本以姻缘运合,只到今日。自此姻缘断绝,便当永辞。"令绪惆怅良久,传谢阿姑,千万珍重。厚与金花赠遗,悉不肯受而去。胡璿后历数州刺史而卒。

三狐相殴

唐贞元中,江陵少尹裴君者,亡其名。有子十余岁,聪敏有文学,姿貌明秀,裴君深爱之。后病,旬日益甚,医药无及。裴君方求道术士,用呵禁之,冀瘳其苦。有叩门者,自称高氏子,以符术为业。裴即延入,令视其子。生曰:"此子非他疾,乃妖狐所为耳。然某有术能愈之。"即谢而祈焉。生遂以符术拷召,近食顷,其子忽起,曰:

"某病今愈。"裴君大喜,谓高生为真术士。具食饮,已而厚赠缯帛,谢遣之。生曰:"自此当日日来候耳。"遂去。其子他疾虽愈,而神魂不足,往往狂语,或笑哭不可禁。高生每至,裴君即以此祈之。生曰:"此子精魄,已为妖魅所系,今尚未还耳。不旬日当间,无以忧为。"裴信之。居数日,又有王生者,自言有神术,能以呵禁去妖魅疾,来谒裴,与语,谓裴曰:"闻君爱子被病,且未瘳。愿得一见矣。"裴即使见其子,生大惊曰:"此郎君,病狐也。不速治,当加甚耳。"裴君因话高生,王笑曰:"安知高生不为狐?"乃坐,方设席为呵禁,高生忽至,既入,大骂,曰:"奈何此子病愈,而乃延一狐于室内耶?即为病者耳。"王见高来,又骂曰:"果然妖狐,今果至。安用为他术考召哉?"二人纷然相诉辱不已。裴家方大骇异,忽有一道士至门,私谓家僮曰:"闻裴公有子病狐,吾善视鬼,汝但告请入谒。"家僮驰白,裴君出,话其事,道士曰:"易与耳。"入见二人,二人又诉曰:"此亦妖狐,安得为道士惑人?"道士亦骂之曰:"狐当还郊野墟墓中,何为挠人乎?"既而闭户相斗殴。数食顷,裴君益恐。其家僮惶惑,计无所出。及暮,阒然不闻声。开视,三狐皆仆地而喘,不能动矣。裴君尽鞭杀之。其子后旬月方愈。

狐媚丛谈卷四

王知古赘狐被逐

唐咸通中,卢龙节度使、检校尚书左仆射张直方,抗表请修入觐之礼,优诏允焉。先是张氏世莅燕土,燕民亦世服其恩,礼燕台之嘉宾,抚易水之壮士,地沃兵庶。朝廷每姑息之。泊直方之嗣事也,出绮纨之中,据方岳之上,未尝以民间休戚为意,而酣酒于室,淫兽于原,巨赏狎于皮冠,厚宠袭于绿帻。暮年而三军大怨,直方稍不自安。左右有为其计者,乃尽室西上。至京,懿宗授之左武卫大将军,而直方飞苍走黄,莫亲徼道之职。往往设置罘于通道,则犬彘无遗,臧获有不如意者,立杀之。或曰:"辇毂之下,不可专戮。"其母曰:"尚有尊于我子者耶?"其僭轶可知也。于是谏官列状上,请收付廷尉,天子不忍置于法,乃降为燕王府司马,俾分务洛师焉。直方至东都,既不自新,而慢游愈极。洛阳四旁,翥者、攫者见皆识之,必群噪长嗥而去。有王知古者,东诸侯之贡士也,虽博涉儒术,而数奇不中春官选,乃退处于山川之上,以击鞠飞觞为事,遨游于南邻北里间。至是有介绍于直方者,直方延之,睹其利喙赡辞,不觉前席,自是日相狎。壬辰岁冬十一月,知古尝晨兴,则僦舍无烟,愁云塞望,悄然弗怡,乃徒步造直方第。至则直方急趋,将出猎也,谓知古曰:"能相从乎?"而知古以祁寒有难色,直方顾小僮曰:"取短皂袍来。"请知古衣之。知古乃上加麻衣焉,遂联辔而出长夏门,则微霰初零,由阙塞而密雪如注。乃渡伊水而东南,践万安山之阴麓,而罼弋之获甚伙。倾羽觞,烧兔肩,殊不觉有严冬意。及霰开雪霁,日将夕焉。忽有封狐突起于知古马首,乘酒驰之,数里不能及,又与猎徒相失。须臾,雀噪烟暝,莫知所之。隐隐闻洛城暮钟,但彷徨于樵径古陌之上。俄而山川暗然,若一鼓将半。长望间,有炬火甚明,乃依积雪光而赴之。复若十余里,到则乔木交柯,而朱门中开,皓壁横亘,真北阙之甲第也。知古及门下马,将徙倚以待旦。无何,小驷顿辔,阍者觉之,隔闉而问:"阿谁?"知古曰:"成周贡士太原王知古也。今旦有友人将归于崆峒旧隐者,仆饯之伊水滨,不胜离觞。既掺袂,马逸,复不能止,失道至此耳。迟明将去,幸毋见让。"阍者曰:"此乃剑南副使崔中丞之庄也。主父近承天书赴阙,郎君复随计吏西征,此唯闺闱中人耳,岂可少淹乎?某不敢去留,请闻于内。"知古虽怵惕不宁,自度中宵矣,去将安适?乃拱立以俟。少顷,有秉密炬自内至者,振管辟扉,引保母出。知古前拜,仍迷厥由。母曰:"夫人传语,主与小子皆不在家,于礼无延客之道。然僻居与山薮接畛,豺狼所嗥,若固相拒,是见溺而不援也。请舍外厅,翌日可去。"知古辞谢,从保母而入,过重门侧厅所,栾栌宏厂,帷幕鲜华。张银灯,设绮席,命知古座焉。酒三行,复陈方丈之馔;豹胎鲂腴,穷水陆之珍,保母亦时来相勉。食毕,保母复问知古世嗣官秩及内外姻党,知古具言之。乃曰:"秀才轩裳令胄,金玉奇标,既富春秋,又洁操履,斯实淑媛之贤夫也。小君以钟爱稚女,将及笄年,常托媒妁,为求佳对久矣。今夕何夕,获遘良人,潘杨之睦可遵,鸾凤之兆斯在。未知雅抱何如耳?"知古敛容曰:"仆文愧金声,才非玉润;岂室家为望,唯泥涂是忧。不谓宠及迷津,庆逢子夜;聆清音于鲁馆,逼佳气于秦台。二客游神,方兹莫计;三星委照,唯恐不扬。傥获托彼疆宗,眷以佳偶,则平生所志,毕在斯乎?"保母喜,谑浪而入白。复出致小君之命,曰:"儿幼移天崔门,实秉懿范;奉蘋蘩之敬,如琴瑟之和。唯以稚女是怀,思配君子;既辱高义,乃叶凤心。上京飞书,路且不遥;百两成礼,事亦非僭。忻慰孔多,倾瞩而已。"知古磬折而答曰:"某虫沙微类,分及湮沦,而钟鼎高门,忽蒙采拾。有如白水,以奉清尘;鹤企凫趋,唯待休旨。"知古复拜,保母戏曰:"他日锦雉之衣欲解,青鸾之匣全开;貌如月华,室若云邃,此际颇相念否?"知古谢曰:"以凡近仙,自地登汉;不有所举,孰能自媒?谨当铭彼襟灵,志之绅带,期于没齿,佩以周旋。"复拜。时则燎沉当庭,良夜将艾。保母请知古脱服以体。既解麻衣而皂袍见,保母曰:"岂有缝掖之士,而服短役之衣耶?"知古谢曰:"此乃假之契与所游熟者,固非己有。"又问所从,答曰:"乃卢龙张直方仆射所借耳。"保母忽惊叫仆地,色如死灰。既起,不顾而走入宅。遥闻大呼,曰:"夫人差事,宿客乃张直方之徒也!"复闻夫人者叱曰:"火急逐出,无启寇仇!"于是婢子小竖辈群出,秉猛炬,曳白梧而登阶。知古伛儇,走于庭中,四顾逊谢,詈言狎至,仅得出门。才出,已横关阖扉,犹闻喧哗不已。知古愕立道左,自叹久之。将隐颓垣,乃得马于其下,遂驰去。遥望大火若燎原者,乃纵辔赴之,至则输租车方饭牛附火耳。询其所,则伊水东草店之南也。复枕箦假寐,食顷,而震方洞然,心思稍安,乃扬鞭于大道。比及都门,已有直方骑数辈来迹矣。趋至其第,既见直方,而知古愤懑不能言。直方慰之,坐定,知古乃述宵中怪事。直方起而抚髀曰:"山魈木魅,亦知人间有张直方耶?"且止知古。复益其徒数十人,皆射皮饮酪者,享以卮酒豚肩,与知古复南出。既至万安之北,知古前导,残雪中马迹宛然。直诣柏林下,至则碑板废于荒坎,樵苏残于密林。中列大冢十余,皆狐兔之窟穴,其下曳蹊。于是直方命四周张罗,彀弓以待;内则束缊荷锸,且掘且燎。少顷,群狐突出,焦头烂额者、冒罗、应弦、饮羽者,凡获狐大小百余头,以其尸归之水。

狐变为奴

道士张谨好符法，学虽苦而无成。尝客游至华阴市，见卖瓜者，买而食之。旁有老父，谨觉其饥色，取以遗之，累食百余，谨知其异，奉之愈敬。将去，谓谨曰："吾土地之神也，感子之意，有以相报。"因出一编书曰："此禁狐魅之术也，宜勤行之。"谨受之，父亦不见。尔日宿近县村中，闻其家有女子啼呼，状若狂者。以问主人，对曰："家有女，近得狂疾，每日辄靓妆盛服，云召胡郎来。非不疗理，无如之何也。"谨即为书符，施檐户间。是日晚，闻檐上哭泣且骂曰："何物道士，预他人家事，宜急去之！"谨怒呵之。良久，大言曰："吾且为奴矣。"遂寂然。谨复书数符，病即都瘥。主人遗绢数十匹以谢之。谨尝独行，既有重赍，须得傔力，停数日，忽有二奴诣谨，自称曰："德儿、归宝尝事崔氏，崔出官，因见舍弃。今无归矣，愿侍左右。"谨纳之，二奴皆谨愿黠利，尤可凭信。谨东行，凡书囊、符法、行李、衣服，皆付宝负，负之将及关，宝忽大骂，曰："以我为奴，如役汝父！"因绝走。谨骇怒逐之，其行如风，倏忽不见。既而德儿亦不见，所赍之物皆失之矣。时秦陇用兵，关禁严急，客行无验，皆见刑戮。既不敢东渡，复还主人，具以告之，主人怒曰："宁有是事？是无厌，复将挠我耳！"因止于田夫之家，绝不供给。遂为耕夫，邀与同作，昼耕夜息，疲苦备至。因憩大树下，仰见二儿曰："吾德儿、归宝也。汝之为奴，苦否？"又曰："此符法，我之书也。失之已久，今喜再获。吾岂无情于汝乎？"因掷行李还之，曰："速归，乡人待尔书符也。"即大笑而去。谨得行李，复诣主人，方异之，更遗绢数匹，乃得去。自尔遂绝书符矣。

民妇杀狐

乡民有居近山林,民妇尝独出于林中,则有一狐,忻然摇尾,数步循优于妇侧,或前或后,莫能遣之,如是者为常。或闻丈夫至,则远之,弦弧不能及矣。忽一日,妇与姑同入山掇蔬,狐潜逐之。妇姑于丛间稍相远,狐即出草中,摇尾而前,忻忻然如家犬。妇乃诱之而前,以裙裹之,呼其姑共击,舁而还家。邻里竞来观之,则瞑其双目,如有羞赧之状,因毙之。此虽有魅人之异,而未能变。任氏之说,岂虚也哉!

狐醉被杀

尹瑗者,尝举进士不第,为太阳晋原尉。既罢秩,退居郊野,以文墨自适。忽一日,有白衣丈夫来谒,自称吴兴朱氏子,"早岁嗜学,窃闻明公以文业自负,愿质疑于执事,无见拒。"瑗即延入与语,且征其说,云:"家侨岚川,早岁与御史王君皆至北门,今者寓迹于王氏别业累年。"自此,每四日辄一来,甚敏辩纵横,词意典雅,瑗深爱之。因谓曰:"吾子机辩玄奥,可以从郡国之游,为公侯高客,何乃自取沉滞,隐迹丛莽?"生曰:"余非不愿谒公侯,且惧旦夕有不虞之祸。"瑗曰:"何为发不祥之言乎?"朱曰:"某自今岁来,梦卜有穷尽之兆。"瑗即以辞慰谕之,朱生颇有愧色。后至重阳日,有人以浓酝一瓶遗瑗,朱生亦至,因以酒饮之。初辞以疾,不敢饮,已而又曰:"佳节相遇,岂敢不尽主人之欢耶?"引满而饮。食顷,大醉告去,未行数十步,忽仆于地,化为一老狐,酩酊不能动矣。瑗即杀之。因访王御史别墅,有老农谓瑗曰:"王御史并之裨将,往岁戍于岚川,为狐媚病而卒,已累年矣。墓于村北数十步。"即命家僮寻御史墓,果有穴。瑷后为御史,窃话其事,时唐太和初也。

老狐娶妇

唐长安昝规,因丧母,又遭火焚其家产,遂贫乏委地。儿女六人尽孩幼,规无计抚养。其妻谓规曰:"今日贫穷如此,相聚受饥寒,存活终无路也。我欲自卖身人,求财以济君及我儿女,如何?"规曰:"我偶丧财产,今日穷厄失计。教尔如此,我实不忍。"妻再言曰:"若不如此,必尽饥冻死。"规方允。后一日,有老父诣门,规延入。言及儿女饥冻,妻欲自卖之意。老父伤念良久,乃谓规曰:"我累世家实,住蓝田下。适闻人说君家妻意,今又见君言。我今欲买君妻,奉钱十万。"规与妻皆许之。老父翌日送钱十万,便挈规妻去,仍谓规曰:"或儿女思母之时,但携至山下访我,当得相见。"经三载后,儿女皆死,又贫乏,规乃乞食于长安。忽一日,思老父言,因往蓝田下访之。俄见一野寺,门宇华丽,状若贵人宅。守门者诘之,老父命规入。设食,兼出其妻,与规相见。其妻闻儿女皆死,大号泣,遂气绝。老父惊走入,且大怒,拟谋害规,规亦怯惧走出,回顾,已失宅所在,见其妻死于古冢前。其冢旁有穴。规乃下山倩人发冢,见一老狐走出,始知其妻为老狐所买耳。

白毳老狐

鲁猎者,能以计得狐。设竹阱于茂林,缚鸽于阱中,而敞其户。猎者垒树叶为衣,栖于树,以索系机。俟狐入取鸽,辄引索闭阱,遂得狐。一夕,月微明,有老翁幅巾缟裳,支一筇,伛偻而来,且行且詈,曰:"何仇而掩取我子孙殆尽也!"猎初以为人,至阱所,徘徊久之。月堕而暝,乃亦入取鸽,亟引索闭阱,则一白毳老狐也。世言狐能幻人,信哉!

狐鸣于旁

李密建号登坛,疾风鼓其衣,几仆。及即位,狐鸣于旁,恶之。及将败,数日回风发于地,激砂砾上属天,白日为晦。屯营群鼠相衔走西北度洛,经月不绝。

狐入李承嘉第

神龙初,有群狐入御史大夫李承嘉第,其堂无故坏。又秉笔而管直裂,易之又裂。

狐人立

李揆方盛暑夜寝于堂之前轩,而空其中堂,为昼日避暑之所。于一夜,忽有巨狐鸣噪于庭,乃狐人立跳跃,目光迸射,久之,逾垣而去。揆甚恶之。将晓,揆入朝,其日拜相。

白狐七尾

咸宁二年,有白狐七尾见汝南。

夜狐狸鸣

长安自石门之奔,宫殿焚圮。及岐人再逆,火闾里皆尽。宫城昏夜,狐狸鸣啼,无人迹。

王璿娶狐

唐宋州刺史王璿,少时仪貌甚美,为牝狐所媚。家人或有见者,丰姿端丽,虽僮幼遇之者,必敛容致敬。自称新妇,抵对皆有理,由是人乐见之。每至端午及佳节,悉有赠仪相送,云:"新妇上某郎某妇续命。"众人笑之,然所得甚多。后璿位高,狐乃不至。盖其禄重,不能为怪。

狐能飞形

太和中,有处士姚坤,不求闻达,常以渔钓自适。居于东洛万安山南,以琴樽自怡。居侧有猎人,常以网取狐兔为业。坤性仁,恒收赎而放之,如此活者数百。坤旧有庄,卖于嵩岭菩提寺,坤持其价而赎之。其买庄僧惠沼行凶,率常于阒处凿井深数丈,投以黄精数百斤,求人试服,观其变化。乃饮坤大醉,投于井中,以砲石咽其井。坤及醒,无计跃出,但饥茹黄精而已。如此数日夜,忽有人于井口召坤姓名,谓曰:"我狐也。感君活我子孙不少,故来教君。我狐之通天者。初穴于冢,因上窍,乃窥大汉星辰,有所慕焉,恨身不能奋飞,遂凝注神,忽然不觉飞出,蹑虚驾云,登天汉,见仙官而礼之。君但能澄神泯虑,注盻玄虚,如此精确,不三旬而自飞出。虽窍之至微,无所碍矣。"坤曰:"汝何据耶?"狐曰:"君不闻《西升经》云:'神能飞形,亦能移山。'君其努力!"言讫而去。坤信其说,依而行之。约一月,忽能跳出于砲孔中。遂见僧,大骇,视其井依然。僧礼坤,诘其妙。坤告曰:"某无为,但于中有黄精饵之,渐觉身轻浮飚,其中如处寥廓,虽欲安居,不能禁止。偶尔升腾,窍所不碍。特黄精之妙如此,他无所知。"僧然之,诸弟子以索坠下,约一月后来窥。弟子如其言,月余往窥,师已毙于中矣。坤归旬日,有女子自称夭桃,诣坤,云:"是富家女,误为年少诱出,失踪不可复返,愿持箕帚。"坤纳之,妖丽冶容,至于篇什等礼,俱能精至。坤亦爱之。后坤应制,挈夭桃入京。至盘头馆,夭桃不乐,取笔题竹简,为诗曰:"铅华久御向人间,欲舍铅华更惨颜。纵有青丘今夜月,无因重照旧云鬟。"吟风久之,坤亦矍然。忽有曹牧,遣人执良犬,将献裴度。入馆,犬见夭桃,怒目掣额,蹲步上阶,夭桃即化为狐,跳上犬背,抉其视。犬惊,腾号出馆,望荆山而窜。坤大骇,逐之行数里,犬已毙,狐即不知所之。坤惆怅恳惜,尽日不能前进。及夜,有老人挈美酝诣坤,云:"是旧相识。"既饮,坤终莫能达相识之由。老人饮罢,长揖而去,云:"报君亦足矣。吾孙亦无恙。"遂倏不见。坤方悟狐也。后寂无闻焉。

狐化髑髅为酒卮

杜陵韦氏子,家于韩城,有别墅在邑北十余里。开成十年秋,自邑中游焉。日暮,见一妇人,素衣,挈一瓢,自北而来,谓韦曰:"妾居邑北里中有年矣。家甚贫,今为里胥所辱,将讼于官。幸吾子纸笔书其事,妾得执诣邑,冀雪其耻。"韦诺之。妇人即揖座田野,衣中出一酒卮,曰:"瓢中有酒,愿与吾子尽醉。"于是注酒一饮韦。韦方举卮,会有猎骑从西来,引数犬,妇人望见,即东走数十步,化为一狐。韦大恐,视手中卮,乃一髑髅,酒若牛溺之状。韦因病热,月余方瘳。

狐龙

骊山下有一白狐,惊挠山下人,不能去除。唐乾符中,忽一日,突温泉自浴。须臾之间,云蒸雾涌,狂风大作,化一白龙,升天而去。后或阴暗,往往有人见白龙飞腾山畔。如此三年。忽有一老父,每临夜,即哭于山前。数日,人乃伺而问其故。老父曰:"我狐龙死,故哭尔。"人问之:"何以名狐龙?老父又何哭也?"老父曰:"狐龙者,自狐而成龙,三年而死。我狐龙之子也。"人又问曰:"狐何能化为龙?"老父曰:"此狐也,禀西方之正气而生,胡白色,不与众游,不与近处。狐托于骊山下千余年,后偶合于雌龙。上天知之,遂命为龙,亦犹人间自凡而成圣耳。"言讫而灭。

唐文选牒城隍诛狐

乾州唐文选好为大言,乡人号曰"唐大冒"。有狐扰民家,征索酒食,少缓,立致污秽。文选偶经其门,大言云:"妖诚无状,必不敢近我。"及归,狐已在舍,呼文选云:"若言吾畏汝,今欲相扰矣。"自是留其家,为患益甚,文选无如之何。州城下故多狐窟,有傍城居者,夜见两人立女墙间,长可二尺,着褐衣,蒲履布袜,相与携手语曰:"叵耐唐文选!吾辈自求食,何关彼事?而敢妄言。今必挠乱其家,令其至死乃已。"及旦,其人以告文选,即具牒投之城隍庙,言:"神为一方主,乞为民除害。"已而,家中魅言稍含糊。城下人又见前两人,云:"吾于彼无大仇,乃诉于城隍,剜去吾舌,今痛不可忍,奈何?"因复以告文选。文选仍牒请行诛,以绝妖患。明日,有二狐死城下,其家遂安。

狐媚汪氏

甪直徐翁子妇汪氏美而艳。夜有少年来与狎,家人知为怪,而议祛之。或言当召将,或言枕《周易》。忽见庋上竖一白牌,书云:"枕《易》召将皆不畏,汪有姿色偏爱他。"字甚遒美,倏忽灭迹。是后,翁为具召客,酒间,众问:"何为不乐?"翁以实告。有笑者曰:"彼但逞于私室,敢人前作怪耶?"语未竟,坠一巨石,震撼栋宇,坐惊散。翁无可奈何,使妇归宁。他日闲坐,见物若有尾者,从身旁跳跃而去,谛视,一狐也。翁不久死,怪亦遂绝。

狐生九子

唐元和中,有许真者,家侨青齐间。尝西游长安,至陕,与陕从事善。是日将告去,从事留饮酒,至暮方与别。及行未十里,遂兀然堕马,而二仆驱其衣囊前去矣。及真醉寤,已曛黑,马亦先去,因顾道左小径有马溺,即往寻之。不觉数里。忽见朱门甚高,槐柳森然。真既亡仆马,怅然,遂叩其门,已扃键。有小童出视,真即问曰:"此谁氏居?"曰:"李外郎别墅。"真请入谒,僮遽以告之。顷之,令人请客入,息于宾馆。即引入门,其左有宾位,甚清敞,所设屏障,皆古山水及名人画图、经籍、茵榻之类,率洁而不华。真坐久之,小僮出曰:"主君且至。"俄有一丈夫,年约五十,朱绂银章,仪状甚伟,与真相见,揖让而坐。真因述:"从事留饮,道中沉醉,不觉曛黑,仆马俱失。愿寓此一夕,可乎?"李曰:"但虑此卑隘,不可安贵客,宁有间耶?"真愧谢之。李又曰:"某尝从事于蜀,寻以疾罢去。今则归休于是矣。"因与议语,甚敏博,真颇慕之。又命家僮访其仆马，俄而皆至，即舍之。既而设馔共食，食竟，饮酒数杯而寐。明日，真晨起告去，李曰："愿更得一日侍欢笑。"真感其意，即留明日乃别。及至京师，居月余，有款其门者，自称独孤沼，真延坐与语，甚聪辩，且谓曰："某家于陕，昨西来，过李外郎，谈君之美不暇。且欲与君为姻好，故令某奉谒话此意。君以为何如？"真喜而诺之。沼曰："某今还陕。君东归，当更访外郎，且谢其意也。"遂别去。后旬月，生还诣外郎别墅，李见真大喜。生即话独孤沼之言，因谢之。李遂留生，十日就礼。妻色甚姝，且聪敏柔婉。生留旬月，乃挈妻孥归青齐。自是李君音耗不绝。生奉道，每晨起，阅《黄庭内景经》。李氏止之曰："君好道，宁如秦皇、汉武乎？求仙之力，又孰若秦皇、汉武乎？彼二人贵为天子，富有四海，竭天下之财以学神仙，尚崩于沙丘，葬于茂陵。况君一布衣，而乃惑于求仙耶？"真叱之，乃终卷，意其知道者，亦不疑为他类也。后岁余，真挈家调选，至陕郊，李君留其女，而遣生来京师。明年秋，授兖州参军，李氏随之官。数年罢秩，归齐鲁。又十余年，李有七子二女，才质姿貌，皆居众人先。而李容色端丽，尤殊少年时。生益钟念之。无何，被疾且甚，生奔走医巫，无所不至，终不愈。一日，屏人握真手，呜咽流涕自言曰："妾自知死至，然忍羞以心曲告君，幸君宽宥罪戾，使得尽。"言已，歔欷不自胜，生亦为之泣，固慰之。乃曰："一言诚自知受责于君，顾九稚子犹在，以为君累，尚敢一发口。妾诚非人间人，天命当与君为偶，得以狐狸残质，奉箕帚二十年，未尝纤芥获罪，权以他类贻君忧。一女子血诚，自谓竭尽。今日永去，不敢以妖幻余气托君。念稚弱满眼，皆世间人，为嗣续，及某气尽，愿少念弱子，无以枯骨为仇,得全肢体,埋之土中,乃百生之赐也。"言终又悲恸,泪百行下。真惊恍伤感,咽不能语,相对泣良久,以被蒙首,转背而卧,食顷无声。真发被视之,见一狐死被中。真特感悼,为之殡殓,丧葬之制,一如人礼。葬后,真特至陕,访李别墅,惟墟墓荆棘,阒无所见,惆怅还家。居一岁,七子二女,相次而卒,尸骸皆人也,而真亦无恙。

狐出勤政楼

乾元二年,诏百官上勤政楼,观兵赴陕州。有狐出于楼上,获之。

狐夺册子

南阳张简栖,唐贞元末,在徐泗间以放鹰为事。是日初晴,鹰拿不中,腾冲入云路。简栖望其踪,与徒从分头逐觅。俄至夜,可一更,不觉至一古墟之中。忽有火烛之光,迫而前,乃一冢穴中光明耳。前觇之,见狐凭几读册子。其旁有群鼠,益汤茶,送果粟,皆人拱手。简栖怒呵之,狐惊走,收拾册子,入深黑穴中藏。简栖以鹰竿挑得一册子,乃归。至四更,宅外闻人叫索册子声,出觅即无所见。至明,皆失所在。自此夜夜来索不已。简栖深以为异,因携册子入郭,欲以示人。往去郭可三四里,忽逢一知己,相揖,问所往。简栖乃取册子,话狐状,前人亦惊笑,接得册子,便鞭马疾去。回顾简栖曰:"谢以册子相还。"简栖逐之转急,其人变为狐,马变为獐,不可及。回车入郭,访此宅知己,原在不出,方知狐来夺之。其册子装束,一如人者,纸墨亦同,皆狐书,不可识。简栖犹录得头边三数行,以示人。

狐跨猎犬奔走

贞元末,骁卫将军薛夔,寓居永宁龙兴观之北。多妖狐,夜则纵横,逢人不忌。夔举家惊恐,莫知所如。或曰:"妖狐最惮猎犬。西邻李太尉第中鹰犬颇多,何不假其骏异者,向夕以待之?"夔深以为然,即诣西邻,子弟具述其事。李氏喜,开羁三犬以付焉。是夕月明,夔纵犬,与家人辈密觇之。见三犬皆被羁靮,三狐跨之,奔走庭中,东西南北,靡不如意。及晓,三犬困殆,寝而不食。才瞑,复为乘跨,广庭蹴踘,犬稍留滞,鞭策备至。夔无可奈何,竟徙。

包恢沉狐

包恢,字宏父,为宋秘图修撰,知隆兴府兼江西转运。沉妖妓于水,化为狐,人皆神之。

林中书杀狐

林中书彦振摅,气宇轩昂,有王陵之少戆。罢政,恒不得意,寓维扬,丧其偶。久之,忽于几筵座上,时见形,饮食言语如平生状,仍决责奴婢甚苦。彦振徐察非是,乃微伺其踪,则掘地得一大穴,破之,罗捕六七老狐,中一狐尤毫而白,且解人语言,向彦振哀求曰:"幸毋见杀,必厚报。"彦振弗顾,悉命杀之,迄无他。

狐升御座

政和壬寅，有狐登崇政殿御座。卫士晨起，叱狐不动，呼众逐之，至西廊下不见。即日得旨，坏狐王庙，亦胡犯阙之先兆也。

王贾杀狐

王贾，本太原人，移家覃怀，而先人之垄在于临汝。少而聪颖，未尝有过，沈静少言。年十七，诣京举孝廉，果擢第，乃娶清河崔氏女。选授婺州参军，还过东都。贾母之表妹，死已经年，常于灵帐发言，处置家事。儿女童妾，不敢为非。每索饮食衣服，有不应求，即加答骂。亲戚咸怪之。贾曰："此必妖异。"因造姨宅，唁姨诸子。先是，姨谓诸子曰："明日王家外甥来，必莫令进。此小子大罪过人。"贾既至门，不得进。贾令召老苍头谓曰："宅内者，非汝主母，乃妖魅耳。汝但私语汝郎君，令引我入，可除去之。"家人素病之，乃潜言于诸郎。诸郎悟，因哭，令贾入。贾行吊已，向灵言曰："闻姨亡来大有神异，言语如旧，今故来谒姨，何不与贾言也？"不应。贾又邀之曰："今故来谒，姨若不言，终不去矣，当止于此。"魅被其勤请，帐中言曰："甥比佳乎？何期别后，生死遂隔。汝不相忘，犹能相访，愧不可言。"因涕泣言语，泣声皆姨平生声也。诸子闻之号泣。令具馔，坐贾于前，命酒相对，殷勤不已。醉后，贾因请曰："姨既神异，何不令贾一见！"姨曰："幽明道殊，何要相见？"贾曰："姨不能全出，请露面。不然，呈一手一足，令贾见之。如不相示，亦终不去。"魅既被邀苦至，因见左手于几，宛然又姨之手也。诸子又号泣。贾因前执其手。姨惊命诸子曰："外甥无礼，何不举手。"诸子未进，贾遂引其手，扑之于地，而犹哀叫，扑之数四，即死，乃老狐也。真形既见，裸体无毛。命火焚之，魅语遂绝。

道人飞剑斩狐

景定年间，衢州某士赴省，近京十数里，少憩林中。有妇人至前，问："官人何处士?"对以实。因问妇人："何处?"对曰："所居甚近。吾夫作商未归，适因在山观人伐薪也。"因邀啜茶，士人至其家。林木森然，庭户幽雅。盛设饮馔，皆海错甚美，遂与合焉。食饱辞行，妇人挽留，不可，乃赠绿罗两匹，约回途再来，士人惊喜而去。试毕将归，遇道人于市，谓曰："邪气入腹，不治将深。"士人恍不知故。道士曰："试思之。"士人遂告以遇妇人之故。道人取药一粒，令吞之，吐出蛙蝇满地，皆活。视绿罗，则蕉叶也。士人大惊。道人复以纸剑授之，曰："回途必再遇之，可以此剑飞去。"士人拜谢而别。至途，妇人果来，相距百步许，厉声大骂，曰："汝信旁人之言，负恩如此。"士人飞纸剑，中之而毙，乃一牝狐也。士人后登第。

东阳令女被狐魅

东阳令有女病魅数年，医不能愈。令邀王贾到宅，置名馔而不敢有言，贾知之，谓令曰："闻令有女病魅，当为去之。"因为桃符，令置所卧床前。女见符泣而骂，须臾眠熟。有大狐狸，腰斩于床下，疾乃止。

法官除妖狐

咸淳乙丑，温州季公喜投充胡家仆。一日，胡令往宏山庵干事，路逢女子妖娆，顾盼动心，遂为所惑。夜宿门房，女子忽然在前，相得甚欢，遂于是夜同寝。自是暮来朝去，殆无虚日。一日归卧房，则女已在彼，携鸡肉以饷，仍取首饰、钗梳、花朵之类，用紫帕包裹，留置床头。公喜形体黄瘦，不知为妖魅所惑，且自谓有奇遇。胡家怪而诘问所以，公喜不能隐，出示手帕、包袱、首饰等物，人聚观之，乃是紫色茄柯、野菊花、枯枝败叶之属，公喜始悟为妖。遂投请法官行持求治，追摄祟妇，乃知一狐精为怪。断治后，得无事。

狐死塔下

王生某者，读书山室中，往来必经方氏之门。方有女，年十七岁，姿色姝丽，善解诗赋。常倚门盼望，见王年少美容，每秋波偷送，彼此含情，而父母戒严，不能少通款曲。王亦思方不置，常形之梦寐。一日晚，怅怅无聊，步月中庭，吟哦良久，忽见一女从外来，近视之，则方也，喜跃不胜，拥致帏中，各叙衷曲，绸缪欢娱。事阑，已二鼓矣，女不觉浩然长叹。王问之，女曰："噫，我死矣！我非方氏也，乃老狐耳，吸日精月华几百年所。仙道已成，第欠阳精耳。每于梦中取君之精，因不可得，不获已，化方氏来。今君战恋过度，妾亦漏泄，行将有子，怀十二月而生。我必死于峰巅塔下。此子，君之骨血，他日大有文名，佐圣主，理天下，可名之令狐氏，使不忘我。君念一宵之爱，幸瘗我于塔下，我愿足矣。"涕泣而去。王遂归，托媒达于方氏，愿缔姻焉，方从之。合卺之夕，王道所以，方曰："向固尝梦与君遇，然不至为文君之行，不意此狐假我诱君。非君之善战，此身终不白，污我多矣。"伉俪甚相得。明年，王果从峰巅觅之，趋山半，闻儿啼声，至则一狐死焉，王乃瘗之而抱儿归。方育之如己子。长氏令狐，最聪颖，官至翰林而卒。

王嗣宗杀狐

王嗣宗守邠土，邠旧有狐王庙，相传能为人祸福，岁时享祀祈祷，不敢少怠，至不敢道其故。嗣宗至郡，集诸邑猎户，得百余人，以甲兵围庙，薰灌其穴，杀百余狐。或云："有大白狐从火中逸去。"其妖遂息。后人复为立庙，则寂无灵矣。郡有人赠嗣宗诗，曰："终南处士威风灭，渭北妖狐窟穴空。"嗣宗大喜，曰："吾死后，刻此诗于墓旁，足矣。"

顾旃杀狐得簿书

吴郡顾旃至一冈，忽闻人语声云："咄咄！今年衰。"乃与众寻觅。冈顶有一阱，是古时冢，见一老狐蹲冢中，前见一卷簿书，老狐对书，屈指有所计校。犬咋杀之，取视簿书，悉是奸人女名，已经奸者，朱钩头，所疏名有百数，旃女亦在其簿次。

犬啮老狐

晋天福甲辰岁，公安县沧渚村民辛家犬，逐一妇人，登木而坠，为犬啮死，乃老狐也，尾长七八尺。则止首之妖，江南不谓无也，但稀有耳。

《狐媚丛谈》卷四终

狐媚丛谈卷五

狐称玄丘校尉

张铤夜行,逢巴西侯,置酒邀玄丘校尉。至,一人衣黑衣。天将晓,铤悸悟,乃一狐卧于傍。

张明遇狐

张明,字晦之,年二十岁,美姿容,善诗赋,尚未有室。因在家安闲无事,父母命其收拾资本,出外为商。偶至东京回来,未及至家,泊船于岸。是夜月明如昼,明不能寐,披襟闲行,遂吟一绝云:"荇带浦芽望欲迷,白鸥来往傍人飞。水边苔石青青色,明月芦花满钓矶。"明吟讫,俄然见一美人,望月而拜,拜罢,亦吟诗一首云:"拜月下高堂,满身风露凉。曲栏人语静,银鸭自焚香。"又云:"昨宵拜月月似镰,今宵拜月月如弦。直须拜得月轮满,应与嫦娥得相见。嫦娥孤凄妾亦孤,桂花凉影堕冰壶。年年空有羽衣曲,不省二更得遇无?"美人吟毕,张明见其美貌,遂趋前问曰:"娘子,因何而拜月也?"美人笑而答曰:"妾见物类尚且成双,可以人而不如物乎?因吟此拜月之诗,意欲得一佳婿耳。"明曰:"娘子今来至此,莫非有所为而然耶?"美人曰:"亦无所为。但得婿如君,妾愿足矣!"明喜曰:"娘子果不弃,当偕至予舟,同饮合卺之酒,可乎?"美人欣然登舟,相与对月而酌。既而与张交会,极尽缱绻。次日,明促舟还家,同美人拜见父母、宗族。问明何处得此美女,明答以娶某处良家之女。美人自入明家,勤纺绩,俭日用,事舅姑以孝,处宗族以睦,接邻里以和,待奴仆以恕,交姒娣以义,上下内外,皆得欢心,咸称其得内助。后遇府尹正直无私,美人自往伏罪而死,化为一狐,众始骇异。

施桂芳赘狐

成都府何达与施桂芳往东京游玩,至一古寺观览一番,遥见对寺一所,树林幽奇苍郁,遂问僧曰:"前面树林是何处?"僧曰:"刘太守花园。太守亡后,荒废多年,惟茂林花树而已。"桂芳与达往游其地。但见毁墙崩砌,石塌斜欹,狐踪兔迹,交驰草径,二人叹息不已。达因失物,转寺追寻,桂芳缓步竹林,忽见二女使从林外入,见芳笑曰:"太守遣妾奉迎。"芳曰:"太守是谁?"女使曰:"君去便知。"芳即随女使而去。至一所在,但见明楼大屋,朱门绣户,堂上坐一丈夫,见桂芳到,便下阶迎接,甚加礼敬。坐定,丈夫曰:"老夫僻居数十年矣,人迹罕到。有一女,欲觅快婿,不得其人。足下远来,真天缘也。愿以奉君,幸勿见阻。"桂芳惶惧辞让,已被群女引之一室,与美人为偶,伉俪同心,日惟嬉戏。比及何达来时,遍觅无获,意为虎伤,惊疑未定,集众再往。忽闻林丛笑语喧阗,遂冒荆棘而入,见群女拥一男子在石㼈戏不已。众共叱之,群女皆没,惟男子昏迷不动,近前视之,乃桂芳也。扶掖而归,口吐恶涎数升,月余方愈。

插花岭妖狐

襄城县白水村,离城五十里。插花岭有一狐,夜涵太阴之华,日受太阳之精,久而化为女子,体态娇媚,肌莹无瑕。假名花翠云,日往村中人家调戏男女。村中有一小路,可通开封府。西华客商取其近捷,莫不从此经过。一日将晚,翠云遥见孤客来近,随变土穴作一茅房酒店,便迎此客安歇。是时,客人见他美貌,乘邀便转,与翠云备酒对饮。酒至二巡,云问姓名、居址,客云:"西华,姓陈名焕。"焕因问:"尊姐贵表,丈夫何在?"云云:"花翠云。丈夫往外家未回。"焕遂欲与结同心之好,发言微露此意,云偷眼冷笑曰:"君有爱妾之心,妾岂无相从之意。"二人遂成云雨之会。焕口占一诗,云:"千里姻缘一夕期,抚调琴瑟共鸳帏。桃花与我心相济,怅恨私情逐晓啼。"云亦和韵,云:"凤缘有素晤今期,鸾凤双飞戏罗帏。惟愿绸缪山海固,不忍鸳鸯两处啼。"吟罢,翠云将焕迷死。次日,又往刘富二家,引其子刘德入室,染迷而死。富二诉于府尹。府尹斋戒三日,疏于土神,雷震老狐于岭下。

九尾野狐

钱塘一官妓,性善媚惑,人号曰"九尾野狐"。东坡先生在杭,权摄守事。九尾野狐者,一日下状解籍,遂判云:"五日京兆,判断自由;九尾野狐,从良任便。"得状下堂,化为狐而去。

姜五郎二女子

建昌新城县人姜五郎,居邑五里外。绍兴四年中秋夜,在书室中玩月轧萋,遥闻妇人悲哭,穴窗窥之,见一女子素服挈衣包,正扣姜户。姜问:"何人?"曰:"我只是在城董二娘。随夫作商他处,不幸夫死,又无父母兄弟可依。今将还乡,乞食赶路不上,望许留一宿。"姜纳之,使别榻而卧。明日,不肯去,愿充妾御,姜复从之,遂茌茬两月。方夜睡室中,又有女子至,云:"县市典库赵家婢进奴,为主公见私,被娘子捶打,信步逃窜,亦丐少留。"其人容貌端秀,自言善弹琴、弈棋及能画,姜喜甚。两女同处如一家,相与无间。董氏嗜食鸡,进奴密告云:"彼乃野狐精,积久非便。他说丧夫事,尽虚诈也。"姜深以为疑。董女已觉,愠曰:"五郎今日致疑不喜欢,莫是听进奴妄谈否? 我知渠是妖蛇精,切勿堕其计!"姜曰:"何以验其真相?"曰:"但买雄黄、白芷各一两,捣成末,再用九惕(按:塔)草、神离草各一把,生大蜈蚣一条,共修合为饼,以半作丸与服,半焚于书院,渠必头痛,更将半药置鼻上,立可见矣。"家有大雄鸡报晓,董欲烹之。进奴使姜诈出外,潜于暗壁守视,果见董变狐身,攫鸡而食,急取刀刺杀之。是夕,进奴服药亦死,尸化为蛇。

狐称千一姐

龙兴州樵舍镇富人周生,颇能捐资财,以歌酒自娱乐。绍兴十四年六月,有经过路歧老父,自言王七公,挟一女千一姐来展谒。女容色姝丽,善鼓琴、弈棋、书大字、画梅竹。命之歌词,妙合音律。周悦其貌,且兼负技艺甚妙绝,谓其老曰:"我自有妻室,能降意为侧室乎?"对曰:"吾女年二十二岁,更无他眷属。如君家欲得备使令,老身之幸也。"周谢其听许,议酬之官券千缗。老父曰:

"本不较此,但得吾女有所归,足矣!"呼伢侩立契约,日留女而受券,明日告别。女为妾逾五年。八月,有行客如道人状,过门而言曰:"此家妖气甚浓,吾当为去之。"阍仆入报,周急出,将百钱与之,不肯接;与之酒,亦不饮。问曰:"君家有若干人口,无论老少男女,尽行来前,当为相何人合贵。"周一门二十七口,悉至厅上。道人熟视一女,即引手掐诀吹气,喝曰:"速疾!"俄雷火从袖中出,霹雳一声振响,烟气蔽面,顷之豁然。千一姐化为白面狐狸,以仆地而殒。道人不见矣。

天师诛狐

婺州曹阳县郭郎中,家依山而居,山石险峻,树林深密,常有狐为妖,人不能治。郭有一女,年十六岁,容貌甚丽,忽寻不见。父母疑为祟所惑,朝夕思慕不已。遣人赍信香诣龙虎山,迎请观妙天师救治。欲翌日启行,夜梦祖师云:"汝毋往,吾将自治之。"忽一日,有道人到郭家,问之曰:"尔家有何忧事?"郭以失女事对。道人曰:"我有道法,尔当遣人随我寻之。"遂遣人随去。至屋后山中,令其人闭目,谓闻喝声即开。及喝一声,开目见山中火发,焚一大狐于中,女立于前。询之,乃此狐为魅,其怪即绝。道人乃给符与女服,获安如故。

萧达甫杀狐

吉州虎溪萧达甫,为子娶妇二年矣。咸淳乙丑春,夜二更余,阍者闻叩门声,问其姓名,曰:"王二来小娘处,取少物色。"阍者入告,子妇思此人死数年,心稍恐,遂告以:"我家无此人。"阍者出,则门无此人矣。次日，檐前砖石乱下，语言乱杂，细如婴儿，皆不可辨，日益以甚，一家什物损坏迨尽，但不伤人。遍求法官，治之无效，遂将玄帝像挂于厅上，惟厅上仅静，他处纷扰无时暂息。子妇尝自厨中奔入室闭门，妇人视之，仆地死矣，逾时方醒。自后愈甚，遂以为常。达甫告之，曰："不信汝有城砖抛来。"须臾，抛下城砖于达甫之前，视之，所出窑砖尚热。再告之曰："不信汝有食物抛来。"须臾，抛下羊蹄一只，视之再，有维扬税务印。其变幻不可晓如此。展转至夏，达甫尝昼寝，梦一白须老，告曰："厨中有物，急击勿失！"达甫惊觉，呼其子同视之，厨中器用狼藉，一狐卧于灶，亟捕之，走由窗中出，达甫拿其一足，其子出，外缚之，钉于柱，问曰："每日抛下砖石，非汝也耶？"狐唯唯作声，莫可晓。复以足作抛石之状，遂烹以油。当烹时，檐前数十狐若哀恳者，萧冈顾也，其怪遂绝。乃知其子妇未出适，时王二以少金银寄之，不复索而死。盖狐则山魈，王二为祟勾引为怪也。

群狐对饮

宣和，万岁山上有群狐杯酌对饮，敕拍之，皆散。有一狐自艮岳来，入宫禁，于御榻上坐，侍御喧阗，倏然不见。

诵经却狐

李回，婺陵人，元和年应举不第，东归。夜梦一僧人与回曰："若来春要及第，何不念《金刚经》？"回心大喜，沿途便念。去家十里，因宿桥下，忽被一女引至一村，又见二女在傍。回疑是妖怪，遂念《金刚经》，口出异光，女伴化狐而去。

西山狐

范益者,精于脉药,仕元,至正间为大都医官,年七十矣。尝有老妪诣其门,曰:"家有二子属疾,欲请公往治之。"问其家所在,曰:"西山。"益惮途远,以老辞,曰:"必不得已,可携来就诊耳。"妪去良久,携女至,皆少艾。益诊之,愕然曰:"何以俱非人脉,必异类也。"因谓妪:"尔无隐,当实告我。"妪惶恐跪诉,曰:"妾实非人,乃西山老狐也。知公神术,能生吾女,故来投恳。今已觉露,幸仁者怜而容之。"益曰:"济物,吾心也,固不尔拒。然此禁城中帝王所在,万神诃护,尔丑类何得至此?"妪曰:"真天子自在濠州,城隍社令皆移守于彼,此间空虚,故吾辈不妨出入耳。"益异其言,授以药,妪及二女拜谢而去。是时高皇帝龙潜淮右云。益,吾乡刘原博先生之外祖也,刘之祖能道其事。

骊山狐

愚读刘晨、阮肇天台遇仙女之事,心窃疑焉。夫二女既仙,必能离欲,岂肯不有其躬,而与尘寰采药之夫自为伉俪哉!或者山精狐魅幻化以迷之耳,其曰:"刘、阮还家,子孙无有存者。"此乃述《齐谐》之业者附会之过也,何足信哉!近年有朝士奉使关西,过临潼,浴骊山温泉,想象玉环,不觉心动。浴罢还行台,露出追凉。忽见绛纱灯荧荧导一女官持节而来,告之曰:"贵妃且至。"俄顷,霓旌宫扇拥贵妃至中庭。凤冠翟祎,环珮珊珊,雪肤花貌,恣媚流丽。与朝士交礼毕,款语移时,遂携手入室,荐枕席之欢。五鼓既作,女官又领仙仗迎之而去。自是,随其所止,源源而来,朝士以为奇遇。骊山父老闻之曰:"是此山老狐精也。其女官辈,小狐精也。"即此观之,刘、阮之所遇,非此类耶?

大别山狐

天顺甲申岁,浙人卢金、蒋常往来湖湘间,贩卖物货,变易麻豆。其年,船抵湖广之汉阳,因观观音阁。馆驿一带江水冲塌,湾泊不便,乃馆于洗马口舒家店发卖货物。店东马姓者,一女年十八,美姿容,勤女工,自幼不喜言笑。汉阳卫、府及武昌求聘者纷纷,父母因无子,未许嫁。蒋生见而悦之,其女不知人私视。是时,卢生年五十,蒋生年十九,年幼飘逸,能诗。一日朗吟曰:"丹桂花开月有光,不能采摘只闻香。高唐无梦巫山杳,孤馆萧萧空断肠。"是夕,天欲雨,忽闻扣门声,蒋生执烛开门,乃见日间对窗下之女,低声谓之曰:"适见阁下有顾盼意,是以背父母私就君子,莫弃丑陋,愿效文君。"蒋喜不自胜,乃附耳谓曰:"卢叔方睡,慎勿高言。"遂就寝。天五鼓,女告归,低嘱生曰:"我父母年虽老而性严,汝日间见我,不可嬉戏,只如往日,可保始终。"于是,蒋生日攻书史,目不外视,其家女本不知,倚窗刺绣如常。将思夜间相嘱之言,以为真有此情,愈加持重。东邻皆喜其少年谨厚。是后夜夜往来,蒋生渐无精采,茶饭减进。卢生问病之根由,但以思父母为对,服药求神,一无应验。一日,卢谕以鬼神不测之言,蒋生病笃亦自恐,又见马家之女所见不似乎有情,乃道其详。卢曰:"谬矣!马家门壁高,父母严,女不生翅,从何而出?"又问之:"今夕来否?"蒋曰:"来。"卢曰:"来则依我行。"乃以粗布裹芝麻二升,语生曰:"来则将此物与之。"蒋曰:"与此何用?"卢曰:"汝但依此行,管教病愈。"是夜,女果来,蒋生始疑惧,将前物以赠女,谓之曰:"我病着题目了,汝且回。"女亦伤感,涕泗不肯去。蒋惧呼卢,女恐卢识,拭泪而去。次早,卢教蒋生步芝麻撒止何地。蒋生依所教而行,至大别山后一石洞边,见一狐人首畜身,鼾睡正浓。生叫云:"被你坑陷杀我耶?"其物醒而负愧,乃谓生曰:"今日被你识破我了,我必有以相报。"乃入洞,取草三束授生,曰:"汝将一束煎汤自洗,其病即愈。一束撒在马家屋上,其家女即生癞风,人不堪近,医不能救,汝令人求之自医,将此第三束草煎汤洗之,则复如旧,与君偕老无恙。故此相报耳。君其返,勿以我之故,告同舍郎。我与郎君共枕席十三余月,乃宿缘,不偶然。夫妻情意不可相忘。"言讫,泪下如雨,生亦念其旧,不忍加害,乃与之别。至馆,卢问何所见,匿不言,唯唯而已。其夜,生以草水洗之,不二日,疾果瘳。乃暗以次束草撒马家房上,其女果生癞,皮痒脓出。时天炎热,秽气触人,医术不能瘳,父母不能近,求其速死而不得,欲投之于江而不忍。蒋生乃浼汉阳所军户王妈妈为媒求之,其家以生为戏言,亦戏之曰:"要便抬去。"于是,蒋生以白金二锭为聘礼,其家不受,至次日,蒋生塞鼻,自背过街,行者皆掩鼻。其夜,生煎汤以洗之,二三日间,疮口渐愈,四五日后,疮壳剥落,七八日,起床行履,未及半月,言笑容颜如旧。父母合家惊悔,乃欲设宴延生结纳,生亦欲偿聘礼,女拒之,以父母情薄,不舍财救己。乙酉岁,徙居汉口滕古源家。买舟约卢生回杭,后不知所终。

胡媚娘

新郑驿卒黄兴者偶出,夜归,倦憩林下。见一狐拾人髑髅戴之,向月拜。俄化为女子,年十六七,绝有姿容,哭新郑道上,且哭且行。兴尾其后,觇之。狐不意为兴所窥,故作娇态。兴心念曰:"此奇货可居。"乃问曰:"谁家女子,敢深夜独行乎?"对曰:"奴杭州人,姓胡,名媚娘,父调官陕西,适被盗于前村,父母兄弟,死寇手,财物为之一空。独妾伏深草,得存残喘至此。今孤苦一身,无所依托,将投水死,故此哭耳。"兴曰:"吾家虽贫贱,幸不乏饘粥,荆妻复淳善,可以相容,汝能安吾家乎?"女忍泪拜谢曰:"长者见怜,真再生之父母也。"随至兴家,复以前语告兴妻。妻见女婉顺,亦善视之,而兴终不言其故。时进士萧裕者,八闽人,新除耀州判官。过新郑,与新郑尹彭致和为中表兄弟,因访致和。致和宿之馆驿。黄兴供役驿中,见裕年少逸宕,非端士,且所携行李甚富,乃语妻曰:"吾贫行可脱矣。"因欲动裕,数令媚娘汲水井上,使裕见之。裕果喜其艳也,即求娶为妾。兴曰:"官人必娶吾女,非十倍财礼不可。"裕不吝,倾资成之,携以赴任。媚娘赋性聪明,为人柔顺,上自太子之妻,次及众官之室,各奉绿罗一端,胭脂十帖。事长抚幼,皆得其欢心。由是内外称誉,人无间言。其或宾客之来,裕不及分付,而酒馔之类,随呼即出,丰俭咸得其宜。暇则躬自纺绩,亲缫蚕丝,深处闺房,足不履外阃。裕有疑事,辄以谘之,即一一剖析,曲尽其情。裕自诧得内助,而僚寀之间,亦信其为贤妇人也。未几,藩府闻裕才能,檄委催粮于各府。媚娘语裕曰:"努力公门,尽心王室。闺闱细务,妾可任之。惟当保重千金之躯,以图报涓涘之万一,慎勿以家自累也。"裕颔之而别。因前进,宿于重阳宫。道士尹澹然见之,私语裕吏周荣曰:"尔官妖气甚盛,不治将有性命之忧。"荣以告,裕叱之曰:"何物道士,敢妄言耶?"是年冬末,粮完回州署事。届春暮,而裕病矣,面色萎黄,身体消瘦,所为颠倒,举止仓皇。同寅为请医服药,百无一效,然莫晓其致疾之由。周荣忽忆尹澹然之言,具白于太守。太守问裕,裕曰:"然!"于是谓同知刘恕曰:"萧君卧病,皆云有祟,吾辈不可坐视。"刘曰:"盍请尹道士而治之乎?"守即具书币,遣周荣诣重阳宫,请澹然。澹然曰:"渠不信吾语,致有今日。然道家以济人为事,可吝一行乎?"便偕荣至,守出迎,以裕疾求救为请。澹然屏人告守曰:"此事吾久已知。彼之宅眷,乃新郑北门老狐精也,化为女子,惑人多矣。若不亟去,祸实不测。"守惊愕曰:"萧君内子,众所称贤,安得遽有此论哉?"澹然曰:"姑俟明朝,便可见矣。"乃就州衙后堂结坛。次日午,澹然按剑书符,立召神将,须臾,邓、辛、张三帅森立坛前。澹然焚香誓神曰:"州判萧裕为妖狐所惑,烦公即为剿除。"乃举笔书檄,付帅持去。俄而黑云瀚墨,白雨翻盆,霹雳一声,媚娘已震死阛阓矣。守卒僚属往视,乃真狐也,而人髑髅犹在其首。各家宅眷,急取其所赠诸物观之,其绿罗则芭蕉叶数番,胭脂则桃花瓣数片,以示于裕,裕始怃然。尹公命焚死狐,瘗之僻处,镇以铁简,使绝迹焉。然后取丹砂、蟹黄、篆符与裕服,而拂袖归山,飘然不顾矣。裕疾愈,始以媚娘之事告太守,遣人于新郑问黄兴。兴已移居,家遂殷富,不复为驿卒。盖得裕聘财所致耳。始略言嫁狐之事于人。询者归,具以告太守。众乃信狐之善媚,而神澹然之术焉。

临江狐

临江富人陈崇古,所居后有果园,委一人守之,贩鬻皆由其手。其人年可四十余,颇修整,不类庸下人,独居园中小屋间。一夕,有美姬来就之,自言能饮,索酒共酌,且求欢。其人疑之,扣其居址姓氏,终不答,曰:"与君有宿缘,故来相从,无问也。"遂与狎。自是每夜辄至,日久情密如伉俪,亦不复究其所从来矣。比舍人怪园中常有人语声,窥见,以告主人。主人以其费财也,召责之。其人初抵讳,因请主覆视记籍,曾无亏漏。更研问,乃吐实,主亦任之。是夜姬来,云:"而主谓吾诱汝财耶?"因从容言:"吾非祸君者。此世界内如吾辈无虑千数,皆修仙道,吾事将就,特借君阳气一助耳。更几日数足,吾亦不复留此,于君无损也。"他日来,剧饮沉醉,谈谑益款,其人试挑之曰:"子于世间亦有所畏乎?"姬以醉忘情,且恃交稔,无复防虞,直答曰:"吾无所畏。吾睡时则有光旋绕身畔,人欲不利于我者,一蹴此光,吾已惊觉,终不能有所加也。所最恶者,人能远之以口承其光而徐吸之,则彼得寿而吾祸矣。"其人唯唯。俟其去,目送而望之,遥见其踉跄趋田中,往看姬寐正熟,有光照地如月,依言吸之,觉胸臆隐隐热下,光尽敛,乃归。明日复至其所,有老狐狸死焉。景泰中,盛允高莅盐课维扬,陈氏有商于扬者道其事,云此人尚在,年九十余矣。

谷亭狐

弘治中,杭州卫有漕船自京师还至山东。时冬天河冻,停舟八里湾,其地去谷亭镇八里,故名。一日薄暮,有妇容服妖冶,立岸上,呼兵士为首者求寄宿,曰:"儿此间镇上人,将归母家,日暮不能及。如见容,不敢忘报。"兵拒之,妇不肯去。天益暮,请益坚,言辞哀惋,兵不觉应曰:"诺。"即留之宿兵所,卧处仅与隔一板。中夜,妇呼腹痛,娇啼宛转,兵闻之心动,乃起爇薪煎汤饮之。因稍逼,妇殊不羞拒,兵遂与狎,绸缪倾倒,良以为奇遇也。五鼓,天大雪,妇辞归,谓兵曰:"儿家去此不远,君既有心,儿今夜当复来也。"兵曰:"幸甚。"即以绣枕顶一付,并所市猪肝肺遗之,云:"子可持归作羹奉母也。"妇起,凌雪而去。兵寝,日宴未起,时舟中诸人皆知,或起循其去路,视积雪中无人迹,惟兽踪数十,大怪之。共计曰:"彼美而尤,且侵夜来,未明辄去,宁知非妖乎?"呼兵起,讯之,初尚抵讳,引登岸,指雪迹示焉,乃大惊骇,吐实。相与到镇上访之,居人或云:"此地有数百年老狐,变幻惑人多矣。君所遭,将无是乎?"亟返舟,集众持器械、薪火而行。逐其迹至野外,转入幽邃,迹穷,见大树可数抱,中穿一穴,枕顶、猪肝皆挂树枝上。众喜曰:"此必狐窟也。"环而围之,投薪火穴中,烧爇良久,一狐突烟而出,众格杀之。兵神痴旬日,乃复。

狐丹

齐女门外陆墓、吴塔之间,有赵氏兄弟居焉。伯曰才之,季曰令之,地颇幽僻。一日,才之自外归,薄暮暝色惨淡,才之少驻足道傍槐荫下,倏忽昏黑,才之方悔不疾行,因反不动,待人来偕去。夜既阑,见一灯荧荧然由南而来,渐近,才之迫而察之,乃一女子也。暗中亦不详辨色,然殊觉有妖态,视其火,乃是衔一灯于口中耳。初意讶之,稍相接语,便已迷眩,女遂解衣野合焉。合既,复由此道迤逦而去。才之更怅怅而归。明晚,思之不置,遂瞒其弟及家人,待至晚候,径往,坐其地俟之。女果复来,合之,又别。如是者几一月,令之察焉,备得其状。袭兄而去,见兄复云云。兄既毕事,令之乃前劫其女,女初无拒意,便相从为淫。令之自后递互往合,虽皆迷,不知所谓,而神度皆无虞如故,或更觉强爽。一日,令之偶夸于所知,所知曰:"子惑矣!人口中岂置火处耶?子今但夺其灯,傥得之,便强吞之可也。"弟方悟,曰:"良是。"其夕仍去,则女已先在。令之遂与绸缪。初凡合时,女则吐灯阁在于地,事罢乃复入口。至是,令之伺间急取灯,便吞之。女见之,亟来夺之,令之不及下咽,急遽间失灯,坠于水,女乃怅然大恨曰:"殊可惜矣!奈何!奈何!"令之问之,女曰:"吾当以实告汝。吾非人,乃老牝狐也,修行几百年矣。吾丹已成,所欠者,阳人精血耳。今得二君合数十回,更得数如之,则吾立跻仙地,而二君亦且高寿令终。吾口中火,即丹也。今不幸失之,是吾缘未就,而更有祸矣。最可恨者,数百年工夫为可惜耳。然吾与君既尔云云,不得为无情,所望于君者,身后事耳。"言毕泪潸然下,遂僵死于地,果狐身也。二生念之,因相与浴而加衣,埋之坚爽之地。后不时往观之,念之不能忘。其后,亦无他异。事在成化间。

妖狐献帕

湖广宁乡县御史行台,久为妖孽所居,部使者至,不敢居。邑令为盖新台居之,其旧台芜秽不葺,以为废所,尚有压屋存焉。弘治中,临川王约资博为御史,奉命巡按其省,按行是邑,偶经旧台,王问之,吏具白其由。王从舁人随入,隶卒刈去草莱,洒扫厅宇。是夕止此,惟命一卒执烛,余令守门,坐以待之。抵三鼓,俄一美姬前进,持一帕置案上,再拜。王取其帕镇坐于座,任其体态,不出一语。将及五鼓,姬乞还原帕,王执不与,姬闻鼓绝,哀告百出，终不与，倏然而去。天始明，诸司来候，王言其故，取帕视之，乃狐皮也。即率众踪迹其处，行至后园，见一枯杨，伐之，复掘其下三尺许，始得一穴，见一剥皮老狐死其中。王令火之，其怪遂绝。

狐为灵哥

灵哥事海内传诵殆百年矣。景泰、天顺间日溢于耳，迩年多不信之，然见闻犹繁，不胜登载。亦有言其已泯，或言其本由假托者，然谓其散泯有之，尽以为伪恐不然。予儿时则闻诸先人等，且其为物，性最软媚，往往与人缠绵缔结，托为友朋。昔景泰中，有云间张璞廷采，成化间有吾乡韩彦哲，皆与交密。张仕山右一学职，为先公言，曩入京师谒之，设酒对酌，坐间为张至家探耗，顷刻已来，言其居室之详，及所见某家人闻何语言，见何动作，报以无恙。张笔于籍，后按验之，无锱铢爽也。颇与张言其身事，谓："在唐时，与二辈同学仙，处山中甚久。师后以二丹令饵之，戒：'饵后无入水。'既各吞之，皆躁甚，腑脏若烈焰烧炙。彼不能忍，竟入水浴，即死。予则坚忍，后复自凉，乃获成道迄今。"当时张循其言，领略其意，仿佛似谓其师乃吕公，而二物者，似一狐一鹿，己则狐也。韩初以岁贡赴铨，时祈兆于彼，得验。且言韩当宦游其地。后韩果得同知德州，与之相去不远。每事必诹之，无不响答。其所处在鲁桥闸旁民家一室，不甚弘密，外设香火帷幕，其内凡答祈者，自帷中言声，比婴儿尤微，殆类蜂蝇。称人每尊重。仕者为大人，举子为进士公,士庶或曰官人,大率甚谦逊而善媚。往往先索取土宜礼物,指而言之;或辞以无,则曰:"某物在某箱箧,某包襆有若干,分几以惠,何不可也?"往往皆然,故人辄惊异,奉之。祸福或不尽验,或曰:"其物已往,今其家伪造耳。"盖初降时,因其家一妇人,凡饮食动静皆妇密事,与之甚昵,非此妇不语食,或谓亦淫之,盖似亦有采取之说。此妇没后,家仍以妇继之,然不知其真也。又闻之先朝因旱潦尝令巡抚臣下有司,迎入京师,托之祈禳,其物亦处于驿舫。比至京,不肯入城,强之,不从。因问:"既来,何不一入觑天颜?"答云:"禁中獒狗异常,我不可入。"竟默然归。人以是益疑为狐云。

张罗儿烹狐

弘治初,汴城张罗儿家北人呼筛为罗,其家业此,岁朝具果饵供祖。越两日渐少,张疑之。夜伏几下窥伺,至二更,有白狐来盗食,张急起迎狐。狐变为白发老人,张即以父呼之,食饮甚设。狐喜,云:"吾儿孝顺。"为之尽醉,遂留不去。凡有所须,必为致之。甫三岁,赀盈数万,乃构广厦,长子纳官典膳,次子为仪宾。富盛既久,张忽念:"身后子孙若慢狐,狐必耗吾家矣。"乃谋害之。戏指窗隙及物空中,云:"能出入乎?"狐入复出,试之数四,狐弗疑也。乃诱狐入瓶,闭置汤镬,内益薪燃之。狐呼曰:"吾有德于若,反见杀耶?人而不仁,天必殃之。乃公阅岁三百,今为釜中鱼,悲夫!"狐死之三日,其家失火,所蓄荡然。逾年,次子酗酒杀人,毙于狱。又明年,阖门疫死。人以为害狐之报云。

狐能治病

周府后山狐精,与宫女小三儿通。弘治间,出嫁汴人居富乐,狐随之,谓三儿曰:"吾能前知,兼善医术,汝若供我,使汝多财。"三儿语其夫,夫固无赖子也,即听之。扫一室,中挂红幔。幔内设坐,狐至不现形,但响啸呼三儿。三儿立幔外,诸问卜求医者跪于前,狐在内断其吉凶,无不灵验,其家旦获银一二两,时某参政之妻患血崩,众医莫能疗,病危矣。参政不得已,使问之,狐曰:"待我往东岳,查其寿数,去少选。"复啸至曰:"命未绝。"出药一丸云:"井水送下,夜半血当止矣。"果然,又服二丸,疾已全愈。参政乃来称谢以察之,狐空中与参政剧谈宋元事,至唐末五代,则朦胧矣。参政叹服,听民起神堂。吾苏李元璧,客于汴,病喉,匀饮不可者七日矣,求狐治之,以黄金一两为药,直请益倍与之,乃得药一丸,服之即瘥,其神效之迹不可胜纪。正德初,镇守廖太监之弟鹏,召富乐,索千金。富乐言所得财货,随手费尽无有也。鹏怒,下之狱,狐亦自是不至矣。

狐精

正德始元,喧言狐精至,吴城合郡惊惧,人皆鸣金击鼓夜以御之。余初意为妄。夏夕,邻家楼间坠下一物,毛首金睛,张牙奋爪,若有搏噬之状。时有方士杨弘本宿此楼,遂步斗罡,语咒噀水,此物化作飞虫而去,其声薨薨,过数家,彼邻又肆叫号,处女为利爪损其胸矣。以是知形变无常,穷室益甚。逾秋末,向西南骚扰而去,自是灭迹。

《狐媚丛谈》卷五终

　　《狐媚丛谈》全部五卷,藏在秘府。余因曝御书,就而傲写之,且加朱句讫。

壬申七月十二日　罗山子

参考书目

一、书籍类

1.［春秋］左丘明著,冀昀主编:《左传》,北京:线装书局,2007年版。

2.［汉］班固等:《白虎通》,北京:中华书局,1985年版。

3.［汉］许慎:《说文解字》,南京:江苏古籍出版社,2001年版。

4.［汉］应劭撰,王利器校注:《风俗通义校注》,北京:中华书局,1981年版。

5.［汉］赵晔撰,［元］徐天祐音注:《吴越春秋》,南京:江苏古籍出版社,1999年版。

6.［魏］曹丕等撰,郑学弢校注:《列异传等五种》,北京:文化艺术出版社,1988年版。

7.［晋］干宝撰,李剑国辑校:《新辑搜神记》,北京:中华书局,2007年版。

8. ［晋］葛洪:《西京杂记》,北京:中华书局,1985 年版。

9. ［晋］葛洪:《神仙传》,上海:上海古籍出版社,1990 年版。

10. ［晋］葛洪撰:《抱朴子》,上海:上海古籍出版社,1990 年版。

11. ［晋］郭璞:《玄中记》,载鲁迅《古小说钩沉》,济南:齐鲁书社,1997 年版。

12. ［晋］郭璞注:《山海经(外二十六种)》,上海:上海古籍出版社,1991 年版。

13. ［晋］张湛注:《列子》,上海:上海书店,1986 年版。

14. ［南朝宋］东阳无疑:《齐谐记》,载鲁迅《古小说钩沉》,济南:齐鲁书社,1997 年版。

15. ［南朝宋］范晔撰,［唐］李贤等注:《后汉书》,北京:中华书局,1965 年版。

16. ［南朝宋］郭季产著,［清］黄奭辑,乔治忠校注:《晋录》,载［清］汤球、黄奭辑,乔治忠校注《众家编年体晋史》,天津:天津古籍出版社,1989 年版。

17. ［南朝宋］刘敬叔撰,范宁校点:《异苑》,北京:中华书局,1996 年版。

18. ［南朝宋］刘义庆撰:《幽明录》,载鲁迅《古小说钩沉》,济南:齐鲁书社,1997 年版。

19. ［南朝宋］陶潜撰,李剑国辑校:《新辑搜神后记》,北京:中华书局,2007 年版。

20. ［北齐］阳松玠撰,程毅中、程有庆辑校:《谈薮》,北京:中华书局,1996年版。

21.［南朝梁］吴均:《续齐谐记》,《景印文渊阁四库全书》第1042册,台北:台湾商务印书馆,2008年版。

22.［北魏］杨衒之著,杨勇校笺:《洛阳伽蓝记校笺》,北京:中华书局,2005年版。

23.［唐］白居易原本,［宋］孔传续撰:《白孔六帖》,《景印文渊阁四库全书》第892册,台北:台湾商务印书馆,2008年版。

24.［唐］段成式撰,许逸民注评:《酉阳杂俎》,北京:学苑出版社,2001年版。

25.［唐］戴孚撰,方诗铭辑校:《广异记》,北京:中华书局,1992年版。

26.［唐］房玄龄等:《晋书》,北京:中华书局,1974年版。

27.［唐］薛用弱:《集异记》,北京:中华书局,1980年版。

28.［唐］皇甫枚:《三水小牍》,北京:中华书局,1958年版。

29.［唐］李百药:《北齐书》,北京:中华书局,1972年版。

30.［唐］牛僧孺、李复言:《玄怪录 续玄怪录》,北京:中华书局,1982年版。

31.［唐］欧阳询:《艺文类聚》,上海:上海古籍出版社,1965年版。

32.［唐］裴铏著,周楞伽辑注:《裴铏传奇》,上海:上海古籍出版社,1980年版。

33.［唐］沙门释道世:《法苑珠林》,台北:台湾佛陀教育基金会,1994年。

34. [唐]徐坚等：《初学记》，北京：中华书局，1962 年版。

35. [唐]余知古：《渚宫旧事》，北京：中华书局，1985 年版。

36. [唐]张读撰，张永钦、侯志明点校：《宣室志》，北京：中华书局，1983 年版。

37. [唐]张鷟：《朝野佥载》，载《唐宋史料笔记丛刊》，北京：中华书局，1979 年版。

38. [后晋]刘昫等：《旧唐书》，北京：中华书局，1975 年版。

39. [宋]蔡絛撰，冯惠民、沈锡麟点校：《铁围山丛谈》，北京：中华书局，1983 年版。

40. [宋]陈元靓编：《岁时广记》，北京：中华书局，1985 年版。

41. [宋]曾慥辑：《类说》，北京：文学古籍刊行社，1955 年版。

42. [宋]洪迈：《容斋四笔》，《景印文渊阁四库全书》第 851 册，台北：台湾商务印书馆，2008 年版。

43. [宋]洪迈撰，何卓点校：《夷坚志》，北京：中华书局，1981 年版。

44. [宋]胡仔：《渔隐丛话前集》，《景印文渊阁四库全书》第 1480 册，台北：台湾商务印书馆，2008 年版。

45. [宋]江万里著，马楚坚辑校：《大忠集新编》，南昌：江西人民出版社，2008 年版。

46. [宋]刘斧撰辑：《青琐高议》，上海：上海古籍出版社，1983 年版。

47. [宋]李昉等：《太平御览》，北京：中华书局，1960 年版。

48. [宋]李昉等编：《太平广记》，北京：中华书局，1961 年版。

49.[宋]罗愿撰,[元]洪焱祖音释:《尔雅翼》,北京:中华书局,1985 年版。

50.[宋]欧阳修、宋祁:《新唐书》,北京:中华书局,1975年版。

51.[宋]钱易:《南部新书》,北京:中华书局,1958 年版。

52.[宋]阮阅编:《诗话总龟后集》,北京:人民文学出版社,1987 年版。

53.[宋]孙光宪著,林艾园校点:《北梦琐言》,上海:上海古籍出版社,1981 年版。

54.[宋]谢维新编:《古今合璧事类备要》,《景印文渊阁四库全书》第 941 册,台北:台湾商务印书馆,2008 年版。

55.[宋]徐铉撰,白化文点校:《稽神录》,北京:中华书局,1996 年版。

56.[宋]叶梦得撰,宇文绍奕考异,侯忠义点校:《石林燕语》,北京:中华书局,1984 年版。

57.[宋]叶廷珪:《海录碎事》,《景印文渊阁四库全书》第 921 册,台北:台湾商务印书馆,2008 年版。

58.[宋]赵德麟:《侯鲭录》,《景印文渊阁四库全书》第 1037 册,台北:台湾商务印书馆,2008 年版。

59.[宋]张君房辑:《云笈七签》,济南:齐鲁书社,1988 年版。

60.[宋]周密撰,[明]朱廷焕补:《增补武林旧事》,《景印文渊阁四库全书》第 590 册,台北:台湾商务印书馆,2008 年版。

61.[宋]祝穆:《新编古今事文类聚后集》,京都:日本京都中文出版社,1989 年版。

62. [宋]朱熹:《诗集传》,上海:上海古籍出版社,1980 年版。

63. [宋]佚名:《新刊大宋宣和遗事》,上海:中国古典文学出版社,1954 年版。

64. [宋]无名氏撰,金心点校:《湖海新闻夷坚续志》,北京:中华书局,1986 年版。

65. [元]马端临:《文献通考》,北京:中华书局,1986 年版。

66. [元]脱脱等:《宋史》,北京:中华书局,1977 年版。

67. [元]阴劲弦、[元]阴复春编:《韵府群玉》,上海:上海古籍出版社,1991 年版。

68. [明]安遇时编集,石雷校点:《百家公案》,北京:群众出版社,1999 年版。

69.《古本小说集成》编委会编,[明]陈继儒重校:《春秋列国志传》,上海:上海古籍出版社,1994 年版。

70. [明]陈耀文编:《天中记》,扬州:广陵书社,2007 年版。

71. [明]范濂:《云间据目抄》,上海:进步书局,1945 年版。

72. [明]侯甸:《西樵野纪》,载顾廷龙主编,《续修四库全书》编纂委员会编《续修四库全书》第 1266 册,上海:上海古籍出版社,2002 年版。

73. [明]黄暐:《蓬窗类纪》,载顾廷龙主编,《续修四库全书》编纂委员会编《续修四库全书》第 1271 册,上海:上海古籍出版社,2002 年版。

74. [明]胡应麟:《少室山房笔丛》,北京:中华书局,1958

年版。

75.［明］姜准撰,蔡克骄点校:《岐海琐谈》,上海:上海社会科学院出版社,2002 年版。

76.［明］陆粲、顾起元撰,谭棣华、陈稼禾点校:《庚巳编　客座赘语》,北京:中华书局,1987 年版。

77.［明］李昌祺:《剪灯馀话》,上海:上海古籍出版社,1981 年版。

78.［明］罗贯中、［明］冯梦龙:《平妖传》,上海:上海古籍出版社,1981 年版。

79.［明］李时珍:《本草纲目》,北京:人民卫生出版社,1977 年版。

80.［明］陆廷枝:《说听》,载四库全书存目丛书编纂委员会编《四库全书存目丛书》第 125 册,济南:齐鲁书社,1995 年版。

81.［明］彭大翼:《山堂肆考》,《景印文渊阁四库全书》第 978 册,台北:台湾商务印书馆,2008 年版。

82.［明］祁承㸁:《澹生堂藏书目》,《明代书目题跋丛刊》影印会稽徐氏刊本,北京:书目文献出版社,1994 年版。

83.［明］钱希言:《狯园》,载四库全书存目丛书编纂委员会编《四库全书存目丛书》第 247 册,济南:齐鲁书社,1995 年版。

84.［明］宋岳:《昼永编》,载顾廷龙主编,《续修四库全书》编纂委员会编《续修四库全书》第 1124 册,上海:上海古籍出版社,2002 年版。

85.［明］沈周:《石田翁客座新闻》,载顾廷龙主编,《续修四库全书》编纂委员会编《续修四库全书》第 1167 册,上海:上海古籍出版社,2002 年版。

86.［明］田汝成辑撰:《西湖游览志馀》,上海:上海古籍出版社,1958 年版。

87.［明］吴大震辑:《广艳异编》,载顾廷龙主编,《续修四库全书》编纂委员会编《续修四库全书》第 1267 册,上海:上海古籍出版社,2002 年版。

88.［明］王弇州编辑,孙葆真等校点:《艳异编》,沈阳:春风文艺出版社,1988 年版。

89.［明］王圻纂集:《稗史汇编》,北京:北京出版社,1993 年版。

90.［明］王同轨撰,孙顺霖校注:《耳谈》,郑州:中州古籍出版社,1990 年版。

91.［明］谢肇淛:《五杂组》,北京:中华书局,1959 年版。

92.［明］袁宏道:《袁宏道集笺校》,上海:上海古籍出版社,1981 年版。

93.［明］杨尔曾校:《许真君净明宗教录》,北京大学图书馆藏明万历三十二年(1604)詹氏西清堂刊本。

94.［明］杨继洲著,刘从明等点校:《针灸大成》,北京:中医古籍出版社,1998 年版。

95.［明］周晖:《续金陵琐事》,南京:南京出版社,2007 年版。

96.［明］朱孟震:《河上楮谈》,载四库全书存目丛书编纂委员会编《四库全书存目丛书》第 104 册,济南:齐鲁书社,1995 年版。

97. [明]沈泰编:《四库家藏·盛明杂剧》,济南:山东画报出版社,2004 年版。

98. [明]祝允明:《祝子志怪录》,载四库全书存目丛书编纂委员会编《四库全书存目丛书》第 246 册,济南:齐鲁书社,1995 年版。

99. [明]祝允明:《语怪》,载四库全书存目丛书编纂委员会编《四库全书存目丛书》第 125 册,济南:齐鲁书社,1995 年版。

100. [明]陆采编:《虞初志》,上海:上海书店,1986 年版。

101. [清]曹雪芹、[清]高鹗著,黄渡人校点:《红楼梦》,济南:齐鲁书社,2007 年版。

102. [清]顾炎武著,周苏平、陈国庆点注:《日知录》,兰州:甘肃民族出版社,1997 年版。

103. [清]和邦额著,王一工、方正耀点校:《夜谭随录》,上海:上海古籍出版社,1988 年版。

104. [清]洪昇:《长生殿》,济南:齐鲁书社,2004 年版。

105. [清]黄虞稷撰,瞿凤起、潘景郑整理:《千顷堂书目》,上海:上海古籍出版社,2001 年版。

106. [清]纪昀:《阅微草堂笔记》,上海:上海古籍出版社,2010 年版。

107. [清]乐钧著,辛照校点:《耳食录》,济南:齐鲁书社,2004 年版。

108. [清]李汝珍著,张友鹤校注:《镜花缘》,北京:人民文学出版社,1955 年版。

109. [清]李兆洛选辑:《骈体文钞》,上海:上海书店,1988年版。

110. [清]梦花馆主著,觉园、秦克标点:《九尾狐》,上海:上海古籍出版社,1997年版。

111. [清]钱仪吉纂:《碑传集》,北京:中华书局,1993年版。

112. [清]宋永岳:《志异续编》,《丛书集成三编》,台北:新文丰出版公司,1997年版。

113. [清]袁枚撰,申孟、甘林校点:《子不语》,上海:上海古籍出版社,1986年版。

114. [清]永瑢等:《四库全书总目》,北京:中华书局,2003年版。

115. [清]张潮:《虞初新志》,上海:文学古籍刊行社,1954年版。

116. [清]张廷玉等:《明史》,北京:中华书局,1974年版。

117. 鲁迅:《中国小说史略》,北京:人民文学出版社,1973年版。

118. 中文大辞典编纂委员会编:《中文大辞典》,台北:台湾中国文化大学印行,1974年。

119. 钱锺书:《管锥编》,北京:中华书局,1979年版。

120. 廖志豪等编著:《苏州史话》,南京:江苏人民出版社,1980年版。

121. 袁珂校注:《山海经校注》,上海:上海古籍出版社,1980年版。

122. 杜信孚:《明代版刻综录》,扬州:广陵古籍刻印社,1983年版。

123. 郑振铎:《西谛书话》,北京:生活·读书·新知三联书店,1983年版。

124. 周芜编著:《徽派版画史论集》,合肥:安徽人民出版社,1984年版。

125. 胡吉宣:《玉篇校释》,上海:上海古籍出版社,1989年版。

126. 凭虚子:《狐媚丛谈》,《明清善本小说丛刊续编》第四辑《灵怪·神仙妖魅》影印本,台北:台湾天一出版社,1990年版。

127. 王文宝等编:《中国俗文学辞典》,长春:吉林教育出版社,1990年版。

128. 朱世滋主编:《中国古典长篇小说百部赏析》,北京:华夏出版社,1990年版。

129. 谷云义等编:《中国古典文学辞典》,长春:吉林教育出版社,1990年版。

130. 张虎刚、林骅选译:《元明小说选译》,上海:上海古籍出版社,1990年版。

131. 麻国钧主编:《历代狐仙传奇全书》,北京:农村读物出版社,1990年版。

132. 杜杰慧等点校:《万应经验良方》,北京:北京科学技术出版社,1991年版。

133. 马清福主编,鲁洪生主撰:《秦汉神异》,沈阳:辽宁大学出版社,1991年版。

134. 梁战、郭群一编著:《历代藏书家辞典》,西安:陕西人民出版社,1991 年版。

135. 朱光潜:《朱光潜全集》,合肥:安徽教育出版社,1993 年版。

136. 吕昆、李平编译:《百狐传奇》,沈阳:辽宁人民出版社,1993 年版。

137. 李剑国:《唐五代志怪传奇叙录》,天津:南开大学出版社,1993 年版。

138. 李剑国主编:《狐狸精的故事》,天津:南开大学出版社,1994 年版。

139. 徐吉军、丁坚之:《浙江历代名人录》,杭州:杭州大学出版社,1994 年版。

140. 郝勤:《龙虎丹道——道教内丹术》,成都:四川人民出版社,1994 年版。

141. 山民:《狐狸信仰之谜》,北京:学苑出版社,1994 年版。

142. 安居香山、中村璋八辑:《纬书集成》,石家庄:河北人民出版社,1994 年版。

143. 夏成淳编:《明六十家小品文精品》,上海:上海社会科学院出版社,1995 年版。

144. 袁行霈主编:《国学研究》第三卷,北京:北京大学出版社,1995 年版。

145. 宁稼雨:《中国文言小说总目提要》,济南:齐鲁书社,1996 年版。

146. 卢惠龙、何积全、谢德风主编:《中国传奇谱:狐媚传奇》,贵阳:贵州人民出版社,1996 年版。

147. 董康著,傅杰校点:《书舶庸谭》,沈阳:辽宁教育出版社,1998 年版。

148. 刘叶秋等主编:《中国古典小说大辞典》,石家庄:河北人民出版社,1998 年版。

149. 谢正光、佘汝丰编著:《清初人选清初诗汇考》,南京:南京大学出版社,1998 年版。

150. 瞿冕良编著:《中国古籍版刻辞典》,济南:齐鲁书社,1999 年版。

151. 杜信孚、蔡鸿源:《著者别号书录考》,南京:江苏古籍出版社,2000 年版。

152. 四库禁毁书丛刊编纂委员会编:《四库禁毁书丛刊》,北京:北京出版社,2000 年版。

153. 钱仲联、傅璇琮、王运熙、章培恒、陈伯海、鲍克怡总主编:《中国文学大辞典(修订本)》,上海:上海辞书出版社,2000 年版。

154. 程毅中:《古籍整理浅谈》,北京:北京燕山出版社,2001 年版。

155. 崔富章主编:《中国文化经典直解》,杭州:浙江文艺出版社,2002 年版。

156. 李剑国:《中国狐文化》,北京:人民文学出版社,2002 年版。

157. 汪玢玲:《鬼狐风情:〈聊斋志异〉与民俗文化》,哈尔滨:黑龙江人民出版社,2003 年版。

158. 杨玉辉:《道教人学研究》,北京:人民出版社 2004 年版。

159. 干春松:《神仙传》,北京:东方出版社,2005 年版。

160. 万晴川:《中国古代小说与方术文化》,北京:中国社会科学出版社,2005 年版。

161. 朱一玄、宁稼雨、陈桂生编著:《中国古代小说总目录提要》,北京:人民文学出版社,2005 年版。

162. 鲁迅:《集外集拾遗补编》,北京:人民文学出版社,2006 年版。

163. 陈国军:《明代志怪传奇小说研究》,天津:天津古籍出版社,2006 年版。

164. 薛洪勣、王汝梅主编:《【稀见珍本】明清传奇小说集》,长春:吉林文史出版社,2007 年版。

165. 陈大康:《明代小说史》,北京:人民文学出版社,2007 年版。

166. 王颖:《乾隆文治与纪晓岚志怪创作》,郑州:中州古籍出版社,2008 年版。

167. 牛景丽:《〈太平广记〉的传播与影响》,天津:南开大学出版社,2008 年版。

168. 程国赋:《明代书坊与小说研究》,北京:中华书局,2008 年版。

169.《浙江省出版志》编纂委员会办公室编:《浙江历代版刻

书目》,杭州:浙江人民出版社,2008 年版。

170. 康笑菲:《狐仙》,台北:博雅书屋有限公司,2009 年版。

171. 张建业主编:《李贽全集注》,北京:社会科学文献出版社,2010 年版。

172. 龚敏:《小说考索与文献钩沈》,济南:齐鲁书社,2010 年版。

二、论文类

1. 董康:《日本内阁藏小说戏曲书目》,《国学月刊》,1927 年第 4 期。

2. 马兴国:《〈平妖传〉在日本的流传及影响》,《日本研究》,1988 年第 4 期。

3. 辜美高等:《新加坡国立大学中文图书馆藏中国明清通俗小说书目提要》,新加坡国立大学中文系汉学研究中心,1997 年。

4. 范金民:《明清江南进士数量、地域分布及其特色分析》,《南京大学学报(哲学·人文科学·社会科学)》,1997 年第 2 期。

5. 任明华:《中国小说选本研究》,上海:华东师范大学博士学位论文,2003 年 4 月。

6. 黄建国:《明清文言小说狐意象解读》,《西北大学学报(哲学社会科学版)》,2005 年第 3 期。

7. 邸晓平:《简论明中叶吴中文人集团的形成》,《北京科技大学学报(社会科学版)》,2005 年第 21 卷第 4 期。

8. 王岗：《作为圣传的小说，以编刊艺文传道》，《"第一届道教仙道文化国际学术研讨会"会议论文集》，高雄：台湾中山大学中国文学系，2006 年 11 月 10—12 日。

9. 尹平：《浅析艺伎一词的误解》，《科协论坛》，2007 年第 8 期。

10. 王慧娟：《日本艺妓文化》，《世界文化》，2008 年第 2 期。

11. 董文玲：《日本的艺伎文化探微》，《东疆学刊》，2008 年第 25 卷第 1 期。

12. 陈国军、龚敏：《〈狐媚丛谈〉的编者、版本与成书时间考略》，《世界文学评论》，2011 年第 1 期。

后　记

　　岁月如斯,俯仰之间,恍然一梦。不觉博士毕业已经四年,再次捧起我的硕士学位论文《〈狐媚丛谈〉研究》,往事不禁一幕幕浮起,一如昨昔般亲切熟悉。

　　仿佛间,我又回到了那些写论文的日子。滴滴答答敲击键盘的声音,已经成了心中最美的音符。那时候,时光是静静的,静得像一潭湖水,求知若渴的心浸润在湖水里,时日竟变得像水一样澄静而空明。当时虽对庄子之学涉猎不深,却已切实领悟了“虚静”与“坐忘”的真谛!是的,坐在电脑前的自己,已经遗忘了身外的整个世界……

　　就这样,在静谧的时光流淌中,一只修炼了千年的狐,终于凝结了一颗可以令它跻身仙界的“狐丹”,而肉眼凡胎、平凡朴实的我,用三年的辛劳与汗水,竟也换得“硕果”一枚:我顺利完成了硕士学位论文《〈狐媚丛谈〉研究》的写作。这是我用心凝结而成的美丽“狐丹”,它就长在我的心里,并与我的生命相融!在答辩的那个时刻,是我最最难忘的时光。当我的论文受到答辩委员的一致好评,并被评为“云南大学优秀硕士论文”时,我再也抑制不住内心的激动,热泪夺眶而出……在那个庆祝我们通过答辩的夜晚,那个欣喜若狂的夜晚,那个令人迷醉的夜晚,那个树叶婆娑、泪眼也迷蒙的夜晚……尽管没有喝醉,可是我的心已经醉得一塌糊涂!是的,世间醉人的何止是芬芳的美酒!

感谢我的硕士生导师龚敏老师,是他,让我领略了人生的种种迷醉!我于2012年考入云南大学读硕士,龚师当时在香港大学饶宗颐学术馆任职,由于博学多才,学术造诣深厚,被云大聘为"客座教授"。就这样,机缘巧合,他成了我的硕士生导师。硕士三年,含辛茹苦指导我论文写作的是龚师;免费给我买书,不远千里从香港把书邮寄到云大的是龚师;待我毕业,千方百计帮助我找工作的是龚师;我要考博士,费尽周折帮我联系博士生导师的还是龚师……我天性有些愚笨,领悟能力又差,不会说话、做事,又总是忤逆老师,可是老师从来没有生气和责备,他总是对我说:"没关系,慢慢来。"在我思路阻塞、心烦意乱、无法写作的时候,老师鼓励的话语就会在我耳畔响起:"继续努力,好好加油!"不只是我,老师对每一个学生都是那样负责用心。不论是在学习还是生活中,老师对我的影响无处不在,在我面临巨大的人生挫折甚至处于人生最低谷,想要自暴自弃的时候,是龚师的鼓励与不放弃拯救了我……我想,如果不是龚师,我就不会顺利完成《〈狐媚丛谈〉研究》的写作,学位论文也不会被评为云南省优秀论文,也不会有在首都师范大学读博士的我,更不会有在河北民族师范学院教书育人的我,一个自信执着坚强的我……老师的种种恩德,想想就让人温暖掉泪……当然,还有太多太多的感动,无论怎么说也说不完,无论怎么表达也表达不尽。

2016 年的 9 月,我开启了人生的新起点,考取了首都师范大学的博士研究生,有幸踏进首师的校门,又重新做回了一位学子。当龚师知道这个消息,竟然比自己当年考上南开大学的博士都激动欣喜。老师也知道我这几年的处境不好,他不想我的人生就这样荒废。是的,自从 2012 年云大硕士毕业之后,我漂泊无定,找不到一份稳定的工作,还曾沦落到合同到期、失业落魄在家的境地。当时的我几乎成了家乡的反面教材,有一种无颜面对家乡父老的羞愧感,更有一种人生无常的喟然慨叹。在那没有工作、人生郁郁不得志的四年,我过着心不在焉的生活,失魂落魄一般,我无心读一本书,无心去做自己喜欢的学问,感觉自己是走失了,怎么也找不到人生的方向……还好,我有幸走出了人生的最低谷,终于等来了雨后的阳光,实现了重归校园的梦想。我有幸踏入首都师范大学的校门,师从陶礼天老师学习古代文艺理论,一种失而复得的幸福感,一种梦寐以求、欣喜若狂的成就感!在此,不能不感谢博士生导师陶师,是他让我圆了重归校园、重回学术之梦想!我与陶师的结缘,最初也是因《〈狐媚丛谈〉研究》,陶师对这篇论文颇为肯定,他经常催促我将它整理出版。陶师与龚师风格迥异,他对弟子非常严厉。如果说龚师温暖如春,那么陶师则严厉如冬,陶师目光犀利、洞若观火,总是能一针见血地发现学生的短板与不足,棒喝一般让学生醍醐灌顶、彻底了悟!感谢陶师,让我更清楚地看清了自己!敢于正视自己的弊端与不足。春与冬,是两种不同的风格,两种传道授业解惑的方式,但殊途同归,归根结底是爱与责任。我深知,在老师严厉的背后,实是老师的良苦用心与真诚期待!在此,感谢老师四年来的悉心教导与辛苦付出,难忘老师的殷殷关爱与谆谆教诲。正是老师的激励与鼓舞,点燃了我信念的灯,亦照亮了我前行的路,"路漫漫其修远兮,吾将上下而求索!"

真诚地感谢李道和老师。在云大读硕士期间,也就是我在写《〈狐媚丛谈〉研究》期间,我有幸遇到了李老师。可以说,李老师是我硕士生的第二导师。当时龚师在香港,不能经常来云大,而我又是龚老师的第一位硕士生,当时并无师兄弟姐妹,可谓"茕茕孑立,形影相吊",加之距离河北老家又远,内心有一种孤独无依的落寞感。幸好有李老师,他慷慨仁慈地"收留"了我。于是,我成了李老师大家庭中的一员,李老师无论举行什么活动,都不忘喊上我,其中最令人难忘的是李老师喊我到他家聚餐。在李老师家里,我和李老师及师兄弟姐妹们一起吃饭、打牌,谈古论今、畅所欲言。当时李老师教我文学文献学与文言小说研究两门课程。在平日里,李老师和言善语,为人谦和、幽默风趣;在课堂上,李老师声情并茂、慷慨激昂,听之令人兴致盎然,振奋不已。记得当时上李老师的课是最大的享受,因为每次都会被李老师精彩纷呈的课堂深深吸引并"沉醉不知归路",就是至今回想起来都感觉意犹未尽,回味无穷。李老师不仅是我的学位论文《〈狐媚丛谈〉研究》的评阅人,而且还是答辩评委委员。记得当时在论文答辩之后,李老师满脸笑容地对我说:"恭喜你,论文写得很好,你是云大最优秀的毕业生。"虽然十多年过去了,但李老师的这句话言犹在耳,它是那样的亲切、温暖,给我爱与力量,激励我奋发向前。感谢李老师,给我太多的感动与难忘,教我做学问与做人的道理,这是我一生受益不尽的财富。河北距离云南,山高水远,千里迢迢,但李老师和他的爱人韩老师经常闯入我的梦里，萦绕在我的心中脑畔，他们是我对昆明最温暖的记忆，也是我心中无法割舍的深深牵挂。每每想起两位老师，就宛如置身于春城昆明的暖阳下，沐浴在和煦的春风里，连记忆都花香四溢，爱与感动在岁月中酝酿发酵……

借此契机，我想向陈国军老师由衷地道一声感谢。陈老师是南开大学文学博士，与龚师、李老师同为李剑国先生的弟子。陈老师曾在廊坊武警学院任职，退休后又被福建厦门工学院返聘，担任院长职务。陈老师在明代文言小说、明清文学与文献研究方面建树颇多，他在《文学遗产》等刊物发表学术论文 70 余篇，有《明代志怪传奇小说研究》《明代志怪传奇小说叙录》等专著及编著 10 余部。

陈老师敬畏学术，对学术怀有一颗"赤子之心"，他不辞劳苦，孜孜以求，为了学术经常废寝忘食，殚精竭虑。尽管长期夜以继旦的写作影响了陈老师的睡眠，但陈老师乐此不疲，精力异常充沛。陈老师虔诚学术、一心向学的忘我精神令我佩服不已！我在写《〈狐媚丛谈〉研究》期间，陈老师和龚师已对《狐媚丛谈》这本书做了很多整理点校等研究工作。我对《狐媚丛谈》的研究，可以说是沿着陈老师与龚师的足迹，循着他们开辟的道路继续前行。而我与陈老师的缘分，也是因《狐媚丛谈》而起。当时我在读硕士时，虽然和陈老师未曾谋面，但因撰写《〈狐媚丛谈〉研究》的缘故，感觉与陈老师是那样的熟悉与亲近！见文如面，我读着陈老师的作品，想象着陈老师的为人，异常渴望在现实中能见老师一面。2016 年 8 月，我在天津参加龚师主持的国际古琴学术会议时，第一次见到了陈老师。果然，我完全没有任何陌生的感觉，陈老师的平易近人与真诚坦率给我留下了极深的印象。去年 10 月，我在青岛参加传记学术会议时，有缘再一次和陈老师相见。那时晚饭过后，我和陈老师、杜老师、张老师一起外出散步，夜色霭霭，凉风习习，与老师们一边欣赏夜色美景，一边闲聊畅谈，感觉生活是那样的惬意和美好。尽管我和老师们走了很长的路，却浑然不觉疲惫，只叹时光太过匆匆，是那样的不经用。与陈老师在青岛分别后，我便开始埋头整理我的《〈狐媚丛谈〉研究》。在修改的过程中，每当遇到问题，我便向陈老师咨询请教，每次陈老师都不厌其烦地为我答疑解惑。陈老师因担任行政职务，平时工作很忙，常常是白天忙于学校的各种事务，晚上又千方百计地挤出时间来从事学术研究。我理解并心疼陈老师的辛苦，不忍打扰老师太多。这次为《〈狐媚丛谈〉及其狐故事研究》写序，我想恳请陈老师帮忙，却迟迟难以启齿。我知老师太忙，不忍让老师太过操劳，但我又找不到更合适的人选，因为陈老师对《狐媚丛谈》最为熟悉，他不仅与龚师合撰有《〈狐媚丛谈〉的编者、版本与成书时间考略》（《世界文学评论》，2011 年第 1 期），而且还对《狐媚丛谈》进行了点校、整理（文物出版社，2021 年版）。犹豫再三之后，我终于鼓足勇气请求陈老师能否赐《〈狐媚丛谈〉及其狐故事研究》一序，却不想陈老师爽快应承下来，这令我备感温暖，感动不已。

在此，我还要特别感谢潘建国老师！自从博士一年级那年（2016 年）去北京大学拜访潘老师之后，我已经 7 年多没有见到潘老师了，心里想念潘老师并一直铭记着他对我的恩情，这恩情是那样的刻骨铭心,令我没齿难忘!那一年,经龚师推荐,潘老师在读了我的硕士学位论文《〈狐媚丛谈〉研究》后大为赞赏,他极力鼓励我报考北大的博士。当时的我激动不已,幸福得不知置身于云里梦里,但现实很快让我变得冷静清醒。北大是中国最高的学府,我当然有一万个心思想要去北大读书,但不知为何,当时的我并不自信,对自己的能力抱有怀疑态度,总觉得北大对有些愚笨的我而言宛若痴人说梦,是虚无缥缈、遥不可及的。因此,尽管我报了名,但在复习过程中,因感到学习吃力,加之诸多因素的干扰,就在考试之前我打了退堂鼓,想要临阵脱逃。当我把这一想法告诉潘老师后,潘老师并没有因此而生气,反而真诚地鼓励我不妨勇敢地走上考场试一试,记得当时潘老师还送了我八个字:"尽心尽力,无怨无悔!"在潘老师的鼓励下,我认真努力地备考并壮着胆子踏入北大的校门,参加了考博初试,尽管最终的结果并不如意,我因英语没有通过而铩羽而归,但潘老师送给我的八个字从此刻在了我的心里,它不仅成为我人生的座右铭,也成为我教书育人的至理名言。当我在鼓励学生、激发学生的斗志时,最喜欢说的就是潘老师曾对我说过的"尽心尽力,无怨无悔"这句话。我觉得这是世界上最经典、最美好的语言!"高山仰止,景行行止,虽不能至,心向往之",在我心中,潘老师就是我的恩师,是我一生"仰止""行止""心向往之"的好老师。

还有远在昆明的陈友康老师,也是我心之所系、默默牵挂、念念不忘的好老师。他是我硕士学位论文《〈狐媚丛谈〉研究》论文答辩的评委老师。在答辩会议上,陈老师不仅对我的论文赞赏有加,而且还对我的论文修改提出了宝贵的意见。陈老师对待学术精益求精，一丝不苟，他提出的意见虽细致入微，却个个直击要害，对我修改论文乃至今后的写作提供了极大的帮助。另外，令我意想不到的是，陈老师竟然在他撰写的《读〈香港大学饶宗颐学术馆研究丛书〉二种》一文中再次提到了我与论文《〈狐媚丛谈〉研究》，并给予了极高的评价，这份殊荣令我受宠若惊。在我考博之际，我请陈老师帮我写过推荐信，陈老师不仅答应了，而且他写得是那样认真，似乎每一个字眼都经过他反复推敲、用心打磨……读着这份与众不同的推荐信，泪水不禁打湿了我的眼眶，我不仅读出了陈老师一丝不苟的精神、为人处世的态度，更从中读出了陈老师对我的期待与厚望！

　　特别感谢李剑国先生！我在写《〈狐媚丛谈〉研究》的过程中，曾将先生的《中国狐文化》"韦编三绝"，惊叹于先生渊博的学识、扎实的文献功底、深厚的文化造诣以及对我国学术做出的卓越贡献！李先生的《中国狐文化》为我撰写论文提供了很大的帮助，可以说是为之注入了思想的魂。在我写作过程中，每当思路阻塞的时候，只要读读先生的《中国狐文化》，之后便豁然开朗，有一种"拨开云雾见天日"的感觉。我的《〈狐媚丛谈〉研究》，引用了先生《中国狐文化》的不少观点，在此对先生致以真挚的谢意！2016 年，在天津参加国际古琴学术会议期间，我曾有幸去南开大学，在李先生长期从事学术研究的办公室，第一次拜访了先生。在那里，令我印象最为深刻的是先生书架中排列得整整齐齐的书以及那些被先生培养得绿意盎然的几盆绿植。记得当时先生非常热情，他给了我联系方式，并把我加入李门微信群，这份殊荣令我分外感动，备受鼓舞！

　　最后,我想向我的爱人道一声感谢!感谢他多年以来一直默默地支持与鼓励!生命中有太多的感谢,在此,真诚感谢一切帮助过我的人,以及爱我的人与我爱的人!

刘爱丽

2024 年 1 月 28 日